澡雪 中国文学研究书系

乡土守望与
文本阐释

廖高会　著

知识产权出版社
全国百佳图书出版单位
——北 京——

图书在版编目（CIP）数据

乡土守望与文本阐释/廖高会著. —北京：知识产权出版社，2023.11
ISBN 978-7-5130-9012-4

Ⅰ.①乡…　Ⅱ.①廖…　Ⅲ.①乡土文学—文学研究—中国　Ⅳ.①I207

中国国家版本馆 CIP 数据核字（2023）第 232176 号

责任编辑：罗　慧　　　　　　　责任校对：王　岩
封面设计：乾达文化　　　　　　责任印制：刘译文

乡土守望与文本阐释

廖高会　著

出版发行：知识产权出版社 有限责任公司	网　　址：http：//www.ipph.cn
社　　址：北京市海淀区气象路 50 号院	邮　　编：100081
责编电话：010-82000860 转 8343	责编邮箱：lhy734@126.com
发行电话：010-82000860 转 8101/8102	发行传真：010-82000893/82005070/82000270
印　　刷：天津嘉恒印务有限公司	经　　销：新华书店、各大网上书店及相关专业书店
开　　本：720mm×1000mm　1/16	印　　张：18
版　　次：2023 年 11 月第 1 版	印　　次：2023 年 11 月第 1 次印刷
字　　数：274 千字	定　　价：88.00 元

ISBN 978-7-5130-9012-4

序　言

　　《乡土守望与文本阐释》共 25 篇论文，均与乡土文学相关，内容涉及乡土文学理论和乡土文本批评。笔者出生于农村，与乡村社会血脉相连，多年来始终关注乡村社会的发展，始终将乡土文学作为学术研究的重点，始终在现实生活与文学研究中守望着乡土世界，而出版本书是笔者多年来的一个心愿。本书论及的作家作品中无不流露出浓郁的乡土情结和乡愁意识，蕴含着作家们复兴乡土文明与振兴乡村社会的热切期盼，他们用文学创作的方式守望着乡土家园，因此本书的出版也是对这些作家的家国情怀与赤子之情的致敬与传扬。2023 年，乡村振兴战略进入全面推进阶段，选编出版此文集正是对新时代乡村振兴战略的积极回应，希望在乡土文学理论与乡土文本的阐释中，寻找到乡村振兴的精神动力和文化自信力。另外，2023 年是笔者的知命之年，选编出版本文集既是对自己以往学术生涯的简单总结，也是告别昨日踏上新征程的一次自我扬鞭与激励。

　　全书共四辑，分别为"文体与理论"、"诗意的探寻"、"家园的沉思" 与"经典的重读"。第一辑"文体与理论"是对乡土小说中的诗化叙事与乡愁叙事等相关理论的阐释，是后面三辑文本阐释的理论基础。"诗意的探寻"、"家园的沉思" 与"经典的重读"是对现代乡土小说中的社会现状、人物命运、情感状态、生态环境、诗性特色以及叙事技巧等方面的具体阐释。在文本阐释过程中，又不断回应、丰富和深化了诗化叙事与乡愁叙事理论，使这两大理论始终贯穿于本书的所有评论文章，因此也成为关联所有文章的内在逻辑线索，从而使整个文集形成有机的整体。

　　第一辑"文体与理论"，共 4 篇文章，主要涉及乡土书写的文体和理论的探讨。其中《边缘的文体之花：诗化小说新论》和《魔化的艺术：论小说诗化语言的形成》两篇是关于诗化小说的理论研究，前者内容涉及诗化小说的概念界定和主要特征的探析，后者分析了诗化小说的语言特质及叙事语言如何通过魔化形式达到诗化的效果。《20 世纪 80 年代诗化小说叙事空间的演变》是对 20 世纪 80 年代诗化小说叙事空间由完整统一到分裂破碎的演变过程及其社会文化原因作出了宏观把握，重点分析了 20 世纪 80 年代的美学转型期间，诗化小说叙事空间由单纯到复杂的演变情况及其所采用的空间修辞策略。《时间维度下乡愁意蕴的嬗变与叠加》则考察了传统乡愁、现代乡愁和后现代乡愁各自的内涵以及历史演变逻辑，特别对后现代社会中乡愁商品化现象以及三种乡愁类型相互关联与叠加的文化现象进行了深入剖析。以上两篇文章分别从空间和时间两个维度，试图从美学思潮与消费文化两大视角对后现代社会中乡土社会的存在状况进行探析，探究现代乡土社会文学心理与伦理精神等发生演变的深层原因。

　　第二辑"诗意的探寻"，主要是对乡土小说中诗意性较强的作品进行研究，试图追寻和把握这些小说诗意形成的原因和方法。本辑所选 8 篇文章是红柯小说评论专辑。这 8 篇文章从思想资源、诗性精神、叙事视角、叙事空间、叙事时间以及叙事技巧等角度对红柯小说诗性进行了探析，因此在某种程度上为研究特定的诗性作家提供了可供借鉴的研究思路、角度与方法。《作为"通灵者"的叙事：红柯小说论》属于红柯小说综论，主要从红柯自身的思想认识、心灵境界和思维方式来分析其小说所具有的通灵性与诗性特色，这也是其小说具有诗性色彩根本的内在原因。《照亮荒原的神灯：论红柯小说中的诗性精神》则把红柯的思想认知与心灵境界落实到具体的诗性精神层面展开分析，重点凸显红柯小说中以"大地意识""边疆精神"为代表的诗性精神。《人性、动物性和诗性：简析红柯〈大河〉中的童话叙述》从叙事视角和叙事方法层面对红柯的小说《大河》的诗性生成方法与特点展开分析，从中可以窥见红柯小说的童话叙事以及万物通灵的叙事特点，这也和《作为"通灵者"的叙事：红柯小说论》一文相照应。《庸常生存的突围与诗性空间的建构：论红柯长篇小说〈少女萨吾尔登〉》从叙事空间的角度分析红柯小说的诗性特色，该文以红柯长篇小说《少女萨吾尔登》为分析对象，发掘小说在民族复兴时期的精神价值，重点阐释了作者在《少女萨吾尔登》中构建的充满诗性精神的艺术空间，即由浪漫爱情的抒写、社会现实的批判和西部精神的礼赞等三个维度组构而成的梦想空间，其目的是反抗庸常的生存状态和抵制凝固的意识形态，从而让中国人从原子式的个人主义观念和自私狭隘的境地中逃离出来，重拾个体梦想、重返集体价值层面和重铸民族精神。《名词、意象和诗意生成：略论红柯小说的叙事策略》重点分析了红柯小说意象与诗性生成之间的关系，其中主要是从红柯小说的诗性生成策略或技巧方面来展开分析的。《"乌尔禾"：关于时间的魔镜》则从叙事时间入手，探析了红柯小说在时间的处理上所形成的诗性特色。《论红柯"结构即主题"的创作观：以长篇小说〈太阳深处的火焰〉为例》从如何重建乡土家园的文化精神角度展开讨论，主要分析了红柯长篇小说《太阳深处的火焰》中所倡导与凸显的西部精神，以及红柯试图借此重建乡土精神或乡土伦理的理想或诉求。《伦理悖论与叙事动力：论〈西去的骑手〉中的一种叙事策略》重点分析了《西去的骑手》中存在的公共伦理与个人伦理之间的悖论，以及作者巧妙地把这种伦理悖论转化成叙事动力的具体方法与策略，同时还表达了小说所张扬的剽悍而崇高的生命意识对重建民族精神的重要意义与价值。

第三辑"家园的沉思"，共7篇文章，均是对不同乡土作家作品的评论，其中也蕴含着笔者对乡土家园存在现状的沉重的忧患意识。《"存在"与"家园"的双重探寻：论格非小说中的乡愁乌托邦》是格非长篇小说的综论，重点阐释了格非长篇小说中乡土社会人的存在与家园之间的关系、人与家园各自存在的现状，以及格非对人与家园可能的存在方式进行探索的乡愁乌托邦意识或冲动。《张炜小说中的历史魅影：以中篇小说为例》重点分析了张炜中篇小说对乡土社会历史的批评与反思、回归自然的情感表达、历史主体性重建的可能性探寻，以及张炜重建家园的乡愁乌托邦情感冲动。《论阎连科小说的魔幻诗学》和《论阎连科小说的文类叠加及其意蕴生成》都是对阎连科小说的评论，前者分析了阎连科小说创作所经历的文类杂糅、融合到叠加的自我突破和变革过程；

后者重点分析了阎连科小说魔幻叙事的具体表现、修辞策略与艺术审美效果等内容。《身份之惑与寻偶之悲：刘庆邦〈遍地月光〉中的权与性》通过对主人公黄金种身份迷失以及求偶悲剧等情节的分析，揭示了作家对底层社会的关注以及乡土社会的忧患意识，特别是对作家把个体命运置于广阔的社会背景之中，从而将个体命运的思考与对整个民族、国家社会生活的思考相结合，把个体悲剧上升为特定时代的社会悲剧的叙事技巧进行了深入的分析与充分的肯定。《宿命的出走和艰难的回归：论张炜小说中知识分子的流浪意识》主要阐释张炜小说中的流浪意识、忧患意识与担当意识。《厂房上空的笛声：张乐朋小说综论》是对山西作家张乐朋的中短篇小说中所关注的城乡接合部人们的生存状态的分析，作家采用超越城乡的更高层次的民族文化视角对城乡交叉地带的社会空间的审视以及重构城乡文化生态的诉求，文章对此展开了深入的分析并予以充分肯定。

第四辑"经典的重读"，共6篇文章，是在重读现当代部分经典作品后的重释。其中《在白话与文言之间：鲁迅小说语言诗化逻辑探析》对鲁迅小说诗化语言形成的文化背景、思想资源、创作动机、话语策略、精神诉求以及诗化逻辑等进行了较为深入的探析，笔者试图以此探索现代小说语言诗化的具体路径或方法。《叙事的节制、节奏与诗意之美：论废名小说〈竹林的故事〉》重点讨论了废名的短篇小说《竹林的故事》的诗意之美的生成，认为小说诗意的生成除了废名以古代隐逸诗人的心境对和谐宁静的乡村生活抱以诗意的态度，还与作品叙事的错时、节制、节奏和速度等都有着密切的关系。《郭沫若早期小说直露式诗性叙事探析》解析了郭沫若早期小说中存在的诗性诉求与直露式抒写之间的逻辑关联，以及叙事方式的"曲"与"直"、思想意蕴的"露"与"隐"等关系问题。《赵树理小说中的乡愁情感解读》一文认为，赵树理"农民作家"的称号很大程度上遮蔽了其作为知识分子的内在情感与气质，特别是其小说中的乡愁情感被长期忽略，该文较为详细地分析了赵树理早期小说传统乡愁意识由"显"而"隐"的深层原因以及曲折隐晦的表达方式。《跨越的艰难：重析〈创业史〉的"经典性"》指出，强烈的政治意识形态诉求给文本带来了鲜明的内在逻辑矛盾，其中潜存着影响小说经典化的某些因素，同时也探析了柳青所采用的降低或消除政治诉求所带来的生硬与突兀等缺陷的叙事方法与技巧。《革命叙事裂痕的产生及其弥合：重读〈红旗谱〉》重点分析了小说《红旗谱》中革命的宏大叙事与艺术美学原则中存在的裂痕，以及作者为了弥合这种裂痕所采用的叙事技巧，以此重释红色经典作品在革命叙事过程中难以避免的叙事悖论。

　　本书是近二十年来笔者对乡土文学研究的集中展现，在某种程度上若隐若现地呈现出笔者的文学研究成长轨迹，其中还有不少幼稚或浅陋之处，有的可能是自圆其说的一家之言。但在文学逐渐被边缘化的时代，这些稚拙的作品多少还能作为笔者对文学坚守的一种见证和敝帚自珍式的心理慰藉。特别值得一提的是，美国人工智能研究实验室于 2022 年 11 月 30 日推出 ChatGPT 新一代人工智能聊天机器人，这款聊天机器人能和人谈心，能帮人写作业、写剧本、敲代码、写论文等，具有强大的阅读和写作功能，它能在一分钟完成上百万字的小说阅读，并及时发表评论。因此，我们有理由认为，ChatGPT 出现后的文学批评不再是纯粹的人工写作，也即是说，无论是否借助了 ChatGPT 等人工智能工具，评论者所撰写的评论将不再纯粹，蒙上了借助智能写作嫌疑的阴影。因而在此种时代背景下，本文集中的文章尽管稚拙，却均是出自笔者之手的原创之作（或曰原生态文本），是真诚而纯粹的思想与情感的流露。因而本文集的出版，对于笔者而言具有一定的纪念意义。

作　者

2023 年 6 月

目 录

第一辑

文体与理论

边缘的文体之花：诗化小说新论

　　诗歌向小说渗透早在唐传奇时就开始了，至今已经历了一个漫长的过程。新文化运动中，现代作家们在继承中国文学诗性传统的同时，又吸收了西方现代文学观和现代艺术手法，使诗歌与小说达到真正的融合，由此也产生了新的小说文体——现代诗化小说。实际上这种新文体概念的描述和界定也经历了一个漫长的演变过程。周作人在1920年谈到自己翻译库普林小说《晚间的来客》的意图时，用"抒情诗的小说"第一次对这种新型小说文体进行了命名。1921年，汉胄（刘大白）和郑振铎在争论时提出了"抒情小说"的概念。后来萧乾将此新文体称为"诗的小说"。当代研究者中，杨义在论及现代浪漫抒情派小说称诗化的小说为"立意的小说"。钱理群在《中国现代文学三十年》探讨沈从文一章中谈及《边城》时，称之为"文化小说"、"诗小说"或"抒情小说"。后来吴晓东也把这种新文体称为"诗化小说"。张箭飞专著《鲁迅诗化小说研究》中，沿用了"诗化小说"这个概念。

　　这些描述或界定都不同程度地触及了诗化小说的本质特征，但仍然难以全面地揭示诗化小说的本质。笔者在对诗化小说文本进行仔细研读的基础上，借鉴前人研究成果，采用宏观和微观相结合及比较分析等研究方法，对诗化小说作出如下新界定：

　　　　诗化小说是诗歌向小说渗透融合而形成的新的小说文体，其采取诗性思维方式进行构思，运用意象抒情和意象叙事等手法，淡化情节和人物性格，以营造整体的诗意境界、特定情调或表达象征性哲思为目的，通过诗性精神使主客观世界得以契合与升华。

根据以上界定，将诗化小说的总体特征概括如下：

第一，采用诗性的思维方式。从总体上看，诗化小说无论是创作还是阅读欣赏，都必须采用诗性的思维方式。"诗性"是采用国外的诗学概念，中国没有与之完全相同的概念，与之大致对应的是"诗"或"诗意"。因此，本文中提及的"诗性"、"诗"和"诗意"的含义相当，诗性思维即诗的思维。我们可以根据结构主义关于诗性语言的理论来分析此思维方式。

结构主义代表人物索绪尔认为人类语言活动有横组合与纵聚合两个向度，前者是"句段关系"，后者是"联想关系"。结构主义的另一代表人物雅各布森则指出，"语言的诗性功能得之于把日常语言活动中只在联想关系中展开的词，放到句段中间加以表现"。① 诗化小说在构思时，纵聚合的联想关系是最主要的，联想思维具有非固定性、自由性和放射性特征，因此诗化小说的诗性思维也呈现出这些特征。诗化小说的话语构成是由诗的抒情话语（纵聚合）与小说的叙事话语（横组合）共同组成。罗兰·巴特认为，纵聚合是隐喻的，横组合则是转喻的。② 也就是说，纵聚合与意象、象征和隐喻等关联，着眼于对存在的静观，更多依靠情感逻辑来结构，因此多为内在抒情写意；横组合注重对外部世界的传达和行为的模仿，更多依靠事理逻辑来结构，因此多为外在的叙事。诗化小说的诗性思维（特别是构思之中）正是把属于抒情话语即联想关系的纵聚合中的词、句大量地安置于叙事话语的横向结构之中，使横组合成为诗化小说构思时的架构，即成为容纳情志的情节性支架，而纵聚合则成为填充材料的方式，即情志的抒写和表达。

在诗化小说的诗性思维中，纵聚合中大量的抒情话语不断入侵并抢占横组合叙事话语的空间，导致诗化小说情节和人物性格的淡化和抒情写意的强化。

① 马新国主编：《西方文论史》，高等教育出版社，2002 年版，第 438 页。
② 隐喻与转喻都离不开联想，纵聚合中形成隐喻的联想是大量的、经常性的，横组合形成句段关系更多是事理逻辑，联想常为辅助手段。

就诗化小说的构思而言，先是有了属于纵聚合中由联想或想象形成的较为强烈的情绪或氛围，然后在横组合中寻找到安置这些情绪和氛围的情节和人物所组成的支架。正如 R. L. 史蒂文森曾在谈论小说写法时指出，"或者你先有了一定的氛围气，然后再去找出可以表现或实现这氛围气的行为和人物来"。① 正因为这种思维结构特征，使以联想关系为主的纵聚合以绝对优势压倒了以句段关系为主的横组合，使诗化小说的抒情写意以绝对优势压倒并包容了情节和人物性格。

更具体而言，诗化小说的诗性思维表现在其采取空间思维形式。诗化小说是关于空间的艺术，所有的物象组合对诗化小说来说，都具有"横向性、共时性"的特点，而通过联想获得的物象是无逻辑联系的，只有通过作者的情志统一在更高层次的时空中。"是否借助于空间的物象组合（具有横向性、共时态的特点）抒情、言志是鉴定一部小说是否属于诗化小说的天然尺度。"② 诗化小说正是由众多的物象承载起浓郁的诗意情志，物象的组合方式便成为诗化小说诗性思维的特征之一。

第二，意象抒情和意象叙事。刘小枫在《诗化哲学——德国浪漫美学传统》中指出："浪漫派美学坚持认为，只有情感，才能保证诗的世界的纯度，它是诗的根本条件。"③ 抒情正是诗化小说最为明显的特征之一。抒情的分类方式较多，从抒情种类来看有纯粹抒情、叙事抒情、表象抒情④，从抒情的方式看有直接抒情和间接抒情。而诗化小说的抒情表意主要是"意象抒情"，意象是诗化小说最为基本的结构和情感元素，"意"指情感思想或者"情志"，"象"则是承载这种"情志"的物象。用艾略特的话说，意象就是"表达特定情感的客体、情形或事件的发展过程"的客观关联物⑤，这个"客观关联物"就是情

---

① 参见陈平原：《中国小说叙述模式的转变》，北京大学出版社，2003 年版，第 100 页。
② 许建平：《〈儒林外史〉：一部意在言志的诗化小说》，《明清小说研究》1997 年第 1 期。
③ 刘小枫：《诗化哲学——德国浪漫美学传统》，山东文艺出版社，1986 年版，第 54 页。
④ 郭昭第：《文学元素学》，中国社会科学出版社，2006 年版，第 317 页。
⑤ 艾略特：《传统与个人才能》，见赵毅衡编选：《"新批评"文集》，中国社会科学出版社，1988 年版，第 30 页。

志的载体，它可以是一个（一串）事件、一个场景、一个物象、一个印象、一个梦幻，甚至一段时间。也就是说，无论是细节、场面，还是印象、梦幻都可以作为抒情的载体，它们与作家的情志融合成具有美学意义的意象。因此，所谓"'意象抒情'是指借助审美意象传达出作家的内在生命体验和审美情感的抒情方式"。① 这种诗意的抒情既可以是纯粹的、叙事的和表象的抒情，也可以是直接的和间接的抒情，以及主观抒情和客观抒情。正因如此，我们可以说诗化小说所要呈现的是人的感觉或想象，而非故事或情节。

"意象叙事"是与意象抒情密切相关的一种叙事方式，是强化诗化氛围的重要手段。它依靠不断出现的意象来结构并推动叙事作品情节的发展或情感的演变，承载着丰富的情思内涵并拓展出广阔的审美空间，使叙事和抒情融为一体。汪曾祺主张诗化小说应该"在叙事中抒情，用抒情的笔触叙事"②。也就是说，由于纵聚合中属于联想关系的词不断取代了横组合中属于句段关系的词，从而使叙事具有了抒情性质。意象叙事使外在客观世界参与叙事，从而承载着意义或情感。比如，何立伟的《白色鸟》中的意象"河滩""太阳""天空""野花""少年""蝉声""河水""水鸟"等，既是抒情的也是叙事的意象。所以，诗化小说中的意象既可承载抒情的功能，也可承载叙事的功能。

一般而言，诗化小说也属于抒情小说，但诗化小说因其意象叙事和抒情而显得相对含蓄，因而它又不同于直抒胸臆的抒情小说。比如郁达夫的"自叙传"抒情小说便是直接抒情，缺少诗化小说意象抒情的含蓄隽永，诗化小说突出的是情节以外的"情调"、"风韵"或"意境"。

第三，营造整体的意境、情调或传达某种哲思。诗化小说淡化了故事情节和人物性格，着重营造整体性的意境、情调或氛围。因此，意境、情调和氛围是诗化小说最为重要的诗性质素，而氛围、情调又常常和意境相伴生。诗化小说的意境和诗歌的意境在本质上相通。关于诗的意境，朱光潜解释为，意境"是从时间与空间中执着一微点而加以永恒化与普遍化。它可以在无数心灵中继

---

① 鲁枢元等：《文学理论》，华东师范大学出版社，2006 年版，第 86 页。
② 汪曾祺：《小说笔谈》，见《晚翠文谈新编》，生活·读书·新知三联书店，2002 年版，第 28 页。

续复现，虽复现而却不落陈腐"。① 诗化小说的意境是创作者或者读者执着于一
"微点"，即从生活或小说作品中的某（些）片段，某（些）场景、某（些）
物象或者（和）某（些）感受出发，通过艺术的想象，体会到从中升腾而出的
阔大境界和永恒之美。它触动的是人的精神世界，使人性和神性相通。废名的
《桥》没有统一完整的情节，只是由 50 多个独立成章的山水小品有机地组合而
成，但每一章节都营造了各自独立的美化境界，这些境界最后融汇成镜花水月、
如梦似幻的整体意境。诗化小说作家汪曾祺曾说："所谓'唐人绝句'，就是不
着重写人物，写故事，而着重写意境，写印象，写感觉。物我同一，作者的主
体意识很强。这就使传统小说的观念发生了很大的变化，使小说和诗变得难分
难解。这种小说称为诗化小说。"② 所谓"物我同一"即诗化小说中所蕴含的意
境，它是完整圆融的，而非零星和局部的。也正是从这个特征出发，把真正的
诗化小说和仅仅局部有诗化意味的小说区分开来，局部诗化的小说缺少统一完
整的意境、氛围或情调。

诗化小说的意境和情调是密切相关的。情调孕育了意境，意境蕴含了情调。
"抒情化小说的作者，与其说是在叙述故事，不如说是在告诉读者，他（她）
对故事的感受；与其说是在再现某种生活，不如说是在表现某种生活的情调或
情味。"③ 由于诗化小说淡化情节和人物性格带来了因果逻辑之链的断裂，从而
使具有动态性的情节场面减少，使具有静态性的抒情画面增多。这样，叙事相
对静止而舒缓，抒情主体就有更充分的时间和空间得以从容抒写，就有更多的
机会在文本所呈现的艺术世界中流连，酝酿更加浓郁的情调和营造出诗意更深
宏的意境。如废名、沈从文、孙犁、汪曾祺与何立伟等人把优美和谐的自然景
物、纯净简朴的生活、恬静平和的气氛融合在小说作品中，形成一种浓郁的田
园牧歌情调。而注重理趣和知性的王蒙，在以意识流为特征的诗化小说中也特
别注重情调，他说："小说还有一个重要因素，这就是小说的色彩和情调。每一

---

① 朱光潜：《诗论》，安徽教育出版社，1997 年版，第 41 页。
② 汪曾祺：《晚翠文谈》，浙江文艺出版社，1988 年版，第 89 页。
③ 杨联芬：《中国现代小说中的抒情倾向》，北京师范大学出版社，1996 年版，第 111 页。

篇小说也像一首歌、像一幅画一样，是有它的色彩和情调的。"① 实际上，这里的色彩既包含了自然色彩，也包含了情感色彩即氛围。

必须注意的是，并非有意境情调的小说就是诗化小说，诗化小说的意境和情调是指整个小说呈现出来的统一的诗意境界。诗化小说作家并不只关注局部的观念和物象之间的一一对应，而是更加强调凸显于整个艺术世界之上的、超越局部而总揽全局的意境和情调。这样的意境和情调恰恰和 R. L. 史蒂文森曾谈及的"氛围气"相一致，它们一般是预先存在于诗化小说作者的头脑里的，或者成为创作动机。诗化小说的整体性诉求来自作者内在心灵的需要，外部异在的世界与自我理想的世界存在巨大的差距，这种差距在现实生活中无法弥合，这带来了人的精神的分裂，而只有在诗意化文本世界中营造的"世外桃源"才能消弭这种裂痕，达成世界的完整统一，同时完成主体与客体、理想和现实、灵与肉的融合。创作者对整体性的需要促使其心灵中酝酿出一定的意境、情调或"氛围气"，诗化小说正是作者追求整体性的结果。无论废名的《竹林的故事》、沈从文的《边城》，抑或汪曾祺的《受戒》、何立伟的《白色鸟》，都呈现出自然、单纯、质朴的田园牧歌意境，它们在作者心目中如此完美和谐，体现出作者的人生终极理想。这些完整统一的意境如同一大磁场，吸附了所有的艺术元素。简言之，由于作者的人生经验和艺术想象共同作用产生的意境、情调或氛围成为创作活动的核心元素，其他一切小说元素都围绕着它们展开。

诗化小说除了营造整体的诗意境界和情调，有的诗化小说还以表达某种意念或哲思为主，具有相当的理趣和象征性意蕴。如废名的诗化小说《桥》既有浓郁的诗意抒情，同时也蕴含较浓的理趣。朱光潜说《桥》"愈写到后面，人物愈老成，戏剧的成分愈减少，而抒情诗的成分愈增加，理趣也愈浓厚"。② 又如新时期王蒙的部分意识流小说《春之声》《海的梦》《蝴蝶》等，张承志的《绿夜》《北方的河》，陈建功的《被揉碎的晨曦》等，在整体上也表现出一种理趣。这种在整体上表达某种理趣的诗化小说更具有知性色彩。即使一些先锋

① 王蒙：《漫话小说创作》，上海文艺出版社，1986 年版，第 86 页。
② 转引自吴晓东：《现代"诗化小说"探索》，《文学评论》1997 年第 1 期。

作家如孙甘露，其诗化小说（如《信使之函》和《我是少年酒坛子》）形式上走向了诗化的极端，内容被严重遮蔽，但是这样的诗化小说仍然张扬着一种崇尚自由和反叛传统的精神，这也是其整体性的意蕴表现。

诗化小说围绕和展开的核心理念或哲思，是预先生成于作者的头脑中的。但并非以某种理念或者哲思为中心创作出来的小说都能叫诗化小说，是否为诗化小说必须和诗性思维、意象的应用、语言的诗化、情节的淡化等特征结合起来进行综合判断。

第四，语言诗化和情节淡化。语言诗化是诗化小说的外在形式特征和内在精神的体现，也是小说诗化的关键。对诗化小说来说，语言正是诗意的载体。

语言诗化首先体现在语言的描述性和表现性方面，而非讲述性和再现性。如汪曾祺的小说《大淖记事》多采用描述和表现性语言，这样的语言充满了作者的主观情感，其目的是要在文本中营造出一种情调和意境。

语言诗化其次表现在画面美和音乐美。陈平原论及诗化小说时曾说："每篇小说不是一个故事，而是一首诗一幅画，作家苦苦寻觅的是那激动人心的一瞬——一声笑语，一个眼神或一处画面。"[1] 这是对诗化小说的画面美的描述。诗化小说的语言侧重于表达作者的内在情感，随着情感的波动，小说会自然呈现出一种音乐般节奏和韵律的变化。杨义认为："我们说浪漫抒情小说的诗化，是包含着意境化和音乐化诸方面的意义的。"[2] 诗化小说的音乐美表现在声音、节奏和旋律方面，非常讲究语言的抑扬顿挫和句子的长短搭配。汪曾祺诗化小说特别重视其音乐美，他说中国语言讲究句子长短、声调高低（四声）的搭配，"'声之高下'不但造成一种音乐美，而且直接影响到意义。不但写诗，就是写散文，写小说，也要注意语调"。[3] 由此可见，音乐性是诗化小说语言普遍而明显的特征之一。另外，含蓄性也是语言诗化的一个基本要求。语言表达上的含蓄可使诗化小说的内容与主题内敛，蕴含无穷韵味。

---

[1] 陈平原：《中国小说叙事模式的转变》，北京大学出版社，2003年版，第236页。

[2] 杨义：《中国现代小说史》（第一卷），人民文学出版社，1986年版，第545页。

[3] 汪曾祺：《中国文学的语言问题》，见《汪曾祺文集》（四），北京师范大学出版社，1998年版，第222－223页。

除了语言诗化，诗化小说另一明显特征就是情节淡化。朱光潜在评论废名诗化小说《桥》时曾说，"实在并不是一部故事书"，"读者从本书所得的印象，有时像读一首诗，有时像看一幅画，很少的时候觉得是在'听故事'"。①《桥》以表现自然景致、民俗民风和情感体验为主，情节淡化到若有若无的地步。诗化小说的情节是在时间的推移中发展变化的，时间与情节密不可分，时间的弱化与无序必然导致情节上的淡化与断裂，由此，便为诗意的抒写留下了广阔的空间。诗化小说为了充分表达作者的主观思想与情感，不可避免地会对事物发生、发展、变化的时间性和有序性进行干涉，从而表现出其淡化时间和情节二重空间的特征。除此之外，诗化小说的情节淡化还源于其对人物性格描写的内化。汪曾祺曾谈及自己的小说"不直接写人物的性格、心理、活动。有时只是一点气氛。但我以为气氛即人物。一篇小说要在字里行间都浸透了人物。作品的风格，就是人物的性格"。② 诗化小说将人物性格化入字里行间和抒情氛围中，不刻意，不张扬，却处处存在。叶朗也曾说过："我们可以说，性格是意境的组成部分。我们也可以说意境是性格的组成部分。在一定意义上，我们甚至可以说，性格是作家创造意境的手段。"③ 内化后的性格实际和意境融为一体了，比如汪曾祺的《受戒》、王蒙的《蝴蝶》等，这些作品中的人物均无明显的性格刻画，读者却能通过作者情志的表达和整体意境的营造来感知人物的性格。

在诗化小说中，由于情节与时间的中断或断裂，使小说的因果逻辑出现中断或省略，进而导致了结构上的散文化，这也是诗化小说的形式特征之一。值得注意的是，诗化小说中结构的散文化不同于普通情节小说语言的散文化。前者是用诗意语言创作，致使结构散文化；后者只是使用了散文式语言，并不影响其结构的完整性和情节的连贯性。汪曾祺说："所谓诗化小说的语言，即不同于传统小说的纯散文的语言。这种语言，句与句之间的跨度较大，往往超越了

① 朱光潜：《桥》，《文学杂志》，1937 年第 3 期。
② 汪曾祺：《晚翠文谈新编》，生活·读书·新知三联书店，2002 年版，第 305 页。
③ 参见徐岱：《小说叙事学》，中国社会科学出版社，1992 年版，第 239 页。

逻辑，超越了合乎一般语法的句式。"① 可见，诗化小说的语言特征决定了其结构的散文化特征，散文化是诗化的结果。当然，诗化小说的本质特征是抒情写意，而语言、情节和结构所传递出来的只是一些附着于本质之上的外在表现。

第五，诗化小说的叙事节奏较缓慢、叙事信息密度较小。和传统情节小说比较而言，诗化小说的叙事节奏较为缓慢，这和其抒情性特征密切相关。抒情使情感流连而情节延宕，这导致了叙事节奏的缓慢。比如汪曾祺的《受戒》中讲小明子要当和尚，却并不着急把他送到庙里，而是宕开笔墨，写赵庄、写荸荠庵、写当和尚的风俗，然后才是明子启程到荸荠庵。明子到庵后，并不写他怎样做和尚，而是花费大量的笔墨描写荸荠庵的环境、荸荠庵的构成、其他和尚如何念经等。又如在明子和小英子的爱情故事中，旁逸斜出更多的风俗画面，而故事又被一些田园风俗画面所掩映，使其镶嵌在诗情画意之中。《受戒》随处都是这样的笔法，因而故事叙事的节奏非常缓慢。在情节小说中，作者最主要是讲故事，情节而非情感成为小说的核心事件，不需要中断情节带来时间的延宕，其追求的是故事的连续和紧凑甚至紧张，所以叙事的节奏比较快。诗化小说则不然，人物、故事和环境这传统小说的三大要素在诗化小说中仅仅是营造氛围、渲染气氛、形成某种意境或者传情达意的主要手段，情节遭遇了延宕或断裂，这必然带来叙事节奏的缓慢。

除此以外，情节小说的叙事信息密度较大，情感密度相对要小；而诗化小说的信息密度较小，情感密度较大。这都和诗化小说情节淡化有关。

第六，始终灌注着诗性精神。诗性精神内涵非常丰富。钱志熙先生在《魏晋诗歌艺术原论》中认为诗性精神"是指主体所具有的诗的素质、艺术创造的素质"。② 而姜剑云认为它是一种处于原始冲动的、自发的抒情精神。③ 除此以外，"诗性精神"还体现出人格独立、心灵自由等特征，"也就是说，诗意化的世界，是以'我'的精神为核心的"。④ "我"的精神正是独立人格与自由心灵

---

① 汪曾祺：《汪曾祺文集》（三），北京师范大学出版社，1998 年版，第 13 - 14 页。

② 钱志熙：《魏晋诗歌艺术原论》，北京大学出版社，1998 版，第 2 页。

③ 姜剑云：《论诗性精神与文学精神》，《太原师范学院学报》（社会科学版）2006 年第 1 期。

④ 刘小枫：《诗化哲学——德国浪漫美学传统》，山东文艺出版社，1986 年版，第 36 页。

的体现，"我"的精神是酒神式的沉迷，能沟通自我的有限和世界的无限，它是诗化小说诗意产生的最为根本的精神源泉。诗化小说中始终存在这种精神，它源自创作者情与理的艺术升华，是主体和客体在更高意义上的交融，是人性与神性的沟通，是一种物我两忘、天人合一的境界，是诗化小说所追求的最高艺术境界，这也是小说诗化的本质特点。刘小枫指出："从另一个世界，另一个更高的、理想的、超验的世界来重新设定现实的世界，就是诗意化的本质。"[①]诗化精神有一种比较具体的表现即作者心灵中存在一种"桃花源"般的乌托邦想象或冲动，这使小说带上了强烈的超验色彩。

以上是笔者对诗化小说特征的总体归纳，除了前人提到的一些特征，重点突出以下几个比较关键而独到之处。首先，笔者从形式和精神两方面来考察诗化小说的本质特征，弥补了以往诗化小说界定和描述时仅着眼于形式特征的不足，并在精神方面涉及诗化小说的发生学问题。这对考察诗化小说的产生、发展和衰落有一定的参考价值。其次，就诗化小说形式特征而言，本文对前人的界定作了一定的补充，一是强调诗化小说的意象叙事和意象抒情的不可分割；二是强调诗性构思及其所形成的整体意境、氛围和情调；三是对以往研究者不曾重视的哲思性诗化小说的强调，拓展了诗化小说的内涵；四是强调了诗化小说得以形成的作为灵魂的诗性精神。这些都将有利于当代诗化小说的考察和研究。

（本文原载于《长春理工大学学报（社会科学版）》2011年第7期，
收入本书时有增改）

---

① 刘小枫：《诗化哲学——德国浪漫美学传统》，山东文艺出版社，1986年版，第34页。

魔化的艺术：论小说诗化语言的形成

　　小说诗化离不开语言的诗化，语言是小说诗化最重要的表现形式。诗化语言外在特征为描述性、表现性以及画面美和音乐美，而这些外观特征离不开创作者的诗性精神。我们不妨借助 18～19 世纪西方浪漫主义诗哲的魔化理论来解释诗化语言的形成。诗化语言更多更主要出现在诗化小说①中，但情节小说中也或多或少存在这种语言，本文主要分析诗化小说的语言诗化问题，当然，这些语言诗化规律同样也适用于情节小说中的语言诗化。

　　浪漫派作家黑塞说，现实从来不是完美的，魔化是必要的。而浪漫诗哲诺瓦利斯曾提出魔化原则，魔化就是以人的意志来利用经验世界的艺术，在这种审美思维方式支配下，要表达和实现最高意义上的爱，要超越现实走向真我获取神性，就必须通过魔化对象的方式。

　　　　自然科学通过研究自然认识到的无非是具象化的物而已，精神生活已荡然无存。为了从这一境况中解脱出来，自然（被魔化了的精神）迫切需要一种能破除魔法的语言。在诺瓦利斯看来，这一能将自然从其先验魔阵中解脱出来的语言就是诗。一种魔力还需用另一种魔力来破除。诗也是一种魔力，它能使被魔化了的自然重新回归入其天然状态中。②

---

① 诗化小说的特征主要是情节淡化、抒情性强且蕴含诗意或理趣；情节小说主要以叙事为主，情节完整且抒情性较弱。

② 周国平：《诗人哲学家》，上海人民出版社，1987 年版，第 72 页。

所以，诗（包含诗化小说）便是把自然从被科学物化而窒息的状态中解救出来回归天然本真状态的魔力。这种魔力的形成便是魔化的过程，而魔化需要通过非功利的审美活动来完成。如何达到审美之境呢？诺瓦利斯认为只有诗才能胜任这项工作。

因为，诗所创造的对象不是普通的对象，而是审美对象，在对这种对象的观照中，人才能进入审美境界。这就是说，诗经它的创造能造成处于统一性和完整性之中的主体，在这种主体中，自然与精神和谐相处，水乳相交，精神亦是自然，自然也表现为精神。这就是诗的魔力，它解放了物化的精神，重新给它注入生命，揭示出了自然的真正本质，只有被诗的神秘语言所转化了的自然才能替精神展现它珍贵的天性。不言而喻，在诺瓦利斯那里，诗人的观照方式与通常意义上的感知截然不同。他观察到的是浸透了精神的自然，也就是自身亦是主体的客体。他能于有限之中见出无限，自然之中见出精神，客体之中见出主体。这是一种诗意的观照，它通过精神的先验行动将"石化了的自然"从魔法中解放出来，让精神与自然握手言欢，合为一体。这里，我们可以得出结论，魔化唯心主义的本质就是通过诗使物化自然转变成精神的自我体现。①

既然魔化在本质上"是通过诗使物化的自然转变成精神的自我体现"，那么小说的诗化过程理所当然是一种魔化过程，这当然包括了诗化小说中语言的诗化，而且更主要的是小说中叙事语言的诗化。

魔化唯心主义的学说，实际上是要解决冷静的自然的诗意化的问题。浪漫派诗哲既然想要在尘世中实现永恒的、无限的东西，就必须解决自然的问题。自然与人一样，是属于有限的事物，是客体性。但

---

① 周国平：《诗人哲学家》，上海人民出版社，1987年版，第73页。

浪漫派诗哲宁可把它看成是一首写在纸上却没有人去读它的爱之诗。爱本身是哑默无语的，但诗能为它诉说。可是，爱的话语只有在寻求爱的意识中交流时，才开始了它的生命。这就需要人的一种积极主动的诗化意识去施魔（bezaubert）。①

魔化主要是对语言的魔化，用魔化的力量来追求超越性或永恒神性的诗性精神。

诗化的意识和感觉具有一种魔化的力量，甚至石头也能变得有神性，这种魔化的力量又要凭借一些什么作为媒介的呢？是语言。诗的语言使诗的王国有别于现实的国度，从而具有超验的完美。②

诗化小说的语言正是这样的语言，它通过魔化，即艺术化处理后，具有了神奇的力量，这种力量来自言说者和接受者内在的灵性和潜在的神性。无论是废名、沈从文，还是汪曾祺、何立伟、贾平凹，他们的诗化小说都营造出一个有别于现实的国度，具有了乌托邦色彩，这是人们寻找本体的回归之路。马尔库塞认为，人的审美解放要"与控制人的锁链决裂，必须同时与控制人的语汇决裂"。③日常语汇被工具化了，束缚了人的想象，阻碍了人对现实的超越而难返神性之所。由于魔化，普通的日常事物具有了神性的色彩，即所谓使"石头也能变得有神性"。

具有古典美学风格的诗化小说的魔化是通过古典审美化来完成，在缅怀历史和古典诗意的抒写中达到对自然（包括人性）的回归，这是充满了温情的诗化过程，现实世界在作者建构的田园牧歌般的世界中被暂时搁置。比如废名的《竹林的故事》《桥》、沈从文的《边城》、汪曾祺的《受戒》、史铁生的《我的

① 刘小枫：《诗化哲学——德国浪漫美学传统》，山东文艺出版社，1986 年版，第 60 – 61 页。
② 刘小枫：《诗化哲学——德国浪漫美学传统》，山东文艺出版社，1986 年版，第 65 页。
③ 马尔库塞：《审美之维：马尔库塞美学论著集》，李小兵译，生活·读书·新知三联书店，1989 年版，第 115 页。

遥远的清平湾》、何立伟的《白色鸟》等，无不通过诗化的手段完成对现实的超越和对自然与人性本真的回归。具有现代美学风格的诗化小说特别是其中具有实验性质的诗化小说，其魔化的程度更加明显，如张承志《黑山羊谣》《海骚》《错开的花》、孙甘露《我是少年酒坛子》《信使之函》《访问梦境》、苏童《飞越我的枫杨树故乡》《祭奠红马》《桂花树之歌》等作品，它们直面现实，通过艺术想象向现实楔入诗意的碎片，使现实变形或者扭曲达到魔化，从而完成对精神物化的反叛和对自由精神的回溯。

日常生活话语如何转化成诗意的语言，这需要魔化艺术的处理，在本文中，魔化原则实际上与诗化艺术相当。要把现实世界诗意化就必须有一种新的言说方式，而语言新的言说方式与语言的诗化息息相关。

日常语言转化成诗化语言（魔化），陌生化或曰扭曲固然为一种常用的方式，如《飞越我的枫杨树故乡》《祭奠红马》《桂花树之歌》《蓝色高地》《信使之函》《我是少年酒坛子》等作品一方面由于采用了梦幻或曰魔化的结构方式，另一方面应用了陌生化的语言，诗化效果非常明显。但有的近乎日常语言的诗化作品，很难归于陌生化，如《荷花淀》《受戒》《大淖记事》《春之声》《海的梦》《商州初录》《白色鸟》等作品中的语言，多数与日常生活语言较接近，没有遭遇扭曲或陌生化，但如果从整个小说语境来分析，由于创作者胸中首先有了浓郁的诗意（诗性精神）或者说预先有了一种"氛围气"，所以整个小说形成了新的语境，即诗意的情景。这种新语境使小说所有的语言重新进行了语义的二次约定。由于作者赋予小说浓郁的诗情、起伏的节奏以及丰富的意象建构了一个诗意浓郁的情感世界，诗化小说中的语言符号，都融进了感情、意象、韵律等审美因素，产生了语义超载或曰语义溢出，不再是纯粹概念的负载者。诗化小说中的语言已被赋予超越日常语言的象征或隐喻义，它打破了人们的日常生活的感觉方式，把人从现实世界的麻木状态中解救出来，从而更加清晰地认识这个世界。比如汪曾祺的诗化小说《受戒》，其语言多是日常生活用语，但汪曾祺是带着浓郁的诗意描写自己"四十年前的一个梦"的，他的诗情被冷静地处理到了文字幕后，我们看到的仅仅是他较为客观的叙写，不渲染不夸张，漫不经心地娓娓道来。汪曾祺实际上描摹的是一幅民间风俗画，他不看重色彩的绚丽，而重视写意写神，那些素淡的文字如同水墨，经过精心的构思而随意点染之后便诗意盎然。风俗画完工后，回头欣赏，水墨不再是单纯的水墨，已经和整个画意融为一体，升腾起浓郁的诗情，这正是作者灌注在作品中的诗情带来的效果，也是日常语言重新约定语义后产生的效果。

　　语言的魔化艺术还包括一些增强诗意的修辞手段，最主要最基本的有象征和比喻两种。谈到诗化语言的象征或隐喻，我们可借助形式主义和结构主义语言理论来进行分析。形式主义和结构主义对诗与小说两种文体进行了区别，他们认为诗的话语结构方式基本上是纵聚合的，垂直的；相反，小说的话语构成方式基本上是横组合的、水平的。诗是隐喻的，小说是转喻的。话语的结构方式正是一种创作和阅读的思维方式，而诗化小说的话语构成方式就是诗的话语构成方式和小说的话语构成方式的融合。"罗兰·巴特曾提出，纵聚合是隐喻的，与存在的功能相符；横组合则是转喻的，与行为的功能相符。纵聚合是对于一个景象的静观，读者的精神通过隐喻的转换而沿着垂直的轴线上升；横组合是一个景象向其他景象的扩张，一种对于世界结构逻辑的模仿。"① 而意象、象征、隐喻是呈现纵向垂直组合的重要因素，同时也和凝神静观密切相关。诗化小说的形成，正是其话语中的纵聚合的隐喻不断楔入横组合的转喻的结果。结构主义者雅可布逊（也译为雅各布森）认为："诗歌语言本身的形式，就表明了言语中的隐喻和聚合物在进入转喻和组合体。"②这虽然分析的是诗歌语言，但同样也适用于诗化小说的语言实际。正是隐喻不断对转喻的侵占或替换，诗化小说的语言才充满了隐喻和象征意味，从而达到对日常生活语言的超越和某种程度的魔化。

　　雅可布逊同时指出："诗歌是与线条性相对立的，是与言语的空间历时性相

---

① 转引南帆：《文本生产与意识形态》，暨南大学出版社，2002 年版，第 233 页。
② 罗伯特·肖尔斯：《结构主义与文学》，孙秋秋、高雁魁、王焱译，春风文艺出版社，1988 年版，第43 页。

对立的，它突出的是共时性。"① 诗化小说作者们把有限生命的超时间问题与诗意化结合起来。语言魔化的目的也是诗意化的目的，那就是要打破过去、现在、未来的客观性划分，创造出一个梦幻般的完整圆融世界。在诗化的小说世界中，过去和未来作为回忆和想象而进入了当下的生存之中，现在、过去、未来之间浑然一体，实际上诗化艺术已经把时间淡化甚至淡忘了，只留下阔大的空间，我们不再被时间撕裂而重返完整的人之本源，并通过艺术的刹那的领悟，抓住了存在的本质，从而回归永恒的神性。

　　时间向空间的转换实际是诗化小说语言的纵聚合不断渗入横组合的结果，这也是语言诗化的手段。这些手段使诗化小说的语言有别于现实日常生活中的语言，从而使诗化小说的语言得以魔化。诗化语言构筑的世界和现实俗世有着本质的区别，现实俗世是散文化的，即庸俗、枯燥的，而诗化的世界和散文化的现实相对立。在日益狭隘的散文化环境中，人无法获得自由，对诗意世界的向往，便是对神性和自由境界的向往。"施勒格尔提出，诗的任务不在于维护自由的永恒权利，去反抗外部环境的暴虐，而在使人生成为诗，去反抗生活的散文。追求诗，就是追求自由，诗的国度本身就是自由的国度。"② 诗化小说语言的反散文化通过陌生化、纵聚合对横组合的入侵以及时间转化为空间等形式得到了一定程度的实现。实际上，诗化小说的语言仍然采用的是散文体语言进行叙事的，这是所有小说的基本语言形态。所谓诗化与散文化的对立是指诗化小说精神上的反散文性带来了叙事结构的断裂和情节的片段化。这和有的研究者提及的诗化小说的"散文化"并不冲突，他们所说的"散文化"仍然是指小说情节的断裂或者碎片化。也正是有了这些断裂和片段化，诗化小说的语言才在一定程度上得以诗化。

　　雅可布逊坚信，诗语具有独特的特点，这也是诗化小说与普通情节小说的主要区别之所在，"由于诗歌的注意力则首先集中在符号本身，而注重实际效用

---

① 罗伯特·肖尔斯：《结构主义与文学》，孙秋秋、高雁魁、王焱译，春风文艺出版社，1988年版，第43页。
② 刘小枫：《诗化哲学——德国浪漫美学传统》，山东文艺出版社，1986年版，第30页。

的散文则集中于所指物"①，也就是说，诗化小说的语言形式被提高到了与内容同等重要的地位，换句话说，形式即内容。日常语言是承载意义的工具，而诗化语言通过魔化以后，形式不再从属于内容，它本身就是被关注的对象，是浸润情感和美感的艺术本体。诗化语言具有丰富的意味，它既是小说通往诗化的路径，同时本身也是诗化的景致。语言的诗化运动轨迹与人的存在意义密切相关，没有对人生、人类的存在价值及生存意义的追寻，语言的诗化也就不再可能。无论现代诗化小说，还是当代诗化小说，探讨其语言问题，都离不开其形式的本体性和内涵的丰富性。诗化小说语言的情形恰恰可用胡塞尔的现象学理论来解释，胡塞尔主张，现象也能表现本质。诗化小说特别是实验诗化小说对语言本体的凸显也体现出了语言的本质。

诗化小说语言这种本体性特征，可以从语言的音乐性体现出来。音乐性成为叙事语言魔化的重要方式之一。日常的叙事语言重点在于对内容的叙述，而对音乐性节奏感并不在意，而诗化语言的音乐性比较明显。因为诗化小说的语言侧重于抒情，随着情感的波动，小说会自然呈现出一种音乐般的节奏和韵律的变化。其音乐美表现在声音、节奏和旋律以及语言的抑扬顿挫和句子的长短搭配等方面。诗化小说的节奏一般采用词语、句子、段落的重复或者意象类聚来形成。比如孙甘露的《信使之函》便采用"信是……"的句子结构不断穿插在小说中，形成非常强烈的节奏感和韵律。孙甘露完全悬置了现实世界而沉迷于词语想象的梦境中，现实生活中也包括汉语语法的藩篱被解除了，大量的词语随意碰撞，奇语妙句随意流淌，词语与词语、句子与句子之间碰撞出天籁，那是最遥远未曾受到文明污染的最纯粹的语言之曲，其旋律如此奇异却也十分温情脉脉。整个小说句式长短交替，音韵和谐悦耳，形成激越的旋律，造成梦幻般的令人沉醉的抒情效果。

意象抒情和意象叙事同样能给诗化小说带来音乐性。② 所谓"'意象抒情'

---

① 雅可布逊：《隐喻和换喻的两极》，张祖建译，见《西方文艺理论名著选编》（下卷），北京大学出版社，1986 年版，第 434 页。

② 意象抒情和意象叙事最主要的功能还在于增强小说的形象性，使诗化小说呈现画面美或者理趣美，这同样体现出诗化小说语言的本体性。

是指借助审美意象传达出作家的内在生命体验和审美情感的抒情方式"。① "意象叙事"是与意象抒情密切相关的一种叙事方式，是强化诗化氛围的重要手段。它依靠不断出现的意象来结构并推动叙事作品情节的发展或情感的演变，承载着丰富的情思内涵并拓展出广阔的审美空间，使叙事和抒情融为一体。苏童的《祭奠红马》中的"红马"和《飞越我的枫杨树故乡》中的"幺叔"等意象在小说中不断出现，以这些意象为中心，聚集了相关或相类似的意象，从而形成小说的抒情节奏。

当然，还有些诗化小说的音乐性来源于作者内在的抒情节奏，即情感韵律。但无论是通过词句的重复还是通过意象的类聚，所形成的音乐节奏感都强化了语言的自身质感，凸显了诗化小说语言的本体性。即使那些悬置语言的内涵、带有强烈音乐色彩的诗化小说语言也同样具有重要的形式意义，这些富有音乐感的歌唱性语言，正是人通往本源即神性的有效途径。语言在本质上是存在之"家"，当诗化小说语言成为自在的本体，不再是承载社会功利意义的工具时，从某种意义上来说，人便找到诗意的栖居之所。

虽然如此，如果诗化小说语言形式本身缺少情感的浸润，其本体意义也就不复存在。情感也正是魔化日常语言而成为诗意语言的重要元素。浪漫派美学坚持认为，只有情感，才能保证诗的世界的纯度，它是诗的根本条件。② 实际也如此，没有沉潜于心灵中的诗情，诗化也没有了情感之源。比如史铁生的《奶奶的星星》，开篇都是童年躺在奶奶怀里的细腻描写，这是史铁生记忆中的儿时的生活画面，这其中饱含了他对童年时光的浓郁的诗情。史铁生的诗情是内敛的，在沉着冷静的叙述中，诗意缓缓流淌。

> 世界给我的第一个记忆是：我躺在奶奶怀里，拼命地哭，打着挺儿，也不知道是为了什么，哭得好伤心。窗外的山墙上剥落了一块灰皮，形状象个难看的老头儿。奶奶搂着我，拍着我，"噢——，

---

① 鲁枢元等主编：《文学理论》，华东师范大学出版社，2006年版，第86页。
② 刘小枫：《诗化哲学——德国浪漫美学传统》，山东文艺出版社，1986年版，第54页。

噢——"地哼着。我倒更觉得委屈起来。"你听！"奶奶忽然说，"你快听，听见了么……?"我愣愣地听，不哭了，听见了一种美妙的声音，飘飘的、缓缓的……是鸽哨儿？是秋风？是落叶划过屋檐？或者，只是奶奶在轻轻地哼唱？直到现在我还是说不清。"噢噢——，睡觉吧，麻猴来了我打它……"那是奶奶的催眠曲。屋顶上有一片晃动的光影，是水盆里的水反射的阳光。光影也那么飘飘的、缓缓的，变幻成和平的梦境，我在奶奶怀里安稳地睡熟……①

——《奶奶的星星》

这段文字经过史铁生诗意浸染后自然流淌而出，为整个小说奠定了抒情的诗意基础。诗化小说与普通情节小说的语言在情感呈现方面是有所不同的。我们可以拿莫言的《四十一炮》中的一段文字来与史铁生上面的文字进行比较。

女人骑跨着门槛，肩膀依靠着门框，一脚门里一脚门外地站着，抿着嘴唇，眼睛盯着我的脸，似乎是在听我诉说。……她距离我这样近，身上那股跟刚煮熟的肉十分相似的气味，热烘烘地散发出来，直入我的内心，触及我的灵魂。我实在是渴望啊，我的手发痒，我的嘴巴馋，我克制着想扑到她的怀抱里去抚摸她、去让她抚摸我的强烈愿望。我想吃她的奶，想让她奶我，我想成为一个男人，但更愿意是一个孩子，还是那个五岁左右的孩子。过去的生活场景，浮上我的心头。我首先想起的，是我跟随着父亲，去野骡子姑姑家吃肉的情景。想起父亲趁着我埋头吃肉，偷亲野骡子姑姑的粉脖子，野骡子姑姑停下正忙着切肉的手，用屁股撅了他一下，压低了嗓门，沙沙地说：骚狗，让孩子看见……我听到父亲说：看见就看见，我们爷俩是哥们儿……我想起了肉锅里热气腾腾，香气像浓雾一样弥漫……②

——《四十一炮》

---

① 史铁生：《奶奶的星星》，山东画报出版社，2019 年版，第 1 页。
② 莫言：《四十一炮》，上海文艺出版社，2012 年版，第 52 页。

两段文字同样写到了童年记忆，前者写奶奶哄"我"睡觉，后者写"庙"里见到一女人后产生欲望而引出童年往事，但两段文字的叙述风格明显不同。前者饱含了作者浓郁的诗情，行笔缓慢而韵味悠长，回忆的事件只有一个，那就是奶奶哄"我"睡觉，其他文字都是这个事件的细节描写，是这个事件的背景或氛围。世界给"我"第一个记忆的时间已经模糊，或者说时间根本不重要，对于"我"而言，事件本身（以空间的形式呈现）最为重要，当时间淡化的时候，事件便穿越时空，成为"我"个体生命的永恒，成为"我"往事回忆的旋律。在这里，由于浓郁的情感需要在对往事的静观中反复吟唱，致使语言的纵聚合得到了彰显，而横组合则延迟甚至断裂。相反，莫言的这段文字不重抒情而重叙事，叙事的事件较多。就拿其中因女人而引起的童年回忆这个事件来看，其中又包含了一些事件：

      a 跟着父亲去野骡子姑姑家吃肉

      b 父亲偷亲野骡子姑姑的粉脖子

      c 野骡子姑姑用屁股撅了父亲一下

      d 野骡子姑姑骂父亲骚狗

      e 父亲的辩解

      f 回忆起了肉锅里的香气

可见这段文字以陈述事件为主，叙事节奏较快，语言的横组合占绝对优势。由于横组合是转喻的，所以小说并没有形成新的意蕴，语言承载的几乎是其概念意义，它们是非诗意性的。而史铁生的语言是诗化的语言，具有隐喻和象征意味，也即在奶奶哄"我"睡觉以外，还有着丰富的言外之意，正如朱光潜所说，"这些故事以外的东西就是小说中的诗"。[①] 可见，情感（当然包含适当的理性）乃是语言诗化的关键因素之一。"这也表明小说语言的诗因素只有经由

---

① 朱光潜：《朱光潜美学文集》（第 2 卷），上海文艺出版社，1982 年版，第 489 页。

人生本体价值的规约，方可能生成为诗化语言。"① 唯其情感对文字的浸染，才使诗化小说的语言带上了诗意，具有了洞见人之神性的功能。也只有那些诗化了的语言，才使人超越了日常语言的庸常状态而返归人的本源即神性。诗化小说的语言"以无限的自由闪烁其光辉，并准备去照亮那些不确定而可能存在的无数关系"②，是否通过注入人之诗性把人引入审美之维，是否摆脱或超越工具性地位，是否以有限的文字呈现无限的丰富性和指向人之神性，都是语言诗化与否的判断方式，也是区分诗化小说语言与普通情节小说语言的一些关键要素。

语言的诗化方式并非一成不变，它是随着诗意内涵的变化以及创作艺术的发展而发生变化的。当代诗化小说语言诗化方式的变化常常与叙事空间、叙事人称以及诗化实验等有着直接的关系。

（本文原载于《沈阳师范大学学报（社会科学版）》2011 年第 4 期，收入本书时有增改）

---

① 席建彬：《人生隐喻与语言维度的生成——论"诗化小说"的语言形态及文学史意义》，《扬州大学学报》（人文社会科学版）2009 年第 3 期。
② 罗兰·巴尔特：《符号学原理》，李幼蒸译，生活·读书·新知三联书店，1988 年版，第 88 页。

20 世纪 80 年代诗化小说叙事空间的演变

　　中国现代诗化小说是在继承我国小说诗化传统和借鉴西方现代小说诗化艺术的基础上逐渐产生和发展起来的。笔者认为诗化小说是"诗歌向小说渗透融合而形成的新的小说文体,其采取诗性思维方式进行构思,运用意象抒情和意象叙事等手法,淡化情节和人物性格,以营造整体的诗意境界、特定情调或表达象征性哲思为目的,通过诗性精神使主客观世界得以契合与升华"。① 整个中国 20 世纪文学中,有一条清晰的诗化小说发展脉络,其代表作家有鲁迅、废名、沈从文、萧红、师陀、萧乾、冯至、孙犁、茹志鹃、汪曾祺、贾平凹、何立伟、史铁生、张承志、张炜、苏童、孙甘露、迟子建、阿成、红柯等人。在 20 世纪诗化小说发展史中,有两个高峰期,一个是"五四"后至 20 世纪 30 年代,另一个是 20 世纪 80 年代,而 20 世纪 80 年代的诗化小说与其政治经济、文艺思潮等时代背景之间的关系更为复杂。本文以 20 世纪 80 年代的诗化小说诗意空间的裂变为中心,对此历史时期诗化小说空间叙事策略进行探析。

一、80 年代诗化小说状况

　　"文革"结束后,随着文艺评价标准的改变和对主体性、人性、人道主义的强调,新时期美学观念发生了相应的变更,单一的红色政治评判标准受到了质疑和挑战,美学发展渐趋多元。就诗化小说而言,古典美学传统得以回归,同时也对西方现代美学进行了大胆的借鉴与吸收。

---

① 廖高会:《诗意的招魂:中国当代诗化小说研究》,学苑出版社,2011 年版,第 6 页。

80 年代初期，汪曾祺的短篇小说《受戒》和《大淖记事》继承了废名、沈从文等人的诗化小说传统，吸收了他们小说中的古典美学成分，形成冲淡邈远的艺术风格。铁凝 1982 年发表其诗化短篇小说《哦，香雪》，通过以香雪为代表的一群山村少女向往山外世界的描写，营造出一种抒情的氛围，制造了一种明朗的诗意情调。贾平凹早在 1978 年就创作了格调清新、诗意浓郁的《满月儿》，在后来的《商州初录》《商州又录》中，贾平凹描绘出一幅幅颇具地域色彩的乡土风俗画卷，其中洋溢着浓郁的古典诗意。何立伟采用唐人写绝句的方式写小说，其短篇小说《小城无故事》《白色鸟》在 80 年代初期获得了较高的声誉，这种视界单一、气质纯粹的诗化风格，是对废名、汪曾祺等人的诗化小说的继承和发展。除此以外，刘绍棠的《蒲柳人家》、曾德厚的《遗留在西子湖畔的诗》、姜滇的《阿鸽与船》、史铁生的《我的遥远的清平湾》《奶奶的星星》、张炜的《声音》《一潭清水》《下雨下雪》《拉拉谷》《怀念黑潭中的黑鱼》、陈建功的《被揉碎的晨曦》等，都是具有古典美学风格的诗化作品。

新时期初期的王蒙，敏于艺术创新，把西方的意识流手法东方化，其作品《春之声》《海的梦》《蝴蝶》《焰火》等，是既有浓郁抒情性又有较强哲理性的诗化意识流小说。王蒙的诗化小说较多使用了西方现代派艺术技巧，这为 80 年代后半期的诗化小说从古典美学向现代美学转型揭开了序幕。张承志这个时期诗化风格仍以古典美学为主，其代表作品有《黑骏马》《北方的河》《绿夜》《骑手为什么歌唱》《黄泥小屋》《辉煌的波马》《美丽瞬间》等，它们在艺术形式上吸收了不少现代艺术技巧，如意识流、独白式的抒情、梦幻及抒情与叙事的交叉使用等，因而诗情更显饱满、想象更加灵动，颇具艺术个性。

80 年代中后期诗化小说遭遇了从传统美学向现代美学的转型，这对诗化小说和小说诗化都产生了较大影响，使本身对艺术表现形式非常重视的诗化小说广泛地吸纳了现代派艺术表现手法，由此展开了诗化艺术的探索与实验，因而出现了较多的实验性诗化小说。

张承志在 1987 年创作的长篇小说《金牧场》（1994 年改写后为《金草

地》）在较大程度上保留着前期的古典美学特征，但其中现代艺术手法的应用，已显露出其诗化小说艺术风格转向的迹象。80年代末期创作的《黑山羊谣》《海骚》《错开的花》等作品实验性非常明显，这标志其诗化小说美学转型的完成。这些实验性诗化小说采用诗行和散文体交错进行的结构方式，使作者对宗教、历史和文化的思考与体验通过象征形式得到了诗意的展现。

苏童与孙甘露在80年代中后期创作的实验诗化小说本身就是他们先锋实验的结果。苏童的诗化小说《飞越我的枫杨树故乡》《祭奠红马》《桂花树之歌》等，把现代艺术技巧和古典美学意象完美地糅合在一起，创作出梦幻般的诗意境界。孙甘露则把汉语的诗性（艺术性）探索与实验推向高潮，其小说如《我是少年酒坛子》《信使之函》《访问梦境》等都对语言进行了大胆的诗化实验。"孙甘露的小说世界更完全是梦幻和想象的天地，其中看不到现实和生活场景，也没有人物的生活细节，没有真实，没有人物，没有情节，只有虚幻、想象和纯粹的语言，从而将小说的诗化和非故事化推入了一个极端。"[①] 另外，李晓桦的《蓝色高地》也是80年代后期一部很有代表性的实验性诗化小说，小说的叙事性成分似乎已经少到临近叙事文体的底线了，因而《蓝色高地》比别的诗化小说走得更远，几乎就是诗体小说了。

当然，80年代后期仍然存在少量的具有古典美学风格的诗化小说，其代表作家有阿成与迟子建。阿成诗化小说作品有《年关六赋》《良娼》《空坟》等，他继承了传统型诗化小说艺术美学精神，注重日常生活的诗意之美，在平淡中展现情趣和诗意。迟子建1985年的处女作《那丢失的……》是抒情味很浓的短篇，1986年的《北极村童话》和1987年开始创作的中篇《原始风景》是其诗化小说代表作。迟子建的诗化小说以东北乡村为背景，把古典诗意融入对乡土的诗意想象之中。

---

① 丁帆、许志英：《中国新时期小说主潮》（下卷），人民文学出版社，2002年版，第1279页。

二、80 年代前期诗化小说叙事空间形态

　　小说叙事空间包括三个层面的内容，一是背景空间，即小说文本中故事发生的时代和社会背景；二是故事结构空间，即故事得以展开或者情思得以呈现的空间，它与叙事视角有密切的关系，也是小说结构的重要构成因素；三是人物心理、精神空间。背景空间相对固定，属于静态空间；结构空间是小说空间的主体，是情节转移的动态空间；心理精神空间与叙事体的结构、情节的发展息息相关①。对叙事空间的处理是一种修辞技巧，热奈特说："人们所说的修辞格恰恰不是别的，而正是这个空间（语言空间，笔者注）：修辞格既是空间采用的形式，又是语言所采取的形式，它是文学语言相对其涵义的空间性想象。"② 诗化小说的诗性内涵正是通过叙事者的空间性想象（一种修辞方式）来获得的，叙事者采取何种空间修辞方式，与如何处理故事结构空间和心理精神空间有着较大的关系。80 年代诗化小说叙事空间的裂变既与美学转型有关，也与叙事者所采取的空间修辞策略有关。

　　80 年代前期绝大多数诗化小说继承了古典美学传统，小说的叙事空间（主要指故事结构空间，以下同）是和谐统一的，正如汪曾祺所说："我的作品不是悲剧。我的作品缺乏崇高的、悲壮的美，我所追求的不是深刻，而是和谐。"③ 对和谐的追求决定了其小说叙事空间的完整与统一。如《大淖记事》中大淖既是十一子和巧云故事发生的背景空间，也是小说的故事结构空间和心理精神空间。大淖中的自然风光、民俗风情、人物行动都十分和谐地融为一体，其中呈现出来的自然美、人情美、人性美均属中国古典美学范畴。而在《受戒》中，汪曾祺通过明海（小明子）和小英子的故事使佛家生活与世俗生活完美地融合，从而形成一个多元统一的民间叙事空间。何立伟的《白色鸟》中两

---

① 王白玲：《论张爱玲小说的叙事时间与叙事空间》，西北师范大学硕士论文，2005 年，第 15 页。

② 罗曼·英加登：《对文学的艺术作品的认识》，陈燕谷译，中国文联出版社，1988 年版，第 47 页。

③ 汪曾祺：《汪曾祺文集（文论卷）》，江苏文艺出版社，1994 年版，第 208 页。

个少年与整个环境是融为一体的，其中象征童年的河滩、芳香的野花、"汪汪的"而"无涯的"的芦苇林、"陡然一片辉煌"的夏日阳光，无不沉浸在美丽、安详而和谐的乡村诗意世界中。贾平凹的《商州初录》和《商州又录》中的商州，是一个未曾被破坏的古朴的民间空间，所有人物事件都在这个空间中活动。比如在《桃冲》中，作者写一家父子两代人，写桃冲自然美、人情美和人性美，也写桃冲人的勤劳、聪慧与古朴厚道，但始终没有脱离桃冲这个叙事空间，这个空间正是贾平凹诗意想象中安详宁静、和谐有序的"桃花源"。

其他诗化小说如孙犁的《荷花淀》《芦花荡》《吴召儿》《山地回忆》、张承志的《北方的河》《黑骏马》《绿夜》《骑手为什么歌唱》《黄泥小屋》《辉煌的波马》、史铁生的《我的遥远的清平湾》《奶奶的星星》、阿成的《年关六赋》《良娼》《正正经经说几句》《天堂雅话》、张炜的《声音》《一潭清水》《拉拉谷》、迟子建的《雾月牛栏》、曾德厚的《遗留在西子湖畔的诗》，以及80年代后期迟子建的诗化小说《北极村童话》《原始风景》等，叙事空间几乎都具有统一性或整体性。面对新的历史时期，作家们描绘了自己想象中的社会图景，用人的完整性对抗异化与精神分裂，以民间（同时也是民族国家的）空间的完整想象重塑民族理想与信心，这种带有启蒙色彩的重构愿望，决定了其诗化艺术空间的完整与统一。

具有古典美学风格的诗化小说空间的完整统一性源于叙事者对叙事逻辑的尊重，它们遵从了叙事的空间结构逻辑与人物的心理抒情逻辑相统一的审美与创作习惯，使心理抒情逻辑从属于空间结构逻辑。也即这些诗化小说仍然沿用了传统的心理描写方法，而较少大规模地使用心理独白或现代意识流，因此，人物的心理、精神空间不会逸出结构空间，从而避免了对叙事空间的结构性破坏。不妨拿何立伟《白色鸟》中对人物的心理描写来分析：

> 那白皙少年，于默想中便望到外婆高兴的样子了。银发在眼前一闪一闪。怪不得，他是外婆带大的。童年浪漫如月船，泊在了外婆的

臂湾里。臂湾宁静又温暖。①

　　作者在正常叙事空间中插入一段少年对外婆"高兴的样子"和"一闪一闪"的"银发"的心理联想，这种间接性心理描写并没有中断正常的叙事逻辑，少年的心理想象空间仍然隶属于结构空间，或者说，叙事结构空间与心理精神空间是统一相融的。

　　由此可见，完整与和谐统一正是80年代前期大多数诗化小说空间形态所呈现出来的主要特征，这与实验性诗化小说（主要集中在80年代中后期）的叙事空间特点存在较大差异。

三、美学转型与空间的裂变

　　80年代中后期，随着改革开放的深入，社会各界以前所未有的姿态将目光再一次投向西方，在很短的几年间，便把西方现代美学与文艺学在一个多世纪里建立起来的理论体系和方法迅速演绎了一遍，从而打破了传统的认识论和政治功利论的美学观念。而围绕着文学主体性的论争，美学探讨进入了一个寻找文艺和美学真正本体的深层领域，美学的现代转型被重新提到议事日程上来。② 随着西方语言论哲学（始于索绪尔的语言论哲学）影响的不断扩大，语言论逐渐取代了认识论的中心地位，使整个人文学科都出现了"语言论转向"。"在这一美学转型中，由文学表现出诗性转为文学诗性的表现，表现内容的地位被表现方式的地位所取而代之。"③ 诗化小说在这种美学转型中，大胆采用新的空间叙事策略，使空间成为一种"有意味的形式"（克莱夫·贝尔语），空间的建构成为一种修辞。这种美学转型实际上在80年代前期少数诗化作品中已有所表现，比如王蒙的《春之声》《海的梦》《蝴蝶》《焰火》等小说已经大胆采用意

① 何立伟：《白色鸟》，新星出版社，2017年版，第6页。
② 邢建昌：《世纪之交中国美学的转型》，河北教育出版社，2001年版，第10页。
③ 张荣翼：《文学的诗性表达与变革》，《黄冈师专学校学报（社会科学版）》1995年第4期。

识流等现代艺术技巧，成为实验性诗化小说的先声。如在《春之声》中，大量的意识流致使空间不断转换，心理空间突破了叙事结构空间，而异质空间的并存形成鲜明的反差与对比，这增强了小说的反讽性、反思性和批判性。

由于美学的转型，80 年代中后期，张承志、苏童、孙甘露和李晓桦等人的实验性诗化小说的叙事空间分割为若干空间元素，作者根据抒情写意的需要，采取结构空间并置、心理精神空间更迭或精神心理空间与情节结构空间交相错杂等形式，最终导致叙事空间的分裂或破碎。

就张承志而言，其 80 年代后期的实验性诗化小说，其叙事空间的结构逻辑被切断，形成多维度多层次的异质空间形态。如《错开的花》全文共分成四章，依次为：山海章、牧人章、烈火章和沉醉章。这四章即四个不同的结构空间，相互之间并无物理时空的统一性，只能依靠人物的心理精神空间加以关联，从而形成第一层结构空间。为了适应人物内心倾诉的需要，各章中的空间转换较快也较随意，如第一章简略叙述"切割计划"（横穿蒙古高原）、"山中丝绸计划"和"昆仑北缘计划"等几次探险经历，然后详述"我"和"叶"的一次探险，这形成第二层结构空间。而"我"和"叶"的探险经历成为叙事的第三层结构空间，在这一层次中，先写"叶"在喀什到托克逊的遭遇，接着镜头立即转到骑马翻山的艰辛，再转向内心对绿色的遐想，然后写在夏季牧场的经历，随后又写路经盐碱地和阿斯帕安裂隙，在那里遭遇日本考察队，接着插入诗的段落抒写自己的感触，再往下历数 19 世纪来中国的探险家，并表示出对他们的厌恶，尔后是"我"向"你"（"叶"）的几段独白，然后是"叶"朗诵的诗，接下来镜头转向北京东郊，在那里见到了欧洲人，并写他的探险经历和相互间的交谈情况，然后又用三页诗的篇幅来抒情，再转向另一个空间——黑口子，最后是一段自我独白、抒情和议论。由此可见，这篇小说的叙事空间变换频繁而缺少物理逻辑性，各层空间之间既不能相互涵容，也不能相互关联，更多是抒情的需要而随意错杂并存。张承志其他诗化小说如《黑山羊谣》和《海骚》等同样如此，其中现实、过去与未来相互交错，梦境和生活次第并接，感性和理性、激情和想象争相涌现，抒情空间与叙事空间交相错杂，叙事空间的完整性不复存在，取而代之的是多维错杂的空间碎片。

80 年代后期实验性诗化小说叙事结构空间裂变后的多维破碎性，在孙甘露《信使之函》《我是少年酒坛子》、苏童的《飞越我的枫杨树故乡》《祭奠红马》《桂花树之歌》等诗化小说中也非常明显。这种诗化空间的多维破碎性，同样与叙述逻辑有关。80 年代中后期诗化小说为了突出主体性，更多以内在心理抒情逻辑为主，外在的空间结构逻辑处于相对次要地位，空间的调配完全为抒情写意服务，故事结构空间为心理精神空间所突破、分割与破坏，从而呈多维或破碎状。另外，80 年代中后期的实验性诗化小说常采用意识流、魔幻化等现代艺术手法，使作品很难组合成一个完整的时空，有时甚至内外空间自身都无法找到时空逻辑联系。比如苏童的《飞越我的枫杨树故乡》《祭奠红马》，孙甘露的《信使之函》等，皆以心理逻辑为主来结构空间，加之作品内容的荒诞性和魔幻性，其叙事空间的心理逻辑和时空逻辑遭到破坏，空间异彩纷呈，呈现出交相错杂的空间结构形式。

四、空间裂变与意识形态

20 世纪 80 年代诗化小说叙事空间的裂变不仅与美学转型相关，而且与诗意内涵、社会文化主潮的演变以及作者的意识形态倾向等都有密切的联系。

诗化的本质是追求一个主客交融、人神沟通的理想的超验世界。在浪漫主义诗哲们看来，诗不是指单纯的诗的艺术作品，而是指作为理想的生活世界，诗意便是对理想生活世界的向往或想象。刘小枫指出浪漫诗哲的出发点是："人面临着一个与他自身分离异在的世界（包括文化和自然），用形而上学的语言来说就是，人发现自己面临着一个不属于他的、与他对立的客观世界。所以，全部问题就在于如何使这个异在的、客观化的世界成为属人的世界，作为人的主体性的展现的世界，这也就是如何使世界诗意化的问题。"① 诗化小说作者

---

① 刘小枫：《诗化哲学——德国浪漫美学传统》，山东文艺出版社，1986 年版，第 30 – 31 页。

"应该把自己的灵性彰显出来，使其广被世界，让整个生活世界罩上一个虔敬的、富有柔情的、充满韵味的光环"。① 让世界充满诗意的韵味和光环，不仅需要想象，更需要对抗的勇气，从这个意义上来说，诗化小说中的诗意也就具有了对抗性和超越性。具体到80年代前期的诗化小说而言，其诗意在某种程度上承载着治愈"十七年"和"文革"期间极左思潮造成的精神创伤和各种运动带来的混乱与无序、血腥与残忍、失信与怀疑、冷漠与变态等现象的使命。

"文革"结束后，百废待兴，然而人们心灵的伤痕无法在短时间愈合，"医治"民族心灵创伤为社会各界所重视，文学界也不例外。因为文学通过内在的生命体验完成对精神创伤的治疗是行之有效的，正如马大康在谈及虚构艺术时说道："审美形式以其'专制'的力量，将人和作品移植于虚构的审美世界，使人和作品超脱于现实的无尽过程，从而颠覆了理性权威，取消了种种现实的压抑，释放出人的深层心理积淀，也令形式本身闪耀出生命的奇异光彩。"② 新时期初期文学通过审美空间对这种集体性的精神疗治有两种方式，一种是"泄"，即疏导与发泄；另一种是"养"，即给予心灵滋养或精神营养。要达到理想的"治疗"效果，二者往往配合进行。

80年代初期，伤痕文学在回忆与叙述之中修复民族心灵的创伤，通过适当的宣泄达到一定的疗治目的；而诗化小说则通过营造充满灵韵的审美世界而带给人们慰藉、希望与信心。伤痕文学属于"泄"的治疗方式，诗化小说属于"养"的治疗方式。实际上，80年代前期部分诗化小说也具有"伤痕"性，比如何立伟在《小城无故事》中，对小城人纯朴、善良、正直、敦厚的品格和美好心灵加以赞颂的同时，通过三个外来的陌生人对女癫子的调戏暗示异己力量对小城造成的不和谐以及反人性一面；他的另一篇诗化小说《白色鸟》中也写到了政治运动中的锣鼓声对天真单纯的童年世界的破坏。史铁生的《奶奶的星星》既有对奶奶的温情的回忆，也有对奶奶在"文革"中所遭遇的不幸的伤怀。张炜的《怀念黑潭中的黑鱼》既是对贪婪人性的批评，也是对"文革"对

---

① 刘小枫：《诗化哲学——德国浪漫美学传统》，山东文艺出版社，1986年版，第31页。
② 马大康：《审美形式、文学虚构与人的存在》，《文学评论》2012年第1期。

文化生态造成破坏的揭示。王蒙的《海的梦》中，主人公缪可言在海边体验到的既有往昔的创伤，也有对未来的激励与憧憬。这些带有伤痕性的诗化小说具有"泄"与"养"的双重功效。当然，新时期初期更多的诗化小说承担了"养"的功能。铁凝通过山村少女香雪对山外世界的憧憬向人们展示了一个充满诱惑力的全新世界（《哦，香雪》）。张承志通过蒙古大草原、黑骏马（《黑骏马》）、北方的河（《北方的河》）等意象，高扬理想主义的大旗，以激情与坚毅替代了感伤与徘徊，以崇高与悲壮抵制了猥琐与卑鄙，以热血浇灌信仰之花，显示出一往无前的勇气。汪曾祺通过十一子与巧云的爱情达到了自我疗治的效果，从而显示了民间顽强的自我康复能力，大淖正是人们忘却痛苦，重拾生活的信心与勇气的审美空间（《大淖纪事》）。贾平凹通过对商州古朴风土人情的抒写（《商州初录》），史铁生通过对插队时遥远的清平湾中淳厚的民风和乡情的追忆（《我的遥远的清平湾》），让人们重新看到了人情与人性之美，为修复破碎与扭曲的人际关系带来了希望与信心。陈建功笔下的双腿残疾男子，在女友的激励与帮助下，自食其力，重拾生活的勇气，相信"晨曦虽然被揉碎了，但在那日之可及的地方，醉人的晨光仍在"（《被揉碎的晨曦》）。由此可见，新时期初期多数诗化小说采用了符合时代心理的叙事策略，遵循叙事的逻辑性和古典美学特征，营造出和谐完整的诗化空间，以牧歌般的诗意抒写给遭受身心创伤的人们以慰藉、温暖与希望，从而在一定程度上弥合了"文革"带来的心理裂痕。这些诗化空间大都以乡土田园为背景，其间充满了温情、自由、平等、明朗、单纯与和谐，这正是作家们理想的政治伦理空间，它们的完整统一恰好是作家们反对破裂与碎片化、反对无序与混乱、反对冷漠与无情、反对残暴与血腥、反对专制与暴政的叙事策略，其中的意识形态性非常明显。

但到了 80 年代中期后，随着改革开放的发展，社会以城市为中心，以网状的形式使大、中、小城市相联系，城市间是点与点的关系，城市空间造成了对乡村空间的零碎切割，乡村的阔大和谐的诗性空间在这种切割中也遭到分解。丹尼尔·贝尔说：

一个城市不仅仅是一块地方，而且是一个心理状态，一种主要属性为多样化和兴奋的独特生活方式的象征；一个城市也表现出一种想使囊括它的意义的任何努力相形见绌的规模感。……①

城市的意义只能部分地为个体局部地、片段式地把握，这种片段式零碎化的意义捡拾恰恰是工业化社会的特点。而国家工作重点转向经济建设后，静穆悠远、和谐统一的美学理想诉求也随之为经济发展中的急功近利的现实欲望所替代。与此相应的是思想文化领域中人的主体性再次得到强调，个性得到张扬，个体空间或曰私人空间得到强化，在80年代前期作为对抗异化的具有完整"主体性"的个人②，到80年代中后期由于缺失了稳定的核心价值观念，个人的"主体性"空间也产生了裂变。在以上诸因素的影响下，以孤独、自我、碎片性和欲望化为特点的现代文化心理空间逐渐形成。而在这样的文化场域中，80年代中后期的诗意内涵也随之发生变化，其反抗与抵制的主要对象不再是政治革命可能带来的暴力，而是转向了对传统、对庸常的破碎的日常生活的反抗与抵制，并试图在形式的超越中完成自我的救赎和精神的超越。

张承志在《离别西海固》中说："在一九八四年冬日的西海固深处，我远远地离开了中国文人的团伙。他们在跳舞，我们在上坟。"从此以后他与中国文学的主流分道扬镳，自觉地走向了边缘，以此来洁净精神，以抗议"今天泛滥的不义、庸俗和无耻"（《清洁的精神》）。张承志80年代后期的实验性诗化小说正是以形式的反叛来反抗当时的文学主流，他不相信他们，因为"他们缺乏对于人的心灵力量的想象力，因此也不能获得秘密。而历史从来只是秘史；对于那些缺乏人道和低能的文人墨客，世界不会让他们窥见真相"（《心灵史·黑视野》）。张承志在民间底层体验到了现代人生存的艰辛与生命的破碎，于是主张"一篇小说应该是这样的：句子和段落构成了多层多角的空间，在支架上和

---

① 丹尼尔·贝尔：《资本主义文化矛盾》，赵一凡等译，生活·读书·新知三联书店，1989年版，第154－155页。
② 贺桂梅：《"新启蒙"知识档案：80年代中国文化研究》，北京大学出版社，2010年版，第52页。

空白间潜隐着作者的感受和认识，勇敢和回避，呐喊和难言，旗帜般的象征，心血斑斑的披沥"①。他于 1987 年创作的《金牧场》（后改名为《金草地》），其中有两条线索，一条描写知识青年和牧民的一次大迁徙，另一条描写古文献的解读研究过程以及异国感受。两条线索都插入了回忆，整个小说"内容涉及知识青年的插队、红卫兵运动的内省、青年走进社会底层的长征与历史上由工农红军实现的长征、信仰和边疆山河给人的教育、世界的不义和正义、国家和革命、艺术与变形、理想主义与青春精神……企图包含的太多了"②。作者众多的"企图"被分别置于"多层多角"空间的不同"支架"上，在大量的独白与抒情中形成多声部的交响乐章。其中描写到的每一个生活片段都"潜隐"着各自的意义（企图），这些看似孤立的意义（企图）最终统一于理想的精神空间——黄金牧场之中。小说中的"黄金牧场"出自主人公执着译释的一部古代文献《黄金牧地》，这部文献记载着少数民族的英雄们以生命和牺牲为代价去寻找理想天国的故事，这理想的天国便是黄金牧场——作者追寻的精神圣地。这样，被现代物质文明切割成碎片的人之存在，在超现实的审美世界中重新融合统一，这正是对庸常的破碎的日常生活的反抗与抵制。

张承志《错开的花》《黑山羊谣》《海骚》等同样通过"多层多角"的诗化空间，尽情地释放想象力，拓展心灵空间的自由，寻找历史的真实（秘密），以此构建反抗主流文学逐渐僵化而虚假的叙事空间。张承志这些诗化小说中破碎（或曰"多层多角"）的结构空间恰好成为反抗主流的修辞手段。这种诗化形式的革命与其反特权、反不义、反体制的核心精神相一致。

同张承志一样，作为先锋作家的苏童与孙甘露的诗化小说，如苏童的《飞越我的枫杨树故乡》《祭奠红马》《桂花树之歌》和孙甘露的《我是少年酒坛子》《信使之函》《访问梦境》等，同样通过形式反叛传统。他们"反叛的是作为主流形态的现实主义叙述语言和成规构成的'秩序'"③，现实主义传统构建

①　张承志：《美文的沙漠》，见《小说文体研究》，中国社会科学出版社，1988 年版，第 26 页。
②　张承志：《注释的前言：思想"重复"的含义》，见《金草地》，海南出版社，1997 年版，第 1 – 2 页。
③　贺桂梅：《"新启蒙"知识档案：80 年代中国文化研究》，北京大学出版社，2010 年版，第 155 页。

了"秩序"化的、完整统一的艺术空间，但它同时也是僵化的故步自封的意识形态。苏童、孙甘露和张承志一样，正是通过艺术形式的革新，达到对主流文学以及平庸的日常生活的反叛，从而完成"形式的意识形态"革命，这种反叛和革命正是他们的诗意与激情的突出表现。正如吴亮在论及80年代先锋小说时说，先锋小说的形式感，探索性，甚至是模仿性，它本身就是一种政治，它在开拓一种空间，即一种异质表达的空间。① 孙甘露与苏童的诗化小说结构空间正是一种破碎的异质空间，这种异质与破碎的特性恰好完成对"秩序"空间的突破和意识形态的革命。苏童《飞越我的枫杨树故乡》中的空间随着作者情感的流动不断变换，城里和乡下（故乡）两个大的空间交替出现，"幺叔"如同幽灵般穿梭在这两个时空之中，随着"幺叔"的行踪或者说随着对"幺叔"的追忆，空间在不断地变化。小说中的空间变换不仅容纳了一定的内容，更重要的是作者通过这种时空的交替，表达出一种让人难以回归精神故乡的焦虑。作为"幺叔"灵魂的象征物——灵牌不知所终，于是幺叔的灵魂难以回到本族宗祠，无论城市还是乡村，"幺叔"的灵魂都无所皈依。空间的破碎在小说中象征着人类精神故乡的不圆满和破裂，也是现代人心灵无所皈依的写照。孙甘露的《信使之函》语言在诗化实验中，其形式显得极其膨胀却又极为虚空，意义无处寻觅，这种形式空间与内容之间所形成的悖谬与滑稽恰恰造成一种反讽效果，它赋予了小说反传统和反僵化的意义，破碎的诗化空间中潜隐着丰富的文化内涵。

五、小　结

20世纪80年代的诗化小说尽管在诸多因素影响下发生了叙事空间的裂变，但它们对非人性的抵抗和对庸常现实的超越却始终不变。只是由于80年代前后期诗化小说的美学诉求不同，其叙事结构空间才呈现出不同的形态，或和谐统一，或裂变破碎，但艺术形式的演变并没有改变其诗性精神，只是用以完成抵

---

① 吴亮：《八十年代的先锋文学和先锋批评》，《南方文坛》2008年第6期。

抗与超越的方式不同，一者是借助结构空间的完整，另者是依靠精神空间的和谐。而这种由不同的叙事技巧所形成的叙事空间的演变，与社会意识形态息息相关，南帆指出："形式探索的意义在于，扰乱乃至中断这个强大的符号秩序，从而为种种边缘的意识和经验争夺一席之地。"① 因而，诗化小说的空间叙事方式的演变不仅是一种应对现实境况的措施，一种反抗与抵制固有而僵化的秩序的方法，同时也是诗化小说摆脱边缘化的一种叙事策略。

（本文原载于《北方论丛》2014 年第 2 期，收入本书时有增改）

---

① 南帆：《八十年代：话语场域与叙事的转换》，《文学评论》2011 年第 2 期。

时间维度下乡愁意蕴的嬗变与叠加

乡愁是人类特有的心理现象，也是文学抒写的永恒母题。以农耕文明为特色的中华文化有着浓郁的安土重迁和落叶归根的乡愁文化传统，中国文学对乡愁的抒写因此也绵延不绝而成为一个重要的文学传统。然而乡愁并非一成不变的情感现象，其意蕴是随着社会文化的变迁而发展变化的。目前学界对乡愁概念的阐释，缺乏清晰的历时性描绘而显得比较笼统。从时间维度来看，乡愁可以分为传统乡愁、现代乡愁和后现代乡愁，但这三种乡愁之间并非迭代更替的关系，而是后者在前者之上的叠加。也即是说，从传统社会到现代社会再到后现代社会，乡愁意蕴发生了变化，增添了新的质素，但以前的乡愁作为一种较为稳定的文化心理并不会消失，这样便形成传统乡愁、现代乡愁与后现代乡愁相互关联、叠加并存的文化现象和乡愁叙写的多重性。

一、乡土世界中怀旧式传统乡愁

传统乡愁是在传统农业社会中，因离乡出走而产生的对家园的自然风物、风俗习惯、人事传闻以及依附于其上的伦理道德、价值观念、文化习俗、宗教信仰、政治理念和审美情趣等传统文化的眷念。传统乡愁最显著的心理特点便是怀旧，怀旧是对过去的回忆，但这种回忆对过去进行了过滤，"丑"的部分被有意识地遮蔽，留下的是过去美好的一面，或者说是被美化了的过去。有学者指出，西方文化中的基督教、犹太教皆以未来为美好，以未来为理想，而中国有着祖先崇拜的农耕文化审美传统，因而以过去为美好①，也即是说，中国人的怀旧情结远较西方人浓厚。美国学者斯维特兰娜·博伊姆提出了"修复型怀旧"恰好道出了中国文化中的怀旧特点，"修复型的怀旧强调返乡，尝试超历史地重建失去的家园"②。"超历史地重建"便是对过去（传统）想象性、修复性地重建。由此可见，传统乡愁是回顾式的，尽管有感伤甚至痛苦的情感，但总体上是一种积极的情感倾向。

传统乡愁中主体与客体是融合统一的。由于传统乡愁存在怀旧式的想象，这种想象与主体对家园的记忆相结合，对客体进行美化式加工以重构失去的家园。在这个过程中，想象引导主体进入客体世界，"想象把怀旧主体投放到了他的审美对象之中，在主体与对象间的'同谋'或'同一'关系的基础上促成了主体对对象的创建"，这样便产生了"一种比'真实感'更能震撼人心的'美'的感情"。③ 乡愁主体是乡愁的亲历者和参与者，主体与客体没有分离，主体能在乡愁情感活动中体会到美的情感，因而那些抒写传统乡愁的文学才可能产生较强的审美魅力。

除了以上两大特点，传统乡愁一般是由空间转换或者人之离散而形成的，其引发物一般是物质家园所拥有的自然与文化等现实客体，包括景物、人事及文化习俗等，这些现实客体是历史地存在过的，尽管在乡愁的想象中可能被美化，但被乡愁意识加工的原初材料仍源自真实存在的物质家园与文化家园。传统乡愁在美化过去时伴随着诗意的生成，这种诗意正是乡愁主体试图重返现实中物质家园的情感冲动，因而传统乡愁追寻的是现实生活中的诗意栖居。

二、工业文明中前瞻式现代乡愁

现代乡愁是现代工业文明的产物，是伴随着现代性出现的，现代性是工业

---

① 王杰：《马克思主义美学的当下与未来》，《当代文坛》2018 年第 1 期。

② 斯维特兰娜·博伊姆：《怀旧的未来：导言》，杨德友译，译林出版社，2010 年版，第 7 页。

③ 赵静蓉：《怀旧：永恒的文化乡愁》，商务印书馆，2009 年版，第 62 - 63 页。

社会的基本属性。瑞士学者汉斯·昆指出，"现代"这个术语最早出现在 17 世纪法国启蒙主义运动中，"它用以表明西方由怀旧的文艺复兴阶段进展到一个充满乐观向上精神的历史时期"①。这种乐观向上的精神必然影响作为文化心理的乡愁，怀旧作为传统乡愁的心理特征被现代社会的"乐观情绪"所取代，人们不再回望过去的家园，而是对建构未来理想家园作前瞻式的展望，这赋予了乡愁更多的新质素，从而形成现代乡愁。这种"乐观情绪"即资产阶级启蒙运动以来所倡导的科学与民主等现代观念，即美国学者马泰·卡林内斯库所说的资产阶级现代性②。卡林内斯库认为有两种现代性，即资产阶级现代性和审美现代性，二者对立而富有张力。资产阶级现代性又称为启蒙现代性或社会的现代化，它源于 17～18 世纪的启蒙运动，崇尚理性和自由，相信科技能造福人类。中国学者王杰在谈及乡愁时也有类似的观点，他指出，当前中国有两种乡愁，传统乡愁指向过去，现代乡愁即乡愁乌托邦，其本质是进入现代性，因为现代性意味着进步，现代性仍然是现代中国追求的目标，尽管它存在缺陷。③ 因而现代乡愁就时间维度来看，不是对过去的眷念与回望，而是对未来的展望与期盼，其家园存在于以理性逻辑与科学逻辑为特征的未来社会。

黑格尔对现代社会作过这样的阐释："我们这个时代是一个新时期的降生和过渡的时代。人的精神已经跟他旧日的生活与观念世界决裂，正使旧日的一切葬入于过去而着手进行他的自我的改造。"④ 在现代社会中，不仅是物质的家园遭遇巨大的改变，连往昔的生活习惯以及文化观念等都遭遇了断裂，这种断裂不仅是地理的而且是历史的。但这种断裂并没有也不可能阻止人们对传统的回望，与传统乡愁的审美式怀旧不同的是，这种回望包含着更多的批判与审视。现代乡愁主体对传统的审视与批判来自启蒙主义倡导的"自由、民主和博爱"等社会理想，在进化论和科学进步论的双轮驱动下，人们借助乌托邦想象张开

---

① 汉斯·昆：《神学：走向后现代之路》，见王岳川：《后现代主义文化与美学》，北京大学出版社，1992 年版，第 159 页。
② 马泰·卡林内斯库：《现代性的五副面孔》，顾爱彬、李瑞华译，译林出版社，2015 年版，第 42－43 页。
③ 王杰：《马克思主义美学的当下与未来》，《当代文坛》2018 年第 1 期。
④ 黑格尔：《精神现象学（上卷）》，贺麟、王玖兴译，商务印书馆，1983 年版，第 6 页。

双臂拥抱未来，乡愁家园便建立在理性、科学、民主与自由的基础之上，因而前瞻性是现代乡愁的基本特征之一。

就西方而言，前瞻性表现在资产阶级启蒙者们倡导的自由、民主和博爱的美好社会愿景，同时出现了莫尔的《乌托邦》（1516）、培根的《新大西洋大陆》（1627）和康帕内拉的《太阳之都》（1637）等对未来社会的理想化描写的著作。而中国自近代以来便积极探寻现代化之路，无论是洋务运动、百日维新，还是五四启蒙运动，充斥着急于摆脱落后走向富强的乌托邦乡愁冲动。比如梁启超的《新中国未来记》、蔡元培的《新年梦》等小说均在这种乡愁乌托邦的驱动下对中国未来展开了美好设想。

回望与前瞻形成现代乡愁对立统一的辩证性特点。美国学者罗兰·罗伯森指出："全球性变迁的变动不居，本身便招致对世俗形式的'世界秩序'的怀旧，以及对作为家园的世界的某种前望式（PROJECTIVE）乡愁。"① 这使得现代乡愁具有丰富的人文内涵，也呈现出一种过渡的色彩。

现代乡愁前瞻式乌托邦冲动所建构的家园，作为成员们的共同理想或精神依托而维系着族群的稳定，在这一点上现代乡愁与传统乡愁一致，因此可以把传统乡愁与现代乡愁统称为"集体乡愁"。弗雷德·戴维斯认为，集体乡愁指的是这样一种情况：乡愁的象征性客体"具有高度共同的、广泛共享的和熟悉的特性，那些来自过去的符号资源……可以在千百万人中同时激起一浪高过一浪的怀旧情绪"。② 只是现代乡愁共同指向的符号资源即象征性客体并非都是过去的，更多是指向未来的。除此以外，现代乡愁还存在"个体乡愁"，即乡愁客体非公共的，而是个体自身所独有的。罗兰·罗伯森指出，现代社会"一度被认为是现代性的一种标志地对自发性和个人自主性的怀旧，已经成为乡愁的突出维度"。③ 很明显，"个体乡愁"的出现便源自启蒙现代性所倡导的自由、民主和个性解放等思想，由此可见，现代乡愁已具有个体与集体双重家园建构

① 罗兰·罗伯森：《全球化社会理论和全球文化》，梁光严译，上海人民出版社，2000年版，第232页。
② 罗兰·罗伯森：《全球化社会理论和全球文化》，梁光严译，上海人民出版社，2000年版，第230页。
③ 罗兰·罗伯森：《全球化社会理论和全球文化》，梁光严译，上海人民出版社，2000年版，第226页。

的特性。不过，现代乡愁最终以精神家园的追寻超越了集体与个体的界限，成为现代乡愁的终极目的。现代人遭遇了现代性所带来的精神流浪而无家可归的"现代病"，因而不断追寻诗意地栖居便成为现代乡愁根本性精神动力，而精神家园也成为现代乡愁追寻的主要家园形式。

卡林内斯库指出，除了启蒙现代性，还有与之对立的审美现代性，又称为文化现代性。它是在启蒙精神的激励下产生的对资产阶级现代性中的工具理性主义和技术主义的反思与批判。因为现代性对中世纪的专制、宗教的独断与民众的愚昧等进行批判，张扬了理性与科学精神，但同时现代性又在对理性与技术的极度推崇中走向了反面，形成技术主义，从而对人造成严重的异化。技术进步与启蒙主义许下的承诺不但未能兑现，还带来了诸多新问题，因此才有了审美现代性对其进行反思和批判，从而与启蒙现代性形成对立与张力。卡林内斯库提出的审美现代性尽管也反映了现代性的特征，但是并没有把现代主义和后现代主义对应的审美特征进行区别。国内学者朱立元等把审美现代性和审美后现代性进行了区分，他们认为审美现代性是理性的和以人为本的，具有救赎功能、独立的艺术价值、强调反思性、审美以感性为起点而肯定感性等特点①。朱立元等人的审美后现代性则和卡林内斯库的审美现代性相当，后文将作详细解释。朱立元等对审美进行现代与后现代的划分符合了社会发展实际，本文正是在这种审美类型划分的基础上展开讨论的。

无论是从社会学还是从美学角度来看，反思与批判皆是现代性的显著特点之一。列费弗尔（Lefebvre）认为，现代性就是反思过程的开始，是批判与自我批判的尝试，同时也表现出对知识的渴求。② 英国社会学家安东尼·吉登斯也指出，现代性并非仅仅接受新事物，而是认定反思性，人们正是在反思性地运用知识的过程中建构起现代性的。③ 也就是说，反思是现代性概念的核心要素。反思作为现代社会思想精神的基本特征也必然影响作为社会心理和情感表征的

---

① 朱立元、李钧、刘阳：《后现代主义文学理论思潮论稿：下》，上海人民出版社，2015 年版，第 692 页。

② H. Lefebvre, *Introduction to Modernity*, London: Verso, 1995, pp. 1 – 2.

③ 安东尼·吉登斯：《现代性的后果》，田天译，译林出版社，2000 年版，第 34 页。

乡愁，并赋予其鲜明的反思特性。有学者指出，当宗教的文化整合力量被启蒙运动消解后，工具理性大行其道而使得社会惨遭冲击与撕裂，人也被碎片化，失去了存在意义的完整性，从而遭遇了现代性困境，而审美现代性便试图以艺术创作的形式，唤醒个体的感性和整体性以对抗工具理性的绝对统治，以重返或重构新的精神家园[①]。审美现代性同样也重视反思，这种反思以理性为依据，进而批判工具理性，试图调和感性与理性而重建精神家园，并用艺术代替失落的宗教，完成灵魂的救赎。马克斯·韦伯指出，艺术将人从千篇一律的日常生活中解救出来，特别是从以理论的和实践的理性主义所带来的压力中解脱出来，因而艺术具有一种世俗救赎功能。[②] 审美现代性并不放弃理性，它的反思仍可以说是一种现代性内在的自我调整与修复。由此可见，试图重建家园的现代乡愁的反思性便成为区别于传统乡愁的又一基本特性。需要强调的是现代乡愁的反思仍然是一种理性的反思，尽管它肯定感性价值。

传统乡愁中也存在一定的反思，但传统乡愁以怀旧和审美为主，怀旧中的反思与理性的算计估量或统计无关，它"是在某种情绪、感悟或心理体验的过程中以审美的方式展开"，从而达到对自己及他人或者历史与现实的理解和认知，这个过程中即使有理性参与，但其运作方式最终也是完全被感性化了，正是这种感性化的运作形式使怀旧具有了审美特性。[③] 也就是说，传统乡愁的反思形式更多是感性审美的，现代乡愁的反思形式更多是理性批判的。

一般而言，现代性的反思与批判应该有三个方面的内容，首先是以启蒙的姿态对前现代文化愚昧落后与非人性的批判，其次是为了完善现代性自身而进行的修复性反思批判，即为了促进和完善现代化而对其自身进行的修复性批判，这仍然属于资产阶级现代性范畴；最后便是对启蒙现代性自身的批判，即对工具理性和技术主义进行反思批判。前两个层面的批判内容是为了促进和更好建

① 张红霞：《张力之维的审美现代性建构 20 世纪中叶世界陶艺革命研究》，重庆大学出版社，2015 年版，第 173 页。

② H. H. Gerth, C. W. Mills, eds: *From Max weber: Essays in Sociology*, Oxford University Press, 1946, p. 342.

③ 赵静蓉：《怀旧：永恒的文化乡愁》，商务印书馆，2009 年版，第 43 页。

构现代性，隶属于审美现代性反思内容。就乡愁层面而言，对传统的反思与批判既有回望又有前瞻，但其本质仍然是希望建立更合乎理想的家园。修复性反思与批判针对的虽然也是启蒙现代性，除了其反思的目的是更好地实现启蒙现代性，更多的是反思现代性带来的后果，是对其产生的负面影响进行纠偏而使现代各种关系走向良性循环与生态和谐，因此修复性现代性是资产阶级内部的自我批判与调节。比如对于 19 世纪批判现实主义作家而言，他们的血管里仍然流淌着 18 世纪启蒙思想家的思想血液，不同之处在于他们把启蒙思想对理性王国的呼唤与讴歌，转换成对资本主义的反理性的现实的深刻而无情的批判。①因而这种批判是一种现实主义的文学批判，也是"资产阶级理想对资产阶级现实的人道主义批判，或者说是资产阶级的自我批判"。②因此，这种修复性反思批判不同于审美后现代性中的理性批判，修复性反思批判主要是针对现代性的后果，而审美后现代反思与批判更多针对的是现代性这种手段，当然也涉及其后果。

西方社会中，修复性反思以卢梭为代表，卢梭倡导回归自然并以此抗衡现代工业文明，重返本真的人性，从而使现代乡愁的理性反思揭开了序幕。尽管卢梭的重返自然的追求具有鲜明的怀旧情绪，但他这种怀旧既是应对现代文明的一种措施，同样也是对未来理想生活的设想，其理论带有明显的现代反思特色。正如卡西尔所言："卢梭的理论不是关于既存事物的理论，而是关于应有事物的理论，不是对现成事物的描述，而是对适当出现事物的刻画，不是怀旧的哀歌，而是未来的预言。"③因此，卢梭的反思隶属于审美现代性范畴，其乡愁也属于现代乡愁，具有前瞻性与反思性特点。在中国现代文学中，除了前瞻性的乌托邦乡愁家园的建构冲动，还有以鲁迅为代表的五四乡土作家对传统乡土的审视与批判式抒写，这种批判具有怀旧的属性，但最终指向的仍然是未来的新乡土或新家园的建构。由于晚清至五四很长时间内，中国现代性并没有真正

---

① 朱立元：《走向现代性的新时期文论》，复旦大学出版社，2016 年版，第 85 页。
② 朱立元：《走向现代性的新时期文论》，复旦大学出版社，2016 年版，第 86 页。
③ 卡西尔：《卢梭·康德·歌德》，刘东译，生活·读书·新知三联书店，2002 年版，第 12 页。

到来，因此，五四作家现代乡愁中所形成的修复性批判较少，而是以启蒙性批判为主，即以批判传统社会中的种种落后与弊端为主。

三、以商品消费为特征的后现代乡愁

现代性反思的第三方面内容是对现代性自身的解构性批判，它属于后现代性范畴。一般认为，后现代性是现代性的否定性继续。学者王治河认为，后现代性"其中最重要的一点是对现代性的否定——对现代主义一元论、绝对基础、唯一视角、纯粹理性、唯一正确的方法的否定，对现代个人主义、帝国主义、家长制以及西方文化中心主义的否定"。[①] 后现代性最重要的特点便是反对一元论而主张多元化。受后现代性影响的审美后现代性当然也是对工具理性、一元论、文化中心主义等的反思与批判。其反理性在美学层面集中体现为对理性在艺术活动作用的怀疑与否定，而强化审美行为的非理性部分，包括潜意识、本能、自觉、想象与梦幻等感性因素，并且以先锋的姿态对抗理性主义，感性以感官快乐的方式介入审美活动，从而以快乐原则取代了审美的非功利性原则。[②] 这种审美后现代性赋予其对应的乡愁后现代特点，从而形成后现代乡愁。后现代乡愁是后现代社会出现的，是在对现代性特别是其中的工具理性和技术主义进行反思批判的过程中形成的，并以大众消费的形式沉溺于感官快乐和虚拟的拟像家园（这是后现代社会中人们利用模型、代码、数字等符号构建起来的仿真或虚拟世界）之中，从而放弃了地理的、文化的和精神的返乡的情感活动。

关于现代社会乡愁的不同类型的划分，美国学者罗兰·罗伯森这样认为：20世纪后期的乡愁已经今非昔比，它"与消费至上主义密切联系在一起的……从它是全球资本主义（它本身受到普遍性与特殊性之间的全球性相互作用的约

---

① 王治河：《后现代主义辞典》，中央编译出版社，2004年版，第9页。
② 朱立元、李钧、刘阳：《后现代主义文学理论思潮论稿：下》，上海人民出版社，2015年版，第694页。

束）的一种主要产物意义上说——更具有经济性质"。① 也就是说，自 20 世纪后期以来，乡愁消费性特征非常明显，和以前的乡愁形成明显的区别，消费性正是后现代乡愁的基本特征之一。因此我们大致可以从现代乡愁中分化出后现代乡愁。罗兰·罗伯森还引用了詹姆森的一段话来证明后现代乡愁的消费性："对于或许可以称为幻影式出现的过去之形象的强烈爱好，使得各种这样的形象，尤其是那种奇怪的后现代风格的形象越来越多地生产出来，怀旧的电影通过虚饰性地唤起过去作为完全可以消费的时尚和形象。"② 后现代社会消费的是过去的"形象"，其实是乡愁主体与客体的分离，乡愁自身成了符号化对象而非鲜活的情感本体。罗兰·罗伯森把这种后现代乡愁称为"被解释的乡愁"，它是通过被人解释而被动解释的乡愁，乡愁因而被"客观化"了③，最终成了出售的商品。

后现代社会追求文化、意义和个性的多元化，这导致边界泛化和中心消失，自我价值和身份难以确立，自我身份与价值的游离带来了不安与焦虑。多元化还导致了共同体（包括共同的理想、价值观等）散失，追求个性的个体成为碎片化的个体，导致整体性丧失，而个性泛化导致族群性丧失，商业化导致审美性丧失。在审美的后现代状态下，审美理想包括典雅、和谐与愉悦之美皆被放逐，使它们"流亡于商品生产的某个环节。"④ 现代人认同世俗的享乐而把天国的享乐当成虚幻的欺骗，消费主义的浪潮把现代人带入"生产—消费—再生产"的现代"牢笼"中难以摆脱。后现代艺术追求意义的非唯一性和变动性，在赋予作品生机的同时，也带来了"与不确定性意义相关的认同难题"。因为后现代人生活的世界具有不确定性，深受"情感的匮乏、边界的模糊、逻辑的无常与权威的脆弱等诸多因素的困扰"，因而存在认同的难题，而现代社会的认

---

① 罗兰·罗伯森：《全球化社会理论和全球文化》，梁光严译，上海人民出版社，2000 年版，第 228 - 229 页。

② 罗兰·罗伯森：《全球化社会理论和全球文化》，梁光严译，上海人民出版社，2000 年版，第 227 - 228 页。

③ 罗兰·罗伯森：《全球化社会理论和全球文化》，梁光严译，上海人民出版社，2000 年版，第 231 页。

④ 朱立元、李钧、刘阳：《后现代主义文学理论思潮论稿》，上海人民出版，2015 年版，第 696 页。

同难题是如何建构一个具有普遍辨认形式的认同，后现代的认同难题则是因为不存在普遍客观的认同对象而无法确认认同什么，因而混乱与焦虑便成为后现代社会人们的宿命。[①] 此种情形加上科技的发展，大大压缩了时空距离，全球化带来了文化的交融，文化的异质性逐渐消失。而城镇化的加速发展，机械复制技术的日益发达，仿真拟像以及克隆技术的逐渐推进，使得不同地理空间的现代城市以及相应的生活都同质化了，于是"所有地理位置的重要性开始受到人们的质疑，我们变成了流浪者——时时刻刻互相联络的流浪者"。[②] 个体都成了单个的粒子，成为无可救药的孤独症患者，焦虑便成了现代人的常见心理疾病，怀旧情绪普遍地萦绕现代人心头，后现代乡愁便因此而产生。但后现代乡愁中的怀旧已经不是传统乡愁的那种审美式的回望，也不同于现代乡愁的批判中建构，它更多是一种消费式的"仿真体验"。因此，后现代乡愁的另一特点便是虚拟仿真性。

利奥塔认为，现代城市的发展打碎了自然之神，"破坏它的归途，不给它接纳祭品和享受优待的时间。别样的时空调谐占领了自然之神的位置。从此，牧歌体制被视为伤感的遗迹"。[③] 对中国当前社会而言，城市的迅猛发展早已无视自然之神的神圣与威力，城市尽管是现代人的家，但更是围绕奢侈消费展开各种商业活动的场所，城市里林立的商铺，大型超市和豪华购物中心都是欲望满足之地，也是欲望堆积之地，并非自然神灵的供奉之所。当你走出房屋，你不能像乡土社会那样看到田野、农舍、牛羊、庄稼等田园风光，城市并不生产人们赖以生存的粮食，城市只是加工食品，城市也有工业生产，但城市的工业生产多数超出了人们生存必需的范畴，属于奢侈消费性生产，因而城市并非维持生命的基本物质生产之地。城市是欲望的试验场，是生产欲望与满足欲望的地方，消费是城市的最主体的行为方式，城市不可能成为最基本的物质和精神原乡。但城镇化让很多人进入城市，于是城市人口的结构变得非常复杂，但无论

---

① 朱立元、李钧、刘阳：《后现代主义文学理论思潮论稿》，上海人民出版，2015 年版，第 699 页。
② 赵静蓉：《怀旧文化事件的社会学分析》，《社会科学研究》2005 年第 3 期。
③ 让－弗朗索瓦·利奥塔：《非人：时间漫谈》，罗国祥译，商务印书馆，2001 年版，第 210 页。

是城市居民还是外来务工者，他们或者失去了物质原乡，或者是远离了物质原乡，这是他们共同之处。城市居民并没有把城市作为自己乡愁情感中思念的对象，他们想象中的故乡仍然是乡村化的，是儿时记忆中的城市所特有的乡村元素或者说本土文化，而不是相似度极高的高楼大厦、共同设施或者消费行为。而外来务工者作为离乡之人，他们的故乡仍然存在，只是由于人去村空而日益衰败，他们也很难回到自己的故乡，因而也相当于失去了物质原乡。物质原乡的丧失阻断了人们现实的返乡之路，而被困守于城市文化的消费囚笼里。加之启蒙现代性经过长时间的发展而弊端日显，特别是对未来社会的无限期前瞻式的期待，不断助长了人们欲望的膨胀，因而现代性带来的文化危机和生态危机也日益严重，正如胡塞尔所言："科学观念被实证地简化为纯粹事实的科学，科学的'危机'表现为科学丧失生活意义。"[1] 科学的危机本质上是文化的危机，现代性所承诺的社会进步、人的幸福和解放已经成为"空头支票"。现代性所催生的文化危机重重，这不可能成为现代人灵魂的避风港，文化家园与精神家园无处可寻。

但乡愁的冲动仍然不时袭来，中国城镇化过程中，已经出现希望从城市回迁乡村的"逆城市化"的"返乡"冲动，但政府相关政策阻断了市民"返乡"的现实路径，农民工也因乡村破败或不再适应乡村生活而不能返乡。此时消费便及时替换了现实与想象的返乡而成为满足乡愁情感的最佳途径。后现代社会中，人们把乡愁进行各种包装，使之成为商品出售，乡愁便通过影视、绘画、文学、雕塑、博客、微信等各种后现代艺术形式或媒介手段直接或间接地被消费，或者与文化旅游产业结合，成为产业经济发展的润滑剂而被消费掉。而现代旅游在罗兰·罗伯森看来只是一种游戏，"而不是一种单一真正的旅游经历"。[2] 后现代社会中旅游只是一种具有模拟性和表演性的仿真体验，是按照消费需求而模式化了和程序化了的活动，与传统的本真的旅游有了较大的差异，

---

① 胡塞尔：《欧洲科学危机和超验现象学》，张庆熊译，上海译文出版社，1988 年版，第 5 页。
② 罗兰·罗伯森：《全球化社会理论和全球文化》，梁光严译，上海人民出版社，2000 年版，第 228 - 229 页。

因而其主体感受到的更多是虚拟性的艺术拟像。在文化工业的生产过程中，生产者根据消费者不同的需求，有意识有目的地进行模块化和模式化，从而形成固定的象征性符号，然后嵌入不同的艺术形式或消费产品之中进行兜售，这样消费主体的乡愁便成为被动的应激式反应，主体失去了原有的乡愁想象，从而成了机械式的反应者，也即此时的主体直接感触的是经过人为包装的批量生产的"伪乡愁"，乡愁家园变为"拟像家园"，而后现代乡愁也大大地削弱了人们的想象力。乡愁审美和精神返乡被眼前的"拟像家园"所锁定与囚禁，从而使众多的乡愁主体沉迷于乡愁的消费之中，使乡愁经济化产业化。

尽管后现代乡愁也借助了艺术手段来传递乡愁情感，与传统和现代乡愁不同的是，传统和现代乡愁艺术作品中的乡愁主体与客体是融合的，而后现代乡愁更倾向于对原初乡愁情感的挪用、模拟或照搬，而与乡愁情感生发的主体出现疏离。从阅读或感知效果来说，受众对传统乡愁和现代乡愁是以审美体验为目的的，而后现代乡愁只以消费为目的。后现代社会中的乡愁"虽然也是以家园的摧毁为代价，以灵韵的丧失为特征，却非但不是为了要回到过去（修复性的），也不是要反思过往（自反性的），仅仅是为了自我消解和消费（仪式性的，一次性的，医治性的），乡愁的即刻仪式化并转化为某种使用价值，可以说是后现代乡愁的基本特征"。[①] 本雅明认为现代艺术失去了仪式感，从膜拜价值沦为展示价值。但实际上，在现实生活中，即使存在对仪式的模仿，也只是一种消费性的模仿。这种模仿也就是借助了以往乡愁生成的仪式，但并不要求有真诚的乡愁产生，只是操作完成象征乡愁——传统艺术的仪式即可，因此这种仿真式的乡愁成了一种行为艺术，只关注其眼前的消费价值或商业价值，而并不在乎有无真的乡愁情感产生。后现代乡愁可以被商业化，成为文化旅游中有效的文化卖点，然而即使通过这种仪式性的乡愁引燃了受众的乡愁情感，但也是暂时的粗浅的而非真实的和深刻的，因此也是一次性消费的。对仪式的模仿或仪式化便成为后现代乡愁的另一基本特征。

后现代性带来的诸多问题汇集而成为人们焦虑的情感源头，这种焦虑不再

---

① 杨击：《后现代乡愁：〈钢的琴〉的情感结构和叙事策略》，《艺术评论》2011 年第 10 期。

是追寻构建具有某种理想模型的乡愁家园的焦虑，而是构建家园缺失目标或理想的焦虑，在寻找家园的旅途中，不再像传统乡愁那样在回望中建构家园，也不像现代乡愁在前瞻中建构家园，后现代乡愁则始终处于焦虑状态中寻找建构何种家园。在这样的过程中克服焦虑的办法便是消费，便是反过来沉迷于感官，于是人们仿佛又回到了原初本真状态，在放纵自己感官欲望的过程，在消费过程的欲望满足中，体验到了一种来自生理与心理的快感，这给人一种回归自然和自由人性的幻觉，于是后现代社会中人们在消费狂潮和虚拟世界中建构了一种虚拟家园，或者叫拟像社会中的"拟像式家园"。

消费"牢笼"和"拟像式家园"都是现代人自我建构的现代灵魂囚居方式，现代乡愁追求的诗意栖居沦为后现代乡愁中的"灵魂囚居"，这便是后现代审美的最终结果。

四、当前乡愁意蕴的多重性抒写

中国自近代以来一直致力于构建现代化国家，至今仍然在现代化的路上，因此中国社会现代性特点非常鲜明。而中国文学乡愁叙事由传统转向现代，则是在经历了晚清的思想改良和五四新文化洗礼之后才发生的。五四时期，知识分子献身革命改造社会的启蒙激情压倒了固有的传统乡愁，从对传统的怀旧转向了对传统的批判。以鲁迅为代表的乡土小说作家具有鲜明的现代性反思特点，他们对乡土社会存在的落后愚昧进行了批判性叙写。比如鲁迅的《故乡》、王鲁彦的《柚子》《菊英出嫁》、蹇先艾的《水葬》、许杰的《水雾》、柔石的《为奴隶的母亲》等作品。这些乡土作家皆胸怀时代启蒙使命，以前瞻式的叙事姿态试图破旧立新重建新的乡土秩序。张叹凤认为现代文学摈弃了古典文学中那种文人士大夫身上循环往复的隐逸趣味或文人情调，转而追求全球语境的家园意识和新乡土社会的建构，尽管怀旧念亲的基本人性没变，但具有了积极前卫的理性主义色彩，而且新文学中的乡愁还具有了前沿性与现代性。[①] 张叹

---

① 张叹凤：《中国乡愁文学研究》，巴蜀书社，2011 年版，第 210 页。

凤对五四乡愁的现代性特点描述是符合事实的，但他认为五四新文学摒弃了文人情怀则显得较为武断，实际上，在现代性乡愁产生的同时，以怀旧为特征的传统乡愁仍然存在。比如废名、周作人等京派作家，频频回首传统，在浅唱低吟的诗意抒写中表达了对往昔乡土田园生活的怀旧情感。以京派作家为代表的怀旧式乡愁抒写中即使有批判，也是对现代文明的批判，而非文化传统。也就是说，以京派为代表的对乡土进行肯定式抒写的作家，尽管有理性的反思或批判，但却以感性的审美的方式进行，因此他们所抒写的是传统乡愁情感。

五四新文学形成的传统与现代两种乡愁叙事类型一直延续至今。就新时期以来的乡土写作而言，叙写现代乡愁的作家作品较多，其中较有代表性的如冯骥才的《铺花的歧路》、张贤亮的《邢老汉和狗的故事》《绿化树》、孔捷生的《在小河那边》、郑义的《枫》、古华的《芙蓉镇》、高晓声的"陈奂生系列"、王蒙的《蝴蝶》《活动变人形》、路遥的《人生》、贾平凹的《浮躁》《秦腔》《极花》、张炜的《古船》《九月寓言》、韩少功的《爸爸爸》、郑义的《远村》《老井》、方方的《风景》、刘恒的《狗日的粮食》《伏羲伏羲》、刘震云的《故乡相处流传》、阎连科的《日光流年》《受活》《炸裂志》等，这些作品中以抒写现代乡愁为主。而抒写传统乡愁为主的作家作品主要代表如汪曾祺的《受戒》《大淖记事》，史铁生的《奶奶的星星》《我的遥远的清平湾》，刘绍棠的《蒲柳人家》、何立伟的《白色鸟》、贾平凹的《满月儿》《商州三录》、阿成的《年关六赋》、张承志的《北方的河》《黑骏马》、红柯的《西去的骑手》、迟子建的《雾月牛栏》《清水洗尘》《额尔古纳河右岸》等。

20 世纪 80 年代中后期以降，后现代文化思潮逐渐兴起，因而也出现了与之相应的后现代乡愁叙事。随着通信网络日益发展，信息传播的速度、广度、深度以及传统形式得到极大的改进，机械复制成为日常，大众文化兴起，往日艺术的光晕消失，艺术审美不再为少数人独享，审美日常化成为现实。人们只停留并热衷于欲望表象，跟着感觉走，因而他们的家园不在远方，而是在当下感觉组成的生活之流中，更多存在于网络虚拟的幻象之中，这种乡愁家园正是"拟像家园"，乡愁便成为后现代乡愁。随着后现代文化的兴起，复古建筑、古风音乐、唐装汉服、茶道礼仪、太极国学、文玩古董、乡村旅游、农舍酒家、民宿休闲、寺院禅定……怀旧热潮一浪盖过一浪，似乎现代人都满怀深情地投向传统，但实际上多数人是把怀旧作为世俗生活中的文化时尚进行消费的。在后现代文化浪潮之中，乡愁作为文化情感的丰富性、独特性以及真切性被淹没在消费的、娱乐的和休闲的世俗生活热潮之中。与后现代潮流相对的后现代文学思潮同样是在 20 世纪 80 年代中后期开始兴起，比如先锋小说、新生代诗歌、新写实主义、新历史主义、新状态小说、女性主义写作、大众文化思潮以及网络文学等，都具有一定的后现代特性。后现代文学除了具有反理性特点，还具有鲜明的消费性特点，也即文学逐渐被市场化和商品化。文学的商品化必然导致其中乡愁商品化，特别是在网络小说或其他现代媒介中，乡愁情感多以类型化、模式化、标准化的形式进行批量生产，乡愁成为消费"诱饵"而被工具化商品化。

尽管当前文学叙事中仍然存在传统、现代和后现代乡愁的抒写，但这三种乡愁叙事并非截然分割的，有的作家或作品可能三种性质乡愁都兼而有之，因为影响作家乡愁情感产生的文化因素是多方面的。比如王蒙的《春之声》既有现代意识流手法抒写建设现代化国家的自豪激情，也有对童年故乡的依恋式抒写，从而把传统乡愁与现代乡愁融为一体。先锋作家马原的《冈底斯的诱惑》既充满了西藏地域色彩和乡土韵味，散发出浓郁的怀乡气息，同时也存在意义漂浮不定、拆解叙事进行语言游戏的特点，游戏式叙事拒绝进入严肃深邃的精神家园，马原等先锋作家以理性为诉求却又以亵玩的游戏姿态进行了意义的自我消解，因此他们把进入家园的乡愁消耗在了通往精神家园的幽深的隧道口，最终使传统乡愁、现代乡愁与后现代乡愁混杂而共存。总之，乡愁类型的多元并存为文学创作提供了多种可能的向度，并丰富了乡愁文学叙事的内涵。

当前文学的乡愁叙写中，应尊重文化多元、个体差异和乡土衰败的客观现实，重新发掘城乡经验，充分考虑不同阶层的价值诉求，采用有机整体的思维方式，以巩固民族国家共同体为基础，以构建人类命运共同体为总体目标，叙写传统乡愁以构建和巩固地缘与血缘为基础的民族文化共同体，叙写现代乡愁以构建科技发达与民主进步为基础的民族国家共同体，叙写后现代乡愁以抵御消费文化对精神的奴役，超越世俗物欲而进入追求人类共有的精神家园，最终把乡愁情感转化为民族现代化建设和人类命运共同体构建的精神动力。

（本文原载于《理论月刊》2019 年第 12 期，收入本书时有增改）

第二辑

诗意的探寻

作为"通灵者"的叙事：红柯小说论

    红柯的小说多写塞外风情、大漠绝域，其间激荡着猎猎西风漠漠黄沙，横亘着巍巍群山辽阔荒原，呈现出斑斓大地多彩人生，弥漫着坚韧彪悍而野性十足的生命气息，同时也有着诗意的抒写和神性的召唤。在精神委顿和机心日重的当今，在贪婪和堕落成为常态的时代，红柯以忠愍混沌的姿态，以遒劲的笔力张扬起生命之旗，从新疆到西安，作为一个沉默寡言而本分诚实的写作者，始终保持本色不变。因为沉默，所以能笃守虚静而视通万里；因为本分，所以能秉持真性而明了造化。于是，在红柯那里，人与自然、神灵的沟通变成可能，他专注于用心灵写作，其小说叙事便如同通灵者的一次次诗意言说。

一

    19 世纪法国著名象征主义诗人兰波认为艺术的"通灵者"应该经过难以形容的磨练，以培育强大的信念、坚忍的毅力和丰富的灵魂，他一旦进入创作的迷狂，则将失去视觉而看到视觉自身。[①] 红柯漫游天山十年，这无疑磨炼了其心智，丰富了其灵魂，强健了其毅力。漫游中的红柯成了大漠中的"通灵者"，大漠风沙迷住了他的双目，却洞开了灵魂的"天眼"，也因此使其心灵臻于物我相通神人合一之境。于是，无论是红柯的"天山系列"长篇，还是以新疆为背景的短篇，几乎都采用了神话思维或原始诗性思维，以穿插镶嵌神话传说、

[①] 兰波：《致保尔·德梅尼》，见黄晋凯等编：《象征主义·意象派》，中国人民大学出版社，1989 年版，第 35 页。

童话故事或以万物精灵化的方式，形成其独特的通灵式叙事。

红柯的通灵式叙事，与他生活过的新疆自然环境有关，他曾说过"天近通神"，在新疆总是觉得天与地挨得很近，似乎会随时塌下来，这时人便会感觉时间消失了，只剩下空间。① 于是在这个空间中，历史、现实与未来，自然、人性和神性便能自由地沟通融合，红柯在这样的空间穿梭中，才得以形成通灵般的叙事。红柯曾说过自己喜欢一个古词，即混沌。② 创作处于一种混沌状态，万物便没有清晰的界限，它们互相交融，彼此不分。红柯这种混沌状态恰恰保持了人类思想最初那一瞬间在单纯视界中所包含的丰富与复杂，这种原始思维方式正是诗性的思维形式，是诗意产生的基础。红柯还说：风土人情以及大地上的物象只有化为心灵与生命体验才有真情流露的可能，客观物象与人的精神达到天地共融状态时真情便会跟大自然一起生长起伏。③ 这种天地共融、物我合一的境界正是文学创作中通灵的状态，或者说这是接近迷狂的状态。柏拉图说："不失去平常理智而陷入迷狂，就没有能力创造，就不能做诗或代神说话。"④ 红柯在叙事中常常陷入生命的混沌状态，因而也超越了日常生活与工具理性。红柯认为长城以外的西北荒原属于非理性文化，而非理性文化的核心是生命意识。⑤ 为了强化这种生命意识，红柯在叙事中主要依靠感性思维而非理性思维，其小说属于"没有脑子的小说"⑥，是用灵魂和热血写作的。红柯的叙事更多依赖直觉和灵感，克罗齐认为，直觉关联的是意象而非概念⑦，在红柯的小说中众多的意象便成为沟通神性与人性的道具。

红柯在中亚腹地的大漠戈壁中生活了十年，他认为那里的动物、植物以至山川河流、戈壁荒漠都充满了灵性和神性，万物之间都是息息相关的。于是写出西部绝域大漠的神性成为红柯的文学使命。为了完成这神圣的使命，红柯采

---

① 孙小宁：《红柯：在时间消失的地方写作》，《北京晚报》2007 年 7 月 9 日。
② 李勇、红柯：《完美生活，不完美的写作》，《小说评论》2009 年第 6 期。
③ 赖义羲、红柯：《红柯：喀拉布风暴就是爱情风暴》，《中华读书报》2013 年 10 月 30 日。
④ 阎国忠：《西方著名美学评传》（上卷），安徽教育出版社，1991 年版，第 125 页。
⑤ 红柯：《敬畏苍天·西部文学的选择与意义》，上海人民出版社，2002 年版，第 300 - 301 页。
⑥ 李敬泽、王晓明等：《回眸西部的阳光草原——红柯作品研讨会纪要》，《小说评论》1999 年第 5 期。
⑦ 朱立元、张德兴：《西方美学通史·二十世纪美学》（上），上海文艺出版社，1999 年版，第 10 页。

用诗性思维去关照万物，这让他成为真正的诗人。柏拉图说："神对于诗人们象对于占卜家和预言家一样，夺去他们的平常理智，用他们做代言人。"① 红柯的诗性思维赋予万物灵性与神明，以类似通灵者的身份言说西部绝域的神性之大美。

二

红柯于 2001 年发表的《西去的骑手》是其"天山系列"的首部作品。红柯并没有按照历史上真实的马仲英来塑造人物形象，而是按照自己心目中理想的英雄原型来进行塑造的。马仲英剽悍而具有野性的生命伟力，恰恰是与西域大漠戈壁等自然界强大而神秘的力量沟通的结果。红柯在小说中反复吟咏《热什哈尔》中的第一句经文："当古老的大海朝我们涌动迸溅时，我采撷了爱慕的露珠。"这句充满宗教神秘色彩的经文贯穿了整个小说，它赋予马仲英神性的力量，使其在尘世中跃马扬鞭，纵横驰骋，它引领着马仲英一路向西，融入塔克拉玛干沙漠，最后骑着大灰马跃入黑海之中，为他辉煌的一生画上了神秘的句号。红柯让马仲英成为史诗般的英雄，为历史上真实的马仲英披上神性的光辉。马仲英恰恰是红柯借以通往自然神性世界的途径，在对马仲英充满诗意和激情的抒写中完成从世俗人性通往神性世界的一次畅游，完成一次自我灵魂的洗涤和净化。正是这种诗意与激情，使红柯在写作中几乎处于迷狂与沉醉状态，正如他自己所说，马仲英在单纯中隐含丰富和神秘，貌似简单却变化莫测，而自己的写作则是在好奇中冒险。② 也就是说，几乎是人物自己在左右自己的命运，而作为创作者的红柯却无能为力，只是感觉有一股神秘的力量在驱使他进入马仲英波澜起伏的命运历险之中。

长风大漠、骏马烈风、金戈铁马，碧血黄沙，红柯把西部绝域之神性与大美赋予他所钟爱的人物马仲英。红柯作为叙事者则成了沟通这种神性大美与世

---

① 阎国忠：《西方著名美学评传》（上卷），安徽教育出版社，1991 年版，第 125 页。
② 叶开、钟红明、红柯：《访谈录》，见《西去的骑手》，云南人民出版社，2002 年版，第 303 页。

俗人性的中介，马仲英从神马谷得到了自然神性的启示，窥探到了生命的永恒，正如小说写道"岁月之河随风而逝又随风而来，生命不再与时间偕亡"，于是英雄的生命与万物相通，马仲英成为神话传说中的"不死鸟"。当马仲英骑着大灰马跃入黑海之时，他同时也获得了新生，走向了生命的永恒，生命与万物融为一体，红柯通灵性叙事也达到了高潮。红柯说："我在马仲英身上就是要写那种原始的、本身的东西。对生命瞬间辉煌的渴望。对死的平淡看待和对生的极端重视。"① 正是万物平等的生命观和原始神性的彰显，成就了红柯小说的通灵叙事。而读者隔着时间的栅栏，似乎看到了现实生命的委顿和西部世界的生命剽悍与血性之美。

在红柯的小说中，植物、动物与人是灵性相通的。红柯采用了一种近于神话和童话的叙事方式，打破人与自然的界限，从而形成一个天地人神相融的艺术世界。2004 年面世的长篇小说《大河》讲述的是现代人的故事，但这个故事却被作者赋予了童话色彩。小说先让主人公老金讲了一个女人和熊生下孩子并一起生活的童话故事，红柯正是在这个古老童话故事的基础上，叙述了三个女人都喜欢上了白熊的现代童话。白熊与老金一家，有着内在的生命关联，正如民歌所唱"你的生命和我的生命连接成一条生命"，这是人与自然界沟通的结果，这种生命观为小说的通灵性叙事注入了真实而有力的内涵。

红柯在《大河》中，通过儿童的视角构建了一个熊性与人性相通的世界，这是一个被现代文明异化的"人性"通过红柯通灵般的叙述重新回归动物性，再通过动物性回归自然性，从而完成与神性沟通的迂回曲折的过程。小说对白熊神性的张扬，正是对现实社会中男性精神委顿颓靡的一种批判，也是对原始野性和自然神性的深情呼唤。《大河》中的童话叙事，正是通过动物与人通灵的方式，消解了现实社会中人与自然、人性与神性的对立，达到了自然、人性和神性的融合。

2006 年红柯的长篇《乌尔禾》发表，小说中的人物是现代社会中的人物，但这些人物都被红柯神话化了，从而形成具有现代色彩的新神话。《乌尔禾》

---

① 红柯：《西去的骑手》，云南人民出版社，2002 年版，第 294 页。

的表层结构主要讲述王卫疆、朱瑞和燕子之间的爱情故事，这属于现实层面；小说深层结构与神话相关，是关于羊的神话，关于海力布的神话。羊是温情、善良而沉静的，是乌尔禾的神灵，具有神性之美，燕子一生追寻着"羊性"十足的爱人。小说中的羊便成为某种象征，是带有神迹的神圣之物，成为人性通往神性的引领者。红柯通过对具有神性的羊的抒写，展示了现实人生诉求与理想世界的差异与冲突。燕子始终在追寻具有神性的羊性世界，王卫疆不会杀羊，也就领悟不到羊的生命的神圣，朱瑞杀羊技巧娴熟，能与羊的灵魂相通，但仍然被燕子看成"大灰狼"，因而也进不了羊的神性世界，燕子爱过他们，但最后又放弃了他们，继续追寻着与羊一样散发出圣洁光辉的理想生活。

《乌尔禾》中海力布的神话成为燕子与王卫疆、朱瑞爱情的背景，并贯穿小说始终。海力布是新疆某兵团的一个退伍老兵，原名刘大壮，他的一生充满了传奇色彩，他能听懂鸟类语言，曾多次把从鸟类听到有关风暴的消息告诉牧民，而最后，他也因转告类似的消息而疲劳致死。小说让现实人物刘大壮转变成神话人物海力布，使其与神话传说中的海力布重叠，这实际象征着人性向神性的升华。这正是红柯采用通灵式叙事淡出时间所获得的艺术效果。实际上，在《乌尔禾》中，作为其中最为核心的两个人物——燕子和海力布，都在追求着从人性到神性的转变，海力布能听懂鸟语，为拯救牧民而献身，从而完成与自然神性的沟通，使人性升华成神性，这是人神交融的肯定性叙事。而燕子却始终都在艰难地寻找，虽然和外形像羊一样的小木工结婚了，但燕子并不会满足于现实状况，不断寻找神性才是她生命的本色，因为无论是王卫疆的善良、朱瑞的虔诚，还是小木工的温柔，都是俗世中的存在，燕子在世俗生活中很难找到自己梦中的骑羊少年，于是不断寻找便成为她的宿命。而燕子对神性寻找的宿命恰恰是现代人寻找神性和诗意栖居之地的一种隐喻。燕子对骑羊少年的寻找预示着人性回归神性的艰难。但海力布的生命历程给燕子带来了希望，于是燕子的故事便是人神交融的期待式叙事。

《乌尔禾》充满了宁静的叙事之美，这种宁静之美与神性相连，红柯采用了神话、童话以及魔幻的表现手法，达到了叙事的通灵性。于是乌尔禾的羊便成为上帝的使者，沉静与甜美中具有神性与人性；王卫疆的放生羊点亮少女燕子生命的自信之光；朱瑞杀羊的过程是与羊的灵魂沟通并完成灵魂超度的过程；小木工的身上带有放生羊不死的灵魂；海力布能与动物通灵听懂动物语言。也可以说，红柯正是在一种近似虚静的创作状态中，才完成《乌尔禾》的通灵性叙事。

2010 年，红柯出版了长篇小说《生命树》，红柯说自己拿生命树对应希伯来文化中的生命树。被逐出伊甸园的人类因堕落而丧失了神性，《生命树》讲述的正是人类重返神性的故事。其中穿插了蒙古草原民族的创世神话：公牛与乌龟在创世女神的安排下来到世间帮助人类，公牛最后甘愿丧失神力而成为兽类中的一员，后来，大公牛吃了灵芝死亡后又化成生命树，从而得以重返神性。红柯用蒙古草原上古老的神话传说作为原型，以独特的方式构建出神性与人性相互对抗而又交融的艺术空间，讲述了一个个重返神性的故事。

《生命树》一开始就写中学生马燕红在县城遭到强暴，父亲马来新送她到远离县城的四棵树休养，四棵树清澈的溪水、圣洁的太阳雨医治好了马燕红的身心创伤，特别是马燕红在长期挤牛奶的过程中，领悟到了佛性和神性，达到了与自然神性的沟通，心灵的创伤也逐渐得以治愈，找回了少女的尊严和自信，并重返少女时代。马燕红重返少女纯洁与自信的经历，便是从世俗的人性重返神性的象征。小说以马燕红为中心，还写到了父亲马来新、弟弟马亮亮、儿子王星火、同学徐莉莉、老师王蓝蓝等人，这些人都与生命树或者说与神性相关联，他们在自己的生活轨迹中遭遇了神性，并与神性相感应，在神性之光的照耀下得以完成人性的升华。

在《生命树》中，红柯把现实叙事和神话叙事交织进行。小说中现实人物的命运发展与神话叙事中的生命树的成长是同步进行的。当吃了灵芝的大公牛死后，马燕红的丈夫王怀礼把大公牛和十几麻袋被神龟卵滋养过的土豆埋在一起，最后奇迹般地长出了生命树，这是大公牛与神龟神力的显示。于是红柯在他的小说中重新构建了一个现代版创世神话，从而完成一次现代寓言式言说，即现代人们从人性通往神性的可能。马燕红的儿子王星火与生命树一同成长，童稚的眼中处处充满了神性。徐莉莉通往神性之路受到了较多的启示，一是《劝奶歌》的影响，二是在马燕红家与驴子的灵魂沟通，三是看到生命树后受到的神性启发。而王蓝蓝看到生命树时，孩子王星火告诉她：大公牛发芽长成的生命树，每片叶子都有灵魂，人类也将因此重获神性，王蓝蓝在与生命树的沟通中接近了神性。而马亮亮在西安上学时患了一种奇怪的癔症，被老中医诊断为被唐朝女人缠住了，结果是神龟卵滋养下的土豆治愈了他的怪病，恢复了他的血性。当然小说中还有受世俗纠缠而难以解脱的牛禄喜，一个善良正直的人在庸俗的现实中被利用、压抑，甚至被逼成了精神病患者。红柯在小说结尾处写牛禄喜的爱人李爱琴的生活，充满了忧郁与悲伤，这正是对世俗现实的痛彻、反思与批判。正因为现实生活中有着无数的欲望陷阱，对神性的召唤与重返才显得如此重要和迫切。红柯的通灵叙事正是为了弥补现实人性的缺陷和弥合人们在俗世生活中被撕裂的心灵裂痕。

2013 年红柯出版了长篇小说《喀拉布风暴》。小说主要写骆驼、燕子、地精和喀拉布风暴，同时也写张子鱼与叶海亚、孟凯和陶亚玲、武明生和李芸等青年男女的爱情。喀拉布风暴既是爱情风暴，同时也是历练人性的风暴，通过风暴的磨砺，人才能走向成熟，走向宁静并和神性接近。孟凯、张子鱼和武明生等人对爱情的追寻过程，是他们自我成长的过程，也是感悟自然神性的过程。爱情成为孟凯、张子鱼、叶海亚等人的信仰①，于是爱情也具有神性。小说中的几位青年男女与普通男女的爱情观、爱情行为相比，显示出与众不同的特点。比如叶海亚与相恋多年的孟凯在举行婚礼时突然改变主意，毅然投向充满了迷人沙漠气息的张子鱼；张子鱼年少时因自卑而带来的过度自尊，这种病患似的心理带来的爱情创伤最后是在西域大漠戈壁的喀拉布风暴中得以痊愈；孟凯对张子鱼不服气，开始着手调查张的历史，最后不但没有去揭张的伤疤，而且还帮助他完成了精神治愈，让叶海亚有了一个终生可靠的归宿。在充满原始生命伟力和自然神性的新疆，男女主人公们的爱情也直抵生命的本质，与"懂生活"的孟凯表哥之类的人比较起来，他们身上有着令人难以理解的"怪异"。

---

① 王本朝：《〈喀拉布风暴〉：审美救赎的三个维度》，《南方文坛》2014 年第 3 期。

而红柯恰恰是要通过孟凯、张子鱼等人身上的异质性来张扬生命本色，也即人性中最初始最本源最真实最强悍也是最美好的生命冲动，它是神性莅临时所产生的大爱与大美。喀拉布风暴来临之际正是神性降临的时刻。张子鱼与叶海亚的蜜月是在瀚海戈壁的沙漠风暴中度过的，他们深入沙漠寻找到了生命中最为柔韧、最为坚强也最为纯粹的部分，也是神性之光照耀的部分。因而小说中的喀拉布风暴不仅是自然界的一次风暴，也不仅是一场爱情风暴，更是在庸俗的俗世生活中刮起的一场精神风暴，是一次呼唤人性重返神性的风暴。

红柯在《喀拉布风暴》中增强对现代世俗生活的叙写，以往作品中所具有的童话、神话或者民间传说色彩有所减弱，但这并没影响到作品的通灵性。红柯在对喀拉布风暴、地精、野骆驼和燕子等几个意象的反复抒写中增强了小说的通灵性。喀拉布风暴是一场爱情信仰风暴，是一场驱散俗世迷雾走向神性的风暴，喀拉布风暴所到之处，人的灵魂便得到真正的磨砺，喀拉布风暴是人性升华为神性的一次次庄严的仪式。正因如此，喀拉布风暴不仅影响了西域大漠儿女，对内地西安的武明生等人也产生了深刻的影响，喀拉布风暴正是一种通灵的仪式和手段。地精是野骆驼、野马和黄羊等的精水滋养起来的状如男人阳物的东西，是大地生命的灵魂，是天地之精华。张子鱼与叶海亚却在沙漠中以地精为食物，同时还沐浴了喀拉布风暴，于是张子鱼和叶海亚便吸取自然之灵气和精华，他们的爱情获得了拯救，世俗之爱升华成静穆庄严的神性启示。野骆驼与燕子也是贯穿小说的主要意象。野骆驼中的公驼对爱情至死不渝的忠贞，燕子在戈壁大漠中的自由翱翔，无不讲述着大漠绝域中的生命的大美与大爱，这同样是自然赋予人们的神性启示。于是，在红柯的叙写中，喀拉布风暴、燕子、野骆驼和地精都成为其通灵叙事的道具，它们是西域大漠神性内涵的突出象征物，也是引领俗世的人们通向神性的一道道路标。正是西域大漠的神性赋予了红柯以博大的胸怀，赋予他视通万里的宏大视野，《喀拉布风暴》的叙事才如此大开大合、腾挪跳跃而又收放自如，在灵动中又不失法度，这部小说恰恰显示出红柯通灵叙事的成熟与老到。

三

《百鸟朝凤》不属于红柯"天山系列"小说，但是它仍然采用其一以贯之的通灵叙事方式。小说写红柯故乡岐山，岐山作为周的发祥地，充满无数的神奇的传说，蕴含着生命的大气象。于是红柯家乡"百鸟朝凤"和"凤鸣岐山"的传说便被镶嵌在小说中，从而成为小说通灵叙事的线索。叙事者在现实与历史之间穿梭，成为不同时空的通灵者。

《百鸟朝凤》正是靠一首唢呐曲《百鸟朝凤》及其相关的传说故事来结构小说的，这首曲子描绘了一个吉祥和谐的人间天堂，实际上也是神灵居住的所在，更是红柯对由周发源而来的华夏民族文化的理想化抒写。小说同样有两种叙事层面，一个是历史与现实的叙事层面，另一个是神话与传说的叙事层面。周长元、姜永年以及姜发梁等人的故事，属于现实的叙写。姜天正一家以及穿插于小说中的薛仁贵、孔子、赵构、岳飞、袁崇焕、秦桧、铁木真、宣统帝、袁世凯等人的故事，属于历史的叙写。这些历史人物都在红柯凝神静思中融入笔端，与姜天正发生着某种联系，因而显得繁而不乱。这种意到笔随，任意穿插的圆熟叙事技巧，正是红柯通灵式叙事的具体表现。

姜天正的故事和凤鸣岐山的神话传说息息相关，姜天正的人生也因为凤鸣岐山而弥漫了神秘的气息，他也想象自己是贵人转世，他有青蛇在耳目间穿梭的经历，这是一种贵人下凡的昭示，他也因此以贵人转世而自居。姜天正确实有着非凡的天赋，二十一岁便做了八府巡按，二十四岁便拜为布政使，可谓智力非凡，天赋极高。姜天正的一生都在等待青蛇的再次降临，以便沟通神灵，获得神性。然而姜天正仇恨与杀心太重，他刚上任便血洗渭阳洞，滥杀无辜，明目张胆地私藏公银，毫无顾忌地残害忠良，因而，姜天正通往神界的大门被关闭了，他在世人的眼中连人都没能做好，心机重重的姜天正最终成为秦桧般招人唾骂的奸邪人物，他终究没能成仙，至死也未能脱离凡胎俗气。但这并不影响小说的神性色彩和通灵叙事。在《百鸟朝凤》中，红柯多次写到凤鸣岐山的传说，多次描写百鸟朝凤的仙境般的祥和景象。小说让古老的传说与历史的真实相互应和，并以历史人物姜天正为中心，红柯以通灵的方式，沟通当下与历史、现实与神话、人性与神性，从而完成对历史与现实中的暴虐与残忍、奸邪与阴谋的批判，让我们在反思现代人是否能重返神性以及如何重返神性等现代性问题的同时，重新寻找民族精神重构的可能性。

在《百鸟朝凤》中，红柯对现实的关注加强了，但是这并不意味着其小说的神性追求遭遇了削弱。现实不过是他通灵叙事的一个层面而已，而现实层面、历史层面和神话层面最终在姜天正追寻神性而遭遇失败的叙事中得以统一与融合。实际上，现实中多数人物与历史有着深刻的相似性，小说中的姜发梁正是姜天正的命运的翻版，姜发梁的故事正以一种"新神话方式"在现实社会中继续上演。因而，这部小说中所有的人物及其故事的内涵都在"百鸟朝凤"的唢呐声中得到升华与融合，这恰恰是红柯用唢呐曲为契机展开通灵叙事的结果。

四

在红柯诸多以新疆为背景的中短篇小说中，同样具有通灵叙事的特点。红柯第一篇短篇小说《美丽奴羊》中，杀羊的屠户最后被羊明亮清澈的眼睛所折服，最后跪拜在美丽奴羊面前，于是生与死的对峙转变成为灵魂与灵魂的沟通，小说这样写屠夫："他看到美丽奴羊特有的双眼皮，眼皮一片青黛，那种带着茸毛的瞳光就从那里边流出来，跟泉眼里的水一样流得很远很远。美丽奴羊就用这种清纯的泉水般的目光凝注牧草和屠夫，屠夫感到自己也成了草。"[①] 于是，人与自然的沟通变成现实，人性向神性的重返便成为可能。

在《额尔齐斯河波浪》中，来自额尔齐斯河的波浪声以及河流本身的魅力，打动了男人与女人，于是河流的精魂灌注人体，男人与女人便心心相印了。这种爱情是符合自然之道的大爱真爱，不受世俗尘埃的干扰，带有神圣而单纯的浪漫色彩。小说中，由于男人对河流、对波浪刻骨铭心的爱，最后把自己的

---

① 红柯：《美丽奴羊》，百花文艺出版社，1998 年版，第 107 页。

生命也融入其中。男人的女儿却始终相信，他的爸爸没有死，而是遨游在额尔齐斯河中了，这种单纯的想象正是作者赋予人与物通灵性的结果。

在《奔马》中，奔马是草原的精灵，其速度与力度为现代汽车所不及，其生命活力点燃了汽车司机妻子的激情。一匹奔跑的野马令她心潮澎湃以致疯狂，她领悟到来自大自然的力与美，而在黑暗中来自大地深处的神骏，则激发了男人和女人的生命活力和创造激情。于是，奔马与人类完成了通灵般的沟通与交流，人也就逐渐回归了神性。

《金色的阿尔泰》中的营长长成了一棵树，《雪鸟》里面的雪变成了一只鸟，《石头鱼》中的石头也被红柯赋予了生命，在水里也能呼吸，而且能发出一种声音。《树桩》中的马杰龙的头顶长出了牛的犄角，而且能感觉到树液在流动，他想象并体验自己从树桩上生长出来。《狼嗥》中的女人被狼叼走，最后却安然无恙地回来，只是在她身上留下了狼的气息和狼性，在与男人亲昵时，使对方总感觉到有一股神秘的慓悍力量在冲撞奔突。《骑着毛驴上天堂》中，老天爷派出来的死亡使者居然拿老人和他的倔驴毫无办法，死亡使者的杀气顿然消解，神性附上了人性，从而成为红柯小说中神人沟通的另一种方式。在红柯的小说中，这种超现实的叙事比比皆是，集中显示出红柯小说特有的通灵式叙事特色。

五

红柯的小说叙事中始终坚持着万物平等与万物有灵的观念，与这种观念相对应的是通灵式叙事。在这种通灵式叙事中，红柯在现代生活中融入了神性元素，从而建构起一个个现代神话空间。这种通灵式叙事带来了红柯叙事的自由与洒脱，他以神性附体般的迷狂，或宗教般的慈悲，或孩童般的单纯来看待这个世界，于是他笔下的大地与天空，如大地上的植物、动物，甚至石头、群山、河流，天空中的云彩和鹞鹰，都被灌注了鲜活的生命，有了流动的魂灵。在常人的理性思维中无法跨越的界限，在红柯的叙事中却毫无障碍。他轻易地消除了事物与事物之间也即词语与词语之间的阻隔，形成一种新奇而具有诗意的流畅叙事，这正是通灵叙事所具有的灵动自由优势。

红柯通灵式叙事在当代文坛独树一帜。当不少作家在审视现实的理性时陷入困境之际，红柯则以原初的通灵方式在现实中打开了突围的缺口，找到了人性通往神性的路径。红柯的通灵叙事，一反人类中心主义的思维逻辑，以现代生态伦理审视世界，一次次地展示了西部大漠绝域中的大美大爱，展示出强悍的原始生命力量，也有力地批判了现代人对自然以及人类自身的暴虐残忍和肆无忌惮的戕害，同时也昭示了人性向神性攀升的必要与可能。红柯所作的努力是试图用自然神性消解人类长期以来形成的唯我独尊和妄自尊大的神话。

红柯的通灵式叙事属于神话思维或曰诗性思维，所采用的语言也是一种诗性语言。恰如刘小枫所言："诗化的意识和感觉具有一种魔化的力量，甚至石头也能变得有神性。"① 因而红柯的通灵叙事实际是一次次对自然物象的魔化过程，于是在此过程中，石头具有了神性。而其所使用的语言，也是诗性语言。维科认为，诗性语言属于原始语言，而原始语言即是神的名字，因而语言与神合二为一，语言与万物也同一，人与语言和世界处于"人—神"互通的关系之中。但语言被工具化后，沟通的渠道被割断，要重新填补这道被割裂的鸿沟，必须再次还原语言的诗意和神性，从而恢复原初语言的通灵性。② 红柯在其小说中通过对名词的重复或不断变换来完成对语言通灵性的召唤。名词的不断出现凸显了人或物的主体性，从而让人成为人，物还原成物，然后人与物相通，从而完成人性向神性的升华。正如红柯所说，人与物应该处于物我合一的有机状态，从而壮大和提升自己，这是一种符合人性也是符合神性的生命状态，人不可能重返原始神话时代，但可以让动物、植物以至整个自然界走向前台，而不是仅仅作为人的背景存在。③ 正是在这种意义上，红柯的神话思维、诗性思维、语言的诗化和通灵式叙事达成一致，即试图在恢复人类自然神性的基础上，

① 刘小枫：《诗化哲学——德国浪漫美学传统》，山东文艺出版社，1986 年版，第 65 页。
② 转引自廖高会：《诗意的招魂：中国当代诗化小说研究》，学苑出版社，2011 年版，第 211 –212 页。
③ 徐肖楠：《红柯：后世俗时代的选择》，《名作欣赏》2012 年第 9 期。

完成对抗现代性对人性的阉割和异化以及工业文明对自然带来的深重灾难等历史使命。

红柯是文坛中的一位草莽英雄，他不经意间洞开了西域大地的秘密，打开了西部文化的秘史。在当下物欲横流的社会中，在人性与物性皆遭到严重扭曲的时代，红柯以通灵般的叙事语言长歌短吟，建构出一个个充满灵性的语言符码世界，引领着人们超越世俗庸常麻木的生存状态，去接近自然和神性，这正是红柯作品的意义和价值所在。

（本文原载于《中国现代文学丛刊》2015 年第 7 期，收入本书时有增改）

照亮荒原的神灯：论红柯小说中的诗性精神

20 世纪 90 年代的新生代作家中，红柯小说的诗性是明显而独特的。他在继承诗性小说优秀传统的同时，也对其进行了创造性的发展，因此其作品显示出独特的艺术魅力。红柯小说的诗性一方面表现在小说文本外在的艺术形式，另一方面表现在小说文本内在的诗性精神。内在的诗性精神决定了小说外在的诗性艺术形式，而内在的诗性精神正是作家自身所具有的诗性精神的表现。红柯诗性精神的产生，又和他生活阅历、诗人气质、哲学思想、宗教情怀以及西部情结等心理因素密切相关。诗性精神使红柯小说独具特色，在新生代作家中，其独特之处表现在以下几个方面。

一、日常生活的诗性处理

每个作家在创作过程中必然面对和处理日常生活，但各自对日常生活的态度和处理方式是不同的。作为新生代作家（晚生代作家）的红柯，和别的新生代作家比较而言，其小说对日常生活的诗性处理显示出自身的独特之处。

不少新生代作家注重并凸显个人的生活经历与感受，注重描写生活的原生态，他们改变了传统小说中对情节跌宕曲折与否的注重，悬置了思想的崇高与深刻，他们率真坦诚地将现代人在现代社会中欲望的追求、困惑的心理、人生的挣扎等真切地写出，沉溺于对生活的感性之中。"新生代的确沉溺在这个世界的感性之流中，似乎隐约看到了这个世界的症结，但他们和这个世界离开得不够远，站得不够高，他们似乎不能看到这个世界的前方，对于他们来说存在就是一种'飘移'——没有方向的、被动的、犹疑的、缭乱的。"① 所以他们缺少对人物、故事作道德的关注、理想的瞻望，往往使作品缺乏审美的内涵与意味，"新生代作家们大多生活在世纪末的大都市。拔地而起的高楼大厦，琳琅满目的高档商品，灯红酒绿的豪华生活，对他们来说既是一种诱惑，也是一种威胁。他们徜徉其中，关注的是人对物质的渴望与性欲的宣泄。有时为了表现人物对欲望的需求，不惜放弃道德准则和良知。"② 因此，新生代作家是背离乌托邦的，他们把话语进一步投向现实生活状态，以一种认同的方式复制再现庸常的现实人生，甚至为物欲私利而欢呼③。

但红柯在新生代作家中显示了自己独特的个性。题材上，20 世纪 90 年代，新生代作家逐渐以城市题材为主进行创作，而红柯却把目光集中到异域边疆、西部荒漠。④ 他的异域小说显示出一种血性，一种淋漓的气势，有着自由的追求和灵性的想象，稚拙中透露出智慧和幽默。他行云流水般的叙事中，体现出一种发自内心的奔涌不息的生命力，张扬着一种浸透了诗意的民族精神，同时也高举着理想主义和英雄主义的旗帜，不像有的新生代作家那样沉溺于生活的感性之中。他把日常生活诗意化，注重对道德的关注、理想的瞻望。因此，从某种意义上来说，红柯继承的是鲁迅等先辈们对民族精神的改造和重建这项未竟的事业。红柯在当前诗意消解的时代背景中回归诗意，本身就是一种特立独行的表现，因此其小说中的诗性精神成为照亮当下社会精神荒原的神灯，也是新生代小说中盛开的奇异的诗意之花。

相对于别的新生代作家而言，红柯是一位"肯定性"作家。"早期作品里，这种肯定常常既是美学的，也是伦理学的，美且善。我觉得这很有意思。在我们的文学中现在很少有人表现出这种肯定性态度，现在红柯来了，大家觉得很

① 葛红兵：《新生代小说论纲》，《文艺争鸣》1999 年第 5 期。
② 庞守英：《冲出欲望的包围之后——谈近年青年作家创作倾向的转换》，《东岳论丛》2001 年第 11 期，143 页。
③ 风群、洪治纲：《乌托邦的背离与写实的困顿》，《文艺争鸣》1996 年第 3 期。
④ 李洁非：《新生代小说（1994—）》，《当代作家评论》1997 年第 1 期。

新鲜。"① 这种新鲜的肯定感，用红柯自己的话来说是来自那种对生活的梦想，一种抗拒现实的力量。别的新生代作家多数是对生活进行否定性描写，在本质上多是对现实的批判，但由于对未来的态度不同，积极和消极的认识也是不一样的。红柯说自己在新疆生活了十年后，他在小说中的浪漫情调以及想象力是具有说服力的和现实基础的，因此，他的小说在这个意义上就既有了现实意义，又有了想象的魅力，新疆"是一种内地没有的诗性的世界，这就很容易进入小说。不但语言方式、结构、立意都是诗化的，个人与环境的融合与认同就足以形成一个自在的世界"②。因此他的小说是对现实日常生活的诗意化。红柯把西部的日常生活写得纯净而明朗，日常生活不仅存在于新疆的真实的日常生活，而且也是一种具有诗意和理想色彩的日常生活。这种肯定性的想象在红柯小说中不断出现，给人一种积极向上的精神动力和一种诗性的美学净化效果。其实，红柯的肯定性同时又是否定性的一种变形，他通过将/或把乌托邦精神在小说中的复活，来达成对现实社会的批判，这是一种积极的否定，前瞻性的否定。

红柯自己说，他的肯定来自自己的一种信心，而不是失去信心。红柯对人性的张扬与现实形成一种紧张关系，他认为："文艺复兴以来的历史本身是人性退化的历史，人性高扬的阶段随着两次世界大战而终结……工业化、电气化、信息化、网络化过程中的人，基本上变成了虫子，不是大自然中的虫子。"③

这正是他对现实的不满和批判，也是一种反抗，而这种反抗来自内在的信心，而不是对生活作彻底的否定。然而，有的新生代作家对现实世界的否定，多是因为对现实彻底地失望了，他们的否定便成了真正意义上的否定。④ 正因为红柯小说是一种自信的肯定，其小说才充满了对未来的想象，而这种想象正是他小说诗性形成的一个原因。自信正是诗意的一种基本前提，一个目光只触及阴暗现实的悲观主义者是没有诗意的。

对与日常生活相关的身体的处理，红柯也显示出自己的独特性。一般的新

① 红柯：《敬畏苍天·神性之大美——与李敬泽的对话》，上海人民出版社，2002 年版，第 336 页。
② 红柯：《敬畏苍天·神性之大美——与李敬泽的对话》，上海人民出版社，2002 年版，第 337 页。
③ 红柯：《敬畏苍天·神性之大美——与李敬泽的对话》，上海人民出版社，2002 年版，第 342 页。
④ 红柯：《敬畏苍天·神性之大美——与李敬泽的对话》，上海人民出版社，2002 年版，第 342 页。

生代作家，把人的身体放在与日常生活同一层面上进行处理，是与处理日常生活同样对待的。朱文在《什么是垃圾什么是爱》中写道："所有身体上的问题，也就是生活的问题。"① 但他们多数把身体当作感性和情欲，表现了过多的沉重的欲望，多属形而下的抒写。红柯在小说中也写人的身体，但他是一种诗意的抒写，使身体显得高贵而具有尊严，也使小说精神含量大于物质含量。谢有顺说："要把诗歌写成一个灵魂事件，似乎并不太难，而要把诗歌写成一个合乎人性尊严的身体事件，就显得相当的不容易。身体意味着具体、活力、此在、真实，它是物质的灵魂。有了它，诗歌将不再空洞，泛指，不再对当下生活缄默。"② 这话虽然是为诗歌而发，但作为具有诗性特质的红柯小说来说，用这样的话语进行评述也是恰当的。红柯的诗性小说也显示出对身体的重视，但这种对身体的重视不是像卫慧、棉棉等那样把身体作为满足欲望的工具表现。他更注重对人的身体高贵和灵魂的超拔方面，是要把人从异化中解救出来，重获健全的身体和灵魂，而且红柯小说中的身体和灵魂是融合在一起的，属于原始混沌时那种灵肉一体的诗意状态。

更进一步来说，红柯是用诗意代替了对小说中的深度分析，一切都很明朗，对生命的赞歌就是在诗性语言中抵达生命的真实和原始生命的本质。李敬泽等认为新生代小说多是"只有脑子的小说"，"把我们对生活中的感觉，完全化为思维层面去进行处理"，而红柯的小说是"没有脑子的小说"，是用心和热血写作的。③ 因此，红柯小说的深度有别于其他新生代作家，他的深度在于用天空与大地对比，在于用热血和激情去抒发，小说更具光明的色彩，具有蓬勃向上的生气。红柯为了超越现实而展开了对神性的渴望，用神性表达出人的未来和希望，而多数作家却似乎为了美丽的未来，用诅咒和痛斥来表达对现实的批判和颠覆，以期对未来的重建。因而红柯的深度是天空的深度，具有超越性和神性，而其他多数新生代作家的深度是大地的深度，更具有现实意味和生活原味。

---

① 朱文：《什么是垃圾什么是爱》，上海人民出版社，2009 年版，第 174 页。
② 谢有顺：《诗歌在前进》，《山花》2000 年第 5 期。
③ 李敬泽、王晓明等：《回眸西部的阳光草原——红柯作品研讨会纪要》，《小说评论》1999 年第 5 期。

红柯小心地雕砌和维护这些生活中难得的诗意，他不是要摒弃自然，而是要在物欲喧腾的时代回归自然，回归大漠雪山和草原，让理想伴随着雄鹰展翅翱翔于长空，让自由的精神随骏马驰骋。

红柯在这个诗性失落的现代社会中，独守心灵的神性天空，重新点燃生命中诗意的火花。他在远离城市文明的新疆开辟出自己的处女地，而且花朵绽放。然而红柯是沉重的，也是沉静的，他冷静的面容上呈现的只能是生命中的沧桑，这沧桑不仅来自他自身，更多的是来自外部世界，他敏感的心灵已经触摸到了这些人世的阴暗和寒冷，红柯只有用诗意来温暖心灵的世界，用激情所冲荡而成的热流来化解这些寒冷。

红柯小说中的诗性既是对文学精神的一种回归，也是对现代小说的表现技巧的一种丰富。红柯的诗性小说对传统诗性小说的继承和发展，同时也是对当代诗性小说的突破，具有独特的现代品格。从红柯小说的艺术技巧来看，他的小说或者以物观物的视角，或者以超越史实的视角，或者以童话的视角，在对宇宙自然、个体生命的解读中，展现出或战火纷飞，或和谐灵性，或亦真亦幻的世界。从 20 世纪 80 年代至今，中国当代小说日益生活化，注重日常琐事的描写，而红柯却用诗性的语言实现了对日常语言和庸常生活的超然。红柯诗性小说的超然有其独特性，如和汪曾祺、沈从文的超然相比较就有较大的区别。沈从文和汪曾祺的超然是淡然的，是在轻吟低唱中，在沉稳而徐徐道来的叙述中，是不温不火的超然，这种超然既表现在他们叙述的姿态上，也潜藏在他们叙述的文本背后，而红柯的诗性小说却完全凭了他旺盛的生命力和一泻千里的气势达到超然的效果。如果说沈、汪的超然是沉醉在胡琴悠扬婉转中的那种超然，红柯则是高吼秦腔时，君临万物、傲视万物的那种超然；沈、汪的超然是生命中瓜熟蒂落淡然无畏的超然，红柯的超然是生命浑然一体混沌不分的超然；沈、汪的超然中有更多的理性和成熟，人间烟火味更浓些；而红柯的超然中更多的是直觉和童真，神性的色彩更多些。这种不同正是他的诗性小说的独特之处，也是他小说显示出来的独特意义。

二、乌托邦精神的复活

20 世纪 90 年代以来的许多作家都注重对当下的物欲世界的描写，缺少了一种乌托邦精神。"乌托邦就是一种理想，它是一种纯精神性的、对存在目标的形而上的假设，是从未实现的事物的一种虚幻的表现。在审美心理结构中，它只是作家主体的假想之物，是为了满足人们对精神理想的某种期待。"① 而乌托邦精神冲动是一种诗意的冲动，是人们在追问存在时的一种自我观照。乌托邦精神冲动是人生在自我缺失和不完满的情况下，去寻求理想中的圆满之境。乌托邦面向着精神领域，而且着眼未来。乌托邦冲动是在对现实的否定和对未来的一种想象性建构。在红柯的小说中，不管是他对生命力的张扬，还是对原始野性的赞美，不管是对现实的描写，还是对诗意世界的沉醉，都来自这种乌托邦精神冲动。

面对现代社会中物质和精神的分离，物质以绝对的优势压倒精神，人们所具有的那种面向未来的乌托邦精神冲动逐渐丧失。由于缺少对未来的想象而逐渐变得烦躁和不安，没有信仰而带来的精神危机，使现代人疯狂地追逐物质并沉迷在感官的世界之中，精神逐渐堕落并陷入迷乱。不少作家在面对这种复杂社会现状的时候，变得焦虑和无可奈何，有的甚至在商品经济大潮的影响下，加入了对物质和感官欲望追逐的大军中。作为启蒙者的精神也陷入迷乱和沉沦，救赎的目标变成一种逝去神话中的空头许诺。有的作家虽然也坚持着一种理性精神，坚持自己的启蒙者角色，但在他们的小说作品中被太多的阴影所遮蔽，使读者从中看到的只是生活的暗影和消极的等待。但是红柯焦虑而不消沉，在他的小说中，他不断试图复活健康而有血性的民族精神，复活一种乌托邦想象以及这种想象所带来的诗意的冲动。红柯身上的乌托邦精神冲动大致表现在两个方面，一方面是对人自身完善的追求，即追寻诗意的人生，另一方面是对生存环境的和谐完美以及人终极意义的追求。

他的小说多数展现出一个个异域世界，在这些异域的荒漠之中，一种强悍

----

① 凤群、洪治纲：《乌托邦的背离与写实的困顿——晚生代作家论之二 》，《文艺评论》1996 年第 3 期。

而充满血性的生命力填充了大漠的荒凉，同时也使这个异域世界中的人性得到了恢复而显得完满。小说《复活的玛纳斯》中，团长是复活了的传说中的英雄——玛纳斯，而玛纳斯的复活象征着生命力的复活。在这部小说中，到处都洋溢着生命的激情，即使在一种近乎绝望的环境条件下，主人公也绝不会失去生存的信心，而是不断克服那些来自外在的困境，在艰苦的环境中突围而出，使生命开花结果，从而显示了生命力的强悍。同时，玛纳斯成为小说世界中的一个神秘而神圣的象征物，是一种图腾标志，象征了民族的精神和健康强盛的力量源泉。红柯小说中，对生命的敬畏和对人性正常的欲望总是给予积极的肯定，他呼唤健全而健康的生命出现，反对现代文明对生命的异化和扭曲，不管是《西去的骑手》中对生命力的张扬，还是《美丽奴羊》中对神圣生命的崇敬，还是《吹牛》中对自由健康人性的抒写，都是为了复活诗意的人生。

红柯的小说中，通过乌托邦的想象达到了对现实的诗意超越，寻求人与世界的和谐以及生存的理想之地，这其实是要寻找灵魂的诗意栖居之所。如《大河》中童话叙事方式形成小说中诗性的超越意识，使小说中所描写的动物和人能够超越物种的界限，达到灵魂的沟通和交流，也使人性和动物性融合起来，人也通过诗意超越了自身，从而向神性靠近。于是，红柯在过去古老的传说故事中，在流传的童话故事中，在诗意的抒写中找到了那种人性、动物性和神性相融及与大自然相融的理想生存状态。在当今社会中这种和谐交融的状态已经遭到破坏，红柯只有在偏远的西北大漠雪山草原上去寻找人的灵魂（属于精神性）和肉体（属于动物性）的融合。但这偏远的雪山大漠也逐渐受到了现代文明的浸染而失去了往昔神性的灵光，于是，红柯不得不采用诗意的笔触和童话的方式在小说世界重新耕耘出一片净土，为人性和动物性的融合寻找适宜的土壤和气候，从而使人性和动物性不断融合逐渐走向完善并接近神性。所以《大河》中的童话式叙事使动物性融入了人性，使人性也接近了神性，而动物性和人性的融合过程，也是人自身不断超越自我的过程。在这种超越中，又促进了诗意的产生，也只有在不断超越中产生诗意，人性（含动物性）才能无限地接近神性，人诗意地栖居才有可能实现。于是，红柯在童话式的叙事中，重新建构了他寄存完美人性的乌托邦世界，通过这个乌托邦世界，我们能体会到与神毗邻而居的幸福和快乐，我们能在童话和寓言般的世界中诗意地栖居。这正是红柯试图建构的民族精神世界，也是他试图复活的乌托邦精神。

三、降临大地的诗意

其实，乌托邦更注重的是与现实的对立，而不是强调其实现的可能性。在红柯的小说中，需要复活的不仅是乌托邦精神和诗意的冲动，更重要的是在精神复活的同时，使人的行为和生活也具有诗性意义，使天空中飞翔的诗意降临大地。因此，在红柯的小说中，人物的行为本身往往具有诗意，具有乌托邦精神气质。

红柯认为"中国人最有血性最健康的时期总是弥漫着一种古朴的大地意识，亚洲那些大江大河，那些名贵的高原群山就是我们豪迈的肢体与血管，奔腾着卓越的想象和梦想"。[1] 他认为"中国文学有一种伟大的边疆精神与传统"。[2] 这种"大地意识""边疆精神"正是那种具有血性、强悍的民族精神，也是存在于大地的诗性精神。

在现实社会中，大地的诗性已经逐渐被物质所挤压，人们生活中的诗意变得越来越淡了，精神的灵光被世俗的东西所淹没，没有了诗意也就失去了飞翔的理想和想象的动力，人面临着被物化和异化的危险。文学作品也逐渐地走向写实，逐渐地着眼于日常生活中琐碎事件的描写，放逐崇高而沉溺于物化严重的生活。但作为诗人的红柯，用他的诗性小说表现出民族性格中的原始而强健的生命力，而这种生命力是在那种奔放的激情和强健的体魄中体现出来的。他走的是与许多新生代作家不同的道路，不是要消解诗性，而是在不断地捍卫诗性，因为诗性是一个民族精神未曾委顿的标志，是一种民族生命力旺盛具有激情的标志，所以，红柯在小说中不断张扬强悍的生命力。

在红柯看来，荒凉的大地必须用热血和生命去浇灌，才能开出生命的花朵。

---

① 红柯：《敬畏苍天·文学的边疆精神》，上海人民出版社，2002 年版，第 278 页。
② 红柯：《敬畏苍天·文学的边疆精神》，上海人民出版社，2002 年版，第 279 页。

诗意并不只是文字或想象的东西，还应该体现在实际的行动中。西北荒凉之地，前辈们用他们的热血和生命开拓出肥沃的土地，这才是大地上真正的诗意的行为。在《复活的玛纳斯》中，团长和女兵都是为了生命健康成长而来到边关荒漠，在他们的心中流淌着一代拓荒者的胆识和魄力，这正是民族精神的象征。在团长和士兵的身上，那种原始的具有征服欲望的野性得到了复活，而这种征服的对象多数是人性自身的弱点和生存环境中无比恶劣的条件。他们在荒原中真正显示了他们为生存而斗争的惨烈和英勇，显示出他们作为草原大漠儿女的不屈不挠的雄姿。他们在大地上不断与恶劣的环境抗争，用强大的生命意志和强悍的体魄捍卫了生命的尊严，这正是大地上真正的具有诗意的行为，是存在大地上的真正的诗意。红柯所要追寻的也正是这种大地上的行动中的诗意。

这种大地上行动中的诗意，是为了消除精神中的荒原。在物欲横流的现代社会，精神园地逐渐荒芜，谁是那片被践踏的荒原中的拓荒者呢？血性的诗歌能否在这荒原之中流传开来？又有谁会抛别故乡而在荒原中挥洒自己的汗水和热血呢？谁是点亮荒原神灯的英雄？红柯在寻找，在现实中这样的寻求似乎很遥远，只有在小说中，才能营造出一个生命力旺盛而强悍的乌托邦世界。在这里他也复活了自己在尘世中几近淹没的对家园的乌托邦想象，也只有在这种乌托邦世界中他才找到了生命得以寄托的地方，从而使他的诗意不至于被世俗社会最终剿灭。红柯也是在他的小说世界中保留了自己的价值观念和对神性向往的情怀，复活了他对人生的希望，也寄托了他复活强健的民族血魂的理想，从而使他的小说成为照亮当代人精神荒原的神灯。

总的来说，红柯的小说恣意挥洒而具有瑰丽、奇诡的诗意化审美情趣，其中洋溢着一种崇高英雄主义和理想主义色彩，具有浓郁的浪漫情调和诗性风格。在此借用中国小说学会奖对红柯的评语来进行本文的总结：

> 红柯为略显沉闷的 90 年代文坛带来了一股清新的气息，注入了一股新鲜灵动的想象力。这种想象力并不表现在故事的编织，而表现在对自然生命力的张扬和对人的生命欲望的抒发。他将对生命力的体验

渗透到小说的字里行间，使我们从生命的自由舒展中获得了存在的意境与快意。他的小说既在意人与人之间的关系，更在意人和天空、大地、羊群和骏马之间的关系。这种在意揭示了人在物的世界中拥有广阔宁静的自由。他作品最大的意义在于用特有的文字与格调表明了诗意与激情对于创作的意义。在西部生活空旷的背景下，他感觉细腻、别致，通过人的现代意识把西部的风情、生气和原生态折射出来。

红柯在小说中不断用自己的诗性和纯粹的精神来反抗现实社会中的阴暗面，也试图拯救那些懦弱的生命，给麻木的心灵注入精神的力量。他在古老的传说故事中、在西部的荒原大漠中寻找着拯救生命和灵魂的力量源泉，在诗意的心灵世界中寻找现代人丧失的血性。他想救治猥琐病态的人们，想为心灵荒芜的人们指引一片生命的绿洲。但是，红柯最后也只能徜徉在那些梦幻的诗意的世界中，沉湎于历史和古老传说中的英雄的世界里，而很难回到现实之中，因为现实的世界将会使诗意遭到吞噬。因此红柯的诗性世界属于遥远的雪山和草原，那是一个神所居住的世界，是一个值得崇拜和敬畏的世界，是人类理想的诗意栖居的世界。

红柯内在的诗性精神使他的小说倾向于对崇高和博大的赞美，目光也显得遥远和深邃，小说中的现实生活无不被诗意化的理想光芒所照耀。西部自然景物的纯净和人的那种原始野性，使红柯更多地展示了自然活泼的农耕时代的大漠生活，这是对现代文明的一种间接的反抗和批判。他小说中拥有一种静穆的美，也拥有巨大艰辛的生存压力之下强悍的力的美，以及来自民族心理积淀的坚韧品格。红柯的诗性小说是在喧嚣的世界中寻找着最后的精神净土，在实用主义、功利主义、工具理性主义大行其道的时代，他坚守着自己的精神园地，而坚守就意味着进步。

（本文原载于《中北大学学报（社会科学版）》2014 年第 3 期，

收入本书时有增改）

人性、动物性和诗性：
简析红柯《大河》中的童话叙述

红柯的长篇小说《大河》描写的是阿尔泰军垦区老金一家的传奇故事。桀骜不驯的女兵爱上了小文书，却被认为违反军纪，小文书被调到牧业班去放羊，结果被白熊吃掉了。女兵为了寻找情人独自跑到森林里去，半年后怀着孩子回到垦区，老金后来便成为孩子的父亲，老金和女兵又有了一个女儿。老金带孩子到森林里和白熊交上了朋友，老金和军垦区的女医生发生了关系，被逮捕，在送往团队的路上被白熊截走。若干年后，女兵的儿子成为阿尔泰的牧人，并结婚生子，女医生和女儿金海莉都成为研究边疆历史的学者。

《大河》的情节简单，红柯却洋洋洒洒写了将近二十万字，用浓郁的诗意笔触，唱出了一首对原始生命力的赞歌，也写出了对生命的独特理解。小说中浓郁的诗性与其中鲜明的童话色彩有关，采用童话方式叙述（以下称"童话叙述"）成为《大河》叙述方面的主要特征。红柯说："我一直把童话看作文章的最高形式，因为那是生命黄金时代的梦想和尊严。"① 童话作为红柯表达自己生存理想的手段，也成为他努力追求的艺术手法，他说："文学史有一个规律，大艺术家的顶峰之作都接近童话。"② 红柯在《大河》中采用童话叙述，就是要在童话之中去体验生命的尊严、淳朴、温情和力量。于是小说在现实和童话的交融中，时空交错，虚实相融，亦真亦幻，意蕴也更显深厚。

---

① 红柯：《敬畏苍天·阅读杂谈》，上海人民出版社，2002年版，第308页。
② 红柯：《敬畏苍天·阅读杂谈》，上海人民出版社，2002年版，第309页。

一、小说的童话叙述及其表现

童话是一种具有浓厚幻想色彩的虚构故事，多采用夸张、拟人、象征等表现手法去编织奇异的情节。红柯小说中，《大河》的童话色彩较为明显。小说在采用第三人称外聚焦的形式用成人视角进行叙述的同时，也采用了儿童视角以童话的方式进行叙述，并且使成人视角和儿童视角交错进行，以此推动小说发展，也使小说带上了浓郁的童话色彩，同时也增强了小说的诗性效果。童话叙述在小说《大河》中主要表现在以下三个方面。

（一）叙述姿态的童话化

在《大河》中，由于许多地方采用了一种儿童视角和儿童思维来进行叙写，从而使整个小说带上了浓郁的童话色彩（参见后文表1《大河》描写内容统计表）。如"孩子们看见妈妈撅着屁股拔大地的毛，那么纤细的蘑菇，不是毛是什么"[1]，只有在孩子的眼中，蘑菇才会被天真地想象成"大地的毛"。又如在描写孩子和松鼠嬉戏的时候，采用儿童视角和儿童思维方式，把人和松鼠完全当成两个好朋友来描述，从而展示人与自然界的和谐关系，也表现了红柯对原始而健康的生命状态的赞美。

采用儿童视角和思维方式是由作者的叙述姿态决定的。所谓叙述姿态，是指叙述者采用什么样的姿态来看待和描写被叙述对象。就《大河》而言，红柯采取了一种万物平等有灵和天真烂漫的叙述姿态，因此，小说中才会有人与动植物的和谐交往。如在女兵的眼中死去的情人变成了白桦树，而熊也拥有和人一样的生活和情感世界，太阳仍然需要睡觉，同样显得慵懒："太阳没有落到额尔齐斯河，太阳向森林里移动；那么古老的森林在地球上已经很少见了，几乎跟太阳一样古老，太阳就有必要到古老的森林里去住一宿。太阳完全是一副上

---

[1] 红柯：《大河》，云南人民出版社，2004年版，第95页。

床睡觉的样子，懒洋洋松塌塌彻底地放松了。"① 即使死亡也被那种平等天真的叙述姿态所淡化，"一只鹿过来，托海跪到鹿跟前，托海身上再没有血腥味了，鹿闻了他的脑袋，闻了他的手，鹿就把他带走了，到祁连山下，黄河边，鹿进入古老的神话，成为岩石的一部分，托海下到水里，给传说中的美妇人做丈夫去了"②。托海在梅花鹿的引领下走向大河，结束自己的生命，死亡在红柯的小说中被童话化了，显得美丽、高贵而神圣。所以，小说中所隐含的作者叙述姿态是童话叙述方式形成的根本原因之一。

（二）叙述语言的儿童化

语言的儿童化是童话语言的基本特征，小说《大河》中叙事姿态的童话化决定了其语言的儿童化倾向。

小说中语言儿童化一方面表现在直接引用儿童语言，如当哥哥抓住一头小熊后，在街上带着熊转圈，此时有他小妹妹语言的描写："'我们家的，不许你们看。'大家笑：'小丫头，跟它一起过吧。''我要嫁给它。'"③ 红柯直接引用儿童的语言，写出了孩子们眼中的世界模样：森林、太阳与河流等都可以被爸爸种出来，熊撒的尿可以长出蘑菇，森林会发怒，雪会睡觉，还会打呼噜，而且人可以嫁给熊，森林中的母熊和幼熊能像人一样对话："花到哪里去了？""它们到天上去了。""他们还回来吗？""会回来的。""什么时候？""你们出生的日子，就是那一天。"④ 这样的对话完全是一种童言童语了。对儿童语言的直接引用，增添了小说的童话色彩。

另一方面是对儿童语言的间接引用，即通过转述儿童语言用童话的方式进行叙述，如"女人领孩子去搬玉米棒子，女人告诉孩子，那好看的缨子是妈妈的头发，孩子让大人抱起来才能摸到潮乎乎的玉米缨子，孩子摸到了玉米的缨

① 红柯：《大河》，云南人民出版社，2004年版，第63页。
② 红柯：《大河》，云南人民出版社，2004年版，第239页。
③ 红柯：《大河》，云南人民出版社，2004年版，第178页。
④ 红柯：《大河》，云南人民出版社，2004年版，第126页。

子也摸到了妈妈的黑头发。女人剥开玉米棒子，用指甲掐玉米豆，挤出来的汁液是真正的奶汁，女人告诉孩子：'你小时候吃过的奶又长出来了。'"① 童话式语言并不是通过孩子和母亲的嘴直接说出，而是作者采用儿童的视角和第三人称的叙述方式叙述出来的。这种转述式的描写实际上是直接对话的一种变形，同样属于叙述语言的儿童化。在《大河》中，一旦涉及大人和孩子的对话，就可能出现童话式的叙述语言，从而使成人的语言以及作者的叙述语言带上明显的童话色彩。

（三）叙述内容的童话化

在《大河》中，白熊的故事，女兵、金海莉与白熊之间的故事用童话方式进行叙述，而托海的故事、老金一家与白熊之间的故事采用了穿插童话的方式进行叙述，以上内容约占总内容的 37%（见表 1）。其实，关于白熊的描写也能独立出来成为完整的童话故事，红柯却把这个故事穿插到小说中老金一家的日常生活之中，不但使小说在结构上错落有致，而且使现实生活和童话故事融合在一起，增添了小说的童话性质和魔幻色彩。我们可以从表 1 中"集中描写次数"和"主要描写方式"看出，小说中有关童话传说的描写和童话式叙述比较集中的约有 17 次，而作为主线（老金一家的故事）在小说中集中描写约为 8 次，红柯不断穿插童话传说或者童话式的叙述于主线之中，使整个小说不时出现具有童话色彩的内容，增强了小说整体上的童话色彩。我们还可以从表 1 中的"人物关系"一栏看出，整个小说写的是人与人、人与动植物的关系，以及动物之间的关系，红柯把这些人、物通过交替穿插的方式进行叙写，使人物和其赖以生存的世界融合起来，这个世界显得和谐、纯真且具有浓厚的童话色彩。

---

① 红柯：《大河》，云南人民出版社，2004 年版，第 112 页。

表1 《大河》描写内容统计表

描写对象	集中描写次数	总页数（约数）	在全文中所占的比例（％）	人物关系	主要描写方式
白熊	5	38	15.6	动物与动物	童话方式
女医生、老金及其家人	8	139	56.9	人与人	浪漫主义与现实主义结合
拜大人	2	12	4.9	人与人、人与植物	历史纪实
托海	2	16	6.5	人与人、人与动物	民间传说童话方式
童话、传说	2	3	1.2	人与自然	童话、传说
老金一家与白熊之间的故事	6	21	8.4		现实主义和童话方式
女兵与白熊的之间的故事	1	10	4.1	人与动物	童话方式
金海莉与白熊之间的故事	1	6	2.4		童话方式

　　而《大河》中具有童话色彩的内容，又处于三个不同的意义层面之中。

　　第一层面是概念性童话。这个层面的童话就意义而言，属于童话的概念意义，比如关于白熊和女人的传说故事，还有关于白熊棕熊的故事，童话色彩显得非常纯粹，属于童话本质概念这个范畴，这是一般意义上的童话，因而属于小说童话叙事中第一层面。如果单从这些童话故事来看，更多的是属于文本的话语层面，不借助于小说的其他内容，很难使其意义得到深化，同样，小说意义的深化也离不开这一层面，它是小说意蕴得以丰富和深化的基础。

　　第二层面是转喻性童话。"转喻则以主体与它邻近的代用词之间的接近或相继的联想为基础。""转喻从本质上来说是横向组合的，它探讨句子的各个因素在水平方向上的展开。"[1] 转喻主要是促进小说文本在水平方向上不断地展开，形成横向的延伸，增加小说的厚度和丰富小说的内容。《大河》中具有童话色

---

[1]　罗钢：《叙事学导论》，云南人民出版社，1994年版，第3页。

彩的内容属于转喻性的比较多，主要体现在老金一家和白熊一家交往的故事中，即红柯在写老金一家的故事的时候，同时采用转喻的方式写到了他们和白熊等动物的交往，从而使文本世界得到横向拓展，使小说的内容得到丰富。从总体上来看，这些描写不同于第一层面中的童话故事，只是在有些地方因采用童话的叙述方式而带上了童话色彩，从而把现实生活童话化。这也是红柯用以表达思想的一种叙述策略，即在人和动物不断交往的童话式叙述中，使人不断回归自然和恢复健康的本性，从而使文本的意义得到相应的深化。

第三层面是小说中的象征性童话。如果说前两个层面的内容属于文本话语层面或形象层面的话，这第三层面的内容便属于文本深沉意蕴层面，而意蕴层面的童话又是象征性童话。作为文本话语或形象层面的内容，其童话色彩或者童话性是可以明显感受到的，而文本的象征性童话是潜在的，需要读者在深思中感悟。从内容上来看，小说中具有童话色彩的内容几乎都具有象征性质，都属于象征性童话这个范围，所以这一层面在范围上来看是最广泛的，涉及的内容最丰富，但它不仅包含这些内容，更重要的是象征性童话还包含在前两个层面内容的基础上升华而成的象征性意蕴，它属于小说的主题意蕴层面，也属于精神哲理层面的内容，其表达了红柯对淳朴自然充满原始生命力的童话般的世界的向往，文本中营造的是理想的充满温情的童话世界，着眼于人的终极意义。正是在这个层面上，小说的诗性追求和童话所蕴含的诗意冲动才达成一致。

二、小说中童话因素对诗性形成的作用

小说《大河》中所具有的童话色彩是和红柯小说的诗性风格分不开的。形成诗性风格的手法是多样的，而《大河》中主要采用了童话式叙述手法使小说达到诗意化目的。

童话语言可以产生诗意化效果，这是因为诗性思维和童话中的儿童思维同样具有直观性和形象性的特点，思维的空间显得比较纯净和空灵，语言也显得比较鲜活、纯真、形象和奇特。对于成人来说，童话世界是一个有别于成人想

象的世界，它显得遥远而新奇，童话语言既是成人进入童年回忆之门的钥匙，也是割断束缚生命飞扬之绳的利刃。成人在阅读和阐释这种语言的同时，自己本真的生命之门也被一重重地打开，在语言的引导下，生命真谛盛开馨香之花，成人世界的烦恼和尘垢被真挚而纯真的情感涤荡得一尘不染，一个纯净而蔚蓝纯美的情感世界便由此产生，当人沉醉于这个纯美的世界的时候，诗意便产生了。其实，童话语言带来的是一个逝去了的值得永远怀念的世界，它给小说营造出一种怀旧的情绪，这种怀旧情绪必然成为诗意产生的基础，而且怀旧情感越浓，诗意也就可能越浓。

而小说《大河》中童话式叙述促使小说诗性风格的形成更主要的原因还在于童话本质上的诗意冲动。这种诗意的冲动是对生存的终极意义的追寻，是在精神领域中追求一种更加纯粹和完美的世界。童话中的诗意冲动和怀旧情怀紧密联系，而且都表现出对现实的否定和超越，也是对于现实世界既定秩序的反抗。在《大河》中，风会唱歌，人会变成白桦树，女人能和熊生出孩子，小孩能和树、老鹰等说话，人可以和野兽成为生死朋友。于是事物之间的分界线消失了，想象力洞开了生命自由流淌之门，也打通了灵与物之间的阻隔，灵魂可以自由自在，人和动物可以自由交流，于是，人与万物的存在是诗意的存在，人与动物便诗意地栖居在小说所营造的文本世界里了，而诗性也在这种童话式的叙述中逐渐形成。

三、童话和诗性对人性与动物性的融合

正因为《大河》中童话叙述方式形成小说中那种诗性的超越意识，小说中所描写的动物和人才能够超越物种的界限，达到灵魂的沟通，也才使人性和动物性融合起来，人也通过诗意而超越了自身，从而向神性靠近。

红柯之所以在《大河》中采用童话叙述方式，主要是由于在现实社会中，人越来越缺少想象力，越来越只重视物质的占有，越来越技术化和机械化，人的异化现象越来越严重。人与人之间、人与自然界之间的关系变得越来越冷漠，

在现实社会中，缺少了童话世界中的那种温情、友爱与和谐。红柯的童话式叙述是要寻找健全生命所呼唤的那种温暖与和谐，使当代人丧失的原始的自然生命力和健康的原始野性得到恢复。因为童话叙述洞开了生命视角中的死门和人们思想中的围禁之地，使被压抑的童心得到解放，新的世界便向我们逐渐打开。这个世界是动植物和人和谐相融的世界，是纯真、自然且具有旺盛原初生命力的世界。童话叙述也带来了诗意的超越，在诗意的激情中，在平淡的岁月中，生命之流或明或暗地流淌，而红柯便在无数的生命之河中，穿越生命诞生之幽谷，洞穿死亡的神秘面纱，领略生死的高贵和神圣，寻找到了天地间的生命之根，那就是原始而健康的生命力，它来自野性十足的动物本性。于是，红柯在《大河》中采用了成人和儿童相间的视角，以童话式的叙述方式和诗性的语言，对生命进行了多角度的审视，从而丰富了生命的内涵。而童话之光也洗涤了文明中的尘污，抹去现代文明给生命带来的暗影，恢复了生命中失落或衰退了的血性和活力，使枯萎赢弱的生命在童话的沐浴下重获生机，从而完成人性和动物性的融合，使人性得以健康而完满并向着神性接近。

小说在诗意的抒写和童话式的叙述中，使自己的创作意图从两个不同的层面楔入文本，从而描绘出一个人性和动物性融合无间的理想世界。

一是文本现象层面，也就是小说中直接反映出来的人与动植物之间的和谐关系。这种关系在文本中表现得比较明显，我们可以从《〈大河〉描写内容统计表》的"人物关系"中看出，小说中写人与动植物间的关系占整个小说的40%左右。就拿小说中的主人公老金来说，不仅写了老金与他的家人、同事之间的交往，还用不少的笔墨写了老金和动物之间的关系，比如写了老金救小鸟，养小鸡和狗，狗救老金，老金和松鼠游戏，老金牧羊牧马，老金和白熊的交往等，这就显示了红柯万物有灵且平等的生命观。红柯在小说中让动植物和人不断地接触，不断进行情感或灵魂的交流，主要是为表现人与动物（含植物）的和谐关系，这是一般意义的人与自然、人性与外在于人的动物性在现象层面的融合。

二是哲学意蕴层面，在这个层面上，红柯不仅只注重对人与自然间和谐相处的表象，而且更加关注在人的精神层面所达到的人性和动物性的深层融合，更加注重从外在的现象发掘出其哲学本质，即人自身的人性和动物性能否和谐相融的问题。现实人性中的动物性往往被压抑和扭曲，人的本质属性也显得不完整，而小说中的动物性是原始的野性十足的，是健康的没有被扭曲和异化的动物性，白熊那种强悍的生命力和无穷的力量就是健康的动物性的象征。于是，红柯在《大河》中通过人与动物的交往，通过诗性和童话的叙述方式试图还原人所丧失了的健康的动物性，也试图给为现代文明的阴影所遮蔽或弱化了的民族精神注入强悍的生命力和健康的血液。

小说《大河》中除了在第一个层面写到人与自然的外在融合，主要通过小说中女兵的情感历程展现出人性和动物性及灵肉的深层融合。小说通过童话的叙述方式将白熊、苗海、老金以及甘肃小伙子融为一体，成为女兵（母性的代名词）理想中的男性形象，他们身上的那种粗犷剽悍和野性十足的个性特征，显示了他们对生命本真意志的尊重，也正是这些男性魅力十足的个性特征吸引了女兵，也使其生命之花得以健康而幸福地盛开。于是，那种威猛雄壮的气魄、那种有着健康人性的男性也成为这片土地（母性的象征）上的希望。女兵欣赏老金、苗海以及甘肃小伙子，一方面是由于这些男人身上有着人性文明的一面，另一方面是由于他们身上还具有野性即动物性的一面。而后者是现代人普遍缺少的东西，这也是女兵、金海莉及女医生一直寻找的东西。也就是说，女兵生命意志中渴望那种原始的动物性。红柯还让阿尔泰之王白熊不断出现，来展示其所具有的旺盛生命力和野性之美，在红柯的童话叙述之中，女兵便从白熊身上的原始野性之美和强悍凶猛力量中寻到精神的寄托，这正是羸弱和被异化的人性对健康的动物性的渴望和呼唤。而女兵的生命只有在与这人、兽的交往中，在领略了强悍而健康的动物性后才显得完满，不管是女医生、女兵，还是金海莉都有对这种完满性的追求。人性和兽性（动物性）成了女性完善其生命不可或缺的因素，因为缺少了人性，兽性就得不到升华，而只能是纯粹的兽性；而缺少了兽性（动物性），人性也显得虚伪病态，没有动物性的人性是一种异化了的人性，所以，缺少任何一个方面，女兵的生命就将不完满。这样，小说采用童话叙述方式通过叙写女兵情感历程，把人性、兽性紧密联系起来，童话便消解和打破了人性和兽性的距离，使二者融为一体，这就是女兵生命中的期待。她始终把自己的男人比喻成白桦树，比作白熊，于是，万物就融合在童话世界中，这个世界的天空也呈现出一种梦幻的色彩，其中有人性和兽性的比翼飞翔。

然而，兽性向人性的升华不只是童话传说或者童话式的叙述就能完全达到的，《大河》中的人性与兽性的融合，还要靠红柯诗意的描写以及红柯灵魂深处潜在的诗意情怀。人的行为中有许多动物性的东西，如果缺少了诗意，这些行为只能停留在动物性层面，而不能升华到人性的层面。在《大河》中，除了童话本身包含了诗的因素，红柯还采用了诗性语言来进行描写，进一步增强了小说的诗意。正是因为拥有了诗意，人身上的动物性才得以上升到人性，如沈从文《雨后》有关于四狗与女人媾和时的描写："四狗不识字，所以当前一切全无诗意。然而听一切大小虫子的鸣叫，听晾干翅膀的蚱蜢各处飞，听树叶上的雨点向地下跳跃，听在旁近一个人的心在怦怦跳，全是诗。"[1] 男女媾和是人的动物性行为，本来没有什么诗意，但经过沈从文的诗意描写，通过人对自然生命的谛听，诗意便产生了，而动物性的交媾行为就上升成有诗意的人性十足的行为，成为符合人性的一种生命本真行动。红柯也正是通过对小说中人的日常生活及人与动物的交往的诗意描写，在童话式的叙述中，不断将日常陌生化为与我们当下生活有一定审美距离的世界，而这个世界是人性和动物性水乳交融的世界，是人性、动物性通过诗性升华为神性的世界。

于是，红柯在过去古老的传说故事中、在流传的童话故事中、在诗意的抒写中找到了那种人性、动物性和神性相融，以及与大自然相融的理想生存状态。在当今的社会中这种和谐交融的状态已经遭到破坏，红柯只有在幽深的森林或其他小说的大漠雪山草原上去寻找人的灵魂（属于精神性）和肉体（属于动物性）的融合，但即使这偏远的雪山大漠也逐渐受到现代文明的浸染而失去了往昔神性的灵光，于是，红柯不得不采用诗意的笔触和童话的方式在小说世界重新耕耘出一片净土，为人性和动物性的融合寻找适宜的土壤和气候，从而使人

---

① 沈从文：《沈从文小说选》（上），人民文学出版社，1982 年版，第 38 页。

性和动物性不断融合并逐渐走向完善并接近神性。

总之，《大河》中的童话式叙述使动物性融入了人性，使人性也接近了神性，而动物性和人性的融合过程，也是人自身不断超越自我的过程，在这种超越中，又促进了诗意的产生，也只有在不断超越中产生诗意，人性（含动物性）才能无限地接近神性，人诗意地栖居才有可能实现。于是，红柯在童话式的叙述中，建构了他寄存完美人性的乌托邦世界，通过这个乌托邦世界，我们能体会到与神毗邻而居的幸福和快乐，我们能在童话和寓言般的世界中诗意地栖居。

（本文原载于《理论与创作》2005 年第 6 期，收入本书时有增改）

庸常生存的突围与诗性空间的建构：
论红柯长篇小说《少女萨吾尔登》

当前文学创作有种令人担忧的现象，即过多地展示欲望与恶俗，过多地描写苦恼与愤世，缺少自由、独立或振奋灵魂的抒写，缺少对未来的憧憬与梦想的追寻，常常为平庸的世俗生活表象所缠绕，逐渐丧失了抵抗庸常生活的诗意激情。正如学者贺仲明所说，当前文学精神处于低俗与混乱之中，主要表现在精神狭隘、价值观混乱、个人主义盛行等方面。① 因而，在民族复兴之际，如何让中国人从原子式的个人主义观念和自私狭隘的境地中逃离出来，从庸常的日常生存状态及固有的意识形态中突围而出，重拾个体梦想、重返集体价值层面和重铸民族精神，已成为当前文学的历史性使命。红柯在《少女萨吾尔登》中，其为反抗庸常的生存状态和抵制凝固的意识形态而构建的梦想空间有三个维度，即浪漫爱情的抒写、社会现实的批判和西部精神的礼赞，三者相互贯通彼此融合，最终构建了一个充满诗性精神的艺术空间。

一、重建理想的爱情生活逻辑

由于深受物质主义和消费主义的影响，当前文学对爱情的叙写更多是物质化、欲望化和情欲化的世俗表达，爱情丧失了超越性和神圣性。这种状况实际上早已发源，谢有顺曾指出，自 20 世纪 80 年代中期以来，关于爱的情感已经

---

① 贺仲明：《我们时代文学的精神缺失：对当前文学的一种审视》，《当代文坛》2016 年第 1 期。

沦落为情感宣泄与本能表达，文学以情为本退化到了以性为本。① 当大众皆沉迷于性欲与物质的迷醉和狂欢之中时，爱情的神性本质和超越性便被遮蔽。西方当代思想家齐泽克认为，梦不属于现实和虚幻，而属于大写的真实，大写的真实解构支撑现实的逻辑，从而在不可能中创造出新的可能性来。② 红柯在《少女萨吾尔登》中，通过讲述周健与张海燕纯真而美丽的爱情故事，作出了重拾梦想的努力，并力求把梦想变成现实。

庸常生存状态的形成与意识形态对日常生活中主体的固化密不可分。阿尔都塞认为，意识形态是主体对某种思想体系或价值观念的认同活动，是对主体的存在赋予意义的过程。因而意识形态存在于我们日常生活中，它"召唤"主体进入某种预设的机制之中，使主体心甘情愿地接受它并为其推波助澜。③ 当前游戏化、情欲化、物质化的爱情意识形态大肆流行，失去美好爱情的人们，其生存空间变得十分冷漠、颓靡、苍白和庸常。这个庸常的爱情生存空间正是《少女萨吾尔登》反抗与突围的对象。

红柯说《少女萨吾尔登》中的主人公周健的原型是与自己关系最近的发小，他是工厂的修理工，由于同事不慎拉开电闸，正在搅拌机里作业的他顿成残废，但其未婚妻依然不离不弃嫁给了他。④ 因而红柯小说的浪漫不是虚无缥缈的怪诞离奇的浪漫，而是有着坚实的现实基础。周健与张海燕以及周健的叔叔（周志杰）与婶婶（金花）等人的爱情始终以现实为背景，依循现实生活逻辑，并以爱情为触角和视角完成对社会生活、现行体制和时代精神的触摸与审视，在揭开当前社会精神委顿、道德沉沦的恶性病灶的同时，依靠十年新疆异域生活经验和通灵式的洞察力，以卫拉特（中国古代北方草原民族的一支）人的歌舞《萨吾尔登》为介质，让神性降临，以救治当代社会的精神痼疾。

《少女萨吾尔登》中爱情的超越性和神性还来自作者的诗性叙事。小说实际上存在两个叙事空间，一个是以渭北为中心的关中平原，另一个是以伊犁为

① 谢有顺：《重写爱情的时代》，《文艺评论》1995 年第 3 期。
② 孙佳山："中国梦"与当代文艺前沿问题》，《文艺理论与批评》2014 年第 3 期。
③ 李维屏：《英美文学研究论丛第二十辑（2014 年春）》，上海外语教育出版社，2014 年版，第 268 页。
④ 红柯：《少女萨吾尔登》，北京十月文艺出版社，2014 年版，后记。

中心的西域大地。前者是小说叙述的主体，后者以背景的形式存在；前者代表世俗的物质世界，后者代表浪漫的诗性世界。以新疆大漠为背景的诗性世界，有着浑厚朴实的苍天大地、广阔无垠的大漠戈壁、起伏连绵的雪峰群山，还有洁白无瑕的天山雪莲、生机勃发的雄鹰骏马及雄壮豪迈的峭壁岩画，加上天鹅般的少女、剽悍的儿子娃娃、古老的歌谣与美丽的传说，它们共同组成了红柯笔下特有的诗性空间，而歌舞《萨吾尔登》则是这个诗性空间中的精华。在红柯的叙事进程中，诗性空间不断楔入世俗空间之中，使得整个小说叙事具有了诗意色彩。红柯把草原歌舞《萨吾尔登》作为楔入世俗空间的楔子，从而使世俗的人们能找到突围庸常生活的突破口。汉族女子张海燕和来自巴音布鲁克草原的妇女金花，在渭北平原大跳《萨吾尔登》，于是神性降临，凝集民族生命力的诗性之门逐渐打开，领悟《萨吾尔登》精髓的张海燕、金花、周健和周志杰在尘世中获得了灵魂的救赎。

因而可以说，小说《少女萨吾尔登》是一首充满激情的长篇抒情诗，它赋予我们梦想、憧憬与信心。正如阿多诺所说："抒情诗揭示了虽未被扭曲但却不为一般人所理解和接受的东西，并极为精辟地预见性地指出，人类社会不是恶的，生活在其中的人们不是极端自私、相互排斥的。"①与《西去的骑手》《大河》《乌尔禾》《生命树》《喀拉布风暴》等小说一样，《少女萨吾尔登》也洋溢着一种强大生命力和乐观进取的精神，它感染着读者，传递给读者温暖与信心。红柯用诗性的叙事和浪漫的爱情想象消解了现实中的冷酷与无情，通过周健和张海燕、周志杰和金花对爱情逻辑的重建，让我们看到了抵抗固有的意识形态、突破庸常生存状态和重拾梦想的可能。

二、对庸常生存的批判与突围

如果说《少女萨吾尔登》中对张海燕和周健、金花与周志杰的爱情描写还

---

① 阿多诺：《谈谈抒情诗与社会的关系》，见朱立元，李钧：《二十世纪西方文论选》，高等教育出版社，2002 年版，第 682 - 683 页。

只是展现了个体梦想重拾的可能，那么小说中对现实文化层面即意识形态的批判则表达了重拾集体梦想和重回集体价值的可能。正如前文所言，庸常意识形态使日常生活平庸与固化，更为可怕的是意识形态以"真理"传唤的方式，把个体改造成奴性十足的主体，它如同鸦片一样，让人们忘却并逃避痛苦、困惑与冲突，沉溺于庸常生活中而自觉温暖舒适，不能自拔。如何反抗这种庸常的意识形态性和自我异化，就需要激情与梦想，需要主体觉醒和自觉反抗。红柯在小说《少女萨吾尔登》中恰恰是对沉沦于庸常意识形态的人们进行再次"传唤"和"改造"，以复活他们的个体梦想和主体意识。

周志杰所在的研究所充满了意识形态象征性。周志杰有一个"被窝理论"。他把故乡和家园比作"大被窝儿"，身在其中的人被称为"被窝猫"。"被窝猫"们完全依靠他人生存，具有很强的寄生性，其能力逐渐退化甚至丧失，但幸福感、优越感却越来越强。红柯用较多的笔墨来写周志杰的学术活动，从而向我们揭示了众多的"被窝猫"们把家园故乡变成荒野的过程。周志杰所处的研究所学术环境恶劣，不学无术者拉帮结派、玩弄权力、剽窃成果、瓜分利益；有的人为了科研经费拉皮条、肆意行贿、巧设机关、钩心斗角。周志杰是研究所的业务骨干，刻苦敬业，但研究成果屡被侵占瓜分，于是对"被窝猫"们深恶痛绝，后来便拒绝和"被窝猫"们合作，并对这种庸常的生存状态进行了有意识的抵制与反抗。众多进入"大被窝儿"的"被窝猫"成为硕鼠，啮噬社会和他人的劳动成果，也啮噬着良知、道德、正义与公平，人们的精神故园便逐渐荒芜。红柯在此用隐喻象征性的叙事手法给当代社会敲响了道德警钟。

《少女萨吾尔登》中的"被窝理论"与经典科幻电影《黑客帝国》中的象征性隐喻极为相似。《黑客帝国》中人机大战把地球变成了废墟，机器控制了地球，充满智慧的机器们在容器（"母体"）里豢养"人类"以获取能源，"母体"中的每个肉体没有精神生活，只能靠容器里的营养液维持生命，并依赖机器向它们头脑里输入的人类文明毁灭之前的美好幻象来感受幸福。《少女萨吾尔登》中研究所之类的"大被窝儿"如同《黑客帝国》中的"母体"，而"被窝猫"们如同《黑客帝国》中"母体"豢养的"人类"。当人们被某种意识形态所改造后，会很容易认同并很快适应这种意识形态，从而通过各种手段想方设法挤进某"大被窝"或"母体"中，希望成为豢养者。无论进入"大被窝"还是"母体"，人们都感觉安逸舒适，而且一旦适应了这种豢养式的环境，没有外界的"唤醒"便绝无突围而出的可能。《黑客帝国》中的尼奥，刚被从"母体"中解救出来时本能地大喊"让我回去"，而塞弗是另一位被解救者，当他看到沦为废墟的真实家园时，因讨厌而不适应清贫乏味的真实生活，于是再次回到了"母体"中。《少女萨吾尔登》中和塞弗相似的是田晓蕾。田晓蕾是汉族，出生成长在新疆，有着新疆人血性、闯劲与魄力，为了逃离新疆伊宁的"大被窝儿"，和丈夫周志杰一道调回渭北市，但周志杰却被排挤在渭北的"大被窝儿"外，田晓蕾后来觉觉这种生活毫无安全感，于是和周志杰离婚并调入某大学再嫁给大学老师王长安，成为"被窝猫"后，田晓蕾有了绝对的安全感，但她也随即丧失了从蒙古族生活的热土上涵养而得的精神气质和诗意人生，重新为庸常的意识形态所收编和异化。由此可见，习惯于某种意识形态的人们已产生了非常严重的惰性、奴性与依赖性，他们非常满足地沉醉在被固有的意识形态格式化了的庸常生活之中，难以自拔。

周志杰、金花、苏炜及周建、张海燕等人，都是"大被窝儿"中勇敢的突围者和反抗者。如何对付"大被窝儿"式的生存状态，王长安与田晓蕾主张明哲保身，向社会屈服，这种由鹰变麻雀的做法遭到了金花和周志杰的拒绝。金花与周志杰的办法是对"大被窝儿"中的"主体"进行再"改造"，唤醒其主体意识，回归生命本真。他们在小说中的角色如同《黑客帝国》中的墨菲斯，墨菲斯逃离"母体"后成为容器内生命的拯救者和启蒙者。金花（周志杰昔日的学生，蒙古族，在他众叛亲离时嫁给他）首先给身处"大被窝儿"中的丈夫周志杰阅读大漠幽默人物系列丛书，包括阿凡提、毛拉则丁、巴拉根仓、沙格德尔等人的故事集。金花认为，这些人物都是草原大漠千百年来养育出的英雄豪杰，他们身上的血性与智慧既能防止周志杰沦落成"被窝猫"，同时也能通过启蒙式的"唤醒"拯救众多的"被窝猫"，期望他们从"大被窝儿"中突围以摆脱苍白庸常的生存环境。接着，金花让并未被"被窝猫"们同化的周志杰从内部"策反"并唤醒苏炜，让苏炜最终从被意识形态固化了的庸常生存状态中突围。来自新疆大漠草原的金花和周志杰夫妇，他们用《萨吾尔登》所赋予的原始生命激情以及来自天地自然的大爱与智慧把庸常日常生活撕开了一道裂缝，揭开了反抗庸常的意识形态的序幕，并赋予读者极大的信心与力量。

写周志杰的学术生活看似和爱情叙事关系不大，实则二者在反抗被意识形态庸常化了的生存状态方面是统一的。因为庸常的意识形态无处不在，如影随形，无处可逃。从爱情角度来看，同样存在无数的被世俗爱情这床"大被窝儿"豢养着的"被窝猫"，如王长安、穆教授、丁惠、田晓蕾、方静等人。因而周健与张海燕以及叔叔婶婶都必须从爱情"大被窝儿"中突围。除此以外，还需要从被其他意识形态固化庸俗化了的各种各样的"大被窝儿"中突围，才能解救自己并找回属于自我的本体精神。周志杰与金花反抗"学术被窝"和"爱情被窝"都取得了成功，从而展示了他们突围庸常生活的强大精神力量。但周健与张海燕却没有叔叔婶婶顺利。张海燕开始仍然和普通人一样，希望周健能进入"大被窝"中寻找安全感，特别是想摆脱搅拌机（周健的工作是修理搅拌机）给周健带来的威胁与恐惧，于是她想尽办法让周健攀老乡、拉关系，并和周健一同听《菜根谭》《弟子规》《朱子治家格言》等国学讲座，把国学讲座也作为进入"大被窝儿"的手段，但周健最后恰恰是在他们经营的"大被窝"中受伤腿残，周健的悲剧无疑是对"被窝猫"们的一种警示。

红柯用搅拌机给周健等人带来的威胁与恐惧，象征技术时代机器对人的异化与威胁，于是反抗这种冰冷物质世界和技术世界的任务落到了张海燕身上。在金花婶婶教给张海燕跳《萨吾尔登》后，张海燕似乎受到了神灵启示，逐渐感悟到了其中的精髓，拥有了反抗庸常生活的勇气和神性力量。她和周健一道，经历了《萨吾尔登》特别是《少女萨吾尔登》（舞曲，是《萨吾尔登》的组成部分）的洗礼，连续十二夜的《少女萨吾尔登》歌舞点燃了张海燕和周健的炙热爱情，洞开了生命的大门，周健因搅拌机事故留下精神的血污和怪诞被《少女萨吾尔登》中的大爱涤荡干净，周健重回真正的精神家园，最后完成了对庸常生活特别是机械化和物质化世界的突围。

因而，红柯在《少女萨吾尔登》中通过对社会文化层面的深刻而广泛的批判，呼唤重建集体价值体系，同时对被固有的意识形态庸常化了的当代大众，进行了一次精神启蒙。红柯在物欲横流的当今，在民族精神委顿的历史时期，同前辈知识分子一样，担负起了启蒙的使命，他以知识分子的良知夯实了自己对人文精神以及传统文化的坚守，他以沉默厚道的姿态对民族、民众的未来饱含深沉的忧患，他以笔为旗，反抗庸俗，警示社会，彰显启蒙价值与意义。

三、回归民族文化与重建诗性精神

反抗庸常的意识形态和生存状态，重拾个人梦想和回归集体价值，均需一种激励性的精神动力。红柯在《少女萨吾尔登》后记中说，西域各民族文化对其创作影响深刻，他爱用西域歌曲做小说的主旋律，卫拉特蒙古族的《萨吾尔登》则是小说《少女萨吾尔登》的主旋律①，而小说的灵魂是西部精神。西部精神是一种诗性精神，它吸纳天地之精华，融通天道自然，沟通人性与神性，崇尚自由，反叛陈规，饱含着原始生命伟力，凝聚着民族文化精华。《少女萨吾尔登》始终贯穿着西部精神，它既成为小说的精神内核和推动小说情节发展的动力，也是重拾梦想复兴民族文化的一种精神动力。

在《少女萨吾尔登》中，西部精神是靠一系列反复出现的意象来呈现的。这些意象主要有两种类型：一是文化艺术类精神产品，包括歌曲、舞蹈、诗歌和传说故事等，如《萨吾尔登》《大月氏歌》《百灵鸟》《黑眼睛》《阿瓦尔古丽》《江格尔》《史诗》以及包括阿凡提、毛拉则丁、巴拉根仓、沙格德尔等人在内的大漠幽默人物系列丛书等；二是自然社会中的物象，如天山雪莲、天鹅、雄鹰、高原、太阳、岐山臊子面等，它们与民族心理或精神密切相关。这两类来自西部大漠雪山的意象，从不同层面阐释了西部精神的内涵。

在文化艺术类意象中，作为小说核心意象的《萨吾尔登》是新疆巴音布鲁

---

① 阿多诺：《谈谈抒情诗与社会的关系》，见朱立元、李钧：《二十世纪西方文论选》，高等教育出版社，2002 年版，第 378 – 379 页。

克草原最原生态的舞蹈,是卫拉特蒙古族的精神家园。它汲取了宇宙的精华,它把人与天地自然万物永恒的生命连接在一起,表达了万物平等相依的古老哲理;它能让亡灵复活,表达了对万物永恒生命的赞美;它流露出万般柔情,表达了人们对天地万物特别是苦难与死亡超越的大爱和仁慈。《少女萨吾尔登》则是在《萨吾尔登》的基础上进一步表达少女对草原英雄炽烈如火、柔情似水的爱,这种爱融化了天地万物,使两颗心灵融为一体。十二支舞曲《少女萨吾尔登》完成对生命的礼赞,使张海燕少女的青春气息和烂漫童真融为一体,使张海燕从平庸沉寂的日常生活中和世俗的"大被窝"中突围而出,重获新生。正如她在日记里所写:《萨吾尔登》让人体验到了飞禽走兽的心跳,于是人与动物心心相连,人与人也心贴着心了。正是《萨吾尔登》舞蹈消融了技术时代心灵的冷漠与隔阂,使张海燕等人的爱情超越了世俗,获得了神性。因而回荡着西部精神旋律的歌舞《萨吾尔登》不仅能医治周健的心灵创伤,也能医治时代病症——冷漠。

第二类意象中天山雪莲的生存环境十分恶劣,在悬崖峭壁上依靠细菌地衣和苔藓的微薄之力形成的一点土壤而生存,风化一把土就需几百万年,这金子般的泥土还未被现代工业文明侵蚀、因而成为我们最后精神净土的象征。同时,雪莲花也是顽强生命力的象征物,还是张海燕、金花等人纯洁爱情的象征物。天鹅在巴音布鲁克草原被看作幸福鸟,是牧民顶礼膜拜的对象。天鹅、雪莲花是与女性相关的意象,它们与张海燕、金花等女性融为一体,成为民族女性美好形象的代表或象征。而雄鹰与天山岩画等则是与男性相关的意象,他们展示出男性豪迈雄壮的阳刚之美,是民族所具有的原始生命力的象征。

与西部大漠雪山相关的意象相对立的是与中原大地相关的一组意象,即"大被窝儿"、"被窝猫"、搅拌机、白虎堂和蛇等,两组对立意象的存在使小说充满了叙事张力。其中众多正面意象看似散漫,但最终都形成一股强大的合力,汇聚成一种博大的西部精神,完成对象征着庸常生存状态的"大被窝儿"和"被窝猫"们的突围,完成对日常生活专制性的反抗,并不断地为被庸常意识形态固化的主体去蔽,从而在某种程度上作出了重构新的意识形态的努力。

在小说《少女萨吾尔登》中，红柯穿梭在现实与梦想之间，用浪漫手法和诗性精神营造了以个体爱情、社会批判和民族精神共同构建的三维诗性空间。通过浪漫美丽爱情的抒写，激励个体生命的突围；通过对现实维度的批判，期望价值体系的重建；通过对西部精神的礼赞，呼唤诗性精神与民族精神的复归。这种个体、集体、民族三位一体的叙事架构，在一定程度上既展示了红柯思想的深刻和构思的成熟，也体现了红柯不断实现艺术上自我突破的努力。

（本文原载于《山西高等学校社会科学学报》2016 年第 9 期，
收入本书时有增改）

名词、意象和诗意生成：
略论红柯小说的叙事策略

红柯在当代作家中以其独特的诗性叙事显得与众不同，其小说的诗性生成与其叙事语言、叙事方式等策略紧密相关。红柯很注重语言的表达，他说："我很早在外在的世界失去自由与自在，我沉迷阅读与写作，在语言中获救，我如此执迷于语言，将我的天性与成长结合在一起的。"[①] 同时，红柯小说的诗性和他对主体性的彰显也是分不开的，其小说中的叙事方式、诗性特征和主体精神在小说中是三位一体的关系。

一、名词的重复与涌现

红柯小说大部分是采取第三人称的叙事方式，这种全知叙事方式给予作者更加开阔的视野和更加自由的叙事时空。在时空的转换和叙事过程中，不断地让名词（特别是人名、人称代词以及称谓）重复，不断地使名词在他的语言河流中涌现，他小说中的名词就如同战争中激越的鼓点，激励着千军万马般的词汇奔涌向前。如《石头鱼》中对海子的描写：

> 海子很大很蓝，那时天空的影子落在了水面。海子边没有树，只长些浅草。牧草黄中带绿。草刚长出来就是这样子。靠群山那边全是高高的石崖。有一条路从山里通到海子边。路是从石头上过来的。路

---

① 红柯：《敬畏苍天·文学的边疆精神》，上海人民出版社，2002 年版，第267 页。

很结实，跟钢轨一样在阳光下闪亮，跟钢轨一样伸到海子边，就散成一堆石头。海子很大很深，海子几乎一动不动，石头碎了。石头绝不是水击碎的。石头却碎了。石头有大有小。大石头上可以站一匹马，可以躺一个人。小石头可以当板凳，再小就不算石头了，他们是大地的皮肤，毛茸茸长着浅草，他们就不算是石头了。

这段文字中不同的名词就超过 10 个，其中不少反复使用，如"海子""草""路""石头"等，反复使用的名词几乎都是主语。这样不仅把各种意象给串联起来，而且还可以收到一唱三叹的吟咏效果，从而增强了诗性味道。正是不断地使名词显现，不断对同一个名词的重复，形成了红柯语言的叙事风格。

这种叙事方式对小说表达效果的产生有以下几个方面的作用：首先从叙事节奏上来看，名词的不断出现，同一个名词的重复使用，使小说在结构上显得紧凑而气势连贯，这对形成红柯小说的叙事风格是至关重要的。如果把小说中重复的名词（特别是人名）换成一个相应的人称代词，则小说的节奏和气势顿失，他的叙事风格也会因此丧失。比如短篇《阿力麻里》中写道：

米琪在身后追着。米琪跟鲤鱼一样在牧草和芦苇的波浪中时隐时现。米琪看见翔子身上的血，米琪害怕了，真的害怕了，米琪带着哭腔大喊："翔子你松手吧，我不要了。"

其中米琪这个人名出现了很多次，如果为了避免重复可以改成这样的句子："米琪在身后追着。她跟鲤鱼一样在牧草和芦苇的波浪中时隐时现。当看见翔子身上的血，她就害怕了，真的害怕了，于是带着哭腔大喊：'翔子你松手吧，我不要了。'"这样句子虽通顺简洁，但失去了节奏感和急促叙事风格。其次，这种叙事方式是其诗性精神得以展现的一种手段。名的涌现，形成了对自然之物的连续呼告，消除了主客之间的阻碍，从而使人性与神性的融通成为可能。再次，红柯这种叙事方式，更重要的是凸显主体性精神，从而使小说的主题得以加强。红柯小说中不断出现的名词，使物的主体性得到了强化，这恰恰是激活主体精神中的有效艺术手段。

红柯小说中许多名词不再是单纯的名词，而是具有丰富象征意义的意象，如太阳、熊、葵花、鹰、月亮、男人和女人等。下面对红柯小说中的意象特征进行简单的分析。

二、意象的连缀与聚合

红柯小说是抒情的和诗性的，因此他很重视意象的应用。他采用了意象的连缀和聚合方式，完成情感的抒发和思想的表达，而意象的连缀和聚合是靠意象的重复和流动来达到目的的。红柯采用独特的意象组合方式正是为了营造更加浓郁的诗性意境和诗意情调。

首先，红柯常常采用一个或几个意象的重复（或者以它们为中心）而连带出众多的意象，即用这个意象连缀起别的意象，这种方式能造成一种诗意灵动之美，也带来一种张弛的节奏与和谐的旋律，使小说具有了音乐性，而音乐性正是诗性小说品格之一。如《靴子》中有如下描写：

> 女人的脑袋伸在旅店的窗户上，太阳一个劲地瞅她。她的头发原本是黑的，太阳一晃一晃，头发就成了金黄的。女人和她金黄的脑袋伸在窗户上，就像一朵大葵花。葵花是太阳喜欢的花。可女人不是葵花。女人在听马靴的走动声。女人显然想从鹰和鹰的投影中看出什么……

这段文字围绕着女人这个意象来写，以她为中心展开想象和联想，形成语言之流，在这种语言的流动中，也弥漫了诗意的情调。这样的描写在红柯的小说中大量存在，它丰富了小说的形象，增强了小说的诗性，同时也使小说显得细腻而血肉丰满。

其次，红柯小说中还用一种意象流动的方式来连缀和聚合众多意象。这种意象的流动性，是来源于红柯丰富而奇特的想象，他的想象最大的特点就是串联似的想象，是一种意象堆叠，但这种堆叠不是杂乱的，而是极富层次感的，而且在意象的串联过程中，总是有某种诗意的线索把这些意象串联在一起。这是靠红柯的想象和对生命的沉醉，把一个一个物象在想象之流中不断显现出来，正由于他的想象的丰富和源源不断，其小说才显示出意象流动的效果。如：

> 女人知道靴子喜欢她。女人揉眼睛，揉着揉着手指缝就钻出亮晃晃的泪水，女人把哭声咽到喉咙，哭声就成了很幸福的喜悦。喜悦泡在泪水里。喜悦跟河里的白鱼一样，白鱼一样的喜悦，那么矫健那么凶猛，女人有点吃不住。（《靴子》）

红柯的语言在想象中流动，把女人、眼睛、泪水、哭声、喜悦之情、白鱼等事物联系起来，从而使他的小说在语言和意蕴上都具有了诗歌的音韵及流动的节奏之美。

红柯在对意象进行连缀和聚合的过程中，手法并不是单一的，而是多变的。有时成为"直流意象"，有时又形成"旋流意象"，这是红柯小说的独特现象。所谓"直流意象"，就是在叙述过程中，随着作者想象的不断进行，意象不断更新和变化，意象之间不再重复，如同江河之水，不断向前推进，总体上没有回复的趋势，也就是想象到了哪里，行文也就到哪里，意象也就出现在哪里，在想象中形成一种抒写的气势，从而形成贯通的文意，完成诗意的描写。而"旋流意象"，是指在叙事过程中，在不断由想象产生出新意象的同时，又不断照应前文的文意和出现过的意象，这就如同江河里的漩涡，整体是不断运动向前的，但同时又形成部分回流，在一定的叙述时空中保持相对的静止，这样就能使作者更加充分地关注某些物象，集中笔墨对其进行描写，从而使诗意显得更加浓厚，其韵味也更加悠远。这种意象的旋流可以是直觉的，也可能是在想象性的叙述中属于潜意识的，但不管怎样，这是和作者的写作风格和他的形象思维特征相关的。

其实，红柯小说中，这两者常常结合起来应用，"直流意象"与小说叙述的前趋性、流动性相关，属于叙述中时间的范畴，它是小说叙述不断发展的结果，是小说丰富历时性的要求，是着眼叙述未来的。而"旋流意象"与小说的滞留性、相对静止性相关，属于叙述中空间的范畴，是小说寻求空间拓展和展现共时性的要求，是着眼于叙述的当下的。"直流意象"和"旋流意象"的结合使小说显得有张有弛，节奏分明而和谐，这也从整体上给小说带来音乐的节奏美，使小说具有更加浓郁的诗意。《大河》中有这样的描写：

> 阿尔泰的黄昏永远是壮丽的，大地长出青草，青草变黄变成一片金黄，黄昏就成太阳最美妙的时刻。太阳没有落到额尔齐斯河，太阳向森林里移动；那么古老的森林在地球上已经很少见了，几乎跟太阳一样古老，太阳就有必要到古老的森林里去住一宿。

这段描写中，就是用了连环式的描写方法，由阿尔泰的黄昏写到了大地上的青草，马上由青草写开去，写青草变黄，于是又由这种金黄想到了阿尔泰黄昏的美丽，想到太阳落下森林时的壮美，由于这里触及森林，又由森林写开，写到了太阳和森林的关系。这样，红柯的想象就显得行云流水一样洒脱，想象所及之处，意象的花瓣纷纷飘落，在诗意的叙写中编织成梦幻般的美丽意境。

最后，小说中的意象还有另外一种表现方式，即综合意象的重复使用，它是一种句子的重复，这里主要指的是用一种复沓的方式。比如在《古尔图荒原》中，"古尔图荒凉而遥远"这样的句子在不同的地方出现了两次，而在《西去的骑手》中，"当古老的大海朝我们涌动迸溅时，我采撷了爱慕的露珠"这样具有诗性的句子在小说中也反复出现。这种重复一方面具有强烈的抒情性，另一方面又增强了小说的节奏性，使小说的诗意显得更加浓郁。

三、时空的分割与统一

小说世界同样也是时空构成的世界，小说如果按照社会生活逻辑或者写实的手法来结构的话，那么小说中的时空就会显得和现实的时空重合。红柯小说的时空是由多个被分割的时空组成，它们具有非连续性，这些被分割的时空在红柯的描写中通过叙事中流动的气势和连续不断的情感之流缝合起来，成为小说更高层次更高意义上完整而丰富多彩的时空。

从红柯小说中那些破碎的时空来看，它们是重空间而淡化时间的。这和他的时空观相联系："小说以一种空间性的结构方式表述人与物的生存，恰恰是对生命在时间维度的忽视，表明了天山南北的人们对生与死的超越。"① 在红柯眼中，西部广阔的天空与大地，时间的流逝似乎没有给人与物带来任何影响，时间对空间而言是无能为力而不值得夸耀的。而从艺术处理与诗性表达的目的来看，时间的淡化和情节的淡化是互为因果的，因为情节的展开是绝对离不开时间的，而抒情却可以不在小说的故事时间中进行，可以跳出故事时间而在其外进行。因此，时间的淡化和空间的注重，给小说的抒情留下了更多更充分的空隙，作者可以在故事情节被淡化的那段时空中抒写自己的情志，而这个时空也变成主观抒情的时空，不再属于情节时空。

小说中无论是对空间的重视还是对时间和情节的淡化，都和红柯对名词及对意象的运用分不开的。由众多作为主语的名词（包括意象）不断涌现或者重复，每一个主语引出一个完整的叙述单元，每一个叙述单元都对应一个被分割的时空。比如，短篇《帐篷》中的一段：

> 苏拉拎着水桶站在河边，她拎了满满一桶水，他喊她回去，她没听见。她出神地看着河边那辽阔的草原。河流跟飘带一样扎在草原粗壮的腰间，草原显得更辽阔更雄壮。牧草和鲜花跟浮云一样飘浮在天地相交的地方，金色的草原菊和蓝色的勿忘我快要飞起来了。

可以看出，由于作为主语的名词不断地变换，时空就跟着变换了，这使得叙事不再具有时间的连贯性，而具有空间的跳跃性，时空也就显得零碎，但同

① 王敏芝：《语言与结构的背后》，《小说评论》2002 年第 3 期。

时又被内在的情感逻辑所贯通，被一种更大的时空所包容，因而并不显得杂乱。在时空的频繁转换中，时间被忽略了，情节得到淡化，而小说的节奏感得到了加强，诗意便更加浓厚。

通过突出空间而淡化时间，红柯把自己的生命观和自己的诗性风格结合得非常紧密。"必须给你的生命找到辽阔而自由的空间"，红柯在小说中所追求的正是这样的一种宏大的空间。在这样宏大的空间中，他的想象才能自由驰骋，也才能使它的名词不断地在滔滔叙事之流中得到不断的涌现。

四、主体性的追求和彰显

小说正是通过人名、地名或其他事物名称不断涌现，通过意象不断连缀与聚合，小说中的时空才得以不断更新，画面才纷呈而至。这其实是采用了蒙太奇的艺术手法，通过不断切换镜头来达到叙事的连贯性。小说的叙事过程中，红柯通过重复或者变换作为主语的名词，从而增加主语出现的频率，把一个场景（空间）分割成若干小的片段（空间）加以表现，每个片段（空间）都具有自己独立的描绘对象，也就是有各自独立的主体。这样一方面使小说具有了更多更形象的画面效果，另一方面又加强了小说的抒情性，突出了小说的主体性。红柯小说中的主体性包括三个方面：一是对个体生命和尊严的尊重，二是对主体意识的唤醒，三是对强悍的生命力的呼唤。红柯试图通过这几方面来重建民族精神，因此，他的小说中主体意识不断得到强调和彰显。当然，这种主体性不仅仅体现在小说中所描写的人身上，而且体现在万物之中，人与自然都是生命自我的主体，都具有尊严和生存的权利，而物的主体性是人的主体性的延伸，对物的主体性的强调，也是对人的主体性的进一步凸显。

请看短篇小说《太阳发芽》中的一段话：

女孩站起来，绞着手，她的手很热切，很想做一样事情。女孩有一个绿色画夹，女孩画过不少画，画夹和画都挂在墙上。女孩一时半会儿想不起她的画夹和她的画，手就有点着急，手就乱抓一气，把一张画弄掉了，画从墙上飞起来落到地上。女孩松了一口气，手也松了一口气。女孩和她的手奔上小床，从墙上取下画夹。女孩拍一下画夹，就像旗手拍打自己的宝马。女孩回到椅子上打开画夹。

主语"女孩"反复出现，每出现一次就具有一次行动的权利或者获得了一种特性，作为主体的女孩的形象便不断得到丰富，主体不再是干瘪的符号，而是逐渐成为一个血肉丰满自由自主的生动的个体。红柯的小说就是通过这样的叙事方式，把人物从扁平的形象逐渐变成圆形形象，使人物曾经失去的精魂得以回归。红柯通过语言符号逐渐完成对主体精神的重建，使单向度的人在主体还原的过程中逐渐得到丰富，从而变得有血性和力量。

海德格尔说："语言是存在的家。"[1] 红柯通过语言符号的巧妙应用不断使主体之魂回归存在的本身。这种回归不仅使人的主体性得以还魂，也使物的主体性得到回归。如短篇《靴子》中对靴子的描写：

靴子跪拜在她的膝盖上，靴筒跟树一样长在她的手臂上长在她的胸脯上，靴子的喘息就像树的呼吸。靴子穿过戈壁荒漠，靴子走进草原，在辽阔草原的至极之境，就是这个女人和她柔软的怀抱。

像这样的描写在红柯的小说中随处可见，通过这样的叙述，事物具有了自主性和独立性，其主体性地位不断得到强化。而物的主体性是人的主体性的一种延伸，于是，在物的主体性得到强化的同时，人的主体精神得以更加突出和彰显。

主体彰显也和红柯的诗性叙述紧密相关，叙事中主语（名词和意象）不断重复和转换、时空（特别是空间）的不断更换，正是诗性对小说节奏的要求，

---

[1]　海德格尔：《人，诗意地安居：海德格尔语要》，郜元宝译，广西师范大学出版社，2000年版，第46页。

而红柯自身的诗性精神又增强了小说中主体的抒情性和主体意识。由此可见，红柯小说中的叙事方式、诗性特征和主体精神是水乳交融而相互联系的，它们相互影响，共同作用，从而形成红柯小说的诗性语言风格。

（本文原载于《山西高等学校社会科学学报》2014 年第 6 期，

收入本书时有增改）

"乌尔禾"：关于时间的魔镜

　　红柯长篇小说《乌尔禾》不同于《西去的骑手》的暴烈与强悍，不同于《老虎！老虎！》的激情与荒诞，也不同于《大河》的想象与童话色彩，《乌尔禾》体现的是沉静之美和思考的力量。乌尔禾，大漠之中的一叶绿洲，生长着率直粗犷的男人和柔情似水的女人，一切都显得静穆和谐。因此，张惠琴身上的温柔恬静之美让海力布思念并敬仰终生；来自静穆大地的恋歌《黑眼睛》让懵懂的少女赵晓梅领悟到爱情的神圣和甜美；沉埋于草原的神秘女性石像激活了张老师身上温柔多情的女性意识；乌尔禾羊神圣恬静的眼睛使杀羊者成为对生命的跪拜者。这种沉静的品质赋予人与动物强大坚韧的力量。地窝子出生的王卫疆在海力布叔叔的牧场度过美好的童年，也给海力布苍凉的人生以极大的安慰，他们精心喂养的大肥羊医治了少女燕子的心灵创伤，燕子却给王卫疆和朱瑞以巨大的痛苦。人性来自苦难以及对苦难的穿越，就是这部书的人性之美，也是这本书的第一个特点。

　　乌尔禾的沉静之美又和神性相连，红柯采用魔幻手法、神话传说、童话叙述等表现方式，赋予乌尔禾这种沉静品质以神性色彩。乌尔禾的羊是沉静恬美的，是上帝的使者，具有神性和人性；王卫疆放生的羊静默地走进少女小燕子孤独的心灵，从此燃亮了她生命的自信之光；朱瑞在小木工的身上看到了放生羊不死的灵魂；杀羊是对羊的超度也是杀羊者自身的超脱；牧羊人海力布能听懂动物的语言。于是在这个宁静祥和的世界中，动物性、人性和神性得以完美地融合。神性之美是这部书的第二个特点。

　　但《乌尔禾》不是神话也非童话，而是具有浓郁现实主义色彩的小说，只是红柯笔下的乌尔禾具有了浓郁的异域魔幻色彩。"乌尔禾"如同一面时间"魔镜",映照出不同时空的映像,使历史、现实和将来在此融合。因为"乌尔禾"既是立足现实而对未来展开的想象,同时也是反思现实而对往昔的深切缅怀。小说中的乌尔禾以及奎屯二宫充满了生存的艰难与残酷,但是温顺可爱的动物给生存注入活力,生存上升为存在,乌尔禾以及黑黑的羊眼睛成为力与美的源泉,它映照出现实世界欲望的喧嚣和浅薄的浮躁。羊是乌尔禾的神灵,也是燕子从大漠深处来到城市的护身符与永久的梦想。王卫疆、朱瑞和小木工都不是她真正的梦中情人。乌尔禾与黑黑的羊眼睛属于往昔的记忆也属于未来的想象,因为它来自乌尔禾奎屯二宫这些现实世界,写实的力量贯穿其中,这就是对现实的穿越而非超越。红柯展开了他内心的悲剧意识,用诗性语言描写悲剧,用单纯明净、充满泥土芬芳或闪烁着秋天金色光芒的笔墨袒露年轻人失恋的痛苦、宽容和理解,生活中的艰辛和不公被希望所引导。时间的"魔镜"稍一转动,现实的喧嚣就会迎面扑来,我们就可窥见作者充满悲剧意识的忧郁的双眼。这完全是一种东方式的悲剧精神。

这种贴近大地的抒写方式使小说具有浓郁的异域乡土气息和生活气息,也使小说更贴近民间生活的本相。红柯对乡土民间沉静品质的挖掘和赞美,也正体现了其对底层民间社会的关注和生存状态的深层思考。作者让沉静成为乌尔禾最鲜明的特征,以此复活民族性格中沉默坚忍的精神品质,并让沉静滤尽大地上所有的喧嚣,你似乎只听见乌尔禾东边魔鬼城的"大石羊"在风中歌唱美丽的情歌:"我的黑黑的羊眼睛,/我的生命属于你,/让一切厌世的人们,/做你忠实的情人。"

(本文原载于 2006 年 12 月 12 日《文艺报》,收入本书时有增改)

论红柯"结构即主题"的创作观：
以长篇小说《太阳深处的火焰》为例

一

红柯最新长篇小说《太阳深处的火焰》内涵非常丰富，其中包括人性与神性、正义与邪恶、文明与野蛮、历史与现实、西部与中原、乡村与城镇、爱情的分与合、事物的阴与阳、生命的强与弱、德行的廉与耻等相互矛盾或对立的事物或现象。正因如此，有评论者认为《太阳深处的火焰》具有复调性。巴赫金指出，复调小说"有着众多的各自独立而不相融合的声音和意识，由具有充分价值的不同声音组成真正的复调"①。"各自独立而不相融合的声音和意识"是指小说不同人物之间、人物与作者之间都存在各自独立而平等的意识或价值观，小说的复调正是生活或人性的多样性或矛盾性的体现。"在复调小说中，没有统一的'作者'意识，人物不是作者所创造的客体，而是有着自主意识的主体，人物与人物之间平等地对话，人物与'作者'平等地对话。"②"没有统一的'作者'意识"，即没有统一的创作意图或主旨，复调小说呈现出来的是不同意识或价值观的多元共存，而非是非分明、非此即彼的一枝独秀。复调小说还要求人物之间、人物与作者之间形成平等对话的关系，作者并不对人物的意

---

① M. 巴赫金：《陀思妥耶夫斯基诗学问题：复调小说理论》，白春仁、顾亚铃译，生活·读书·新知三联书店，1988 年版，第 29 页。
② 佘向军：《小说叙事理论与文本研究》，光明日报出版社，2015 年版，第 48 页。

识、道德或价值观作统一的评判。《太阳深处的火焰》中并没有表现出作者的道德意识或价值观念的冲突或分裂，小说有着一以贯之的主题，即通过彰显充满血性的强悍生命力以重建民族精神。《太阳深处的火焰》在主题方面不具有复调性，但红柯把复调作为一种艺术手段用以表现主题，因而其中存在鲜明的复调结构，不单单是人物与人物的对话、人物与作者的对话，而且扩展到人与宇宙天地、人与万物的对话。

红柯小说的主题意识非常强，他指出："叙述也是结构，万物有灵就在于万物的结构，就艺术而言结构就是语言就是主题，结构主题语言是一体的。叙述体现逻辑与理性。"① 简言之，红柯认为"结构即语言""结构即主题"，这里的"结构"不仅是外在的形式问题，更是一种思想或精神的矛盾运动，是主体从客观世界中获得的各种信息，或激发出某些情感，或上升为不同思想观念后形成的内在的矛盾运动和组织形式。主题则"是文学作品中的中心和支配性的观念，处于一个作品文本结构中意义层面的核心，是一个作家文化涵养的精髓和价值尺度，是文化心理、民族性格和时代精神在人体中的结晶与审美凝聚，体现了一个作家的基本功和写作高度"②。由此可见，红柯所说的"结构"，首先属于观念或意识层面，其次才是在观念结构影响下形成的文本外在组织形式，作为观念层面的结构便是主题，而文本外在结构形式是对主题的表现，其在本质上与主题是一体的。

红柯出生并成长于关中大地，深受中原文化影响，后来又到新疆生活游历了十年，也深受西部文化影响，这两种文化在其心灵中形成复杂的结构形态。但对西域大漠中强悍生命力的推崇和自然淳朴的人性的赞颂是其情感基调或主导思想，这种内在情感或思想倾向决定了其小说主题的统一，两种文化在心灵中的比较与冲突则影响了小说复调式结构的形成。另外，红柯是具有浓郁抒情气质的诗人，这深深影响了其小说的叙事形态，形成诗性叙事风格。诗性叙事

---

① 红柯：《语言之美——从〈过冬〉〈鹰影〉到〈太阳深处的火焰〉》，《长江文艺》2017年第12期。
② 王冰：《给散文写作一个文学的起点》，《都市》2015年第2期。

更多遵从于内心情感和生命意愿，语言上追求"随物赋形"①，因而叙事结构上也随心而转。红柯说自己是"用心"写作，而不是"用脑"②，他不刻意去经营小说结构，讲究意到笔随，因而其小说的内容主旨与小说语言结构完全交融为一体，真正做到了"结构即语言""结构即主题"。长篇小说《太阳深处的火焰》遵循了"结构就是语言就是主题"的创作理念，形成内容丰富、叙事灵动的叙事文本。

<h1 style="text-align:center">二</h1>

　　《太阳深处的火焰》有两条主线，一条讲述徐济云与吴丽梅之间的爱情，另一条讲述徐济云如何研究并包装皮影演员周猴。这两条线索在时间逻辑上有先后之分，但在叙事结构上是并列且交织的，徐济云则是两条线索的关联者。红柯说《太阳深处的火焰》是依靠皮影来组织结构的，从表层结构而言，这无疑是对的。表层结构是深层结构（观念层面的结构）的外在表现形态，深层结构与人的思想精神密切相关，而红柯所说的"结构即主题"更多是指深层结构。红柯在新疆深切地体会到西部恶劣环境中生命的大美，体会到向死而生的坚韧与剽悍，以及生死相依、人神一体的崇高境界，这正是红柯要张扬讴歌的西部精神。他在《太阳深处的火焰》中呼唤生命之火、自信之火、创造之火、正义之火，试图用西部精神激发中华民族潜在的生命力、创造力和自信力，也试图用太阳的火焰"烧毁一切邪恶与污秽"③。当红柯用西部精神来观照中原文化现状的时候，形成了阴与阳、生与死、廉与耻、正义与邪恶、阳刚与怯懦、君子与小人、光明磊落与阴谋奸猾等之间的矛盾冲突，这些矛盾冲突正是情节结构与发展的内在动力。因而，西部精神与中原文化现状的对比便成为小说深层结构的主线，它影响和决定了表层结构中的情节线索。

---

① 红柯：《语言之美——从〈过冬〉〈鹰影〉到〈太阳深处的火焰〉》，《长江文艺》2017 年第 12 期。
② 红柯：《语言之美——从〈过冬〉〈鹰影〉到〈太阳深处的火焰〉》，《长江文艺》2017 年第 12 期。
③ 鲁大智：《我要在古老的皮影后边注入太阳的力量——访陕西师范大学教授、作家红柯》，《中华读书报》2017 年 11 月 29 日。

　　和《西去的骑手》《大河》《乌尔禾》《生命树》《喀拉布风暴》等天山系列小说相较而言,《太阳深处的火焰》叙写重心从西部转向关中,作者以渭北大学和皮影艺术研究院为人物活动空间,重在揭示和批判中原文化中的阴暗面,因而其现实主义色彩十分鲜明,而以彪悍生命力和充斥天地间的浩然正气为核心的西部精神则成为批判现实的精神支点和参照。西部精神犹如红柯于西部取得的"真经",用其涵养人格便能灌注血性和正气,用其观照现实便能人妖分明、正邪立判。中西部地域文化的差异、现实与理想之间的冲突,正是红柯创作《太阳深处的火焰》的内在动力,即深层结构,它影响并决定了小说复调式结构的形成。

　　但形成复调的各组矛盾体是处于不同的叙事层级中的。《太阳深处的火焰》深层结构的逻辑层次从高至低罗列如下:通过对具有彪悍生命力和浩然正气的西部精神的张扬以重建民族精神,这是第一层级,它是对主题的高度概括。作者采用西部精神与中原文化进行对比叙事以完成重建民族精神的意图,其中涉及中原文化与西部文化这一对矛盾体,这是第二层级,是为了表达主题而进行的宏观设计,是小说的深层结构线索。中原文化与西部文化的对比则通过徐济云与吴丽梅之间的爱情、徐济云与王勇包装美化周猴等情节来实现,其中涉及文化的阴鸷与阳刚、生命的强悍与懦弱等矛盾体,这是第三层级。而写吴徐之间爱情时,为了丰富情节内容,拓展叙事空间,便有了与吴丽梅相关的人事叙写,包括吴丽梅的成长环境与经历、实习与生活及学术活动等情节。同时以吴丽梅学术研究为契机,又联想到老子、孔子、玉素甫·哈斯·哈吉甫、秦始皇、张载等历史文化名人的相关事件;写周猴时涉及周猴的死而复生、周猴进入皮影艺术研究院、周猴被包装成名人、周猴爷爷杀妻、王进雇用残疾人获利等情节,这些具体而形象的事件属于深层结构的第四层级。第四层级最为具体和丰富,其中涉及生与死、分与合、廉与耻、正义与邪恶、阳刚与怯懦、君子与小人、光明磊落与阴谋奸猾等矛盾体。由此可见,层级越低,形成复调的矛盾体就越多,其内容就越细致、具体和形象。在以上四个层级中,第一层级是高度抽象的观念层级,是对主题的高度概括;第二层级是小说深层结构中的情节主线，属于线索层级；第三、第四层级则在第一、第二层级的影响下用具体而形象的事件表现作者创作意图即主题，以形象思维为主，可以合称为形象层级。当然这时的形象仍然是存在于作者心灵中的形象，只有当作者利用语言对其进行描绘或传达，才能转化成外在的文本结构形态。因而在创作过程中，深层结构的观念层级点明主题，线索层级与形象层级则为凸显主题服务。

小说的深层结构一旦形成，便决定了小说的基本外在结构形态。深层结构的形成过程其实就是创作的构思过程，它是一个由宏观到微观、由大到小、由抽象到具体的过程。而在实际创作过程中，恰恰是先从具体的细节或事件入手，组合成更高层次的形象层级，再由形象传达相应的观念或意图，可以说这是由微观到宏观、由小到大、由具体到抽象的过程。而对文本的分析则可以从任何层级开始，笔者为了分析的方便，将从主要人物与事件开始，即形象层级开始。

三

《太阳深处的火焰》的抒情性和文化性大大超过了故事性，来自西部罗布泊大漠的吴丽梅身上始终燃烧着生命之火，始终充满了青春的激情与活力，如同太阳深处的火焰般照亮周围的一切。《大河》中的女兵，《乌尔禾》中的燕子，《生命树》中的王蓝蓝、马燕红、徐丽丽，《喀拉布风暴》中的叶海亚，《少女萨吾尔登》中的金花，一直到《太阳深处的火焰》中的吴丽梅，这一系列边疆女性形象与中原女性差异较大，她们生机勃勃、活力四射、高贵大气，近于俄罗斯文学中那些辉煌的女性形象，更近于艾特玛托夫小说《查米莉亚》《我的包着红头巾的小白杨》《骆驼眼》《白轮船》《一日长于百年》中的女性形象。从天山来到关中的吴丽梅就把大漠草原女性的生命气象与魅力发挥到了极致，而深受中原文化影响的徐济云显得柔弱阴鸷，缺少阳刚之气，这也是吴丽梅最终放弃徐济云而导致二人爱情失败的主要原因。徐济云作为连接两大线索的核心人物，也成为小说重点刻画的对象。

徐济云渭北大学留校后，由于与著名教授佟林长得像，深受佟教授赏识，并很快成为其得力助手，最终成为佟教授影子似的人物。所以当佟教授死后，他心甘情愿成为佟教授的替身。红柯在此没有简单处理这个人物性格，而是深入人物内心展现其灵魂的搏斗。在徐济云充当佟教授替身后不久，他对自己产生了幻觉，感觉自己不真实，他害怕照镜子，他在镜子里看到了一个非我，一个被异化了的自己。但他又想把自己和佟教授融为一体，借助其影响力获取现实利益。这种矛盾的心理使徐济云内心痛苦，他在人生困境中左冲右突，难以突围，这导致其精神萎靡、人格分裂，生命之光微弱不堪。红柯没有让人物就此消沉下去，他要给有人格缺陷者活下去的机会和理由。于是，吴丽梅亲手为徐济云织成的羊毛衫及时出场，这凝聚着西部生命之火的神奇物品驱走了徐济云心中的寒气，护住了徐济云心中微弱的生命之光，徐济云很快恢复了正常。这种带有魔幻色彩的笔触让读者在惊叹之余也对西部充满了浪漫想象。更为神奇是，当徐济云活在别人阴影中时，他在阳光或灯光下的影子都处于其身体的前面，是身体跟着影子走，而当徐济云穿上吴丽梅给他的羊毛衫后，便恢复了正常。这种神来之笔既赋予小说神秘色彩，同时又增强了小说的象征韵味。徐济云无论是活在别人的影子里，还是充当别人的影子，都是现代知识分子懦弱卑微的生存景象的象征性书写，其在西部大漠血性十足的生命强光照射下显得十分苍白与羸弱。

小说对徐济云失去自我的影子似的生存方式的揭示，更多停留在人物的性格缺陷层面，而徐济云身上的文化性格缺陷才是小说揭示和批评的重点。为了完成这个批判任务，红柯适时地让周猴粉墨登场。

徐济云在一次学生活动中接触了解到皮影，也认识了皮影演员周猴，并把周猴作为其学术研究对象，对周猴进行文化包装，以提升其知名度。但周猴只是皮影研究院中的一个普通艺人，就连徐济云学生也认为他是一个"端不上台面的小人物"。徐济云为何要力捧这个普通甚至平庸的角色？对读者来说这是一个难解之谜，而作者并没有急于回答这个问题，而是让其成为悬疑，随着小说情节的发展，这个谜团才得以逐渐解开。

徐济云把平庸的皮影人周猴作为研究对象，并成功申报了国家项目。徐济云认为自己研究末流角色是另辟蹊径，是为了学术研究的百花齐放和追求研究对象的多元化，是为了"众生平等""关怀弱势群体"。但实际上，这些堂皇的理由只是为了掩盖其灵魂中的暗影。徐济云告诉学生，研究对象与研究价值没关系，学术与思想也没有关系，获得成功关键在于以假乱真、制造噱头。所以徐济云非常欣赏周猴的猥琐，他认为猥琐也是一种美，它符合了现代艺术的真谛。为了让周猴出名，获得学术成功，徐济云建议撰写周猴传记时把周猴写成杂种，因为当今世道是"以低贱为美，低贱就能吸引眼球大红于世"①。他告诉学生，周猴只是原材料，可以根据需要随意加工，这正是借他人之酒杯浇自己之块垒，因而周猴只是徐济云获取名利的工具而已。

12 岁时周猴因病"死亡"被装进棺材埋进坟地，但及时活过来后的哭闹让爷爷把他从坟墓里救出，后来他靠着自己的好嗓子进了皮影戏班子，并最终进入皮影研究院，完成从农民到公家人的转型。周猴作为一个初中生能有如此大的出息，在农村人眼中便具有了传奇色彩，也成为农民激励孩子的榜样。但红柯在小说中明确告诉读者，周猴并没有什么过人之处，在皮影戏班里只是配角。但周猴这种平庸恰恰是其获得成功的关键，平庸在现实社会中具有相当的价值。皮影研究院的十大班主（院领导班子）利用周猴这样的平庸之辈来占坑或堵门，不让才学之士进入，以减少竞争与威胁，从而高枕无忧地享受各自的名利。周猴如同皮影般受人操纵，成为十大班主和张火明等人玩弄阴谋、钩心斗角的牺牲品或工具。皮影院班主利用的是周猴的平庸，徐济云利用的是周猴的猥琐，而周猴又谙熟中原阴鸷文化，巧妙地利用了十大班主和徐济云等人的阴暗心理，使自己获得成功。红柯对这种互相利用的生存状态的叙写，从文化心理层面揭示出国民劣根性。对这种相互算计和利用的文化心理的反思，在红柯早期作品《天下无事》中就开始了，这部小说中红柯采用新历史主义的手法，反写刘禅，写他大智若愚，写他怎么利用他人明哲保身，也写别人如何算计利用刘禅。可以说，红柯在一定程度上继承了鲁迅、老舍等人对国民性的批判传统。

至此，徐济云研究包装周猴的深层心理便昭然若揭，那就是周猴的猥琐契

---

① 红柯：《太阳深处的火焰》，《十月》2017 年第 4 期。

合了徐济云的阴暗心理，正如周猴自己所说："我来自坟墓，原本就没有生命，丧失生命就不是人了，帮我的人他们另有所图，帮我的人就不是人了。"① 这才是二人交好、共同利用的深层文化心理。至此徐济云研究周猴的悬疑才得以彻底解开，其根本原因在于徐济云与周猴都属于"沟子客"，属于"蔫人"，都工于心计、阴气有余阳气不足，二人属于臭味相投。红柯在此巧设玄机，对人物内心层层掘进，揭开徐济云用以伪装自己的面纱，暴露出其心灵的暗影。

周猴实际上与徐济云互为影子或镜像，同时周猴与老徐、十大班主、佟林、王勇及王进等人同样互为影子或镜像。所以，小说以周猴为中心形成了系列影子群像，他们都有着相同的阴暗文化心理和难以克服的文化劣根，以周猴为中心的影子群像正是中原阴鸷文化的投影。在展示这一系列形象所存在的文化性格缺陷时，红柯始终用西部大漠荒原中强悍血性的原始生命进行对比，西部大漠意象如红柳、胡杨、雄鹰、太阳、羊群、白云、男人与女人等都显得生机勃勃，燃烧着生命的火焰，它们是西部精神的投影。中原影子形象群与西部大漠意象群属于小说深层结构中的形象层面，它们形成复调关系并有着各自对应的文化观念，这些观念经过作者有意识的选择性干预，形成小说的主题。

四

仅仅写徐济云、周猴还不足以表现阴鸷文化或权谋文化影响的广度和深度，于是作者在叙写个体之时也写群体形象，以拓展其广度；在写现实的时候也对历史文化追根溯源，以展示其深度。

红柯以徐济云为中心写渭北大学知识分子群像，揭示这些知识分子普遍具有的阴鸷文化心理。徐济云在渭北大学上学时，学校教师推优大会需要一名学生代表发言，系书记在众多备选者中看中了徐济云，徐济云当然也对书记的意图心领神会。因此，他在推优会上横生枝节，对两位较为平庸的老师大加赞赏，最终使这两位老师受到重用，而且都很顺利地评上教授，当上了学校中层领导，

---

① 红柯：《太阳深处的火焰》，《十月》2017 年第 4 期。

而那些异常优秀的教授遭到排斥和边缘化。渭北大学另一位老教授，利用自己的威望与权力成功地毁掉了六七位非常优秀的竞争对手，最后却栽倒在第八个竞争对手身上，因为这个对手更加狡猾，阴招损招更多，在明争暗斗中老教授很快败北。在渭北大学，优秀者被压制、被边缘化，平庸者得到重用，校园里庸人横行，几乎为文化阴霾所笼罩。这种庸人占坑的现象在《少女萨吾尔登》中已经有过深刻的揭示与批判。

红柯还通过周猴引出皮影艺术研究院的王镜、高功达、朱自强等，以展示皮影研究院内部的文化生态。王镜、高功达、朱自强等人的皮影技艺一流，属于业务骨干，但受到十大班主的压制和排挤，他们没有任何上升空间。这种令人窒息的环境直接导致高功达在绝望中自杀身亡。但十大班主又受制于《皮影手册》主编张火明，张火明收到一位作者的稿件《西府三部曲》，其水准为十大班主望尘莫及，班主们不能忍受有超越他们水平的作品出现，极其害怕《西府三部曲》的发表，而张火明便利用《西府三部曲》控制了十大班主，从而顺利升职。小说通过皮影研究院中几个代表人物的命运遭际，揭示了皮影研究院中十大班主嫉贤妒能、长期压制优秀人才而任用平庸者的病态现象。

无论是渭北大学的教授，还是皮影艺术研究院的十大班主，批判对象主要是知识分子，因而在批判的广度上还远远不够，于是，红柯又通过插叙的方式把笔触伸向更广阔的社会空间。小说通过王勇博士引出其堂兄农民企业家王进，王进的工厂全部雇用心智有缺陷的人，连心智健全的侏儒也不用，因为这些没有自主性的残障人便于管理与操控。王进认为这些残障人是真正的人才，他甚至把这种畸形的人才观上升到企业文化的高度。王进还利用韦伯的科层制理论，把老板上帝化，大胆地起用"脑残者"与"志残者"等毫无自主能力的"顺民"与"弱民"，从而完成"侏儒行使巨人的权力"。这种反讽叙事手法，极大地增强了小说的批判色彩。小说还通过周猴引出其农村爷爷的故事，周猴的爷爷年轻时带着妻子给地主打工，地主强奸了他的妻子，他不但没为其妻报仇，反而杀死了妻子，这种是非不辨、奴性十足的卑劣行为却被当作民间英雄为人称道。作者同样采用反讽的手法揭示出以周猴爷爷为代表的农民身上欺软怕硬、恃强凌弱的劣根性，这种劣根性仍然是阳气不足、阴气太盛的文化心理所致。

除了对知识分子和农民进行批判，红柯还对以老徐为代表的政府小职员进行剖析。老徐业务能力一般，但谙熟人际交往，工于心计，长期占据着供销社的重要岗位，把业务骨干堵在门外，对那些可能被提拔的人痛下杀手。老徐和周猴一见如故，根本原因是他们互为影子，属于同类，对玩弄阴谋机巧的套路皆心照不宣。

红柯在对知识分子、小职员和农民身上所具有的阴鸷文化心理进行广泛剖析的同时，还通过对历史文化的回溯性叙事进一步向深度掘进，在追溯历史时，采用了纵向梳理为主、横向联系为辅的结构方式。

第一，作者对中华民族优秀的文化传统和崇高的民族精神进行了充分的肯定。红柯认为，西部精神与中原文化精神在本质上是相通的，他把西部的玉素甫·哈斯·哈吉甫和关中的张载相提并论，认为二者都崇尚知识和智慧，都具有胸怀天下、为民请命的担当精神，有为天地立心、为生民立命、为往圣继绝学、为万世开太平的伟大抱负，无数的玉素甫·哈斯·哈吉甫和张载便是民族的脊梁，他们的精神光辉与浩然正气将驱散民族文化中的暗影。红柯以丝绸之路为纽带，围绕着"火"这个中心意象展开丰富的想象，把玉素甫·哈斯·哈吉甫、毕达哥拉斯"太阳中心说"、为人类盗火的普罗米修斯、丝绸之路上瓷器散发的文明之火、塔里木盆地的太阳墓、维吾尔族听从太阳火焰的召唤来到西部大漠寻找家园的悲壮历史、具有雄才大略剽悍勇猛的帖木儿和成吉思汗等历史人物与事件，有机地关联融合，从而复活了丝绸之路上的生命火焰和精神圣火。这些火焰燃烧的是智慧、美德和知识，它将驱散民族文化中的阴影与寒气。红柯高擎着文明圣火，深入民族文化的肌理探照并诊断其间的病症。

第二，红柯对道家与法家的思想进行了批判性反思。红柯在小说中认为，从老子《道德经》的弱民术到卫鞅《商君书》的驭民术，再到荀子和韩非的法家学说，逐渐发展形成"一套完整有效的帝王术和奴才哲学"，这对民族文化产生了负面影响。弱民术、驭民术致使周秦汉唐的文化圣火逐渐暗淡，民族文化中的阴鸷之气越来越重。红柯借小说人物之口，用核污染来比喻这种文化阴霾对世人的巨大危害。他认为文化阴霾对人性的扭曲和异化、对文明的破坏程度甚至超过了核污染。

如何驱散文明中的阴影以及如何医治已有的文化病症，红柯通过老子出关入胡的故事为我们寻找到了答案。老子在中原感觉到阴沉而压抑，难以抵挡阴气的侵袭，于是出关往西入流沙化胡，到了西部他感受到了 1000 个太阳照射下的蓬勃旺盛的生命之火，内心便豁然开朗、阴气尽散，获得了新生，人也变得达观幽默起来。由此可见，充塞大漠长天中的西部精神正是治疗民族文化中阴鸷病症的良方。

五

由于小说深层结构对整个小说叙事时空和情节发展进行着宏观把控，所以无论作者的思维如何活跃、想象如何丰富、叙事怎样节外生枝，处于形象层级的人物或事件始终未曾脱离观念层级，即始终指向主题。红柳、胡杨、太阳、白云、火焰、雄鹰等象征西部精神的意象以及吴丽梅充满生命活力的形象不时穿插在小说的叙事之中，其目的是使西部文明与中原文明形成鲜明的对比，增强小说艺术张力，最终完成对民族文化的反思与建构。对西部精神的礼赞和中原文化弱点的揭示，成为影响小说情节结构的深层线索。红柯对中原文明与西部文明的对比，一方面通过集中叙事实现，另一方面通过零散的插叙实现，这样便形成整散结合的叙事方式和疏密交替的叙事节奏。

第一，小说通过集中讲述徐济云和吴丽梅之间的爱情来形成对比。徐济云身上的阴鸷寒气与吴丽梅身上的生命火焰构成对比叙事的焦点。比如通过叙写徐济云与不同女性交欢的情节，象征性地表现了西部文明与中原文明在生命形态上的差异。徐济云与恋人吴丽梅第一次交欢时，吴丽梅渴望并呼唤生命之火，但是徐济云射出的却是冰冷的精子，这令吴丽梅深感绝望。后来徐济云与妻子王莉第一次交欢时，却成功地射出了温热的精子，他奇迹般地恢复了正常。很显然，徐济云与吴丽梅在一起时是以西部文化作为参照背景的，其阴暗的心理和孱弱的生命力与吴丽梅阳光的心态和强悍的生命力相较，显得猥琐病态而虚弱不堪；但和王莉在一起的时候，是以中原文化为参照的，这时徐济云的阴暗心理和赢弱生命都显得正常而"健康"，因此他和王莉的欢爱便恢复了正常。小说通过类似具有浓郁象征色彩的叙事，暗示出民族文化中的某些病变已经麻木到人们习以为常的地步。

第二，红柯集中叙写了吴丽梅到徐济云老家实习的情节，从而把叙事的触角延伸到了更广阔的社会空间。吴丽梅在实习过程中发现不少社会怪象，比如在实习单位不能轻易叫人"老师"，否则容易遭到嫉恨、排挤和打压。又比如一个村庄中的大队干部都 70 多岁了还占着职位不让，而他任用的都是全大队能力最差的人。供销社老徐（徐济云父亲）虽只是一位小科长，业务能力很一般，却非常有实权，因为他弄权有方，会钻营，占据着供销社的重要岗位，要么把业务骨干堵在门外，要么把他们视如尘埃或草芥，剥夺他们的功劳，并对那些可能被提拔的人痛下杀手。多数年轻人则是献媚权贵的"狗子客"，他们对优秀者嫉妒，对权贵摇尾乞怜，内心非常阴暗世故。红柯一面写吴丽梅对这些现象的不屑、震惊和憎恶，展示在西部草原文明中成长起来的吴丽梅对中原文化中的阴鸷之气的拒斥和批判；一面借助深谙官场潜规则的彭树告诉吴丽梅应该回到新疆，那里是太阳燃烧之地，而生活在中原身上很快会沾染上寒气，从而展示西部文化与中原文化之间的差异。另外，红柯还不断地插入西部人民崇敬英雄豪杰的相关叙事，与关中排挤打压人才形成鲜明的对比，从而表明自己一以贯之的文化立场和价值取向。

红柯追求"结构即语言""结构即主题"的创作观和"随物赋形"的创作手法，使语言、结构与主题融为一体。其叙事始终遵循内在情思或精神的需要，从而形成"随物赋形"和"随情赋象"的写作方法。那些写入小说的人物事件都是张扬西部精神或民族精神的具体形象，它们多数是普通而琐碎的，甚至是互不关联的，因而无法形成宏大的表层叙事结构，但红柯为小说灌注了宏大磅礴的精神气度和充斥于天地的浩然正气，从而使小说拥有了宏大的叙事气魄。这种宏大的叙事气魄正是小说语言流动与情节结构的内在动力，并使小说的主题无处不在，使语言、结构与主题融为一体。因此《太阳深处的火焰》才得以形成激情奔涌而又舒缓有致的叙事，才得以把浪漫诗情与世俗社会融为一体，在漫长奔涌的叙写中展现出恒定的精神指向，在进行民族文化审视与国民性格批判时才有如此开阔的视界和博大的胸怀。这种融通神性与人性并遵从心灵呼唤而不为任何形式所拘的创作方式，使红柯在当代创作中能独树一帜，而"结构即语言""结构即主题"创作观念的提出，正是其创作更显成熟的标志。

（本文原载于《当代作家评论》2018 年第 3 期，收入本书时有增改）

伦理悖论与叙事动力：
论《西去的骑手》中的一种叙事策略

　　小说创作中，可能出现一种状况，即本欲在叙事过程中表现并突出某种与主题相关的伦理，不料在叙事过程中反而削弱了它；创作时欲避免或抑制的伦理，却在叙事过程中得到了意外的彰显。这种现象便是小说叙事的伦理悖论，它属于小说叙事悖论中的一种。由于创作者的艺术涵养和创作习惯不同，处理这种伦理悖论的方式也各不相同。有学者指出："作品与意图的冲突只要把握巧妙，对于文学创作不但不是阻力和影响作品质量的因素，反而可能是作品质量得到提高的一个契机。"① 也就是说，如能把伦理叙事悖论转化为叙事的动力，则能产生出其不意的艺术效果。红柯长篇小说《西去的骑手》中马仲英艺术形象的成功塑造正是变被动为主动，巧妙地把叙事的伦理悖论转化成叙事动力，从而塑造了一个跃马天山、驰骋大漠、血性剽悍、令人难以忘却的青年英雄形象，也为小说创作者如何有效地处理伦理悖论提供了一个较为成功的范例。

一

　　中国文学长期以来存在不同的伦理诉求，儒家主张文学要为政教服务，道家主张文学应彰显自然之性和逍遥自由的本体精神，前者主要倾向于社会公共伦理，后者主要倾向于个人自由伦理，儒、道两家存在不同诉求带来的伦理冲

---

①　童庆炳：《文学理论教程》，高等教育出版社，1998 年版，第 189 页。

突深刻地影响了后世文学创作中的伦理诉求。刘小枫指出，现代小说的两种叙事伦理有不同的功能：人民伦理属于大叙事，其目的是规范和动员个体的生命感觉；个人自由伦理属于个体叙事，其目的是伸展和抱慰个体的生命感觉，二者都具有教化目的。① 人民伦理即社会公共伦理，公共伦理要求个人遵循公共道德规范和社会行为准则，并对个人自然人性的释放与伸展进行相应的约束，以维护社会秩序的相对稳定。个人自由伦理则主张依循个人生命直觉行事，反对压抑和束缚人性的舒张，要求把个人还原为无拘无束、有血有肉、从自我感觉出发的个体，主张个人有权选择自己的生命走向和价值取向。这两种伦理倾向正是传统儒家与道家不同伦理观念的现代反映。由于儒道两家哲学观与文学观存在较大差异，甚至有的观点截然相反，因而深受二者影响的旨在归依普遍的社会公共伦理与旨在张扬个性的个人自由伦理之间必然存在差异与冲突。于是，作为小说的自由伦理的个体叙事与公共伦理的大叙事之间也必然地存在某种叙事悖论。当然，儒家思想与道家思想在深层关系中仍然是统一的，二者都共同指向人类社会与宇宙自然的和谐共存与发展，因而，自由伦理叙事与公共伦理叙事在深层关系中特别是对人的教化功用方面仍然具有一致性。

红柯谈到《西去的骑手》的创作动机时指出，自己写西北地区很具血性的东西，目的在于展现马仲英身上所具有的"原始的、本身的"东西，即"对生命瞬间辉煌的渴望，对死的平淡和对生的极端重视"。② 这种张扬剽悍血性与辉煌生命的创作动机很明显与推崇个人自由伦理直接相关。但这仅属于小说的表层叙事伦理，而公共伦理的重构才是红柯创作《西去的骑手》的深层或潜在动机。表层即表层结构，是指小说历时性向度中句子与句子、事件与事件之间的结构关系；深层即深层结构，是指共时性向度上叙事话语同产生这些话语的文化背景之间存在超出话语字面的深层意义关系。表层也即故事的形象层面，深

---

① 刘小枫：《沉重的肉身·引子》，华夏出版社，2004 年版，第 10 页。
② 文艺报社主编：《文学生长的力量 30 位中国作家创作历程全记录》，安徽文艺出版社，2013 年版，第 11 页。

层也即故事的意蕴层面。红柯在《孔子与秦始皇》一文中指出，"我们的传统文化就是如此对付年轻人的文化，如此消解生命意识的文化"，其对压抑和消解个体生命意志的传统文化的批评，正是出于对民族文化与民族精神的深沉忧虑。面对着沉溺物欲、道德滑坡、生命沉沦、精神委顿等社会现状，红柯力图通过对马仲英等西北儿子娃娃自由而强悍的生命意志的抒写，张扬充满生命活力的西部精神，从而激活民族精神和民族性格中强悍而旺盛的生命意志。实际上，红柯在其天山系列小说（《西去的骑手》、《乌尔禾》、《喀拉布风暴》和《生命树》等）中都极力推崇与赞颂西部精神，试图通过对个体自由伦理的彰显来达到重构社会公共伦理的目的。因而，就小说《西去的骑手》的表层结构而言，红柯彰显的是个人自由伦理；但就小说深沉结构而言，红柯关注的是社会公共伦理。

由于自由伦理与公共伦理存在不可避免的悖论式冲突，因而红柯自觉或不自觉地进行着调校，但每次调校都产生了新的叙事悖论，小说正是在不断的调校中形成叙事悖论之链，并因此而成为一种独特的叙事策略。

主人公马仲英驰骋大漠，跃马天山，血战沙场，其目的就是要维护个体生命的尊严，要自由无拘地表现自己奔放的生命激情，要坚持自己对生命力的神圣信仰，并为之浴血奋战。小说写道："马仲英打开《热什哈尔》，首句是这样描述生命的：当古老的大海朝我们涌动迸溅时，我采撷了爱慕的露珠。"[1] 马仲英采摘的正是自己生命的自由之珠。"他独自一人徜徉在冰山里，仿佛万年不化的冰层中关着他天仙般温柔的灵魂。……他在反抗这个世界，毕生都在反抗。"[2] 反抗的不仅是那种庸常的生活和平庸的人生，同时也是对束缚自己生命意志的固有秩序和社会现状的反叛，他和弟弟首先从血腥的家族中脱离出来，走向了反叛之路。反叛也许是有意为之也许是出于无奈，但都遵循了自己的个体生命感觉，马仲英绝对不让自己的身体和生命意志遭受任何束缚，其旺盛的生命力总是如同一条自由奔涌的河流，要冲毁阻挡之堤，带来狂奔不羁的生命

---

[1] 红柯：《西去的骑手》，云南人民出版社，2002年版，第28页。
[2] 红柯：《西去的骑手》，云南人民出版社，2002年版，第65页。

冲浪。马仲英对生命意识的张扬，对蓬勃生命力的自由舒展，于小说表层结构中集中展现了红柯对个人自由伦理的诉求。

由于受儒道思想的影响，个人自由伦理与社会公共伦理之间存在不可消除的抵牾。再加之马仲英骨子里不是那种纯粹意义上的民族或国家英雄，而是为生命之神、为名誉尊严而跃马扬鞭、奋勇血战的个体英雄，这种个体英雄在尽情舒张自我生命意志的同时，不可避免地僭越社会公共伦理道德的既有规范，也必将冲击或削弱小说所承担的重建民族精神的公共伦理构想。因而在小说的表层结构中，马仲英的个体生命意志舒张得越充分，行为越是任性自由无拘无羁，深层结构中叙事主体的公共伦理价值观就被冲击或削弱得越厉害，叙事行为和叙事动机之间的距离也就越来越大。于是小说在叙事过程中便出现了悖论：在对马仲英个人自由伦理不断彰显的过程中，既不断冲击与拆解着社会公共伦理，又不断地靠近与归于社会公共伦理。这便形成了小说的第一重叙事悖论。

二

在第一重叙事悖论形成以后，浅层叙事伦理与深层叙事伦理之间产生了相应的张力，如果对马仲英的个人自由伦理叙事坚持不变，这种张力也将保持下去，而张力的稳定或固化，将使小说叙事结构趋于简单和内涵趋向单薄。为了避免以上叙事的不足，红柯在小说叙事进程中，有意识地为马仲英赋予了相应的公共伦理意识，这便使文本中潜在的叙事伦理转化成显在的叙事伦理。红柯似乎已经意识到，如果让人物放弃社会历史责任，一味张扬个人自由伦理，缺失对公共伦理的诉求，就会使人物生命价值和个人自由伦理失去依托。有学者指出："我们现在有了私人生活，但如果没有从个体出发、承认个体各种动机和欲望的公共伦理做依据、没有公共性的社会机制做保障，私人就只能是一些碎片。这时的个人没有个人伦理。"① 个人自由伦理必须寻求社会公共伦理的某种认同并以此作为依托，红柯赋予马仲英社会公共伦理，原因也在于此。

所以，红柯除描写马仲英纯粹的个人自由伦理外，特意地在叙事过程中把公共伦理价值观加诸人物身上，使其在小说中的叙事伦理构想得到更加直接而明显的呈现。"河滩上全是一把手，跟天上打雷一样，把尕司令弄得很激动，尕司令勒紧马缰大声吆喝：'我尕司令是西北民众的尕司令，我尕司令就用这把尕刀刀杀军阀杀财主，让穷人过上太平日子。'"② 这样马仲英的匪气变成正气，他的野性就演化为德性。面临灭顶之灾的 36 师，数千名官兵在雨中听尕司令的录音讲话，马仲英说："我讲的有三点：第一，我在这里无时无刻不为 36 师前途着急，我们已经走上光明正大的革命道路，希望大家把防区管理好，以实现我们多年来领导民众奋斗牺牲的志愿。第二，36 师有了光明的前途，36 师要打回河州，帮助桑梓的父老兄弟姐妹摆脱旧势力的压迫。第三，大家应该注意中国目前的形势，外患日益逼近，内政日益腐败，卖国贼无耻地出卖祖国，日本帝国主义毫无忌惮侵占我国领土，西北地区也到了危急关头。我们要准备抗战！消极就要当亡国奴！同志们，本师长不久归来，领导大家走真正的光明之路。"③ 这样，马仲英不再只是个人自由伦理的崇尚者和实践者，而且是民众利益和民族国家利益的代表者，个人自由伦理转化成革命伦理与国家民族公共伦理。从类似这样有意添加在马仲英身上的社会公共伦理来看，红柯是有意识地消除小说在叙事中造成的个人自由伦理和公共伦理之间的裂痕，在叙事的张力中对叙事悖论进行调校，使小说的主题指向公共伦理。这便是红柯采取的调和主体叙事悖论的策略之一。

---

① 曹保平、郝建：《叙事空间与私人动机——从〈一个都不能少〉看电影叙事》，《电影艺术》1999 年第 5 期。
② 红柯：《西去的骑手》，云南人民出版社，2002 年版，第 25 页。
③ 红柯：《西去的骑手》，云南人民出版社，2002 年版，第 75 - 76 页。

三

当红柯赋予马仲英公共伦理意识后，马仲英自然拥有了双重性格特征，即既具有公共伦理意识又具有自由伦理诉求。小说在极力张扬马仲英的原始生命意志和男儿血性时，既符合公共伦理也符合自由伦理的规约。但小说对马仲英自由伦理的叙写多是通过战争来完成的，小说中写到的战争很多：头屯河大战、河州大战、迪化大战、循化之战、西藏卓尼之战、甘南之战、宁夏之战、将冯阎桂军阀混战、甘州东疆之战、哈密之战、奇台之战、紫泥泉大战、喀什葛尔大战等。这种战争视角有利于更好地刻画人物复杂的性格和精神世界，也是塑造英雄形象的传统方式。战争离不开杀戮、流血与死亡，因而大量的战争叙事又流露出某种对生命的贬损甚至践踏的情感倾向，作者在彰显传奇英雄的英武豪气和原始生命力的同时，又不可避免地显示了英雄身上的野蛮与残酷，而马仲英身上的野蛮残忍与社会公共伦理甚至个人自由伦理都是相背离的。于是，马仲英身上的英雄气质和野蛮残忍便形成人物本身的性格悖论，小说在通过战争彰显马仲英自由伦理时，同样存在既不断接近又不断疏离公共伦理的悖论。这种性格塑造中形成的悖论属于小说的第二重叙事悖论。这种悖论所形成的性格张力，能更加真实地呈现人物的本真状态，也有利于更加真实地塑造人物形象和丰富人物性格。但这种性格张力的存在，同样也在一定程度上削弱了马仲英的英雄形象，不利于作者重建民族精神的公共伦理构想。也就是说，马仲英身上所具有的这种性格张力的存在也充满了某种悖论。于是，红柯又采用了对比叙事和诗性叙事的策略来消除这种性格悖论及其张力带来的消极影响。

《西去的骑手》将马仲英与盛世才交错叙写，盛世才在小说中始终是作为马仲英的陪衬而存在的。一代枭雄盛世才的雄才大略，从正面映衬了马仲英的英武豪气，但在对马仲英的双重伦理进行塑造的过程中，红柯便有意识地让盛世才成为马仲英的反衬，即通过对盛世才作为政客奸诈狡猾、玩弄阴谋的叙写，来映衬马仲英的正直与勇猛和作为军人的血性刚烈；通过对盛世才生命意志委顿的叙写，来反衬马仲英生命意志力的强盛。盛世才与马仲英同样在战场上纵横杀戮，但马仲英在战争中遭遇的流血死亡却具有悲壮之美和恢宏的伦理意义，而盛世才在战争中遭遇的流血死亡却被还原成现实的血腥与残忍，也因而失去伦理价值与意义。红柯有意识地采用人物正反对比的形式，使马仲英的英勇形象更加熠熠生辉。

红柯知道过多的暴力和血腥会削弱英雄的美好形象，于是在更多时候，他尽量采用诗化的手法来描写流血和死亡，以便淡化血腥和残忍："荒原一下子收割了好几万颗结实的脑袋，战刀插在沙土里像成熟的谷穗，弯弯垂下去。没人能理解金黄的沙土会长出金黄的小米。单单有阳光和水是不够的，还需要儿子娃娃的血来显示泥土鲜烈淳朴的美。"① 几万人的血肉之躯化成了淳朴芳香的泥土，血腥和残酷淡化成秋日丰收的诗意。"血迹把整个北塬全笼罩了，战马也成了红的，汗珠在血迹上滚动像玫瑰花上的晨露"②，无数的鲜血浇灌出玫瑰的美丽和鲜艳，红柯采用诗意化叙事以延宕和淡化死亡的血腥味。"在那一天，黄土不再干燥，荒山野岭不再让人绝望，岁月之河随风而逝又随风而来，生命不再与时间偕亡，回旋于深沟大壑中的沉痛悲壮和苍凉顷刻间充满滚烫的诗意……"③ 类似的诗性叙事把流血与死亡带来的绝望与恐惧进行了淡化与美化，从而在一定程度上减弱了马仲英个体生命意志扩张中所带来的血性与残忍，有利于马仲英正面形象的彰显。有人曾这样评论红柯："他写战争，固然也写了战争之残酷无情，但战争在他眼里更多的是一种'奇观'。"④《西去的骑手》中战争奇观的形成得益于其诗性叙事，通过诗意化的叙事，战争不再令人恐惧，而是成就英雄辉煌生命的途径。

但是，红柯这种诗性叙事也沾满了滴血的韵律。这种站在以马仲英等为代

---

① 红柯：《西去的骑手》，云南人民出版社，2002 年版，第 148 页。
② 红柯：《西去的骑手》，云南人民出版社，2002 年版，第 103 页。
③ 红柯：《西去的骑手》，云南人民出版社，2002 年版，第 62 页。
④ 文艺报社主编：《文学生长的力量 30 位中国作家创作历程全记录》，安徽文艺出版社，2013 年版，第11 页。

表的强势者的立场进行诗性叙事，为强者或英雄增添的光环，却给流血死亡者罩上了阴冷的暗影。红柯在小说中不断把血腥和残酷诗意化成马仲英等跃马天山、驰骋大漠的一种背景，而这背景却是以流血死亡和残酷血腥作为底色的，带有成王败寇的历史偏见，也有"一将成名万骨枯"的历史冷漠主义的嫌疑。因为无论如何美化淡化马仲英等人在战争中的残忍杀戮，都无法祛除其散发着浓烈血腥味的野蛮性。于是，诗性叙事无视甚至践踏了弱者或死者的生命尊严，染血的礼赞自然暗淡了英雄的生命光彩。因此诗性叙事便和红柯最初的伦理构想（主张生命感觉的伸展和舒张）产生了冲突。概言之，作者本欲通过诗意的叙写淡化马仲英驰骋沙场所带来的血腥和残忍，但从众生平等的角度来看，对马仲英形象的美化与拔高正是对战争中不可避免的血腥和残忍在某种程度上的认同，诗性叙事也就具有了暴力叙事的嫌疑，因而诗性叙事既与个体自由伦理、也与社会公共伦理相背离，即与作者在作品中预设的伦理构想相违背。这样，诗性叙事便带来了小说的第三重叙事悖论。

但诗性叙事所形成的悖论仍只存在于文本的表层结构之中，就其深层结构而言，诗意叙事促成了自由伦理叙事与公共伦理叙事的统一。因为诗性叙事具有超越性，它旨在通过诗意的抒写超越世俗生活而不断返回原初的神性，从而使生命抵达人神沟通与物我相融的自由境界。"诗意体验本身是非道德的超道德的，初无舍己为人之意，而诗意体验的潜在内涵上是道德的：与天地万物上下同流之意。"① 这句话中前面两个"道德"与社会伦理道德相当，后一个"道德"即"天地万物上下同流"，指的是包括人性与神性在内的万物和谐共存的自然秩序和规律，这正是诗性叙事追求的目标，它超越了个人自由伦理与社会公共伦理。《西去的骑手》中的诗性叙事首先遵循自然神性和个体生命意志的召唤，试图通过诗意的召唤，让生命跨越俗世的障碍，抵达神性的寓所。在诗意的超越和神性的感召中，生死合一，精神不死，战士的鲜血凝结为勇士的血性，死亡的魂灵映照出英雄的身影。红柯除了诗性叙事，还引入了神性叙事，即不时地赋予马仲英神秘色彩，比如马仲英超人的毅力与神勇，他反复吟诵的神

① 张文初：《略论儒学视野中的诗意心境》，《文学评论》2004年第1期。

秘经文，他多次"死亡"后奇迹般生还，他骑着大灰马跃入黑海而不知所终……无论是诗性叙事还是神性叙事，都超越了日常生活伦理。谢有顺说："只有当小说家具备相对超越的立场与眼光，才能获得新的发现——唯有发现，能够帮助小说建立起不同于世俗价值的、属于它自己的叙事伦理。"[①] 红柯有意突破和超越现实社会中的公共伦理约束，在小说中大量融入诗性笔触，着力凸显其英勇剽悍的血性气质，使笔下的人物具有了超越世俗的神性色彩。而作者也在淋漓尽致的诗意抒写中体验到了心灵驰骋的自由，他同马仲英一道进行了一次对公共伦理的悬置与超越，完成了一次自由愉快的精神之旅。而且，红柯在一种近乎神巫通灵般的诗性叙事中建构起万物和谐有序的深层伦理世界，在这个世界里的自然神性层面，社会公共伦理和个人自由伦理和谐共存，这也是他最终的伦理构想。

四

《西去的骑手》中的悖论叙事在不断趋于紧张的同时又走向缓和，在走向缓和的过程中又不断趋向紧张，红柯巧妙地利用叙事悖论所形成的张力并将其转化成小说的叙事动力，从而形成一种叙事策略。红柯以战争为叙事视角，以人物行踪为线索，把伦理悖论的张力转化为叙事动力，完成对人物复杂的性格和多元伦理观的叙写。在结构上，小说采用了双线交叉叙事的结构方式，双线中的一条是马仲英的行动路线，另一条是盛世才的行动路线。而马仲英和盛世才在头屯河大战、奇台之战等战役中的遭遇，使马、盛两条叙事线索得以交会。这两条线索本身具有贯穿整合各类人物、事件，各种复杂关系和矛盾等叙事要素的可能性，而叙事悖论及其张力给予这两条线索贯穿整合各叙事要素的动力，使各种关系的融合由可能性变成现实性。

在伦理悖论的张力推动下，沿着马、盛两条交叉线索，战争与和平、英勇和残忍、正义和奸诈、人性和血腥、道德和邪恶、诗意和残酷、孱弱和强悍，

---

① 谢有顺：《重构中国小说的叙事伦理》，《文艺争鸣》2013 年第 2 期。

以及马仲英等英雄人物身上的自然人性和神性等都得以展现。与战争交织在一起的各类人物、事件，各种关系和矛盾，成为小说的各种构成要素，这一方面大大地拓展了小说的叙事空间，另一方面又增加了叙事悖论的张力。各种矛盾的对立面在小说的悖论叙事之中得以存在，并不断在叙事流中获得某种张力，从而又成为推动叙事的新动力。而且这些小说的构成要素既是一个自在自为的个体世界，同时又是小说文本这个多维空间的组成部分，这增添了小说艺术空间的层次感和内涵的丰富性。实际上，叙事的悖论提供了一个多棱镜，使读者能从不同的侧面认识历史和现实。如在迪化大战、头屯河大战中，既写马仲英又写盛世才，既表现出人物英勇智慧的一面，也表现了其匪性残忍的一面，这不仅丰富了作品的内容（内涵），而且还增强了马仲英、盛世才等人物的艺术真实感。

小说《西去的骑手》中诗意与残酷同存，英雄和匪性伴生，在不断建构和强化以西部精神为核心的公共伦理的同时，又在个人伦理的彰显中遭遇了破坏与削弱，这就是《西去的骑手》中的叙事伦理悖论。针对这种伦理悖论，作者在叙事过程中不断寻找缓解悖论的叙事策略，但在每次缓解悖论的过程中，又形成新的叙事悖论，于是在小说的叙事过程中形成了一个叙事的悖论之链，悖论成为这个链条中的关键环节。悖论的张力也就贯穿于整个小说的始终，这种张力和悖论的存在极大地拓展了小说的叙事空间，丰富了小说的内蕴，增强了小说的艺术魅力。不同性质、不同层次的张力存在于小说中，既增强了小说的戏剧性冲突，也聚集了各种矛盾关系，向读者展示出丰富多样的充满悖论的艺术世界。这样的叙事避免了主题预设造成精神空间的狭小和想象空间的逼仄，真实地反映了作为人之存在的悖论式难题，在一定程度上实现了小说对存在之思的本质探寻与回归。

因而《西去的骑手》叙事悖论所带来的叙事张力，使红柯在小说中更加充分地展示出广阔的场面、恢宏的气势和浑厚的内涵，小说的叙事悖论不再是一种制约创作的因素，而是成为一种叙事策略和叙事内在机制，成为一种积极的叙事动力。实际上，红柯在处理叙事伦理的悖论时，由于其自身存在个人自由伦理诉求与公共伦理诉求之间的冲突，这种潜存于作者心理深处的悖论为小说叙事伦理带来了不确定性和朦胧性，"在政治意识形态、官僚机构的标准用语和传播媒介的千篇一律共同营构的如烟似雾的生活星象中，小说的朦胧叙事才让人有生命的确切感，在不确定的生命流动中，让赤裸裸的寂静变成最为深沉的生命脉动"。① 生命存在的矛盾性、多样性并不赞同小说单一确定地呈现生活，《西去的骑手》在叙事中不同悖论的设置或呈现，更有效地揭示了生命与生活丰富复杂的本质，这正是现代小说的应尽之义。

（本文原载于《齐齐哈尔大学学报（哲学社会科学版）》2017 年第 3 期，

收入本书时有增改）

---

① 贺雄飞：《守望灵魂：〈上海文学〉随笔精品》，中华工商联合出版社，2000 年版，第 422 页。

第三辑

家园的沉思

"存在"与"家园"的双重探寻：
论格非小说中的乡愁乌托邦

"家园"与"存在"是贯穿格非小说的两大主题。在传统与现代、乡村与城市、本土与全球、存在与现实等充满张力的矛盾关系中，格非一直在叩问和探寻着现代人"存在"的正途和理想的家园。在某种意义上而言，格非对存在的追问与其乌托邦冲动相关联，因为乌托邦不仅指向"未来"社会，同时"也是对人的内在世界和存在状况的分析"。① 格非对"存在"与"家园"的持续关注与探寻，对大众消费文化和娱乐文化的警惕与对抗，既源于深沉而强大的乡愁乌托邦情感冲动，也源自其坚守"文化家园"的传统士人的弘道情怀和重建"乡土伦理"的现代知识分子的使命意识。

一、对"存在"的哲学追问

格非小说创作以世纪之交可分为前后两个时期，但无论哪个时期，格非都始终坚持对存在方式与意义的追问。格非认为有两个层次的真实存在：一层是看得见的现实，这是传统现实主义所要再现的外部真实世界；另一层是隐秘的真实，包括人的复杂内心世界和那些隐秘的不为常人所知的可能存在。格非认为隐秘存在或曰"感觉的真实"② 是现代小说的重点表述对象。至于这两层现实间的关系，格非借巴赫金"两种视野"理论表达了自己的理解。巴赫金所说

---

① 王杰：《乡愁乌托邦：乌托邦的中国形式及其审美表达》，《探索与争鸣》2016 年第 11 期。
② 格非：《格非散文》，浙江文艺出版社，2001 年版，第 23 页。

的第一视野即作家对重大的社会现实本质的关注，第二视野是对个体自身存在的各种问题的关注，如对存在的意义的追问等，而后者是前者在个体心灵中的投影。①巴赫金的两个视野实际上分别对应着格非所说的内外两层存在的真实，在此基础上，格非进一步指出，存在是尚未被完全实现了的具有"可能性"的现实，现实能被阐释和说明，因此也是完整、流畅和可被作家复制的，而存在则呈断裂状，是易变和难以把握的，需要作家去"发现、勘探、捕捉和表现"②。格非所说的两种层次的现实也即现代人的两种"存在"方式，它们对应着不同的家园形式，外在的"现实"对应着"存在"的物质家园，内在的"现实"对应着"存在"的精神家园。精神家园是对物质家园的映像式重现或回顾式想象，并在此过程中融入了对未来的瞻望和美化，最终形成具有理想色彩的家园形态。

格非前期小说以探寻现代个体的存在形态为主，后期小说则以探寻存在的家园为主，其小说创作呈现出"出走－回归"的心灵图谱。前期小说试图在"出走"中追寻存在的价值意义，后期小说试图在"回归"中筑就存在的栖居家园。如果说格非前期小说重在对个体生命"如何存在"的探寻，以解决个体生命的具体展开形式等问题，后期小说则转向对"存在于何处"的探寻，以解决集体、族群甚至人类存在的空间性或文化性问题。因此可以说，格非的转型是从前期的个体生命的关注转向了集体存在的关注，从对个体伦理的关注转向了对公共伦理的关注。

无论前期还是后期，存在与家园皆或显或隐地贯穿于格非小说之中，这种对存在及家园的持久的形而上哲学思索，体现出一种乡愁乌托邦冲动。正如诺瓦利斯所言，现代哲学起源于乡愁。乡愁乌托邦一方面对"往昔"进行怀旧式的美好回忆，另一方面又对"未来"进行前瞻式的美丽憧憬，在此基础上试图构建出一种全新的乌托邦精神家园形态。尽管格非前期小说中较少出现对乡愁与家园的直接或集中抒写，更多忙于先锋实验和"存在"探寻，但不可否认的

---

① 格非：《小说叙事研究》，清华大学出版社，2002年版，第14页。
② 格非：《小说叙事研究》，清华大学出版社，2002年版，第15页。

是，前期小说几乎都是以乡土为背景和参照的。有学者指出，尽管格非早期的先锋小说表面上回避与江南故乡的联络，但"实际上这时期面貌模糊的江南恰恰是作者持'先锋立场'追求哲理思考的舞台"①。也就是说，江南故乡作为精神家园形态始终是其哲学思考与艺术探寻的展示舞台或背景空间。

格非小说除了有"存在"与"家园"的双重主题外，还存在对这双重主题进行观照的双重视角，即传统与现代或曰城市文明与乡村文明两种不同的视角。20 世纪七八十年代城乡二元对立的现象较为明显，离开农村进入城市是农村孩子奋斗的目标，城市对乡村具有非同寻常的吸引力。当格非考入大学并留校任教后，虽存在对城市的陌生与不适之感，但更多的是城市带来的欣喜和憧憬。格非后来说，对城市和乡村都具有向前和向后两种观照视角，向前看则看到了城市未来和乡土社会的不足，向后看则看到了乡土社会的美好与现代化的弊端。格非指出，正是"这种既迎合又抗拒、批判、反省的双重视角所包含的矛盾，催生了现代思想和现代话语，为文学、哲学、艺术的巨大变革提供了不竭的动力"②。但双重观照视角同样也给格非带来了内心的犹疑与冲突，因而在其创作中存在对乡村与城市审视的双重标准，以及肯定与批判的两种姿态，而肯定与批判最终统一于探寻与建构理想的"存在"家园的终极目的。

二、欲望侵蚀下的"存在"家园

格非是一个对存在有着深刻体悟和思考的作家，他于世俗世界中体验到的生命内涵便是存在的虚无，他认为虚无是无法摆脱的存在宿命。③ 他在分析卡夫卡小说人物形象时指出："每个人物都不比另一个人物优越，实际上他们都是废墟的影子。"④ 因而每个人都必须面对自我存在的虚无，勇敢面对生命的本相，如果仅仅依赖于外部世界（如权力、金钱等各种欲望）建立起某种存在感

---

① 刘茉琳：《告别乡土文明的心灵史——格非小说考》，《当代文坛》2018 年第 4 期。
② 何瑞涓：《格非：乡村的消失意味着什么?》，《中国艺术报》2019 年 5 月 15 日第 3 版。
③ 格非：《格非散文》，浙江文艺出版社，2001 年版，第 2 页。
④ 格非：《博尔赫斯的面孔》，译林出版社，2014 年版，第 227 页。

或优越感，本质上不过是一种幻觉，是幻觉影响下形成的"废墟的影子"。而不断膨胀的欲望对传统乡土空间和现代城镇空间的侵蚀及其造成的"废墟化"，对于个体生命本真的浸染蒙蔽而致使精神的"荒漠化"，正是格非着力反思与批判的对象。格非对现代欲望化社会批判的动力来自其挥之不去的乡愁意识，格非乡愁意识中既具有以怀旧为特征的传统乡愁，也有以线性进化为特点的现代乡愁，现代乡愁即"人们不再回望过去的家园，而是对建构未来理想家园作前瞻式展望"，并且与现代启蒙精神相呼应。① 无论是怀旧还是前瞻，都融入了乡愁主体的想象与美化，均具有乌托邦色彩，而这种具有浓郁乡愁色彩的理想化想象空间，可以称为乡愁乌托邦家园。格非乡愁乌托邦意识与 20 世纪 80 年代的"新启蒙"运动相应和，使其文字饱含了反思与批判的锋芒。其怀旧式的传统乡愁赋予其回望过去、审视当下的激情，前瞻式乡愁赋予其展望未来、批判现实的动力。因此可以说，乡愁乌托邦冲动正是格非进行社会批判和哲学沉思的情感动力。

格非认为中国传统社会中城市属于乡土社会的一部分，其发展模式和伦理观念是对乡村社会的套用，而且乡村伦理高于城市伦理。② 这种城乡融合的传统乡土社会一直保持到 20 世纪六七十年代，直到改革开放和城镇化运动展开后，城乡一体的融合模式才开始解体，现代城市文明与传统乡土文明的二元对立更加凸显。在城镇化过程中，乡土文明节节败退，传统伦理价值面临解体，传统乡村社会也逐渐消失。这使格非内心深处充满了往昔不再、家园渐失的黍离之悲和焦虑之感，而其社会反思与批判的矛头便毫不留情地直指现代性所带来各种弊端。格非对现代性的反思与批判围绕着"家园"与"存在"展开，其中又分为物质存在、伦理存在和哲学存在三个层面。

作为物质家园的乡土社会是精神家园的基础，物质家园的丧失将直接动摇精神家园的存在基石。面对现代化进程中传统乡土社会的逐渐解体，格非内心充满了忧虑，这种忧虑更多在其 20 世纪 90 年代后的小说中流露出来。《夜郎之

---

① 廖高会：《时间维度下乡愁意蕴的嬗变与叠加》，《理论月刊》2019 第 12 期。
② 何瑞涓：《格非：乡村的消失意味着什么?》，《中国艺术报》2019 年 5 月 15 日第 3 版。

行》中，城镇化给人带来了失落与迷茫，曾经有着"遍地芦荻"、"迎风摇摆的金银花"、"爬满青藤的茅屋"以及"清晨悦耳的鸟鸣"的夜郎不复存在，夜郎已经被高楼大厦替代，其间疾病、颓靡、忧郁、欺骗流行，人们由以前的自信变得颓废，记忆中的夜郎已面目全非，失去了乡土本色。《欲望的旗帜》中同样存在对环境惨遭污染、家园远去的焦虑，同样流露出浓郁的乡愁情感，格非借小说人物之口指出：有一个故乡是非常奢侈且令人羡慕的事情。在《春尽江南》中，曾经山清水秀的鹤浦，如今雾霾严重，污水横流，如同"肮脏的猪圈"，连呼吸都很困难，已不再适合居住，曾经世外桃源般的花家舍已经沦落成富人的"消金窟"。

在整个现代化进程中，现代化对传统文化的影响与冲击是全方位的，除给物质家园带来较大冲击外，还造成传统伦理秩序的解体。传统乡土社会伦理丧失的根本原因在于现代社会对个体欲望的放纵，于是欲望批判也成为贯穿格非小说的主要内容。格非小说《陷阱》和《没有人看见草生长》两篇小说相互关联，讲述的是现代人情欲失控、出轨而相互背叛的故事。《大年》中讲述了乡土社会中各种权力围绕着"女性欲望"展开角逐，并因此带来相互杀戮的故事。《蚌壳》中马那父亲的出轨给马那留下了心理创伤，这种僭越伦理的行为并没有在马那身上终止，而是成为"创伤基因"遗传给了马那，最终成为马那死亡悲剧的直接原因。《喜悦无限》所展示的乡土社会不再纯朴，伦理道德开始为猜忌与算计所取代，虚伪堆满了每张人脸。一封开了空头支票的来信，便引起村人蠢蠢欲动，主人公朱旺也因这封信备受煎熬与折磨，这封信成为村人欲望的试金石。

现代性带来的欲望膨胀在城市社会空间更加突出，格非的反思与批判也更加尖锐和集中。《春尽江南》中的主要人物庞家玉为消费主义和物质主义浪潮所裹挟，不断以物质金钱的功利标准衡量自己的成败，从一个真诚追求诗意的女孩蜕变成一个为了满足自己的虚荣心而可以出卖自己身体和灵魂的空心人，曾被视为乌托邦理想之所的花家舍，也沦变为高级的色情服务场所。《月落荒寺》中格非则用金钱这面"照妖镜"，映照出城市和乡村伦理的扭曲与异化。

乡土社会的现有问题并不都是现代性冲击的结果，其本身也有落后愚昧的一面，格非对此也展开了反思与批判，这与其前瞻式视角和现代乡愁情感相对应，在一定程度上继承了鲁迅等人的乡土批判传统。《湮灭》采用了人物传记方式，从不同视角展示了乡土社会中的生存世相，其中有觊觎美色者，有欺辱弱小者，有奴颜媚骨者，有僭越乱伦者，每个人物皆有着各自的生存欲望，共同组成一幅欲望化的乡村风俗图。长篇小说《边缘》中的麦村，作为传统乡土社会的代表，充满了丑陋、罪恶与苦难，学者吴义勤指出："麦村已经不再是家园，而是一座硕大无比的坟墓。"① 其中更多是人性之"恶"带来的破坏性后果。《望春风》中的儒里赵村，仍然存在偷鸡摸狗、贪婪自私、至亲反目、告密卖友等乡村固有的丑行恶疾，它们同样侵蚀着乡土社会的伦理秩序。

在费孝通看来，传统乡土社会（包括传统城市）中的欲望符合了人类的生存需求，这种欲望"并非生物事实，而是文化事实"，"乡土社会中欲望经了文化的陶冶可以作为行为的指导，结果是印合于生存的条件"。② 也即传统乡土社会中的欲望是长期的生活经验筛选出来的符合乡土生存发展的人的基本欲求。但现代性催生出膨胀而变异的欲望，大大超出了这个范围，不断膨胀的现代欲望对乡土社会的肌理造成严重的破坏。格非对无处不受现代欲望侵蚀的社会充满了焦虑，这进而加深了其乡愁意识并强化了其家园意识。他只能在现代性所造就的欲望时空之中四处寻找精神家园以抵抗无乡可归的虚无感，这也正是其乡愁乌托邦冲动形成的深层原因之一。

格非对存在家园的追问与探寻，不只停留在物质与伦理层面，还抵达了哲学层面，这表现在他于小说中对历史真实性的质疑和追问。《迷舟》中的军官萧带着警卫员回乡奔丧，却沉迷于恋情和乡村俗事，带有监视任务的警卫员以萧出卖军队机密为由枪杀了萧，萧的冤情与枉死便成为一桩历史谜案。《陷阱》与《褐色鸟群》中不同亲历者讲述的情节相互矛盾相互拆解，从而使事实与真相变得扑朔迷离无可辨别。《青黄》中的"我"到麦村考证"青黄"一词的来

---

① 吴义勤：《超越与澄明——格非长篇小说〈边缘〉解读》，《小说评论》1996 年第 6 期。
② 弗思、费孝通：《人文类型·乡土中国》，辽宁人民出版社，2012 年版，第 209 - 210 页。

源，但麦村人对"青黄"的解释和对九姓渔户男子的命运描述存在较大的差异，最终使考察变得迷雾重重。《让他去》中"我"的舅舅来城里走丢了，"我"四处寻舅无果，便认了舅舅的同伴为"舅舅"，而把舅舅当成走丢了的同伴，而这位假"舅舅"也真把自己当成"我"的亲舅舅，这种自欺欺人的荒诞事件完全属于有意识的对历史真相的掩盖。

对历史真相或本源的不可知，格非采用了空缺的叙事策略给予呈现。除了以上提及的作品，在《敌人》《边缘》《江南三部曲》《望春风》《隐身衣》《月落乌寺》等小说同样存在叙事的空缺。叙事的空缺造成了历史逻辑链条的断裂，这不仅是格非语言修辞的结果，更是源于历史存在的本源性缺失。人除了活在当下，还需要历史、现在和未来三种时间维度的持续与连绵，从而获得存在的整体性，但对历史真相的质疑使存在（包括人的存在）遭到悬置，一旦历史被抽空，存在的本源也无从获得，现在与未来也变得不可把握，存在的精神家园也变得虚幻不实，加之在时间之流中人和物的存在都面临着被时间的洪流淹没的危险。正如张宏所言，"事物和人物，在这时间的大书中，只不过是为证明时间存在而设置的一些记号和路标而已"。① 对历史真相的质疑，本质是对时间与存在关系的拷问，历史的模糊与不确定甚至被抽空，作为哲学层面的存在及其形而上家园便失去了依托而变得虚无缥缈。

三、乡愁乌托邦与家园重建

格非早期小说中乡愁意识多散布于不同故事的叙写，他常常巧用闲笔，在故事叙写之中荡开笔墨，描写乡村景致，回忆乡土风物，抒写怀乡情感，它们是格非绵密叙事之中开启的情感缝隙，透露出浓郁的诗意与感伤气息。格非说这些诗意或感伤是由于自己在写作过程中不自觉地流露出的对某类东西的"偏爱"②，这种"偏爱"便是在潜意识中对家园形态的想象，以及由此滋生的乡愁

---

① 张宏：《时间炼金术——格非小说的几个主题》，《当代作家评论》1997 年第 5 期。
② 格非：《格非散文》，浙江文艺出版社，2001 年，第 240 页。

情感的抒写。格非把自己的乡愁化在乡土风物之中，比如月光、山脉、河流、梨园、麦田、稻草、白雪、竹林、桑叶、蚕房、山雀花、松针、小舟、蛤蟆、飞鸟等，这些乡村特有的风物景致伴随着故事的进展而穿插出现，组成故事依存的乡土时空背景，也成为其乌托邦家园构建的现实基础。乡土风物与文化已经化在格非的血液之中，不断从他的潜意识中跳跃而出，成为他浓郁乡愁意识和家园情结的见证。

也即是说，格非对现代社会进行审视与批判的同时，内心深处始终存在理想的家园形态，并与现实家园形成鲜明的对比，由此产生强大的叙事张力。叙事张力越大，作者心中存在的乡愁乌托邦冲动就越强烈。乡愁已经"成为当代中国社会抵御现代化痛苦和巨大压力的文化依托，或者说一个情感乌托邦"。①格非的乡愁乌托邦冲动从其创作开始，便成为其小说作品中无法摆脱的魅影。早在1990年，格非就在短篇小说《唿哨》中进行了一次乡愁乌托邦家园的想象之旅。这是一篇具有浓郁诗化色彩的小说，格非为读者勾勒出一幅绝佳的世外桃源图：暮春时节，阳光普照，其间有沉睡者的呼噜、昆虫的鸣叫，有豆蔻少女、拄杖老人、民间对弈的高手、池塘边垂钓的老者、门前匆匆走过的行人、地里劳作的农夫、桥上闲聊的妇女，以及天井中剥豆荚的闲适而满足的女人，也有古老的曲子、铺着青石的天井、浮游于水上的鸭子、充满生机的油菜花、青葱的麦地、废弃多年的木桥、开阔的棉花地、墙角的青草、来回穿梭的春燕、风中夹杂着豆荚的清香、蜿蜒的小路、绵延的青山，还有梨树、燕竹、松林等。小说隐去了年代，时间被空间化了，主人公孙登穿越了古今，他静静地坐在藤椅中"守望着流转的光阴"而无所期待，他既是千百年来乡土田园生活的见证者与欣赏者，也是其中的在场者与参与者。孙登正是格非本人的化身，格非借助孙登的静观与冥想，完成一次对民族传统的回望与精神沟通，也痛快淋漓地完成了自己乡愁家园理想模型的搭建。

《唿哨》中所描写的乡土田园景象恰恰是格非在20世纪八九十年代中国社会转型期间试图为现代人建构的乌托邦精神家园。到了21世纪，随着城镇

---

① 王杰：《乡愁乌托邦：乌托邦的中国形式及其审美表达》，《探索与争鸣》2016年第11期。

化的加速推进,传统乡村逐渐消失,也随着格非年岁的增长,对人的存在形态的探寻逐渐转变为对存在家园的询问,家园的守护或重建变得越来越紧迫。也即是说,在格非的精神世界中,发生了由"离乡"到"返乡"的转变,"返乡"的目的地便是"家园",但家园不在的困惑与焦虑深深地折磨着格非,因此对精神家园的重建便成为21世纪以来格非艺术创作的核心和重点,或者说21世纪以来格非构建乡愁家园的乌托邦冲动越来越强烈。格非在《人面桃花》自序中说,自己离故乡越远,对故乡的固有的印象就越清晰,随着现代社会的发展,自己永远回不去了,但儿时记忆中的乡村古风、纯净明亮的天空、天井与回廊,以及阳光下的斑驳的阴影,还会侵入梦中。① 当格非在北京西北郊感受现实中的风沙雾霾时,便会激发对故乡的思念以及乡愁乌托邦的汹涌激情。

格非所要探寻和建构的家园不仅是个体存在的归宿空间,而且是集体的、族群的共同存在的家园形态,而其中的伦理也属于公共伦理。格非说:"我所关注的正是这些东西——佛教称之为'彼岸'、马克思称之为'共产主义'的完全平等自由的乌托邦,《人面桃花》中讲到的桃花源也是这么一个存在于想象之中的所在。"② 构建何种家园,是选择回归传统还是走向现代、是守望乡村社会还是面向城市文明,格非经历了长期的持续不断的心灵搏斗与艰难选择。继《嗯哨》以后,格非于21世纪创作的《人面桃花》《山河入梦》《春尽江南》《望春风》《隐身衣》《月落荒寺》等长篇小说,继续探寻着现代人家园的建构问题,同时也充分显示了格非探索"存在"家园的不同寻常的心路历程。这个过程展示了作为人类集体无意识的乡愁乌托邦情感冲动对现代知识分子格非深刻而持久的影响力。

在《江南三部曲》中,格非向读者展示了自己对乌托邦家园设想的演变过程,这也是他对理想家园重建的深度思考与探索。《人面桃花》中,王观澄、张季元和陆秀米有着各自的乌托邦家园模式,有学者认为,王观澄建构的花家

---

① 格非:《人面桃花》(自序),作家出版社,2009年版。
② 格非、于若冰:《关于〈人面桃花〉的访谈》,《作家》2005年第8期。

舍乌托邦属于江湖乌托邦，张季元、陆秀米的乌托邦是革命乌托邦①。花家舍属于王观澄等人打造的世外桃源，花家舍做到了礼仪教化、夜不闭户、路不拾遗和公平公正，百姓皆能安居乐业，但花家舍繁荣兴盛的背后却干着打家劫舍、杀人越货的罪恶勾当。张季元试图通过革命建构乌托邦家园，但张季远的革命目的本质上和阿Q"敛财、女色和报仇"的革命目的是一致的，和真正的社会主义乌托邦相差甚远。王观澄与张季元的乌托邦只重结果的公平而不求手段的合理，在本质上是反乌托邦的。后来陆秀米也走上了革命乌托邦道路，她的乡愁乌托邦家园图景是："把普济的人都变成同一个人，穿同样的颜色、样式的衣裳；村里每户人家的房子都一样，大小、格式都一样。"甚至要求享受的阳光一样多、屋顶的雪一样多，笑容与做梦都一样。但陆秀米革命目的是感性而个人化的，在本质上是个人乌托邦冲动的意识形态化，这种一厢情愿的乌托邦设想无疑是经不起现实考验的。

《山河入梦》中，谭功达继续着母亲陆秀米的乌托邦实验，试图实现天下大同的桃园梦想，这种带有共产主义色彩的乌托邦家园理想，最后以失败告终。然而令谭功达欣喜的是，郭从年的花家舍公社似乎实现了他的天下大同的梦想，花家舍公社丰衣足食、人人自主、自由劳动、共同享受劳动成果，是共产主义社会的初步尝试。但实际上花家舍公社存在"101"监督制度，郭从年充分利用了人性之恶，让每个人都成为可能的告密者，即通过"铁匦"制度让人与人之间相互揭发举报，从而相互监督，最终达到自我监督和社会自治的目的，这导致花家舍人"如履薄冰，战战兢兢"，人人心存恐惧。由此可见，郭从年所创建的花家舍乌托邦社会，实际上和人人快乐自由幸福的共产主义理想有较大的差异。这种放纵人性之恶的社会管理模式最后遭到了谭功达的否定，小说结尾时谭功达在幻觉中表达了自己的乌托邦设想：没有死刑、恐惧、罪恶和耻辱，没有贪污腐败，没有恐惧，遍地紫云英，江水不泛滥，烦恼不再，婚姻自由。这种乌托邦设想是对郭从年花家舍乌托邦实验的纠偏，但显然也是谭功达濒死

① 李遇春：《乌托邦叙事中的背反与轮回——评格非的〈人面桃花〉〈山河入梦〉〈春尽江南〉》，《中国现代文学研究丛刊》2012 年第 10 期。

时的一种浪漫错觉。

以上乌托邦实验都属于现代性乌托邦实验，现代性信奉进化论，相信历史是进步的和道德的，因此为了社会历史进步可以牺牲固有的阶段性伦理秩序，但从个体伦理来看，牺牲固有的道德伦理甚至牺牲某些人的利益是非道德的。"进步、现代性、历史哲学和乌托邦都试图清除几千年来的善恶标准，以历史责任取代道德责任"，但进步与道德是不同的两件事，"道德责任就是坚信某些行动是目的本身而不仅仅是达到目的的手段"①，如果道德判断完全从属于历史必然性的实现，那么普通的道德价值就不复存在了。也就是说，王观澄、张季元、陆秀米、谭功达、郭从年等人的现代性乡愁乌托邦，都执着于历史的进步论，他们可以忽略现实生活中的伦理道德，采用非伦理手段达到历史进步的目的，其本身是与乌托邦的核心理念即社会主义②相背离的，同时也与中国传统文化设想的"大同世界"相背离，以致走向了抑善扬恶的"旁道"。以非道德甚至恶的手段获得乌托邦实现的物质条件，使王观澄、谭功达等人的乡愁乌托邦实验陷入无以摆脱的悖论，但这种悲剧最根本的原因还在于马克思、恩格斯所指出的"历史的必然要求和这个要求的实际上不可能实现之间的悲剧性的冲突"③，因此在生产力并不发达的历史阶段，激进甚至疯狂的乌托邦实验并不适宜在乡土社会中进行，否则只能是悲剧性的。

改革开放和经济转型后，中国现代化进程加速，中国社会也逐渐过渡到后现代社会，格非的《春尽江南》《隐身衣》《月落荒寺》等长篇小说均以后现代社会为背景。后现代社会的乡愁乌托邦发生了重大的变化，已经完成原始积累的资本开始渗透其中，从而形成"资本乌托邦"。比如《春尽江南》中张有德投资建成的花家舍水上乐园，被其命名为"伊甸园"，本质上就是醉生梦死的"消金窟"。他借乌托邦之名，行淫秽色情之实，最终使乌托邦被异化为资本赚取最大利润的工具。绿珠等人在龙孜（西藏）的"香格里拉的乌托邦"，试图

---

① 景凯旋：《牧师与弄臣：科拉科夫斯基的"东欧经验"》，凤凰网文化读书 https：//culture. ifeng. com/c/7ulKIGHzFth。

② 王杰：《乡愁乌托邦：乌托邦的中国形式及其审美表达》，《探索与争鸣》2016 年第 11 期。

③ 朱立元：《美学大辞典修订本》，上海辞书出版社，2014 年版，第 31 页。

在物欲横流的时代建造一个"诗意栖居"的孤岛。但正如谭端午所言，它本质上就是另一个花家舍，同样是资本控制下实现私人欲望的场所。同时在消费主义时代和后现代社会中，人们还把乡愁包装成各种商品出售，乡愁成为一种消费式的"仿真体验"，"或者与文化旅游产业结合，成为产业经济发展的润滑剂而被消费掉"。① 因而乡愁乌托邦也随即被产业化，产业化的结果便是不断复制，复制是利润产生的有效手段，于是乡愁乌托邦便成为毫无个性特色的被商业意识形态所固化的商品符号。加上后现代社会崇尚文化与个性的多元化，这加速了共同体的散失，并与逐利资本鼓吹消费自由的文化策略合谋，加剧了个体的碎片化与原子化，致使认同感逐渐丧失。乡愁乌托邦需要共同的情感认同为基础，但后现代社会并没有为其提供相应的条件，因此，无论从何种角度来看，《春尽江南》中的以资本为主导而缺少合理制度保障的乡愁乌托邦实验都是不可行的。

由于以上乡愁乌托邦探索都行不通，格非转而把乡愁乌托邦家园的建构寄托于艺术审美。在《隐身衣》中，主人公"我"与志趣相投的古典音乐"发烧友"组成了联系紧密的信誉良好的"共同体"或"乌托邦"。这种审美乌托邦在后来《月落荒寺》的结尾有着集中叙写。杨庆棠在中秋之夜于圆明园外的正觉寺举办了一场高级别的音乐会，这正是乡愁乌托邦家园建构的一次实验。音乐会上，当德彪西的《月光》钢琴曲响起时，皎月升空，月色溶溶，美妙的旋律令人如梦似幻，此时人群静默，时间停顿，出现了被音乐净化的世界：所有的对立与障碍顿然消失，形成寂然忘世的轻灵境界，人与人之间充满善意，留下一种无差别的自由、安宁和欢愉。这种乡愁乌托邦境界与佛教的"净土世界"、儒家的"大同世界"和道家的"天人合一"极为相似，或者说格非在此把中国传统文化中有关乌托邦世界的设想融于一体。有学者指出："在中国文化传统中，音乐具有神圣而重大的社会功能，是实现文化认同的关键性文化机制。"② 格非把古典音乐《月光》、正觉寺（荒寺）和中秋圆月、古槐树等意象

---

① 廖高会：《时间维度下乡愁意蕴的嬗变与叠加》，《理论月刊》2019 第 12 期。
② 王杰：《乡愁乌托邦：乌托邦的中国形式及其审美表达》，《探索与争鸣》2016 年第 11 期。

并置，通过音乐的召唤与净化及其达成的认同，似乎找到了通往乡愁乌托邦家园的正途。

但是依靠音乐等艺术建构的"审美乌托邦"只属于少数人的"乌托邦"，具有鲜明的贵族化倾向而远离了大众。况且这种乌托邦以"审美共同体"取代了"伦理共同体"或"制度共同体"，因而天然地存在伦理或制度不足的缺陷，缺少了稳定性和恒久性。格非在《隐身衣》中，借助白承恩律师之口，对这种审美乌托邦进行了反思和批评，白承恩认为，音乐艺术修养高并不意味着道德品质好，德国纳粹分子中有很多人具有精深的音乐修养，却照样杀人如麻，希特勒与贝多芬之间的距离并不像常人想象的那么大。很显然，"审美乌托邦"所建构的共同体并不能规约参与者的人性与伦理道德，正如《月落荒寺》和《隐身衣》中的"审美共同体"成员由教授、老板、个体户、律师、公务员、黑社会头领等组成，有的堕落腐化，有的罪行累累，有的附庸风雅，有的沽名钓誉，他们只是更加高级的"乌合之众"，这种不可靠的"审美共同体"并不能建构真正意义上大众化的乡愁乌托邦家园。尽管如此，审美乌托邦仍然能在一定程度上满足少数个体对精神家园的需求，成为少数人诗意栖居的精神寄托。

如何建构现代社会大众所向往的乡愁乌托邦家园，是格非长期思考的问题。在《望春风》中格非把视野完全转向乡土空间，他在一次探访故乡时，发现故居已经变成杂草丛生、野兔出没的场所，这使他深受刺激，乡愁乌托邦冲动油然而生。于是格非像艾略特《荒原》中那样发出了追问："在水源干涸之后的荒漠之中，在被遗弃的荒原上，大地还有没有可能再复苏？"①格非试图在现代"精神荒原"上重现希望与生机，同时也抒写他郁积已久的文化乡愁。有学者指出，"在不无残酷地书写中国乡村沉重冷峻现实的同时，格非却也不无浪漫地写出了自己真切而浓郁的文化乡愁"。②

《望春风》讲述了儒里赵村从 20 世纪中叶到 21 世纪长达半个多世纪的变迁

---

① 格非、王中忱、解志熙、旷新年、孟悦、李旭渊、吕正惠、森冈优纪、叶纹：《〈望春风〉与格非的写作》，《清华大学学报（哲学社会科学版）》2018 年第 1 期。

② 王春林：《文化乡愁与乡村的冷峻现实——关于格非长篇小说〈望春风〉》，《当代作家评论》2019 年第 2 期。

史，真实地描绘了传统乡土在现代性冲击下走向解体的过程。但同时，格非有意识地在近似废墟的儒里赵村完成家园的重建，即小说最后部分让"我"和春琴回到赵村重过田园农耕生活。格非说，在《望春风》中他要给那些生活在苦难中而看不到希望的人提供一些安慰，他要创建梦想能部分地实现的乌托邦，而非科幻式的乌托邦。① 实际上，格非经历了长期的乡愁乌托邦家园的探寻，蓦然回首发现了可以安放乡愁的乡土大地。值得强调的是，格非在《望春风》中建构的乡愁乌托邦家园不再是个体的或少数人的乌托邦，而是面对大多数中国人建构的集物质、文化和精神于一体的家园，这使得格非的乡愁乌托邦在一定程度上回归了社会主义本质。

综观格非的小说创作，作品很少脱离传统乡土社会这个大背景，这是他探寻乌托邦家园的出发点和基础，正因如此，才会有不绝如缕的乡愁缠绕于其探索"存在""家园"的笔端。在经历启蒙现代性的探索之旅之后，格非重新把乡愁乌托邦家园的建构锁定在乡土空间，试图建构"新乡土乌托邦世界"。正如格非所言："《望春风》不是专门写当代乡村社会的，我更多的是描述 50 到 70 年代的乡村社会，这个空间和我们当下所处的'伪空间'是截然不同的。"② 这个 20 世纪 50—70 年代的中国乡土空间还没有培养出真正意义上的现代化的乡村干部，格非对 50—70 年代的儒里赵村流露出赞同与肯定的情感倾向。格非指出，最后"我"与春琴重返乡里，也是要返回 50—70 年代的乡土空间。③ 由此可见，《望春风》中的乡愁乌托邦家园是建立在传统乡土社会深厚的沃土之上的。这种以传统乡土文明为基础融合现代文明的"新乡土乌托邦"，正是格非对二十多年前《唿哨》中古典乌托邦的回应与超越。

总之，格非小说中存在鲜明的回归传统的乡愁乌托邦情感冲动，这种回归

---

① 格非、林培源：《"文学没有固定反对的对象"——格非长篇小说〈望春风〉访谈》，《当代作家论》2016 年第 6 期。

② 格非、林培源：《"文学没有固定反对的对象"——格非长篇小说〈望春风〉访谈》，《当代作家论》2016 年第 6 期。

③ 格非、林培源：《"文学没有固定反对的对象"——格非长篇小说〈望春风〉访谈》，《当代作家论》2016 年第 6 期。

的冲动并非保守与退缩，而是面对现代性和全球化的可能危机而采取的应对策略，它融合了传统伦理秩序与现代社会治理模式，同时满足了回望式传统乡愁和前瞻式现代乡愁的情感需求。马克思曾指出，"东方社会以血缘关系为基础的公社的组织形式和文化"可以和西方现代技术和现代管理相结合，"从而在新的历史层面上实现社会现代化的非西方方式的发展"。[①] 正因如此，格非推崇的传统乡土文明与现代政治文明相融合的新乡土乌托邦便有了实践的可行性。这种乡愁乌托邦为现代中国人的精神困境提供了相应的解决方案，并尝试着回答了当今之世是否存在回乡之路的问题。

（原载《小说评论》2020 年第 6 期，收入本书时有增改）

---

① 格非、林培源：《"文学没有固定反对的对象"——格非长篇小说〈望春风〉访谈》，《当代作家论》2016 年第 6 期。

张炜小说中的历史魅影：以中篇小说为例

历史意识与文学作品有着千丝万缕的联系，历史意识"是人类关于自身存在的意识，它的发展过程是人类自我认识的过程，它也是人文关怀的一个重要表现"。① 马克思主义的文学批评策略主张把历史意识"当作重要的出发点来理解文学生产、文学批评、文学的意识形态运作"，并且提出了美学观点与历史观点相统一的文学批评原则。② 由此可见，历史意识也是评判文学价值的一种重要尺度。历史意识既包括对历史事实的确认与尊重，也包括对历史事实的认知与评价。曾经发生过的历史事实，已经由"有"化为"无"，留下的只是受历史事实影响的情感、思想或精神。历史"所'有'的东西，除了创造历史、传承历史的人们以及他们的心灵、情感和思想，甚至精神以外，我们同样找不到任何'实体'意义上的存在痕迹"。③ 因而判断文学作品是否具有历史意识，不仅要看作品中是否具有历史事件或历史文化的客观呈现，更重要的是看作品中是否存在与历史相关的情感倾向、认知评价及价值取向等。

张炜中篇小说创作集中于 20 世纪 80 年代初到 90 年代前期，它们多为现实主义作品，但在作者历史意识的影响下，特定时期的历史魅影不断进入小说叙写的现实空间，极大地影响着叙事主体对当下生活的判断及对未来时空的构想。在这个时期的中篇小说中，张炜坚持把反思与批判的矛头

---

① 黄霖主编；付建舟、黄念然、刘再华著：《近现代中国文论的转型》，上海古籍出版社，2015 年版，第 489 页。
② 黄霖主编；付建舟、黄念然、刘再华著：《近现代中国文论的转型》，上海古籍出版社，2015 年版，第 489 页。
③ 萨·巴特尔：《蒙古秘史的德性与教化思想研究》，华夏出版社，2016 年版，第 22 页。

指向"文革"极左思潮，而"文革"对应的历史魅影便是作者及其同时代人试图摆脱的创伤性记忆或心灵阴影。在张炜看来，走出历史魅影不仅要批判，更重要的是建构，因而张炜的历史批判中蕴含着积极建构未来的历史精神，其悲情的历史叙写中饱含着心系天下的忧患情怀。张炜对历史意识的彰显与敬重，对于当前回避、逃逸或虚化历史的创作倾向，无疑具有启示性。

但学界更多关注的是张炜小说中的历史性内容、历史文化语境、历史与现实之间的关系及历史叙事方式等，很少关注张炜作为创作主体自身所具有的历史意识，偶有涉及者也仅限于对具体作品的历史意识进行单向度分析，未能把历史意识与张炜丰富复杂的主体精神结合起来考察。本文试图探寻张炜中篇小说中历史意识的多维呈现方式，将张炜的历史批判意识、大地意识、自然史观、主体性重建以及乌托邦精神冲动结合起来，对其中篇小说进行综合性考察，以建构多维立体的小说阐释空间。

一、社会历史的反思与批评

张炜的历史意识不是怀旧式的感伤，不是返古式地停留于对历史的眷念，也不是宏大的历史场景叙事，而是在对现实日常生活的观照与叙写中，以反思与批判的方式对历史进行审视，予人以某种警示或激励。于是，历史以一种毋庸置疑的存在进入小说的现实观照及未来的建构之中，历史、现实与未来共同建构了张炜摇曳生姿的艺术时空。张炜的中篇小说《护秋之夜》《秋天的愤怒》《秋天的思索》《你好！本林同志》《黄沙》《葡萄园》《请挽救艺术家》《远行之嘱》《蘑菇七种》等创作于20世纪80年代，或多或少受到伤痕文学特别是反思文学的影响，这些小说几乎贯穿着对"文革"极左思潮的反思或批判意识，其中既呈现出鲜明的情感倾向，也蕴含着深刻的理性认知。"历史批判意识具有更多否定性意味和斗争性色彩，历史批判的目的不是批判本身，而是通过批判洞悉事物的本质，从而摒弃错误、获得教益、坚守正道。"① 张炜中篇小说反思历史与"坚守正道"有三种方式：第一种如《葡萄园》和《蘑菇七种》等，讲述极左思潮下的悲剧性故事，这是对"文革"历史的直接叙写；第二种如《远行之嘱》，通过人物的大量回忆重现历史生活；第三种如《护秋之夜》《秋天的思索》《秋天的愤怒》《你好！本林同志》《黄沙》《请挽救艺术家》《远行之嘱》等，写"文革"结束后现实生活中所遗留的历史阴影。前两种侧重于对过去的呈现，后一种侧重于对现实的观照，但它们都是对历史真相的深度反思与追问。

《葡萄园》讲述的是"文革"期间发生在芦清河两岸的故事。"极左分子"老黑刀，他以革命为借口，滥用权力，对葡萄园原主人——明槐一家进行迫害。明槐一家用血汗建成的葡萄园被收归集体，其父亲被老黑刀等人指认为阶级敌人，明槐父亲因身心遭受双重摧残，最后失去生命。明槐妻子安兰，被老黑刀糟蹋，最后也蒙羞而死。连明槐家的狗也成为"阶级敌人"，最后被老黑刀枪杀。明槐在忍无可忍的情形下，找老黑刀拼命，狠狠教训了老黑刀，然后远走他乡。这篇小说带有鲜明的伤痕文学痕迹，明槐一家的遭遇充满了社会历史的悲剧色彩。特别值得一提的是作者对人物关系的设置，即明槐视老黑刀为仇敌，而老黑刀的侄女曼曼则是明槐的恋人，这种亦敌亦友、亦仇亦亲的错综复杂的人物关系，不仅增添了小说的悲剧内涵，而且揭示了"文革"期间极端的政治运动对乡土伦理和自然人性的扭曲、异化乃至严重破坏。

如果说《葡萄园》是在悲剧中凸显了正义者复仇的力量，那么《蘑菇七种》则是在喜剧中抹上了悲剧的底色。该小说的故事仍发生于"文革"期间，护林员老丁是一位经历了生死考验的革命前辈，其为人正直，拒绝迎合权力，主动回到自己曾经打游击的林子护林。老丁无拘无束，以植物为邻，以动物为友，吸纳森林菁华，虽年逾六十，却身体强悍、精力旺盛，且乐于助人、富有爱心，在林场以及周边村庄中都有很高的威望。他自喻为林中之

---

① 陈春英：《当代中国话语体系构建中的历史意识：价值、内涵和现实表征》，《社会主义研究》2020年第3期。

王，并毫不客气地对上级派来的场长小六进行"夺权"，自封为林场场长。作者采用了当时流行的"血统论"或"阶级论"视角，以谐谑的笔调写老丁与极左思潮的斗争，使小说具有了鲜明的喜剧色彩，老丁成为一位既善良正直却又一本正经地"玩弄权术"的滑稽人物。张炜采用了反讽的手法，使小说增添了很强的讽刺色彩与悲剧意味：一个极力反对极左思潮、极具独立意识和血性的老革命，不得不借助权力崇拜和"阴谋诡计"，以此抵御外来压力与威胁。小说的深刻之处在于作者于喜剧的表象下寄托了严肃的悲剧情愫。这种形喜实悲的戏谑式叙写方法，不仅增强了小说的审美效果，也赋予了小说深刻的历史反思意识。

张炜多数中篇是通过叙写极左思潮对"现实"留下的遗毒来反思历史的。《护秋之夜》的故事背景是改革开放初期，其中的反面人物老混混还试图凭借贫农身份不劳而获。《秋天的愤怒》中的大队书记肖万昌和民兵连长仍然滥用职权并戕害人命，其姊妹篇《秋天的思索》中的王三江横行霸道且沉迷于权力，这两篇小说的故事背景都是改革开放初期，其中的权力崇拜和权力滥用显然属于"文革"后遗症。《黄沙》揭示了现代工业化带来的环境问题，但其中谎报材料、浮夸伪饰、以组织名义干涉职工私生活等问题，仍属于"文革"历史遗留下来的思想问题。创作于 1987 年的《请挽救艺术家》，其叙事视野不再局限于对"文革"极左思潮的历史反思与批判，而是上升到了对民族历史文化的深思与追问，作品揭示了一种被异化的文化心理，它是"用一种看不见的力量修造出来的一张奇怪的、富有弹性又极为执拗的网络"。① 这"网络"便是历史文化中非人性的异在之物，是民族文化性格中的病态存在。因而可以说，《请挽救艺术家》在很大程度上是对当时寻根文学潮流的回应，也是张炜对自己前期伤痕小说的超越。创作于 20 世纪 90 年代前期《瀛洲思絮录》则完全摆脱了"文革"历史阴影的影响，以更加开阔的视野和深邃的笔触去"诊断"民族历史文化的"病灶"，对欲望过度膨胀的现代物化社会进行了深刻的反思与批判，从而把历史批判上升到了文化批判的高度，这也是张炜创作观念提升与成熟的标志。

---

① 张炜：《请挽救艺术家》，人民出版社，2018 年版，第 15 页。

二、自然史观的敬重与重构

张炜小说的历史意识并不局限于社会层面，而是拓展延伸到自然历史层面，即在小说中强化了自己的自然史观，这大大增强了其历史批判的广度与深度。马克思指出："历史什么事情也没有做……创造这一切、拥有这一切并为这一切而斗争的，不是'历史'，而正是人，现实的、活生生的人。……历史不过是追求着自己目的的人的活动而已。"① 人类历史始终与人的实践活动密切相关，而人的活动离不开时空环境，包括社会环境和自然环境。"环境并不在于人之外，它们总是会以一定的方式对进行生产活动的人们施加影响，人类主体性的发展总会受到环境状况的制约，而这种影响主体性的环境就是实践的历史性。"② 就此种意义而言，历史意识同样包括对人的活动本身及其所在的时空环境的认知，还包括了人的活动对环境的塑造及其结果的认知。张炜在对历史事件或社会文化进行批评反思的同时，还表现出对人的生存环境特别是自然环境的极大关注，这使其小说的历史视野更加开阔，历史反思更显深刻。张炜始终秉持天人合一的自然观，并借助现代生态观，对现代文明给自然环境带来的负面影响进行了审视与批判。

自然的演进历史显得漫长而复杂，并有其自身的规律，人类的一切活动必须遵循这种规律，一个作家更应该具有正确的自然史观。人类社会的发展不仅要在一定的自然环境中展开，而且本身也是自然演进的一部分，深受自然环境的限制。中国传统文化中儒家与道家都强调"天人合一"的自然观，儒家侧重于将自然观人伦化，强调了人类的主体性，属于人类中心主义，道家侧重于人对自然的归化，强调人天浑然一体，属于自然中心主义，但无论是儒家还是道家的自然观，都始终尊重与遵从"物我一体"或"天人合一"的价值观。但随着人类的贪欲与权欲的不断膨胀，人类加快了对自然的所谓"征服"，放弃了

---

① 马克思、恩格斯：《马克思恩格斯全集（第2卷）》，人民出版社，1957年版，第118-119页。
② 刘明石、于海洋：《交往视域人的主体性》，哈尔滨地图出版社，2008年版，第29页。

对自然的尊重，漠视自然而让自然退出人类历史深层思索的视界，"削弱了人与自然在情感、道德、精神全方位的融洽与沟通"，"淡化了对自然应当承担的责任与义务的意识"，从而给人类与自然带来悲剧。① 因此，有学者倡导"人类回归自然，自然进入历史"②。人类需要明白的是，自然并不能按照人类的心愿线性机械地向前快速发展，"当人们最终明白不可能使整个世界进行直线运动时，当动植物的复杂性已经充分地抵制了广延实体的种种单一形式时，自然就必须在自己所有奇异的丰富多彩性中表现自身"。③ 因此，人类不能过分狂妄而毫无自知之明地过度干预自然或"征服"自然，而应与自然和谐相处，守护自然的多样性与丰富性，使自然进入历史，重构自然史观，借此思考与审视人类发展史与自然演进史之间不可分割的复杂关系。

张炜深受中国道家思想的影响，在考虑人与自然的关系时，始终抱着敬畏尊重自然、守护融入自然的自然史观。因此，其小说除了传达其社会历史观念，还常常强调或凸显自然历史意识，把自然的演进历史与人类社会的发展历史进行融合审视，从而形成对"天人合一"传统观念的回应。其中篇小说较能集中体现张炜自然史观的是 1985 年的《黄沙》，小说中的坷垃叔前往城里告状，但是城里的人弄不明白他告状的内容，城市的现代化进程与乡村自然演进的历史进程存在巨大的差距，它们有着各自的话语体系和现实诉求，因此坷垃叔的告状变得异常艰难。张炜非常巧妙地把农民坷垃叔置于城市之中，在完全陌生的环境中，坷垃叔连行走都变得困难。坷垃叔在城市中的生存处境，是现代生态环境四面楚歌、岌岌可危的隐喻性抒写。在强大的物质利益面前，坷垃叔的申诉显得多么无力与无助。他所要告的姜洪吉只是现代权力的一种代表，姜洪吉为了眼前利益破坏了环境，造成黄沙弥漫，并逐渐侵蚀了柳林，而坷垃叔正是这片林地的捍卫者，他一筐又一筐地把柳林中的黄沙运走，这种守护自然的可贵品质，正是道家"天人合一"思想的体现。

① 李例芬：《李例芬纳西学论集》，民族出版社，2013 年版，第 62 页。
② 李根蟠：《环境史视野与经济史研究——以农史为中心的思考》，《南开学报》2006 年第 2 期。
③ 米歇尔·福柯：《词与物：人文科学的考古学》，莫伟民译，上海三联书店，2016 年版，第 133 页。

在《护秋之夜》中夜色笼罩的庄稼地与护夜的人群融为一体，《秋天的思索》中的葡萄园硕果累累，鸟虫在园中自由快乐地飞翔鸣叫，劳动者歌声缭绕其间。主人公老得开始思索黄沙地与葡萄的联系，即人与自然的关系，他明白了人应该像植物那样扎根泥土，才能稳稳地立于大地之上。《海边的风》中的老筋头等人，始终是与大海相伴相生、融为一体的。《你好！本林同志》中的本林在现实生活中遭遇挫折后，回到芦清河的怀抱中，在此他能获得极大的安慰，并治愈心灵的创伤，小说表达了人与自然不可分割的相互融合的理念。《葡萄园》富有浪漫主义色彩，葡萄园中流溢着植物与果实的清香，自由自在的动物逡巡其间，劳作的农人笑声缭绕不绝，海边还传来年轻人的嬉闹声，这完全是一幅绝美的葡萄园风景画，作者称为"美丽的城堡"。除此以外，张炜怀着万物齐一的理念叙写葡萄园，他以动物的视角叙写葡萄园中人与自然的和谐宁静之美，使这篇小说具有了童话色彩。作者赋予老当子（狗）、小圆（猫）以人的思维，在这些动物的眼中，园中的葡萄和各种植物都具有灵性。张炜在这篇小说中非常明确地表达了自己融入大地的生态意识和自然史观。张炜这种万物齐一、顺应自然的道家思想在后来的《蘑菇七种》中展现得更加充分，张炜同样采用了动物（一条名叫宝物的护林狗）视角，赋予动物植物灵性，从而使小说带有童话色彩。当然，张炜在《海边的歌手》《镶牙馆美谈》《小爱物》《狐狸老婆》等儿童小说中，更是贯穿了万物平等且富有灵性的泛神论哲学思想，充分体现了回归"天人合一"的自然史观。

创作于20世纪90年代的《瀛洲思絮录》叙事视野更加开阔，小说讲述了徐市（徐福）带领三千童男童女离开中国远赴瀛洲（日本）重建家园的故事。作者借徐市之口对山东半岛古东莱国的历史进行了追述，特别是对强大繁荣的东莱国最后被野蛮落后民族灭亡的历史进行了反思，并由此得出结论：古东莱国灭亡的原因在于人们沉溺于物质的繁荣，缺少了体魄与思想的操练，从而为物质与虚荣所累。徐市还在对齐国与东莱国的反思中认为，一个国家或民族，如果不重视"山河"（人所栖居的大地，包括山水自然），对大自然失去了敬畏而热衷于权变武功和无节制的欲望满足，必然走向衰败甚至灭亡。张炜跨越时空的对自然、生命与社会历史相互关系的反思无疑是十分深刻的。

三、历史主体性的探寻与建构

张炜的小说具有深广的历史忧患意识，他不仅对一个时代的历史文化及形成与影响该历史文化的环境进行了反思与批评，还把历史文化批评与人性批评结合起来，因为人性特别是人的主体性或者历史主体性才是影响历史文化与自然环境的关键性因素。"主体性是处在一定社会关系中的人在特定的社会历史条件下从事特定的社会实践活动并在活动中所表现出来的自主性、能动性和创造性。"[①] 对人的主体性的探寻与重建的努力，不但使张炜小说获得了历史反思的深度，同时也表达出融入大地、回归自然而重获健康人性的理性诉求。

张炜的中篇小说中，无论是老黑刀（《葡萄园》）、参谋长（《蘑菇七种》）、大队书记（《秋天的愤怒》）等当权者，还是"老混混"（《秋天的愤怒》）、本林（《你好！本林同志》）等普通民众，均失去了历史的主体性，因而也缺乏历史的反思能力。但张炜也成功地塑造了一些追寻自我意识和历史主体性的人物形象，比如《秋天的思索》中的青年护园人老得，他一直想弄清王三江横行霸道的"原理"，老得具有了对社会本质追问的主动性，这是"自我意识"与历史主体性回归的开始。老得与《葡萄园》中的明槐、《护秋之夜》中的大贞子、《黄沙》中的罗宁、《蘑菇七种》中的老丁等个性鲜明的人物，反映了"文革"后的新时期初期个体自我意识逐渐觉醒、历史主体性逐渐回归的真实过程。不仅如此，以公社书记卢达（《你好！本林同志》）为代表的权力主体也开始了对历史的反思，卢达在极左思潮中伤害了本林一家，新时期政策调整后，卢达深感内疚，屡次帮助本林，试图弥补自己的过错。卢达对自己"文革"期间错误言行的反思与忏悔，正是历史主体性回归的表现。权力主体对历史的反思与纠过，是整个社会历史主体性重建的关键。历史主体性重建除了对历史进行反思，还需要宽容与谅解，需要放下对历史的成见甚至仇恨，从而突破固有的历史成

---

① 刘明石、于海洋：《交往视域人的主体性》，哈尔滨地图出版社，2008 年版，第 28 页。

见或思维定式，获得历史的主体性并参与历史发展的进程中。张炜在小说《远行之嘱》中便赋予了人物宽容的胸怀与品质。十九岁的弟弟在出门远行前与姐姐告别，姐姐的叮嘱既是对作为革命者的父辈悲剧命运的重述与缅怀，更是在对父辈往事的回顾中达成对历史的宽容与谅解。姐姐认为，既不能回避父辈的历史，也不能为父辈历史所捆绑或为此而纠缠不休，她激励弟弟放下既有的历史重负而轻装远行。姐姐的叮嘱让弟弟从对父亲的曲解与"仇恨"转向对父亲的理解与接纳，这既是父子两代人亲情回归的真实叙写，也是文化血脉与民族精神代际重续的象征性表达。因此，姐姐的叮嘱成了历史、现实与未来的黏结剂，宽容与谅解赋予了人物接纳历史与面对未来的胸怀，而人们从姐弟两人的身上也看到了历史主体性重建的可能与希望。

张炜在其小说中把生命力的回归作为重建历史主体性的重要途径之一。张炜小说中的生命力与现代权力、现代科技力量无关，而是大自然赋予人类的与生俱来的生存力与意志力，是内在于人的原始的自然力量。张炜通过对本源于人的野性和生命力的礼赞，深刻地反思了现代文明对自然人性和生命伟力的损害，从而赋予小说纵深的历时性向度和超越时空的审视视角。以《护秋之夜》中的大贞子为代表的青年农民，对生活充满了热情与憧憬，敢于与歪风邪气斗争。大贞子敢作敢为、无拘无束，身上体现出野性之美，这种野性正是乡土大地赋予她的自然属性。在《你好！本林同志》中，本林离开芦清河就会陷入紧张病变的精神状态，而一旦回到芦清河的怀抱，便能洗去尘垢，治愈创伤，重获生机。张炜认为，只有大自然才能恢复现代人日渐颓靡的生命力和精神血气，因此他主张回归自然，做纯粹的自然之子。在《蘑菇七种》中张炜极力赞美了护林员老丁强悍的生命力，在山中生活了几十年的老丁已经完全融入山林之中，他吸收了山林中自然之菁华，从而富有饱满的激情与强悍的生命力，他与生命力日渐委顿的现代人形成鲜明的对比。张炜在《葡萄园》中很明确地指出，美丽的葡萄园是人们辛勤与智慧的成果，其中建设葡萄园的第一代人具有拓荒精神，他们在自然之中汲取了生命力量和创造激情，具有强悍的生命力，他们天然地与大自然的伟力相通，他们属于自然之子。但这些拓荒者的后代则逐渐倦怠，他们"虽有拓荒者的血统，却失去了拓荒者的情感"。他们因为某种利益或因自身的狭隘愚昧而相互争斗，不但糟蹋与玷污了葡萄园，而且还沉迷于物质化、功利化的现实争斗的旋涡之中；不能走出其固化的物欲空间，也就不能回归真正的大自然，他们的生命力和感受力也日渐委顿。对自然而健康的人性的呼唤与渴求，正是张炜历史意识中较为深层的内涵。他希望我们民族恢复那种自然伟力和生命激情，这也是他融入大地、融入自然的思想中最为重要的内容。

张炜将昔日曾经发生过的历史事件通过个人记忆与反思，再转化为公共记忆，试图把个体记忆特别是"文革"期间个体受害的创伤性记忆通过艺术形式共存于民众的记忆结构之中，将那些原本只能封存于私人记忆中的历史事实，整合到民族的历史记忆之中。"当小说家们以不同的意义模式和叙述逻辑将个人的文革体验转化为文学故事时，不管是出于何种目的，实际上有意无意参与了文革集体记忆建构工程。"[1] 总体而言，张炜多数小说中贯穿着将历史回忆、现实反思与未来想象融会统一的历史意识，这有助于形成一种文化引力，从而促进具有共同民族历史记忆及相同文化心理的民族共同体的建构，并以此摆脱那些具有负面心理的历史魅影。

四、多维时空构筑的乌托邦家园

张炜中篇小说的历史意识还表现在其时空的跨越性方面。其小说中的故事或人物既是时代的又是超时代的，张炜把这些人物或故事还原到历史长河之中，使其与历史、现实与未来相互贯通。因此，读者看到的不仅是一个个独立的生动鲜活的人物或故事，也是民族历史演进逻辑中的某个环节或场景，它们都是历史的有机组成部分，携带着历史发展的逻辑密码并能映照出历史演变的轮廓。正因如此，张炜的小说才具较强的历史感，而理解其小说，也需要从历史、现实与未来三重时间维度入手。

---

[1] 卢永和：《论文学记忆与历史意识的四个维度》，《文艺理论研究》2017 年第 4 期。

张炜小说首先是现实的，其 20 世纪 80 年代创作的中篇小说的精神气质与 80 年代的新启蒙精神是完全一致的。其次也是历史的，张炜让现实与历史相互碰撞与交融，这不仅使二者形成强烈的对比，而且还在二者盘根错节的关系之中梳理出历史发展演变的文化逻辑。再次，张炜小说是指向未来的，它们是作者人文理想的表达，其中始终贯穿着乌托邦精神冲动。在历史、现实与未来的三重时空维度中，以儒家伦理观与道家自然观为基础的优秀历史文化是构建张炜乌托邦世界的思想基础，而现实存在（作者所处当下）的生存环境、生存方式及社会伦理则是其展开想象的物质基础，因此，无论是对历史的追忆，还是对现实的观照，最终都指向未来理想的精神家园的建构。也即是说，张炜的理想家园是借助历史和现实的既有资源在未来的时空中构建的具有乌托邦色彩的艺术世界，这个乌托邦世界却处处闪现着历史的魔影。因此，张炜的乌托邦家园是立足传统的回望式建构，而不是弃绝传统另起炉灶的破坏式建构，其本身便潜藏着鲜明的历史意识和深沉的乡愁意识。"'乡愁'是中国社会进入现代化以后才出现的文化和审美现象，它与现代都市的出现、与现代工业的出现相联系，也包括与现代人际关系的冷漠甚至相互对立相联系。"① 在现代化进程中，工具理性主义以绝对的优势压倒了人文主义，人性日益受到逐渐膨胀的物质欲望的压抑或扭曲，人们对自然不断征服与索取，人与自然和谐相融的关系遭到破坏，从"自然之子"变成了自然的"逆子"，人的精神也逐渐委顿颓靡。因此，重树人文旗帜和重建乡愁家园，便成为张炜乌托邦精神冲动的内在动力，这与其小说一以贯之的社会历史批评与自然史观重构在本质上是一致。

张炜的乌托邦冲动与乡愁意识在 20 世纪 80 年代的小说中已经具有明显的表现。张炜在《黄沙》中对理想的城市家园展开了想象：那里"水是绿莹莹的，满山满城都是黄花。城里的草坪像绒毯一样，空气绝对透明。……这是个没有尘埃的城市"。② 而《海边的风》则借助主人公老筋头展开了对乡土家园的想象：这是一个美丽的水上世界，是渔船连接起来的和谐宁静安详的世界。这

① 王杰：《乡愁乌托邦：乌托邦的中国形式及其审美表达》，《探索与争鸣》2016 年第 11 期。
② 张炜：《黄沙》，人民出版社，2018 年版，第 102 页。

里晶莹透亮、纯净无尘、万物平等、鲜花盛开、人人友好，万物遵循自己的物性，自由成长，互不妨碍，各得其所。这里也是祛除了中心和尊卑的理想之所，每个生命都受到尊重与重视。而《蘑菇七种》同样为读者描画出一个人与自然和谐交融、充满生机的理想家园形态，其中充满了浓厚的乡愁色彩。作者指出，这篇小说是自己童年的一个梦想，这个森林王国是"另一个世界"，"它与眼下的生活相去如此遥远。它是一个完整的、与外部世界丝络相连又独立自主的一个天地"①。而童年的梦想一直伴随着张炜，成为他建构现代乡愁家园的精神内核。除了用"森林"及其相关意象，张炜还常用"葡萄园"意象来抒写自己的家园想象。在小说《葡萄园》中，葡萄园中花果飘香，充满了自由与欢笑，一切显得生机勃勃，张炜称为"美丽的城堡"，它实际上是张炜乌托邦想象中建构的乡愁家园。

到了 20 世纪 90 年代，乡愁乌托邦精神在其历史小说《瀛洲思絮录》中体现得最为充分。小说创作时间在 1992—1996 年，这正是中国社会的转型期，也是经济市场化的深化阶段，传统伦理道德及乡土空间均遭到巨大冲击，特别是消费主义浪潮对乡土社会与人际关系的破坏，使张炜充满了家园将逝的忧患意识。于是他通过文学形式来传达自己重建家园的美好理想，把乡愁意识转换为充满悲剧意味的美学形式。《瀛洲思絮录》是张炜对徐市带三千童男童女远渡瀛洲的传统故事的改写。小说中的徐市（徐福）为了能在日本扎根生活下去，费尽了心思，他反对自己称王，他试图把瀛洲建设成理想的乐土，使其成为一个完美之境：这里充满了随意与自由、有着"纵横驰骋的辽阔与旷远"，有着"既不自囚又不他囚的安定从容"，有着"日月巡回般的美好节奏"，有着"四季轮回的斑斓色彩"。② 这样的社会不仅重视"人事"，而且还重视"山河"，人与自然和谐相处，其中的栖居者与自然属于"母"与"子"的关系。③ 小说集中体现了张炜重建家园的乡愁意识，具有浓郁的乡愁乌托邦色彩。小说在展

---

① 张炜：《蘑菇七种》，人民出版社，2018 年版，第 191 页。
② 张炜：《瀛洲思絮录》，人民出版社，2018 年版，第 30 页。
③ 张炜：《瀛洲思絮录》，人民出版社，2018 年版，第 30 页。

望未来的同时也对优秀的历史文化进行了缅怀、映照与重述。

尽管以徐市为代表的寻梦者们并没有完全摆脱世俗欲望与习惯势力的罗网，但张炜的小说始终充满了理想主义色彩，高扬着人文精神的大旗。张炜在《瀛洲思絮录》中借助徐市之口指出："想念"（理想或梦想）对于每个人来说都非常重要，而"给众多的、如春日繁花般绚烂的想念找下一个去处，也就是时代的大善"。① 张炜在自己的小说中用语言文字构筑的乌托邦精神家园，不正是他为当代人的"想念"所寻找到的栖居之地吗？这也正是张炜的大善。

总之，张炜的中篇小说内涵丰富，其中既有对道德伦理的坚守、对自然物性的尊重，以及对强悍生命力的赞美，也有对历史丑行的批评、对人性退化的喟叹，以及对懦弱谄媚者的鞭挞，既体现出厚重的人文情怀，也蕴含着严肃的生态意识，既有对传统文化的反思，也有对美好未来的憧憬，既饱含着丰富的现实观照，也缠绕着阴霾般的历史魅影。历史意识、现实关怀和未来憧憬共同建构了张炜小说的三维立体艺术空间，彰显出独特的审美魅力。张炜对历史主体精神的坚持，本质上是对现代消费主义消解历史逻辑及对历史被切割变形后的消费趋势的一种抵抗，是对历史真实性与整体性的守护。面对当前小说创作不断回避、逃逸、虚化历史的现状，重新理解和阐释张炜中篇小说中的历史意识，对于激发创作者从琐碎的生活表象中探寻本质的历史使命感或历史意识，无疑是具有积极现实意义的。

（本文原载于《延安大学学报（社会科学版）》2021 年第 5 期，

收入本书时有增改）

---

① 张炜：《瀛洲思絮录》，人民出版社，2018 年版，第 132 – 133 页。

论阎连科小说的魔幻诗学

20 世纪 80 年代开始，中国作家对魔幻现实主义进行了有规模的实践，形成魔幻现实主义的创作热潮，直至 20 世纪 90 年代中期这股潮流才归于平静。但作为一种文学创作方法，魔幻现实主义仍然影响着新时期以来的文学创作，莫言、贾平凹、韩少功、阎连科、扎西达娃、迟子建等作家在沿用魔幻手法时都进行了本土性转化，形成各自的特点。比如，贾平凹的小说更多在鬼神精怪的叙述中获得魔幻，扎西达娃更多在神秘的宗教事象中营构魔幻，莫言更多借助奇异的感觉描写来取得魔幻的效果，韩少功主要通过神话传说或民间巫术等营造魔幻，迟子建多通过原始巫术、万物通灵等民间信仰构建魔幻，而阎连科则以其悖论式的魔幻叙事和独特的空间建构区别于其他作家，其对魔幻手法的创造性应用在当代小说中独树一帜。《耙耧山脉》《天宫图》《年月日》《最后一名女知青》《日光流年》《受活》《丁庄梦》《风雅颂》《炸裂志》等作品大致体现了其魔幻叙事由模仿借鉴阶段的"空间越界"到成熟创化阶段的"空间融合"的发展过程。"空间越界"，即魔幻空间介入现实空间从而形成异质性的艺术空间；"空间融合"则指魔幻空间与现实空间相互交融从而形成同质性的艺术空间。这两种不同的空间建构形式都与阎连科采用的具体魔化方式与魔幻修辞策略紧密相关。

一、阎连科小说中的魔化方式

小说的魔幻叙事离不开对人物、事物或环境氛围的魔化。魔化即施魔过程，是赋予小说艺术空间某种魔幻色彩的根本手段。在阎连科众多的作品中，长篇小说《炸裂志》是其魔幻艺术的一次集中展演，也是其魔幻手法成熟的标志。《炸裂志》中的魔幻叙事最为集中、最具规模，笔者对这部小说作过较为详尽的统计，其中有一百多处使用了魔幻手法。阎连科小说中的魔化内容、方法、策略及功能在《炸裂志》中几乎都得到了展现。阎连科小说中的魔化对象主要有四种：人物、动物、植物和其他事物，而采用的魔化方式主要有赋予神性、功能异化、夸张变形、活化生命、感觉幻化、人鬼（神）通灵等。这些魔幻手法正是构建其小说艺术空间的基本手段，形态各异的魔幻手法也是其魔幻叙事的独具魅力之处。

赋予神性是指人或物突然拥有来自自然界的超常神秘力量，而且这种力量能左右小说中人物的命运。阎连科早在《受活》中就采用了这种魔化方式，受活庄的儒女槐花和男人一睡觉就能长个头，她最后长成了圆全人；受活庄六月飞雪后，县长柳鹰雀用铁锹、锄把或者火枪对准空中的乌云射击，便云开日出了。《日光流年》中三姓村人活不过40岁的魔咒，赋予整个三姓村令人恐惧的神秘氛围。《丁庄梦》中爷爷的梦总能准确地预示现实。《风雅颂》中，当农村妇女玲珍去世后，时值寒冷季节，其棺材周围却聚集了大量的蝴蝶。以上魔幻现象都采用了赋予神性的魔化方式。笔者统计过，《炸裂志》中采用赋予神性的魔化方式有22处，约占《炸裂志》魔化方式总量的21%，主要表现在人物拥有权力后获得的神奇力量方面。比如，孔明亮拥有权力后也能像《受活》中的柳县长那样改变天气状况，还能使植物复活或死亡，能让动物听从命令，其签字能让人起死回生；孔明耀的腰带能使枯竹返绿，他的队伍能让工程立刻竣工；朱颖能命令鸟雀等。另外，炸裂人同时做相同的梦，皇历书能预测人的命运，墙上的钟表也具有神奇的预测功能，它一旦停止便预示着主人必有灾难。这些极富神秘色彩的魔幻情节都是作者采用赋予神性的方式获得，它们的出现不需要理由，是神迹的显示，遵循某种内在的生活逻辑。

功能异化指某物突然具有属于他物的功能，从而使自身功能发生变异。这种魔化方式在《丁庄梦》中已经出现：由于丁庄人开始卖血，凡是采血的地方，因为树枝和树叶每天都呼吸暗红的气息和味道，椿树、榆树、泡桐树、槐树的叶子都由绿色变成红色。在《炸裂志》中功能异化类魔化方式近30处，占整个魔化方式的28%左右。就植物而言，柿树长橘，梨树结苹果，狗尾巴草开菊花，樱桃结辣椒，野菊上开牡丹，榆树开梨花，石榴树开苹果花，桃树开石榴花，茶花开海棠花，槐树和榆树开黑花，柿树、苹果结出杧果和椰子，马尾松和尖塔柏开玫瑰和凤凰花，槐树、榆树、杏树、桃树都能一年开两次花，冬青开丁香花等。就动物而言，麻雀叫鸽声，喜鹊叫乌鸦声，鸡生鹅蛋，鹅生鸭蛋，喜鹊学孔雀叫，蚂蚱、马蜂变成眉眼蝶和娜巴环蛱蝶，母鸡下孔雀蛋等。这些违背常识的魔幻现象，其荒诞性更多源于事物的异化。

夸张变形指通过极度的夸大而使事物具有超常反应。如《受活》中"绝术团"的瘸子会飞，盲人可以看见颜色，聋子可以听见一根针落地的声音；"绝术团"的九胞女唱歌时，戏院半空中飘着的气球，被她们的嗓音瞬里啪啦穿破了一半；魂魄山的列宁纪念堂建成后，因为伟大的列宁同志的遗体即将到来，魂魄山的气候便由天寒地冻的冬天变成春天，后来又变成夏天。在《情感狱》中主人公连科有一段回溯性叙述也采用了夸张、变形的魔化方式："我去田里锄草，忽见一种奇异，一面坡上，突然间，千千万万，万万千千只野兔从山那边跳跃飞来，铺天盖地……它们跃在空中，那眼和日光相撞，坡上就掠过一道道闪电。它们勾头落地，眼睛躲开太阳，地上就一片黑暗。"《炸裂志》中夸张变形式魔化方式共有21处，大概占整个小说魔化方式总量的22%。比如枣树、柿树和葡萄树患了烟瘾、酒瘾和糖瘾，死了的铁树可以开花，空气污染使鸟在咳嗽中掉落，松树伤口转眼就能发出新芽，被炸裂声惊吓的兔子叫出"天哪"，避孕套里的"小蝌蚪"活过来又死了等。

活化生命指赋予无生命的事物以生命，从而达到魔幻效果。如在《炸裂志》中，课本、案板、发卡、手枪盒、磨盘、石狮等都能开花，痰能生长成杏树，便池里长出盆景等。这种魔化方式在整个《炸裂志》中占12%左右。在《日光流年》中也存在这种魔化方式，比如枯树可以复活，飘落地上的树叶可以重回枝头，大树变成了小树，老年成了中年，锄把可以重回树枝重新发芽，穿破的衣裳都变成新织的布匹，甚至成了棉花和种子。作者在此借助时光倒流赋予无生命的事物以新的生命。

感觉幻化是指由人的幻觉形成的某种神奇现象，比如云幻化成金银、人物，甚至丧葬队伍，人的残肢和血液追着人跑，阳光能拐弯，时间能停滞不前等。此种魔化方式在整个《炸裂志》中约占 17%。

人鬼（神）通灵指的是打破阴阳界限后活人与鬼魂进行对话或信息沟通，也包括打破人神界限后人与神的信息交流与沟通。比如在《日光流年》中，司马蓝的母亲可以和坟墓里的丈夫谈话。《风雅颂》中，杨科到吴德贵坟地并和吴德贵的鬼魂对话。《耙耧山脉》中，村民们常去坟场附近听鬼魂们谈话，第二天还能看到村长坟头上有鬼魂坐过的凹坑。《最后一名女知青》中，张天元死去的母亲能和儿子、儿媳对话。人鬼（神）通灵是阎连科使用较广的一种魔化方式。

阎连科小说中的这些魔化手法，并非随意散乱地存在于小说之中，而是按照不同的功能进行精心的安排处置，承担着不同的叙事功能，共同完成艺术空间建构的任务。阎连科对事物的魔化已经达到随心所欲的程度，这种随意与自由直接影响其小说现实空间与魔幻空间的转换或交融。

二、结构性魔化与装饰性魔化

魔幻叙事空间的形成需要完成结构的搭建和空间的装饰，即必须采用相应的结构策略和装饰技巧，在魔幻叙事过程中恰当地使用魔幻修辞策略。一般而言，魔化的修辞功能有以下几种：结构情节、局部装饰和转换视角等。结构性魔化推动着情节的线性发展和叙事空间的转变，其动力来自超自然的神性。一般而言，赋予神性或人鬼（神）通灵类魔化方式的结构性功能较强。结构性魔化不受小说中人物言行或心理的影响，外在于人物并影响或控制着人物命运。比如《百年孤独》中主人公布恩迪亚在杀死阿吉廖尔后，房间里经常出现阿吉廖尔的幽灵，所以他们不得不离开家乡来到马孔多，开始家族新的历史。此处有关幽灵的魔幻叙事引起了空间的转移和人物命运的变化，因而，有关布恩迪亚的魔幻叙事便具有结构小说情节的功能。又如布恩迪亚在马孔多仍能遇到被自己杀死的阿吉廖尔的阴魂，两个冤家见面后经常整宿聊天，家人认为布恩迪亚患了疯病，他最终被绑在栗树下，从而成为家族中可有可无的人物，布恩迪亚被边缘化，而其儿孙们被推向叙事的中心，此处的魔幻叙事导致了人物命运的改变，因而也具有结构性功能。

　　阎连科作品《日光流年》中三姓村没人能活过 40 岁，这正是施予三姓村人的魔咒，于是解除魔咒成为三姓村人世代奋斗的目标，小说情节围绕解除魔咒而展开。《受活》中受活庄的那些残疾人被施魔而赋予神奇的技能后，才有了组团演出等一系列行为。《丁庄梦》中爷爷的梦境总能对应现实，预示着情节的发展。上述魔幻叙事都具有情节结构功能。在《炸裂志》中，人的魔化来自权力的魔化，而权力的魔化则通过事物的魔化得以表现。比如孔明亮反复念自己被任命为镇长的红头文件，结果枯萎了的文竹花活了，把文件放在铁树旁，三年不死不活的铁树也开花了，把文件伸向蟑螂，蟑螂也登时毙命，更为神奇的是，炸裂天气也因孔明亮成了镇长而改变，大冬天里泡桐也开满了花。这些事物的魔化凸显了其权力的无所不能，并助长了孔明亮愈加贪婪的权力欲望，在他对权力的不断追逐中，炸裂村得以疯狂发展。由此可见，人物权力的魔化起到了结构小说的作用。在此小说第三章"改革元年"中讲述炸裂人同一晚做了同样的梦，后来炸裂人各自的命运都是按照梦中预言发展的，另外老四孔明辉捡到皇历书和小说中多次出现的墙上的钟表，都能对人物的命运进行较为准确的预测与暗示，因而炸裂人的梦、皇历书和钟表等魔幻叙事成为情节发展的重要线索或人物命运走势的预言，在小说中也具有结构性功能。

　　除此以外，阎连科小说中的魔化还具有关联和结构不同叙事空间的作用。比如《天宫图》中的路六命作为鬼魂存在，他生活在"这边"（天宫），但不断地回忆"那边"（人间），而且可以穿越到"那边"，但他回到那边也是以灵魂的形式存在，而不能融合到"那边"去。《最后一名女知青》中张天元母亲的鬼魂的出现不断使叙事视角自由转变，更重要的是把城市与乡村两个时空进行了有效的关联，从而使小说逻辑结构更加严谨，叙事更加自由灵动。

阎连科小说中的非结构性魔化多是对人物心理或时空幻境的描写，它们围绕人物展开，并由人物行动或命运所决定，不可能干预或改变人物命运，它们是魔化因果逻辑链条中的果。它们多通过对客观存在物的魔化达到魔幻效果，这种魔化没有突破原有的叙事空间，被魔化的事物仍然隶属于小说中的环境空间，它们是描写而非叙事。因而那些与表现心理、描写环境或营造氛围相关的魔化并无结构功能，只是增强了小说的魔幻色彩，对叙事空间起着装饰作用，它们属于叙事进程中的闲笔。一般而言，采用功能异化、夸张变形、活化生命和感觉幻化等方式形成的魔化具有非结构性功能，其魔化动因一般为心理外显、环境描写和氛围营造。比如《风雅颂》中，玲珍的棺材周围聚集的蝴蝶这个魔幻片段是为了表达爱情的美好愿望，《丁庄梦》中卖血场所各种树叶由绿变红，《日光流年》中枯树复活、飘落地上的树叶重回枝头、锄把抽枝发芽等魔化情节都是为了烘托环境中特有的神奇、荒诞氛围。《炸裂志》中老三孔明耀面对诱惑他的姑娘时，其脚下长出藤蔓并开出香味浓烈的花朵，他和姑娘走到街角时，废石碾上开出一碾盘的山茶花，路过饭店门口时，门前的一对石狮子，忽然变成一对迎宾的花篮。这些魔幻情节正是孔明耀情欲心理的外化，作者借助孔明耀身边存在的客观事物的魔化来达到心理显现的目的，并没推动或改变情节结构。总之，无论是与人物的心灵外显，还是与环境描写，或是与氛围营造相关的魔化，多是为了增强叙事空间的魔幻色彩，具有很强的空间装饰性。

另外，魔化还有转换叙事视角的功能。阎连科短篇小说《天宫图》中，路六命的灵魂可以在天宫和人间两个时空来回穿梭。路六命在天堂的行踪采用了第三人称叙事视角，而人间的故事则通过路六命灵魂以第一人称的方式讲述出来。这样不但把天宫与人间两个时空进行关联和对比，而且还非常自由灵动地转换这种叙事视角，从而使叙事更加明晰、畅快。

阎连科不但在小说的结构设置上采用了魔化手段，使小说的叙事骨架具有魔幻色彩，从而奠定了叙事的魔幻基调，而且更多采用了非结构性的装饰性魔化，这种魔化叙事策略不仅在小说血肉肌理中注入了魔幻元素，而且丰富了小说魔幻空间的层次感。

三、魔幻空间与现实空间的同质与异质

一般而言，魔幻现实主义作品中的魔幻空间与现实空间多属于两个彼此独立而无法相融的世界。比如莫言《生死疲劳》中西门闹的灵魂可以来往于阳间与阴间，但一旦灵魂转世成为驴、牛、猪、狗、猴或人后，他便与阴间没有了直接关系，且当他在阴间的时候，他与阳间也没有了直接关系，人物的时空穿越不是任意的，两个时空并没有同质化。即使像《百年孤独》这样具有浓厚宗教背景的魔幻现实主义作品，其中的魔幻世界与现实世界也存在异质性特点。《百年孤独》中存在大量人物心理的外显式魔化，但这种魔化多为当事人心理的幻化，这种幻化对于他人而言是不存在或感知不到的。比如小说写奥雷连诺第二和死去的梅尔加德斯之间每天下午都进行对话，有一次，曾祖母乌苏娜走进屋子时，只能听见奥雷连诺第二在说话，她既听不见梅尔加德斯鬼魂的声音也看不见其人，乌苏娜便埋怨说，奥雷连诺第二和曾祖父一样老爱自言自语。又比如布恩迪亚常和死去的阿吉廖尔长夜漫谈，但家人根本感知不到阿吉廖尔，因而布恩迪亚才被当作疯子绑在栗树下。这种人物心理活动的外化方式在《百年孤独》中属于惯用的魔化方法。由于在马孔多世界中魔幻现象仍然被认为是一种神秘，甚至恐惧的非日常存在，因而《百年孤独》中的魔幻空间与现实空间并不能很好地融合统一，二者仍然属于异质空间。当然也有把现实空间与魔幻空间融合得较好的作品，比如阎连科特别推崇的拉美作家胡安·鲁尔福的《佩德罗·巴拉莫》，这部小说被称为"拉丁美洲文学的巅峰小说之一"。作品中主人公在母亲的指引下，前往科马拉寻找父亲佩德罗·巴拉莫，然而巴拉莫已经死亡。自他走进科马拉的那一刻起，他实际上一直在和鬼魂们打交道。作品中的鬼魂与人交流毫无障碍，双方都处于同一时空之中，而且主人公也根本没有意识到与自己交往的是鬼魂。这部小说的现实空间与魔幻空间是高度融合统一的，

按阎连科的说法便是对时空的穿透和运用不落痕迹。① 很明显，阎连科的魔幻叙事深受胡安·鲁尔福的影响，他的魔幻叙事很重视现实空间与魔幻空间之间的关系处理。

阎连科的早期小说更多的是对拉美魔幻手法的模仿与借鉴，魔幻空间与现实空间多存在异质性特点。阎连科认为自己的早期小说，如 1992—1993 年创作的《耙耧山脉》中的亡灵叙事对"人鬼混淆"还处于一个模糊不自觉的状态，到了《风雅颂》创作时，则能比较自觉地掌控人鬼间的"混淆"与"距离"，实际上从模糊到自觉经历了较长时间的磨炼。② 所谓"人鬼"的"混淆"与"距离"，便是现实空间与魔幻空间的同质化与异质化。当魔幻空间局部地介入现实空间时，便造成魔幻空间的越界，但魔幻空间与现实空间仍然存在明显的边界，最终形成的是异质性艺术空间。在《耙耧山脉》中，村人去坟场附近听鬼魂谈话的魔幻场景，尽管消除了"人鬼"的距离，形成魔幻空间与现实空间的同质化，但仍处于无意识创作状态。《天宫图》中的主人公路六命的鬼魂可以自由穿行于"这边"（天宫）和"那边"（人间），但他回到"那边"仍是以灵魂的形式存在，而不能融合到"那边"去，因而魔幻空间与现实空间也处于异质状态。但同一时期创作的长篇小说《最后一名女知青》（1993），对鬼魂叙事的把控显然要自觉和成熟些，张天元的母亲去世后能与张天元和娅梅对话，并且能够在老家张家营子和郑州之间自由往返，虽然鬼魂与活人之间的对话仍以梦境为主，还存在阴阳界线，但已经有少量活人与鬼魂之间的直接交流，一定程度上打破了阴阳界限，形成魔幻空间与现实空间的融合。

阎连科说《最后一名女知青》的创作具有重大意义，因为在这篇小说中他完成了后来几部小说创作的语言和结构的尝试。③ 而魔幻与现实两种空间的同

---

① 阎连科，张学昕：《我的现实我的主义：阎连科文学对话录》，中国人民大学出版社，2011 年版，第 164 页。

② 阎连科，张学昕：《我的现实我的主义：阎连科文学对话录》，中国人民大学出版社，2011 年版，第 137 页。

③ 阎连科，张学昕：《我的现实我的主义：阎连科文学对话录》，中国人民大学出版社，2011 年版，第 89 页。

质化尝试便是他重要的收获之一。在 1998 年发表的《日光流年》中，魔幻空间与现实空间的融合得到进一步加强，三姓村活不过 40 岁的魔咒活生生发生在现实之中；司马蓝的母亲可以和坟墓里的丈夫谈话，且司马蓝既能听见也能看见，人鬼交流不再是个别人的幻觉，而是真实事件，因此魔幻空间与现实空间的边界消失，达到了统一融合。到《风雅颂》创作时，阎连科对魔幻与现实异质空间的"融合"处理变得自觉，其中有两处魔幻情节，一是杨科到坟地与吴德贵的鬼魂对话，二是玲珍死亡后成群的蝴蝶聚集到其棺材周围，这两处魔幻情节的阴阳界线已经打破，完全按照作者内在真实进行自由叙写，这表明作者对魔幻叙事的掌控愈加成熟。

而在 2013 年出版的《炸裂志》中，阎连科则完全自觉地实现了魔幻空间与现实空间的统一，真正达到两种异质空间的"融合"。《炸裂志》中的魔幻已经成为炸裂人习以为常的"真实"。小说中与心理、环境或氛围等相关的装饰性魔化，都是通过赋予客观事物某种魔幻特质来完成的。比如小说在表现孔明耀志得意满时有这样的描写："腊月寒冬，军营里皑皑白雪，可所有军营里的树、墙壁和训练场的军械设施上，那一天都盛开着红的花朵、黄的花朵和紫褐色的各种花。"[1] 又如在孔明辉去请大嫂回家的路上有如下环境描写："他走在路沿上，看见从公路上腾起的灰尘把一棵树像坟墓一样埋着了。看见从空中飞起的鸟，因为咳嗽从空中掉下来。还看见路边哪个村庄的小麦地，因为飞起的灰尘把小麦苗都从地面又呛回到了田地里。"[2] 因此各种装饰性魔化的魔幻元素仅仅附着于这些现实客观存在物，并成为其某种属性，魔幻现象被炸裂人当成"真实"而普遍认同与接受，它们并没有溢出现实空间，也不存在与现实空间异质的魔幻空间。同样，在结构性魔化中，如孔明亮等人的权力魔化、炸裂人同时呈现相同的梦境、皇历书对人命运的预测等，同样都是发生在现实空间中，而成为炸裂人的日常生活的一部分。孔明亮由村长升为镇长后，权力的扩大使泡桐在大冬天里满树开花，程菁见后惊叹道："天！大冬天泡桐开花了，刚才还是满

---

① 阎连科：《炸裂志》，上海文艺出版社，2013 年版，第 217 页。
② 阎连科：《炸裂志》，上海文艺出版社，2013 年版，第 290 页。

树枯枝呢。"大嫂拿着孔明亮签字的纸，同样能呼风唤雨改变天气。孔明亮在其母死后，在北京签字下文让炸裂的天气好转，于是大冬天里人们暖和得直想脱棉衣。孔明亮、孔明耀和程菁等人的权力所带来的魔幻是任何炸裂人都能真切感知到的，因而炸裂的魔幻空间与现实空间仍然属于同质空间。魔化与现实两种空间的同质化处理，对炸裂人权欲膨胀和权力膜拜进行了有力而深刻的批判。

在魔幻现实主义作品中，一般都存在对魔幻现象的怀疑者、旁观者或审视者，他们不属于魔幻空间，他们生活在现实层面的日常空间之中，是魔幻空间的他者。即使像胡安·鲁尔福的《佩德罗·巴拉莫》这样魔幻现实主义的典范之作，尽管主人公与鬼魂见面和在现实世界一样，但随后总会有别的鬼魂告诉他先前见到的人已经去世多年，因而其魔幻空间与现实空间属于阶段性的同质化，缺少一以贯之的同质化"融合"空间。就中国作家而言，贾平凹的《怀念狼》魔幻色彩非常浓厚，其中有狼幻化成老人、小孩、女人、青年或猪，来迷惑人们等魔幻情节，但这些幻化只是被当成现实生活中的神奇现象存在，并非日常生活事件，它们仍可被视为日常中他者或异在之物，其魔幻空间与现实空间仍存在异质性。扎西达娃的小说更多是从宗教的角度形成魔幻，比如生死轮回、修行变身等，这些对于宗教信仰者而言，或许是较易接受的"常识"，但对于世俗人们而言，则是一种非日常的现象，魔幻空间与现实空间仍没能完全融合。陈忠实《白鹿原》中的鬼魂作祟，但鬼魂却没有直接出现在现实生活中，而只是以梦境暗示或仅仅是人们的迷信似的猜测，因而鬼魂仍然属于现实空间中的他者而存在于魔幻空间之中。当然，中国当代小说中亦有两种异质空间交相统一的魔幻叙事，尽管并不多见。比如莫言的《丰乳肥臀》中描写一个游击队司令肩膀被日军骑兵削下了一块肉，这片肉在地上像青蛙一样跳入草丛，司令迅速捉住它并将其摔死，然后又将其重新裹在肩膀上。此处的魔幻与现实处于同一时空中，但这种魔幻叙事只是《丰乳肥臀》中的零星片段，从小说整体而言，它仍然是魔幻空间对现实空间的局部"越界"。

阎连科作品中不仅存在较多魔幻空间与现实空间的局部同质现象，而且还存在两种异质空间整体上交融统一的现象，这也正是阎连科魔幻诗学的独特之处。《炸裂志》属于魔幻空间与现实空间整体"融合"统一的典型。阎连科在塑造此小说的人物形象时采用了普遍魔化的方式，即在孔明亮、孔明耀、孔东德、孔明光、孔明辉、朱颖、蔡琴芳及程菁等主要人物身上都普遍存在的魔幻现象。在炸裂人眼中，魔幻完全就是正常的存在，即便有的炸裂人最初有所疑惑，但强大的反伦理的非正常力量最终取得了绝对的优势。孔明亮与朱颖不断刺激并满足炸裂人的欲望，使炸裂人欣然认同并臣服于权力与美色共同建构起来的极度膨胀的如梦似幻的炸裂世界。因此，《炸裂志》中缺少对魔幻现象的怀疑者或旁观者。虽然孔明辉曾对孔明亮的魔幻行为持有疑问，但他并不怀疑魔幻现象。孔明辉当民政局局长时收的礼品多得堆到院子里，其中的烟顶到树枝后把树叶都熏黄了，树因此有了烟瘾，孔明辉便每天剥一包香烟撒在树下以防树死去，可见他对魔幻现象深信不疑。而且当孔明辉得到皇历书后，最终陷入宿命的神示之中，完全把那些超常的神奇现象当成真实。因而《炸裂志》中并不存在作为审视魔幻的旁观者或怀疑者，对炸裂人而言，他们的时空只有一个，不存在现实空间和魔幻空间的分离，二者是统一相融的。

　　一般而言，具有魔幻现实主义色彩的小说，其中的人物对魔幻现象的信服和认同，要么源于宗教信仰或神话传说，如马尔克斯《百年孤独》中的马孔多人受到印第安神话传说影响而产生了对神灵的信仰，他们相信灵魂存在，因而对魔幻现象并不惊奇；要么源于对神秘力量的崇拜或恐惧，如阎连科《日光流年》中三姓村人因无法躲避不治之症——"喉堵症"而对其深感恐惧；要么源于巫术迷信，如韩少功《爸爸爸》中的鸡头寨人；要么源于人的感觉幻化，如莫言《透明的红萝卜》《蛙》等小说，通过赋予万物以某种灵性形成感觉的魔幻。炸裂人之所以认同魔幻现象并视之为日常真实，其思想根源既非宗教信仰，也非迷信思想，既非对神秘力量的崇拜或恐惧，也非纯感觉幻化而形成魔幻，而是源于炸裂人对物质和权力的极度崇拜。实际上，炸裂人建立了一种新的"信仰"，即对金钱和权力的狂热崇拜，他们深信金钱万能，金钱与权力凌驾并主宰一切，任何神奇怪诞的现象不过都是金钱与权力巨大威力的展示而已。于是炸裂人在这种"信仰"的驱动下不断制造魔幻、参与魔幻，把魔幻日常化，把日常魔幻化。也正是这种新的"信仰"，使炸裂人的魔幻空间与现实空间实现融合，而阎连科正是巧妙地利用魔化空间与现实空间"融合"的同质化，完成《炸裂志》的寓言式书写。

四、魔化叙事下的乡愁与乌托邦抒写

阎连科试图通过对魔幻空间和现实空间之间距离的有效掌控，以揭示乡土社会的生存本相，并表达重建乡土伦理秩序和乡土文化生态的乌托邦冲动。阎连科继承了 20 世纪 20 年代乡土作家如鲁迅、许杰、许钦文、塞先艾等人的乡土批判精神，其作品呈现出浓郁的现代乡愁意识。五四运动以来的现代乡愁不再是单纯的怀乡、念乡或思念亲人，更多是现代工业对乡土侵蚀破坏而形成灵魂无所归依的文化乡愁。对于乡土现实，阎连科更多揭示的是其中较为落后与丑陋的一面，当别人在展示乡土生活的欢腾热闹和青山绿水时，他却更多展示乡土社会的荒凉、死寂与死亡后的沉默。[①] 他喜欢绕道于欢腾热闹和田园诗意的背面，探寻被生活表象或思维定式所遮蔽的，可能被视为荒诞或神秘的真实。他称这种呈现真实的写作方法为"神实主义"，即通过寓言、象征、魔幻等手法，摒弃现实生活的表层逻辑，探寻那些"看不见"的、被生活表象所掩盖的真实。[②] 魔幻叙事正是他呈现被遮蔽的真实的重要艺术手段，他力图通过"神的桥梁"抵达"实的彼岸"，揭示现实主义无法揭示的"新的真实"，照亮现实主义无法照亮的那些幽深之处。[③] 他也就是要写出乡土世界的内心，抵达乡土社会的本质。

阎连科魔幻叙事中的魔幻的"真实性"有两层内涵。第一层是写实性魔幻，即对现实生活中真实存在过的，具有魔幻或神秘色彩的现象的叙写。比如

---

① 阎连科，张学昕：《我的现实我的主义：阎连科文学对话录》，中国人民大学出版社，2011 年版，第 68 – 69 页。

② 阎连科：《发现小说》，人民文学出版社，2014 年版，第 154 页。

③ 阎连科，张学昕：《我的现实我的主义：阎连科文学对话录》，中国人民大学出版社，2011 年版，第 213 页。

《风雅颂》写天寒地冻时节，玲珍棺材周围聚集了成群的蝴蝶，此魔幻情节源自阎连科的亲身经历：阎连科堂弟在 20 岁时上吊自杀了，家里为其配了阴婚，但由于不到 40 岁，所以不能入祖坟，后来伯父去世，安葬伯父时也顺便为堂弟举办阴婚并迁入祖坟，此时正值寒冬时节，但奇迹出现了，其堂弟"夫妻"二人的棺材上落满了蝴蝶，十分钟后，所有的蝴蝶都消失殆尽，人们皆为大雪天里出现的这一大群蝴蝶感到惊奇不已。① 后来阎连科把这个神奇的事件写到了《风雅颂》中。不过阎连科作品中这种具有写实性或实录性的魔幻比例较小，更多是为了揭示"荒诞事物内在的合理性"或"混乱的表面下存在自有的秩序"② 的虚构性魔幻。"荒诞事物内在的合理性"，即符合事物内在逻辑的必然会发生的"真实"，这便是魔幻"真实性"的第二层内涵。比如《受活》中柳县长购买列宁遗体的疯狂举动实际上是现实社会中存在的某些心理，《炸裂志》中孔明亮、孔明耀等人权力带来的荒诞与神奇，恰恰是现实社会权力崇拜和膨胀的镜像式书写。正是对被遮蔽的乡土真实从不同层面进行揭示，魔幻才成为阎连科表达乡愁情感或乡土忧患意识的独特而有效的叙事方法。

无论是结构性魔化还是装饰性魔化，也无论是魔幻空间对现实空间的"越界"还是两者"融合"统一，它们都是阎连科书写乡土忧患意识的叙事策略或表意手段。在全球化语境中，乡土忧患意识或乡愁理念作为一个情感乌托邦的核心概念，成为抵御现代化进程中的重要文化依托。③ 阎连科的乡愁叙写更多表达的是孤独而荒寒的生存本相，但他所有的文本背后都存在重建乡土伦理秩序的乌托邦冲动。其乌托邦世界常常借助魔幻叙事来构建，阎连科巧妙地采用具有结构性或装饰性的魔化修辞策略，让魔幻空间介入现实空间之中，从而形成同质性或异质性的叙事空间。一般而言，文本中的异质性空间能形成较强的

---

① 阎连科，张学昕：《我的现实我的主义：阎连科文学对话录》，中国人民大学出版社，2011 年版，第 35—36 页。

② 阎连科，张学昕：《我的现实我的主义：阎连科文学对话录》，中国人民大学出版社，2011 年版，第 18 页。

③ 古世仓．乡愁乌托邦：《1920 年代乡土小说的情感结构》，《烟台大学学报》（哲学社会科学版）2018 年第 4 期。

叙事张力，强化矛盾双方的紧张度，形成鲜明的是非判断或褒贬倾向，最终为建构作者理想的乌托邦世界服务。如《天宫图》中，"这边"（天宫）和"那边"（人间）形成极有张力的美丑两个世界，在批判现实世界的同时，传达出鲜明的乌托邦诗性冲动。文本中魔幻空间与现实空间的同质化则有两种不同的叙事效果：当魔幻内容符合作者认同的正面价值观念时，则强化了这种认同感或美好的愿望，如《受活》中完全是残疾人生活的受活村、《风雅颂》中杨科等人组建的"诗经"古城市。《最后一名女知青》中张天元母亲所说"那边"（灵魂居住之地）等，这些与现实空间同质化的魔化空间，有着自由无拘、美好幸福的特征，它们是作者在小说文本中建构的乌托邦世界。当魔幻内容属于作者否定的对象时，则强化了其荒诞性，增强了批判色彩。如《受活》中的柳县长能干预天气，柳县长还制订了购买列宁遗体的计划等荒诞情节，都是对其私欲和权力极度膨胀的深刻批判。而《炸裂志》中魔幻空间与现实空间是完全同质的，这个同质的叙事空间，尽管对炸裂人而言是真实存在的，不具有荒诞神秘性，但对于读者而言，则完全是魔幻而荒诞的，这种荒诞性正是对炸裂人认同的现实世界的解构。可以这样说，否定性魔幻叙事具有反乌托邦特点，而反乌托邦叙事的目的最终仍然指向作者理想的乌托邦世界的建构，并以此抵御现代化进程中人性的沉沦与堕落。

阎连科魔幻叙事空间的"越界"与"融合"是相互补充与增色的空间建构手段，也是组成其独特的魔幻诗学体系的核心要素。而叙事空间从"越界"到"融合"的演变，既体现了其逐渐摆脱模仿借鉴而追求自我创化的艺术探索精神，也展现了其回归传统、吸纳古今和融通中外的艺术胆魄与抱负。阎连科的魔幻诗学与传统志怪小说、神话叙事、神魔叙事、传奇叙事等的复杂关系属于另外的话题，在此不再展开。

（本文原载于《宁夏大学学报（人文社会科学版）》2021 年第 3 期，收入本书有增改）

论阎连科小说的文类叠加及其意蕴生成

跨文类写作是文学形式变革与创新的一种路径。纵观中国文学发展史，文类融合一直存在，尤其是诗歌向小说、散文和戏剧的渗透融合特别显著。20世纪90年代文类融合在创作实践中兴盛起来，21世纪以来不少作家在跨文类写作方面有着骄人的成绩，如莫言的《生死疲劳》《檀香刑》《蛙》、贾平凹的《秦腔》、阎连科的《风雅颂》《炸裂志》、史铁生的《我的丁一之旅》、孙惠芬的《上塘书》、林那北的《浦之上》、林白的《妇女闲聊录》等，都具有鲜明的文类融合特征。值得注意的是，文类与文体属于内涵不同的两个概念，文体包括文类（体裁）、语体和风格等方面①，本文只讨论跨文类写作。跨文类写作有几种不同的类型：第一种是文类的杂糅，即甲文类中局部地插入了其他文类形式，有人称为"文备众体"②，其他文类并不融入甲文类，只是插入甲文类之中，插入的文类仍然保留着自身独立性。比如莫言的《檀香刑》中插入地方戏曲"猫腔"，林那北的《浦之上》穿插使用了书摘和口述等实用文体，刘恪的《城与市》把日记、随笔、散文诗、诗剧、笔记、诗歌和考证等文类糅合在一起。第二种是文类的融合，即一种文类吸收并兼具别的文类特征，但这不再是几种文体的杂糅，而是跨越单一文体边界，充分吸收借鉴其他文体的长处，融汇多种表现体式，并在众多文类中确定一个主导性文类，让读者感觉到明确不致混淆的文体特征③。第三种（几种）文类融入并从属另一种主导性文类后，

① 童庆炳：《中国古代文体论述要》，《东方丛刊》1992年第4期。
② 林荣松：《传统的认同与超越》，《晋阳学刊》1995年第6期。
③ 高瑞春、李莉：《〈红楼梦〉的跨文体写作方式》，《曲靖师范学院学报（社会科学版)》2005年第1期。

自身文类形式便不再独立存在，只在主导性文类中表现出相应的文类特征。比如沈从文的《边城》是诗歌融入小说，鲁迅的《野草》是诗歌融入散文，李晓桦的《蓝色高地》是小说融入诗歌。第四种是文类的叠加，有人称之为"复数归类"①，作品可以同属于两种或两种以上的文类，既可以归为甲文类，也可以归为乙甚至丙文类。这种跨文类写作可以看作文类融合的一种特殊形式，即两种文类相互渗透融合的时候，没有主从关系，而是整个文本从头至尾都体现出两种文类的互渗互融。正如陈军所言："作品整体而非局部策略上同时可以归属不同文类，从而构成一种跨文类写作的现象。"② 比如鲁迅的《狂人日记》是小说与日记的叠加，靳凡的《公开的情书》是书信与小说的叠加，韩少功的《马桥词典》是词典与小说的叠加，阎连科的《炸裂志》是志书与小说的叠加。本文将以《炸裂志》为中心，分析阎连科小说的跨文类写作。

一、超越：从杂糅到融合再到叠加

阎连科有很强的文体意识，他非常重视文体创新。《受活》《炸裂志》《坚硬如水》《情感狱》《风雅颂》等都体现出其较强的文体创新意识。他说："我以为我的形式是我说的插入现实的文学楔子，是我踏入现实的途径。没有这样的楔子，这样新的途径，我将无法进入现实。"③ 因而，文体不仅具有规范和结构的功能，而且还与内容与意义等紧密相关，文体参与了文本思想的建构。正如阎连科自己所言，文体创新不仅可以使故事产生新意，而且文体本身作为形式在写作中也化作了内容。④ 阎连科在小说创作中不断超越自己，自觉地进行跨文类写作实践，其创作经历了文类的杂糅、融合到叠加的发展过程。

阎连科跨文类写作的类型是多样化的，其早期小说中文类杂糅现象较多。在《情感狱》第 2 章第 16 节中有民歌，第 6 章第 9 节和第 20 节采用语录体；

---

① 陈军：《"跨文类写作"现象批判》，《江苏社会科学》2008 年第 3 期。
② 陈军：《"跨文类写作"现象批判》，《江苏社会科学》2008 年第 3 期。
③ 阎连科，张学昕：《我的现实我的主义》，中国人民大学出版社，2010 年版，第 164 页。
④ 阎连科，张学昕：《我的现实我的主义》，中国人民大学出版社，2010 年版，第 122 页。

《最后一名女知青》第 16 节、第 49 节采用话剧形式，第 23 节插入了歌谣；《风雅颂》叙事中插入少量诗歌，也形成文类杂糅；《日光流年》在第 4 卷中每章开始引用《圣经》中的一段话来与该章内容形成互文关系，有人称这种现象为平行文体①，《圣经》是一种宗教文体，但这类宗教文字只是作为正文的题记出现的，虽然与正文具有互文关系，但其小说体式特点和独立性都非常明显，因而不属于文类融合，仍是一种文类杂糅现象。阎连科的文类杂糅更多是因为内容的需要而插入某种文类，比如《日光流年》中插入《圣经》相关文字作为题记，是为了以互文的形式展示三姓村人遭遇的苦难、残酷的生存环境，以及人性的卑劣与崇高等生存本相。又如在《坚硬如水》中，作者把书信、图表、研究报告、检举材料、留言条、诗歌、散文、标语口号、锦言、语录和话剧等都杂糅于小说中，使得心应手的文体调度与狂欢式的革命话语相得益彰，把义正词严的"正义"与人性的邪恶进行并置，营造出一种夸张而荒诞的艺术效果，强化了小说的批判与反思力度。

《日光流年》和《受活》采用了注释（《受活》中称作"絮语"）的形式对小说内容进行补充说明，古代的注释分类很细，包括注、释、传、笺、疏、章句等，但无论古今，注释作为解释或补充说明书籍文章的文字一般是不能独立成一种文类的，它们必须依附于某种文类文本，所以严格而言，注释在《日光流年》和《受活》中虽成为正文主体部分，但依然不应该作为一种文类对待，也不属于文类融合。注释在以往的小说作品中也偶有使用，只是阎连科让从前处于依附地位的注释上升到了主体地位，同时也具有了结构性功能。因此，笔者认为《日光流年》和《受活》的注释可以看作小说文体内部的结构性调整，属于小说内在结构中的越位升级，当然这也是一种文体的创新，只不过是小说文体内部的创新。且被人讨论较多的《日光流年》中的"索源体"也只是小说的结构形式之一，同样属于小说文体内部的创新，不能作为一种文类对待。

张学昕认为《丁庄梦》是文体融合的代表，阎连科自己也说《丁庄梦》是

---

① 刘保亮：《论〈日光流年〉小说文体的意蕴》，《湖南科技学院学报》2005 年第 3 期。

自己对文体考虑比较成熟的作品①，不过《丁庄梦》中的"梦"只是一种现实与梦境交错叙事的结构方法，不能作为一种文类来对待，也谈不上文类的杂糅与融合。但《丁庄梦》对阎连科的创作具有转折性意义，这部作品实现了结构形式与小说内容的融合，消除了形式创新过程中的生硬②，且直接影响到后来的创作，其后来的《风雅颂》《炸裂志》《日熄》等作品，文类融合便显得更加自然和成熟。

阎连科作品中真正实现文类融合是从《风雅颂》开始的。《风雅颂》选用了《诗经》中的篇目名作为章节的名称来结构小说，而且每节还有对《诗经》某些篇目意义的解释，这种解释也和小说内容形成互文关系，只不过是一种反义的互文现象。作者"故意让《诗经》本意与作品自身文本形成对立，制造刻意喧哗的效果，具有反讽的意味"③。因此，无论是形式还是内容，《诗经》篇目和诗意皆和小说正文融为一体，但即使这样，小说只是借用了《诗经》的体例来结构小说，借用了其中的诗意来反讽现实，《诗经》中各种元素的融入并没有使这部小说成为类《诗经》体或诗歌体，因而《风雅颂》不属于文类的叠加，而是文类的融合。当然，《风雅颂》在文类融合的同时也采用了文类杂糅的方式，这种文类综合性的创造性应用在阎连科其他作品中也存在。

阎连科小说中属于文类叠加的代表作品是《炸裂志》。小说采用了志书的编排方式，其中包括附篇、舆地沿革、改革元年、改革人物篇、政权、传统习俗、自然篇、综合经济、深层变革、新时代较量、国防事宜、后军工时代、新家族人物、舆地大沿革和尾声，每部分下一层级结构同样按照志书形式编排。它是一部记载炸裂村从一个穷山村爆发式地发展成为一个国际大都市的地方志。但这部志书内容的荒诞性，叙事者在附篇中的自我否定、调侃与身份透露，以及尾声中通过叙事声音透露出来的言外之意等，皆把文本引向虚构之境，因而从整体上看，它又是一部虚构性文学作品——小说，也即《炸裂志》首先是小

---

① 阎连科，张学昕：《我的现实我的主义》，中国人民大学出版社，2010 年版，第 139 页。
② 阎连科，张学昕：《我的现实我的主义》，中国人民大学出版社，2010 年版，第 139 – 140 页。
③ 阚海阳：《阎连科小说〈风雅颂〉对〈诗经〉元素的应用和变异》，《名作欣赏》2016 年第 27 期。

说与志书两种文类叠加而成的作品。《炸裂志》在对文类进行叠加时，还采用了中国套盒式的结构形式和魔幻叙事方式，赋予了小说复杂的文体意义，并使小说成为寓言体小说，从而实现了小说、志书和寓言三种文体的融合。《炸裂志》在跨文类写作方面具有很高的艺术水准，它标志着阎连科跨文类写作达到一个新的高度。

二、张力：双重叙事视角下的荒诞与真实

志书体小说本身存在一种叙事悖论，即志书的真实性诉求和小说的虚构性诉求要在同一文本中融合统一，这对作者来说是极具挑战性的。阎连科在《炸裂志》中采用中国套盒式的结构方法和魔幻叙事策略，成功地使志书与小说两种文类融合叠加在一起，实现了其跨文体写作的突破。

《炸裂志》开篇第1章为附篇，交代志书的主笔导言、编委会名单、编撰大事记，最后一章为尾声，交代志书完成后的遭遇，中间是志书的主体部分。由于附篇、尾声与主体间结构关系是松散的，去掉它们也不影响主体部分成为一个独立而完整的故事。附篇和尾声虽也讲述了一个故事，即志书的成书与影响，但这个故事始终是以志书主体为前提，它们不能脱离志书主体而独立。附篇、尾声和主体构成一个"大故事"，相对而言，与主体相关的故事就属于"小故事"。这便形成中国套盒式的结构，"大故事"为外层"套盒"，"小故事"为里层"套盒"。小说或志书都可以采用这种以大套小的套盒模式，就结构模式而言，二者的融合叠加是具有可能性的，但真正要把二者融为一体还必须依赖相应的叙事策略。

《炸裂志》首先是作为小说文本进行叙写的，只是借用了志书形式来结构小说。作为小说文本便存在叙事者、隐含作者和真实作者等不同的叙事主体。而大故事套小故事的结构模式，使文本的叙事主体变得比较复杂。附篇和尾声的叙事者为主笔，是第一重叙事者，采用了第一人称叙事视角。主笔以"阎连科"自称，实际上是真实作者阎连科的替代性叙事者。第一重叙事者主笔还有

其对应的隐含作者，隐含作者是真实作者将不喜欢的自己抹去后的一个变体①，与主笔对应的隐含作者为第一重隐含作者（以下称外层隐含作者）。处于里层"套盒"之中的志书主体的叙事者为第二重叙事者（以下称里层叙事者），讲述的是炸裂村如何由小山村发展成国际大都市的"小故事"，采取了第三人称叙事。其对应的真实作者为处于外层"套盒"中的主笔，其对应的隐含作者是志书主体的真实作者主笔的一个变体，志书主体的隐含作者为第二重隐含作者（以下称里层隐含作者）。

　　隐含作者决定了叙事者的叙事动机及其伦理倾向，也决定了小说的叙事形态。② 作为外层"套盒"中的叙事者即主笔在"附篇"中向读者道出撰写《炸裂志》的真相是为了赚巨额的稿费，有了这笔稿费便有房、有车和有名誉地位，并坦承"我确实需要那笔钱，就像有太多男性荷尔蒙的人需要女人样"，并向读者承认自己这些欲望都是"摆在阳光下"的"龌龊"，所以读者中的任何人"都可以站在贞节牌坊的高台上，手揽清风，头顶阳光，骂我是个婊子、娼妓和最没有骨性气节的小说家……"一方面主笔坦诚地表明自己出于本性的对金钱的热爱，另一方面又对这种金钱至上的伦理观持有怀疑，因而试图请求读者原谅，但同时又认为不可能获得读者的原谅而愿意承受各种恶毒的骂名。恰恰是主笔的这些自我质疑与否定的叙述提醒或增强了读者对其叙事伦理的质疑。里蒙·凯南认为，当读者有理由质疑故事的讲述方式和/或评论方式时，那么这种叙事便是不可靠叙事，而叙事者则是不可靠叙事者。③ 不可靠叙事者是不按照隐含作者的规范或意图说话或行动的人④。很显然，《炸裂志》中作为志书的主笔属于不可靠叙事者，其金钱至上的伦理观便与外层隐含作者的伦理观产生了矛盾冲突。当叙事者的价值观与隐含作者的价值观不同时，前者是值得质疑的。而志书的最大特点是实录，因此处于里层"套盒"中的志书文本的叙事者、隐含作者及外层"套盒"中的真实作者主笔，都是以客观真实为基础的，即以主

① 申丹、马海良：《当代叙事理论指南》，北京大学出版社，2007 年版，第 66－67 页。
② 申丹、马海良：《当代叙事理论指南》，北京大学出版社，2007 年版，第 67 页。
③ 申丹、马海良：《当代叙事理论指南》，北京大学出版社，2007 年版，第 86 页。
④ 申丹、马海良：《当代叙事理论指南》，北京大学出版社，2007 年版，第 8 页。

笔所在社会的现实生活（炸裂村真实社会生活）为基础，力图忠实地记录炸裂村由贫穷的小山村迅速裂变发展为国际大都市的过程，因而里层叙事者与里层隐含作者和真实作者主笔之间的叙事意图是一致的。但当外层叙事者主笔是不可靠叙事者时，里层叙事者与隐含作者的叙事意图也随之成为不可靠叙事者，这样它们讲述的炸裂故事的"真实"性便遭到质疑与否定，故事便呈现出一种荒诞的"真实"性，这样志书的实录便被虚化了，志书也被小说化了。

另外，外层叙事者主笔接受炸裂市政府的邀请编写《炸裂志》，目的是要为在短短三年间由小山村发展到大都市的炸裂树碑立传，为孔明亮等英雄人物和其他炸裂人民歌功颂德。但在实际志书的撰写过程中，外层叙事者主笔却融入了自己的个性，背离了实录的志书原则，对炸裂现实进行了篡改。最明显的例子就是志书主体故事中的孔明亮被弟弟杀死了，这与真实的炸裂社会中孔市长还活着的现实不符，叙事者主笔正是通过某些情节的改变从而改变了歌颂的初衷，转而叙述炸裂市最终在贪婪与狂妄中毁灭。于是在志书的尾声部分有如下情节：市长孔明亮将《炸裂志》初稿付之一炬，全市民众还爆发了前所未有的抗史（《炸裂志》志书）大潮，作者被驱逐出炸裂市。也就是说，外层隐含作者驱使外层叙事者不断干预里层叙事者的叙事，改变志书文本的实录原则，使本应属于实录的志书文本趋同于小说文本。

除了通过"套盒"中外层和里层不同的叙事视角的巧妙处理使志书小说化，阎连科还使用魔幻叙事使志书的主体部分显得荒诞不经，从而使志书文本呈现出小说的虚构性特点。《炸裂志》的外层隐含作者既规范了外层叙事者也规范了里层叙事者的叙事意图和叙事形态。在具体的叙事过程中，外层隐含作者规范和影响着里层叙事者不断采用魔幻的手法来展示炸裂社会的荒诞，以达到批判现实的目的，因而情节越是荒诞就越符合其叙事意图。但作为里层"套盒"中的里层叙事者及其隐含作者却要维护志书的真实性，因而他们便不断对炸裂文本世界进行祛魔，使魔幻世界与现实世界相交融，使魔幻日常化并成为炸裂社会中的"真实"，以增强炸裂世界的真实性。于是外层隐含作者的魔化动机与里层叙事者（含隐含作者，以下同）的祛魔动机形成冲突，二者之间形成极强的悖论和张力。但这种悖论冲突中又存在和谐统一，因为外层叙事者（含外层隐含作者，以下同）越是凸显炸裂社会的荒诞性，便越符合里层叙事者的叙事意图，里层叙事者越是强化炸裂社会的真实性，便越符合外层叙事者的叙事意图。正如阎连科自己所说，"越真实越荒诞，越荒诞越真实"①，正是魔幻手法的使用让不同层级的叙事动机达成统一，也使得小说文本与志书文本得以紧密地叠加，相融为一体。

由上可知，《炸裂志》采用"中国套盒"式结构和魔幻叙事所产生的双重叙事视角，不仅增强了小说的叙事悖论与张力，使文本具有很强的反讽色彩和批判精神，同时也使志书与小说两种文类在荒诞与真实的相互排斥与相互吸引的作用下更加有效地融为有机的统一体。

三、寓言：阅读中的间离效果

《炸裂志》既叠加融合了志书与小说两种文体，还融合叠加了寓言文体。可以把小说与寓言两种文体叠加融合后形成的新文体称为寓言体小说。寓言体小说从小说角度看是小说，从寓言角度看则是寓言，它仍然具有寓言的基本特点，比如情节的离奇性和假定性、人物性格单一且有符号化倾向，叙事者有意让读者与故事情节保持距离，形成间离效果②，而且整个文本具有较强的象征色彩。下面就《炸裂志》的寓言性进行分析。

就情节而言，《炸裂志》讲述了一个小小的炸裂村竟然依靠偷窃和出卖肉体便能在短短几年中发展成为直辖市，作者采用魔幻的手法使文本形成一种奇特而荒诞的艺术效果。故事情节的奇特荒诞性决定了其假定性和虚构性特征。假定性"不仅是对生活现象的集中、提炼、夸大、改装，而且可以违反客观世界生命存在和行动的方式"③。炸裂世界中的人物都是夸张变形的，人物皆因魔

① 阎连科、张学昕：《我的现实我的主义》，中国人民大学出版社，2010 年版，第 143 页。
② 林焱：《寓言体小说》，《小说评论》1988 年第 2 期。
③ 林焱：《寓言体小说》，《小说评论》1988 年第 2 期。

化而与现实世界的"生命存在和行动方式"相违背，因此具有很强的假定性寓言化特点。

就《炸裂志》中的人物而言，无论是孔明亮、孔明耀，还是朱颖，其性格较为固定。孔明亮一直是迷恋权力和善于钻营的，朱颖则是工于心计和善于忍耐的，孔明耀的思想一向是激进"左"倾的。《炸裂志》中的人物命运都是注定了的，小说第二章便写到炸裂村人同时按照梦中老者的指点，都到大街上往前走，他们在同一天晚上都碰到了决定各自命运的事物，因而《炸裂志》中的人物的命运在一开始便被设定了，命运的设定也就决定了人物性格的稳定单一和符号化特点。

小说《炸裂志》的寓言特色还表现在其具有极强的象征性。"炸裂"作为小说的关键词，本身就蕴含了丰富的象征内涵。首先是小说从个体层面讲述炸裂人的本能欲望"炸裂"式的膨胀。炸裂社会中的每个个体为了满足自我的私欲可以置道德伦理、国家法纪于不顾，不择手段疯狂地攫取钱财，从而导致一个社会正常的道德伦理、法律秩序惨遭破坏，最终导致炸裂市的毁灭。这恰恰是对现代社会中个体欲望无限膨胀的象征性表达。其次是从社会层面讲述炸裂如何以男盗女娼的方式获得核裂变式的发展，最终又因过度的欲望膨胀而快速走向衰颓和毁灭。这种爆炸式的发展与自我毁灭正是现代社会物质欲望极速膨胀而精神道德极度贫乏所造成的灾难式后果的象征性叙写。最后是小说从人类发展层面讲述了权与性作为社会发展的原始驱动力及其极度膨胀的恶果。炸裂世界中权力与性都被极端化了，比如对孔明亮权力的神化，他能随心所欲地驱使环境，为所欲为地改变自然，孔明耀率领的军队无往而不胜，能在三天之内改变世界，扭转乾坤，朱颖也能用女色攻陷任何伦理道德甚至法律的堡垒，也能通过女色控制权力而干预世界。极端狂妄的炸裂人无视自然与历史规律的存在，最终都落得了自掘坟墓的悲惨结局，这正是作者基于人类历史的哲理性思考和象征性抒写。

作品中的象征性内涵是读者依靠理性思维获得的，为了使读者保持理性思维，必须使读者与小说文本世界之间保持间离状态。为了获取这种间离效果，小说采用了反讽和"画外音"两种叙事方式。由于《炸裂志》外层叙事者即主笔与外层隐含作者之间的叙事伦理与价值观的明显不一致，当二者在伦理与价值观发生冲突时，外层叙事者是不可靠叙事者，其价值观与伦理观是被否定的对象。而志书文本叙事伦理与志书文本的真实作者主笔（外层叙事者）的叙事伦理相一致，因而志书文本的叙事伦理也成为被质疑的对象。这样便形成一种反讽的修辞效果，志书文本越显真实，其反讽性就越强，这正是小说的叙事悖论与张力的表现。这样，读者在进入志书主体阅读之前，便形成一种先入为主的阅读心理，即主笔的叙事是不可靠的，炸裂社会只是一个假定的世界，这样使读者与文本世界保持了一定的距离，形成间离效果。另外，在《炸裂志》中，由于第一重叙事者志书主笔不断以导言穿插于"小故事"（炸裂故事）之中，不断提醒并引导读者阅读，这相对于炸裂故事而言是一种"画外音"，其目的是要让读者相信炸裂故事的真实性，但实际效果却恰恰相反，主笔这种引导反而让读者始终保持着一种局外人的阅读心理，不容易融入故事世界之中，这种提示性"画外音"恰恰使读者与文本世界产生了间离效果，这种间离正是寓言体小说让读者保持阅读理性的必要手段。

由于《炸裂志》具有鲜明的寓言化色彩，因而成人一般不会把里层"套盒"中荒诞离奇的炸裂故事当成真实，人们将普遍认为这只是作者对现实社会进行批判的寓言性抒写，是隐含作者和叙事者共同编织出来的虚构故事。但《炸裂志》的隐含作者却并不这样认为，隐含作者在外层"套盒"中讲述了作为志书主笔的"阎连科"因为写作触怒了炸裂市市长，不仅书稿被当面焚毁，还被驱逐出市，同时主笔还遭到了审阅者的咒骂，炸裂市领导、干部、机关、百姓、上上下下，知识分子与普通民众，几乎全部拒绝认同这部荒谬、怪诞的市志，从而掀起前所未有的地方抗史大潮。这些叙事表明了志书所描写的内容触及了炸裂现实社会中真实的伤疤，那是炸裂人不愿接受的肮脏而又真实的发家史和发展史，因而主笔才遭到炸裂人的咒骂、威胁与驱逐。志书文本要展现炸裂社会荒诞的发展史以及荒诞被正常化、日常化和真实化，从而歌颂炸裂社会的高速发展；小说文本却要揭示现实社会中荒诞离奇现象的真实存在，从而批判这种荒诞社会现象。① 二者虽然意图不同，且存在悖论与张力，但在展示荒诞现象的真实性方面是一致的；只是志书文本把魔幻或荒诞当成真实而合理的现象，而小说文本则认为魔幻或荒诞现象是存在却不合理的。阎连科在接受记者采访时说《炸裂志》中所写的炸裂市是以现实中的某些城市为原型的，这些城市的高速发展给社会带来了极大的扭曲与荒诞，因而作为小说文本的《炸裂志》揭示的是历史发展过程中真实存在的荒诞现象。这种历史的真实，只有采用单纯而感性的儿童视角才能看清楚，如采用成人理性的眼光去解读炸裂发展史，会因间离效果而认为炸裂故事是荒诞不经的，它仅仅是一种反讽或警示而已。因而《炸裂志》的接受者存在与《皇帝的新装》中相对应的颠倒的审视视角，即持儿童眼光者看到的是荒诞本身的真实性，而持成人眼光者看到的是真实中的荒诞性。或者说从小说《炸裂志》的接受者来看，也存在真实即荒诞（成人视角）与荒诞即真实（儿童视角）的审美悖论与张力。这种叙事张力恰恰是小说、志书和寓言三种文体叠加在一起形成的艺术审美效果。

四、结　语

正是《炸裂志》中存在多重文本的叠加下的施魔与祛魔等叙事悖论和张力，小说的艺术空间或意蕴空间才得到了极大的拓展，同时其象征意蕴和文化内涵也得到了极大的丰富。可以说《炸裂志》是当代文学跨文类写作中非常成功的典范之作。当然，同许多作家一样，阎连科跨文类写作同样存在形式生硬、突兀或自我重复等不足之处，实现文体创新并使之与内容有机统一与融合，则是阎连科未来小说创作实现自我超越的一种理想路径。

（本文原载于《中北大学学报（社会科学版）》2020 年第 1 期，

收入本书时有增改）

---

① 阎连科：《阎连科谈〈炸裂志〉》，《东方早报》2013 年 9 月 29 日。

身份之惑与寻偶之悲：
刘庆邦《遍地月光》中的权与性

刘庆邦长篇新作《遍地月光》①和其以往小说一样，关注的是底层人的生存状态。这种关注不是高高在上的同情审视，不是抽象的道德垂询，不是光鲜的粉饰太平，也不是虚张声势的肤浅浮躁，小说显得厚实与凝重。如果说刘庆邦系列矿工题材的小说凸显了底层人维持生计（食）的艰辛挣扎，那么《遍地月光》则主要展示了他们渴求婚姻（求偶）的悲剧命运。刘庆邦始终抓住困扰底层人生存的这两大难题，去展现他们的困惑、痛苦，甚至苦难。食与性成为刘庆邦小说着力刻画的具体事件，也是理解其小说的楔入点。

《遍地月光》中的杜老庄，在 20 世纪六七十年代阶级斗争十分激烈，地主斗争大会便是当时社员群众的狂欢节，地主随时可以被拉上批斗的舞台。正是在这样的时代背景中，《遍地月光》中的人物粉墨登场，上演了一场场人性的悲剧。主人公黄金种的政治身份是"地主羔子"，在阶级斗争极端化的时代，找对象极为困难。他先看上了地主家闺女赵自华，但自华却给兄弟换了亲。大姐又给他介绍傻闺女小慧，却遭到小慧在公社当干部的叔叔的极力反对。接着他追求出身复杂的王全灵，却遭到了队长的陷害和斗争。他先后两次逃走，都被抓回，第三次逃跑成功后，流落外乡做上了小生意，到三十多岁仍无对象。他积攒了点钱后回家探亲，为了面子租了个寡妇假扮夫妻，却被乡亲识破，遭受无情嘲弄。小说主要描写六七十年代阶级斗争中农村的苦难，这种苦难包括了衣难蔽体、食难果腹的困苦，更主要的是性的困窘与尴尬。《遍地月光》实

---

① 刘庆邦：《遍地月光》，《十月》2009 年第 1 期。

· 190 ·

际展示了主人公黄金种为"性"（寻偶）而奋争的具有悲剧色彩的生命历程。

一、身份的迷失与寻找

人具有各种各样的身份，所谓身份就是出身和社会地位，它在某种程度上体现着人与人之间行为能力或行为方式的差别。人主要有血缘身份、政治身份和宗教身份等。血缘身份建立在血缘基础之上，与人的自然属性相关；政治身份是人类社会进入国家社会后，靠国家法律制度确定下来的，与人的社会属性相关；宗教身份建立在所信仰的宗教派别基础之上，与神性相连。而黄金种在阶级斗争极端化的年代，逐渐模糊和迷失了这三大基本身份，这造成他对自我身份无以确证的困惑。

在 20 世纪六七十年代，极端的阶级斗争让神性坍塌，信仰丧失，杜老庄中的人们在狂热的政治斗争中迷失了方向，因而也阻绝了通往神性的路途。黄金种被这场狂热的阶级斗争潮流所挟裹，与通往神性之途背道而驰。因此，他的宗教身份始终是缺失的，完全断绝了通往神性的路途，不可能在信仰的世界中找到身份的认同。

由于政治血统论的盛行，黄金种始终想摆脱卑微的地主身份给自己带来的不幸命运，他常以贫下中农自居。于是，在政治身份方面，黄金种和杜老庄人存在认识上的错位，贫下中农把他划为"地主羔子"，而他却认为自己生在新中国（1949 年出生），长在红旗下，拥护共产党，忠于毛主席，应该属于贫下中农。这种出生空间（地主家庭）和出生时间（新中国）的错位，使他内心始终存在"地主羔子"和贫下中农的双重影子，错位带来的精神分裂正是黄金种政治身份迷失的症状。刘庆邦正是从这种精神分裂的裂缝中根植进自己深刻的思想，同时也让我们窥见了权力和性之间的角逐与纠缠。

就政治现实而言，黄金种的地主血缘身份是无法改变的，因此他有意回避血缘历史。同时，由于受传统乡村文化的影响，农民对自己身体和身份的展现不仅通过自身，还通过子嗣的身体，通过家族族谱的长度来决定。① 延续后代成为乡村农民的头等大事，于是，在现实政治和传统文化的双重影响下，黄金种、赵大婶等地主分子自然会把血缘身份的认同转向子嗣。然而，地主身份导致黄金种等人求偶（性追求）的落空，而其子嗣的繁衍也成为空中楼阁，黄金种因此也看不到未来，加上他拒绝对血缘作历史的回溯，他的血缘身份便因此而悬空，迷失在历史、现在和未来的时间之流中。

当宗教身份、政治身份和血缘身份迷失后，黄金种遭遇到了自然属性的压抑、社会归属的丧失和神性升华的阻断，这便是他自我身份困惑所带来的生命中不能承受之轻。对于这种无价值的生存状态，黄金种进行了自觉或不自觉的反抗，也即开始了自我身份的寻找，而其动力则来自力比多（性）冲动。福柯说，人们需要从性冲动中寻找自我身份。② 如无性冲动对庸常状态的冲击和反抗，黄金种将被阶级斗争的强大洪流所淹没。所以，黄金种对女性的追求既是自然人性的合理欲求，也是其应对社会现实的有效举措。

对黄金种而言，力比多冲动的突出行为表现是对婚姻的追寻，而婚姻归根结底是为了生产子嗣。马克思和恩格斯指出："生命的生产——无论是自己生命的生产（通过劳动）或他人生命的生产（通过生育）——立即表现为双重关系：一方面是自然关系，另一方面是社会关系。"③ 因此，黄金种对性的追寻同样具有自然和社会两重属性，后者必然管理和制约前者。正是社会政治权力对性欲的极端压抑和控制，才使黄金种婚姻追求充满悲剧色彩。

小说开始就描写杜老庄的雨夜，雨夜给整个小说一种压抑、乏味、孤寂和恐惧的情感基调，同时也是整个小说的时代背景的象征。在这个雨夜里，作者把整个村庄的男人和女人所做的事情定格在性事方面，只有性冲动才是最具有活力和最能与雨夜抗衡的力量。而对于"地主羔子"黄金种来说，孤寂、无聊与恐惧无法像别人那样通过性来解决。无处不在的权力胁迫让他失去了获取性

---

① 张柠：《土地的黄昏》，东方出版社，2005 年版，第 273 页。
② 福柯：《福柯集》，杜小真译，上海远东出版社，2003 年版，第 385－386 页。
③ 《马克思恩格斯全集》（第 3 卷），人民出版社，1956 年版，第 24 页。

资源的能力，其生存环境正如这雨夜充满了压抑和恐惧。

二、权的扩张与性的压抑

小说中贯穿始终的事件正是黄金种寻找老婆，这正是力比多冲动下对自我身份的重新寻找，即欲求得自我身份的解惑。但在阶级斗争极端化的时期，其对女性的欲求，始终遭到了权力的压制和破坏，权力总是在性资源方面占有优先的支配权，获取权力就能获取性资源。《遍地月光》中雇农王长轩实际上是通过对大地主李宪章的"革命"获得了性资源的重新分配权的，性（梅淑清）被作为"革命"后的战利品分配给了王长轩，因而性不再是个人的事情，而与政治权力或政治组织休戚相关。而权力对婚姻（获取性资源的合法形式）进行干预、抑制甚至破坏，在小说《遍地月光》中主要表现在以下几个方面。

第一，政治权力带给人们不同的政治身份，这导致性资源获取权利的不同。对地主分子性资源权的限制，并非靠明文规定，而是通过不同政治身份赋予不同的权利来间接形成的。地主分子如临深渊、如履薄冰的卑微政治身份和贫下中农显赫一时的政治身份形成鲜明的对比，这自然造成了性资源的获取或分配的差别。且同为地主成分，男性获取性资源的可能性又比女性小，比如黄金种的妹妹月菊虽出身不好，但可以嫁给贫下中农，从而改变自己的命运，但是，贫下中农的女儿嫁给地主的儿子却少之又少。因此，黄金种等地主分子获取女性资源的可能性非常小。眼看着一个个女孩嫁给贫下中农，黄金种不得不压抑自己的情欲，不用说漂亮能干的赵自华，即使如小慧这样的智障女孩，他也只能可望不可即。

第二，权力通过语言（形成法规、制度或政策）的形式来实现对性的控制。福柯说："权力通过语言，更确切地说，通过某种言说行为，实现了对性的控制，而这种言说行为在其实现的同时，便创造了法的规则。"[①] 在阶级斗争和政治运动极为激烈的时期，那些政治宣传已经暗示了不同政治身份的人对性资

---

① 福柯：《福柯集》，杜小真译，上海远东出版社，2003年版，339页。

源享有权的不平等。黄金种等地主分子没有言说的机会，所以也没有性话语权，无法获得贫下中农的性爱，他们只有靠在本阶级中通过换亲的形式获得，而且还得请求组织的批准。如地主赵大婶，为了给大儿子换亲，先拿了自己的鸡蛋去求得队长的准许。当赵大婶的二儿子在与其哥竞争仅有（靠妹妹换亲获得）的性资源时，也是用鸡蛋买通了队长，获得队长的允许而夺走了哥哥的未婚妻。这种口头许诺在当时就是绝对的权威，这就是杜老庄的"法的规则"。小说通过杜老庄地主分子获取性资源的悲剧命运，把权力通过语言对性资源的控制揭示得淋漓尽致。黄金种虽然大半生都在为获取女性而奔走操劳，但由于没有性话语权，他对性的寻求失败了，他的情欲始终处于被压抑状态之中。

第三，权力借用暴力直接干预性资源的分配。如果说赵大婶家换亲征求队长杜建春的同意，属于私下利益交换的个体行为，那么，赵自良、赵自民兄弟俩的娶妻争夺战，队长则是通过权力附带的暴力来解决的，属于组织或行政行为。赵自良失去杨纪英最重要的原因在于他太老实，不懂得潜规则，失去了权力的支持。赵自良平时胆小怕事，对干部们言听计从，但当得知失去快到手的媳妇后，积压于心的怨恨突然爆发，他先把怒气发在家人身上，疯狂地砸家具，当队长来阻拦时，怨气马上转向队长，拿着锛镢追打队长。他把自己悲苦的命运归结到队长的干预上，加上本来心头就积压下对干部的怨恨，于是把平时劳动的锛镢（木工工具）变成打杀权威的武器。赵自良最后被制服，被民兵吊在屋梁上一天一夜后，赵大婶用一条香烟贿赂队长，赵自良才获救。赵自良的行为最后被定为阶级敌人的"反攻倒算"。经历了精神刺激和肉体折磨后，赵自良发了疯，被家人套上链子关在柴房中，猪狗不如地了其残生。由此可见，在平息赵自良事件中，队长正是依靠暴力对性资源进行干预和支配的。

另外就是队长杜建春利用手中权力组织了一次对黄金种和王全灵（地主李宪章的女儿）的批斗会。黄金种和王全灵互相爱慕，且身份地位也相当，眼看二人就要进入正式的恋爱阶段了，但队长杜建春要王全灵嫁给自己发育不良的矮外甥。于是他借助权力，采取阶级斗争的方式对黄、王二人进行压制和打击，想方设法拆散他们的姻缘，最后终于达到目的，把属于黄金种的性资源抢夺给了自己的外甥。这也是权力借用暴力达到干预和支配性资源目的的。

第四，当权者还通过权力私自侵占性资源。除了权力对社员的性资源进行控制和分配外，当权者还在性资源方面以权谋私。在杜老庄，杜建勋和其老婆宋玉真都是地主分子，宋玉真很漂亮，于是杜老庄能行使专政权力的干部都争着和她相好，他们多打着阶级斗争的旗号寻找机会并借助权力进行威吓而达到侵占宋玉真性资源的目的。宋玉真不得不牺牲自己的色相以保自己和丈夫杜建勋的平安。这个时候，性不仅沦为与权力交换的筹码，而且也成为权力的牺牲品。性不再具有生育的责任，而是成为政治权力游戏规则中的一种润滑剂和交换品。自然而合理的性便被扭曲和变形，成为人的异化物。这种扭曲与异化，也给杜老庄的伦理道德带来了新的冲击，宋玉真和队干部们的非正常男女关系正是对当时伦理道德及人之尊严的践踏，但在权力的掩盖下，却被社员们视为正常，连宋玉真的丈夫杜建勋也敢怒不敢言，只得睁一只眼闭一只眼。而从占有性资源的目的来看，以队长杜建春为代表的队里当权干部和以黄金种为代表的地主分子各自不同，干部们侵占他人（如宋玉真等人）性资源主要是为了娱乐，而黄金种等地主分子占有性资源更多是为了生产。显然，前者属于性的奢侈消费，后者为生存的最基本要求。当黄金种等地主分子最基本的生存与生产欲求都得不到满足的时候，干部们却达到了性的奢侈享乐和消费的水平。这显示了阶级斗争极端化时期权力滥用给性资源带来的严重不平等。

另外，在黄金种20世纪80年代回乡时，小说简单交代了宋玉真的情况：宋玉真丈夫杜建勋死后，她因为有位当市长的哥，所以她被接到市里重新嫁人。作者简单的几笔，却再次揭示了权力的威力。权力不仅可以控制和支配性资源，还可以改变性资源的性质。同样涉及宋玉真的性道德问题，以前因靠出卖色相和尊严谋取平安而遭杜老庄社员们的鄙夷与嘲笑，但后来市长哥哥提高了她的身份地位，以前的嘲笑鄙视变成了羡慕和赞叹。正是权力改变了人们对宋玉真性道德的看法，实际上是权力影响了人们的性道德观。

三、血统论与血缘论的勾连

权力对性资源的合理有效的控制和管理是每个政权必须履行的义务。但由于杜老庄阶级斗争的扩大化和极端化，权力在对性资源的过度干预和控制时压抑和扭曲了人性，而这种压抑和扭曲往往又与严格的血统论紧密相联。

血统论本身就具有严重的等级观念和阶级属性，统治阶级经常为了本阶级利益，对不同阶级的婚姻和性作出规定。在阶级斗争极端化的 20 世纪六七十年代，极其讲究出生和血统，在杜老庄的贫下中农看来，黄金种、赵自良等地主"羔子"们血统是低贱的，他们是政治贱民，因而黄金种们受到了严重的歧视和压制，遭到批斗、殴打、污辱和监督，他们的性资源享有权也遭到剥夺。地主分子的性意识便在血统论的影响下遭到了抑制。

而且，杜老庄作为传统乡村社会，在阶级斗争极端化时期，其血统论往往又和血缘论相互勾连。张柠在《土地的黄昏》中指出：乡村社会的权力有两种，一种是家族权力，由族长掌控，另一种是政治权力，由村长掌控，传统乡村社会的族长一般和村长合一才能有效地维护乡村社会的稳定与和谐。① 家族和政治利益的结合，或者说血统论与血缘论的结合，是中国传统乡村社会的一大特征。杜建春在杜老庄既是队长，同时也是当地族长，即使到"文革"结束后的 80 年代，仍然是杜姓家族的人杜天生（原会计杜建国的儿子）任村主任，杜天生同时也充当了杜家族长的角色，拥有政权和族权双重权力。

血统观和家族观虽属于不同的社会学范畴，但是二者有着相同之处，即都为了某集团的共同利益而设置一定的边界，边界内的成员与边界外的成员享有不同的权利。因此，阶级血统论和乡村文化中根深蒂固的家族血缘论实质上有着某种程度的一致性。乡村中阶级斗争的展开、血统论的实现得借助于家族势力，而家族也需要借助于政治权力提高本族的势力和威信。因此，无论是血统论还是血缘论，都被赋予了浓烈的政治色彩。如果说地主杜建勋（杜姓家族成

---

① 张柠：《土地的黄昏》，东方出版社，2005 年版，第 157 – 158 页。

员）婚姻所遭遇的挫折（老婆宋玉真的性资源被干部占有）更多体现在血统论上，即与地主出身带来的政治身份相关，那么雇农（队长的同阶级）王长轩受到欺辱则更多体现在血缘论方面，即与杜姓家族对外族的排斥和压制有关。而黄金种既是地主分子又是外族者，便遭受了政权与族权的双重压制。政治意识形态和阶级血统论决定了黄金种卑微的政治身份，家族血缘论决定了其在乡土民间的边缘化身份。正是这二者的相互纠结才导致黄金种等地主分子求偶的悲剧。

由于权力对性资源的管理和监控，由于政治血统论的盛行，也由于家族势力勾结于权力形成的霸道，黄金种试图通过力比多冲动来寻找自我身份的可能性被抑制。他不断寻求身份的解惑，然而又不断回到困惑之中，他只能在身份的迷失和困惑中走向无望的未来。

四、人性批判与人道情怀

小说描写了以血统论为主导思想下的政治权力和以血缘论为中心的家族权力对黄金种等地主分子性资源的限制和剥夺，显示了特殊年代以性欲为代表的自然人性的严重压抑和扭曲。也正是以黄金种起伏波折的求婚悲剧为中心，《遍地月光》再次向我们展示了变态扭曲、冷酷无情、明哲保身、自相残杀、刁钻狡黠的国民劣根性，展示了乡村社会中存在的人性之恶，更为深刻的是向我们展示了特殊年代中人性遭遇异化的严重程度。

人性的异化在《遍地月光》中是以性的扭曲和变态为中心进行揭示的，权力的过分压制造成了性变态。弗洛伊德认为，当人正常合理的性欲得不到满足时，便会以一种变态的形式表现出来。小说中有这样的情节：庙会期间干部杜建岭和黄鹤图观看骡、马交配，杜建岭还强迫黄鹤图讲自己与妻子的性事。无论是干部杜建岭还是地主黄鹤图，对性都有浓厚的兴趣，但由于长期压抑，便以病态的窥视欲表现出来，就连骡马交配他们也看得津津有味。杜建岭强迫黄鹤图讲他和妻子的性经历，这也是一种窥视，但这不是普通的窥视，而是杜建岭借助权力对他人性的窥视和监管。以性为中心的人性压抑不仅仅是性变态的问题，更为严重的是对人的身心的摧残甚至生命的毁灭。赵自良因为娶不上媳妇由发怒、发疯到发傻的过程，正是极端的阶级血统论对人性极端践踏的明证。

《遍地月光》中，对人性的异化和扭曲还表现在人与人之间的冷酷和无情、乡民之间的相互欺压。在那个特殊的年代中，理性、道德、法规遭到严重冲击和破坏，国民劣根性便趁机露头，甚至给他人带来灾难。比如黄金种的弟弟银种的耳朵被人塞上了玉米粒，使他出走和不归，导致他流落他乡毫无音讯的悲剧；赵大婶的大儿子因为换亲不成而发疯，成为畜生一样丧失尊严和人性的人形动物。

权力控制下的阶级斗争的极端化摧毁了人与人之间的亲情和爱心。杜老庄的队长和贫下中农借助金种和银种对叔叔黄鹤图进行监视，黄金种不但不反感，反而认为这是贫下中农安排给他的光荣任务，于是他感觉"责任重大，使命光荣，他几乎有些感激涕零"了。这正是政治权力对亲情和人性的干预和破坏。又比如王长轩在权力的诱惑下，以阶级斗争为借口出卖灵魂，置自己的恩人大地主李宪章于死地，以分配革命的胜利果实的形式占有了李宪章的小老婆梅淑清。这样，忘恩负义便在革命的旗号下变得名正言顺。一切出卖良知的恶行都披上了权力的时髦罩衣，乡村社会千百年沿袭下来的痼疾和集体的劣根再次粉墨登场，于是，人性扭曲成为当时的一种流行性病症。

五、小　结

小说《遍地月光》以敏锐的政治眼光和尖锐的历史穿透力，立足现实，审视历史，并在重现历史真实的过程中沉思现实和未来。刘庆邦不仅仅对底层人民给予了深切的同情，同时也对整个社会、人类的命运投以关注的目光。这正是他在小说中体现的一种人道的悲悯和批判精神，这也使小说闪烁着人文精神的光芒。在一个盛行商品拜物教的社会中，刘庆邦保持了自己的独立品行，在抵抗权力、暴力和承担苦难的意义上做一个永远的抗议者，这也正是一个作家的根本良知。

《遍地月光》有着非常开阔的视野，写乡村却又超越乡村，写婚姻写性又超越婚姻与性。通过对黄金种身份迷失以及求偶悲剧的展现，作者把个人命运置于广阔的社会背景之中，把对爱情婚姻等个体命运的思考与对整个民族、国家社会生活的思考结合起来，从而把个体悲剧上升为特定时代的社会悲剧。就这个层面而言，小说毫无疑问是相当深刻的。

刘庆邦在潜意识中有一种构建非压抑的人性化和谐社会的乌托邦冲动，正是这样的乌托邦冲动使他的小说充满了人道主义的情怀。正如他在《遍地月光》前言中所说："我愿以我的小说，送您一片月光。"正是这片月光，给我们带来了广阔的思索空间。

（本文原载于《名作欣赏》2010 年第 15 期，收入本书时有增改）

宿命的出走和艰难的回归：
论张炜小说中知识分子的流浪意识

张炜的散文《融入野地》开始是这样写的："城市一片被肆意修饰过的野地，我终将告别它。我想寻找一个原来，一个真实。"① 所谓 "一个原来，一个真实"，也就是作为知识分子的本分或者说是基本的品质。但是，在现实社会中，物欲的膨胀挤压着精神空间，知识分子感觉到自我价值的失落、社会地位的逐渐边缘化、话语权利的逐渐减少和丧失，这就造成自我身份确认的困难。于是他们在困惑和焦虑中产生了漂泊无依之感，流浪意识也随之而来。

张炜在他的小说中对知识分子的这种流浪意识进行了详尽的剖析。在张炜看来，现代知识分子只要还保持着一些知识分子的本色，只要一踏上自我价值寻觅之路，就同时也踏上了流浪的不归路。"我觉得我踏上了一条奇怪的道路，这条道路没有尽头。当明白了是这样的时候，我回头看一串脚印，心中怅然。我发现自己一直在寻找和解释同一种东西，同一个问题——永远也找不到，永远也解释不清，但偏要把这一切继续下去。"② 流浪者其实并不知道前面有什么，可能什么也没有，但流浪却永远充满期望，是一种真正经得起审美的行为艺术。这里的流浪不是指单纯的身体流浪，更多的是指心灵的流浪，而且心灵的流浪成为真正意义上的知识分子不可逃避和不能逃避的宿命。所谓归属，指的是自我价值有所依附、寄托以及确认。这种没有归属的流浪意识已经成为或正在成为不少知识分子的共同命运。

---

① 张炜：《融入野地》，作家出版社，1996 年版，第 5 页。
② 张炜：《温柔与羞涩》，见萧夏林：《忧愤的归途》，华艺出版社，1995 年版，第 49 页。

值得注意的是，在张炜的眼中，流浪是追求价值和自我完善的艰辛过程，它没有终点，永远开放，面对着一代一代的知识分子而绵延不绝。张炜感到，知识分子如果连这种流浪的意识也丢失殆尽，那才是知识分子真正的悲哀，果真如此，真正意义上知识分子也将不复存在。《柏慧》中的柏老，是一位经历无数战争的战士，由于时代的错误把他推向了知识分子群体中，开始他对当时的时代和自己作抗争，使他具备一位知识分子所应有的品格（见葛福庆《寻找民族的精魂——读张炜〈柏慧〉、〈家族〉》），他的灵魂还在流浪中寻觅自身应有的价值，但是后来，他放弃了这种抗争，接受当时社会给予他的虚假的荣誉和光环，在他的心灵深处死死抓住它们，认定它们就是其追求的人生价值，他不再流浪也不再寻觅存在的意义，反而采取各种低劣的手段残酷地迫害知识分子，他不再具有知识分子的丝毫特征。正如张炜所认为的那样，如果知识分子停止了追求，精神就会僵死而变质。

一、张炜小说中的流浪方式

张炜小说中的流浪意识始终和知识分子的自我救赎密切相连。知识分子总会在寻找自我救赎中走向流浪，在流浪中寻求自我的救赎。张炜的小说世界中有以下几种出走流浪的方式。

（一）无家可归的流浪

无家回归的流浪汉在张炜的小说中有很多，在《九月寓言》中杀人的欢业在逃跑中遇到了许多流浪汉，而欢业的父母也曾是流浪汉；在《你在高原》中"我"流浪时也遇到了流浪汉，《柏慧》中小时候的"我"也曾流浪……这些流浪汉由于生活的艰辛而无家可归，无奈中四处漂泊。这是张炜给予同情的对象，且同时对这些流浪汉的品质进行了肯定和颂扬，"我"把自己看成他们中的一员，一方面是因为他们无拘无束的自由，另一方面是因为他们身上所具有的朴素的品行，在一定程度上和"我"这样的知识分子同属于流浪的一群。但作者要做的绝不是这样缺少精神追求的流浪汉，在张炜的心目中，肉体漂泊的流浪只能是知识分子流浪意识的外在形式而已。

（二）抛家出走的流浪

如果说无家可归的流浪是一种被动出走，而抛家出走的流浪则显得主动。代表人物有《九月寓言》中宁珂的父亲宁吉，放弃了家中富裕舒适的生活而骑着大红马流浪到南方后再也没有音讯。这样的流浪似乎更加接近张炜所赞同的知识分子的流浪，因为这种流浪不是因为物质的贫困而出外寻食求生，而是因为一种更加纯粹的对生命本真的自由状态的追求。也因为如此，在小说中的宁吉成为一位人所羡慕的骑士英雄，成为老宁家族的一大骄傲。这一直是作为儿子的宁珂所赞叹不已的偶像："我的父亲！你骑着红马奔驰，从古至今，再到永远永远……"这是张炜想象出来的一位更具有现代意义的骑士，但他缺少古代骑士那种行侠仗义的思想，这种出走没有历史的包袱，他并不渴望进行回归，流浪就是他的终极目的，无拘无束的生命张扬就是这种流浪者所要寻找的意义。但张炜明白，这种流浪只能活在童话中成为美丽的幻想，宁珂说，"多么奇怪啊，老宁家竟然有一个人物走进了童话"，因为每个人都是历史的产物，都背着历史的重负，完全抛弃历史的和仅仅寻找个人意义的自由同样是生命中不可承受之轻，于是，作为下一代的宁珂选择了一条沉重而艰辛的道路。因为父辈在纯粹的以个人意气和个人享乐的流浪中失去了人生意义和价值，宁珂想在自己的身上寻找回来，使老宁家的家族精神得到一定意义和程度的回归。

（三）背负历史的流浪

在张炜看来，背负历史的流浪是对前两种流浪方式的超越，并始终和精神的自我救赎相伴生，这是知识分子所应具有的流浪意识，即知识分子的心灵在寻找归属过程中的漂泊感。代表人物有《柏慧》《你在高原》中的"我"，"我"总是想从城市中出走，到平原（乡村）中去寻找民族的和自身的根，而葡萄园正是民族理想的精神和传统文明的代表。它具有原始自然之美，淳朴、和谐，没有都市的世俗之气，一切都是充满生机的，没有被现代文明所污染。然而"我"耗费大量的心血所建立起来的葡萄园仍然摆脱不了厄运，最终遭到玷污，"我"不得不重新出发去流浪和寻觅，在流浪中经受各种苦难，磨砺自己的灵魂，从而使自己能从容地面对现实生活中的各种不幸。张炜的小说中还有许多知识分子，如曲予（《九月寓言》），山地老师（《柏慧》），口吃教授、陶明（《我的田园》），朱亚（《你在高原》）等人都坚守着自己心灵中的那份净土，在错误政治权力的挤压下，承担起历史的苦难，经历心灵流浪中苦痛的煎熬，艰难地寻觅知识分子精神回归的路途。

张炜小说中知识分子的流浪意识何以形成的原因，总体说来是张炜所宣扬的人文精神、知识分子价值的坚守与现代文明的冲击之间的矛盾难以调和，在小说中重要体现在乡村文明（农业文明）和城市文明（工业文明）之间的冲突。

在《九月寓言》中，乡村文明和工业文明的冲突是最为明显的，但张炜并不是仅仅表现这种简单的冲突，而是要展现知识分子面对这种状况时的两难选择。赶鹦和肥等乡村青年，附近的工区对于他们具有无比的诱惑力，赶鹦和工地上的工程师好上了，而肥和工程师的儿子挺芳私奔了。这里的乡村青年的心理状况实际是当代乡村知识分子心理的写照，乡村知识分子来自农村，他们一方面向往工业文明，以至于不顾一切投身于它的怀抱，但同时他们又对这种文明抱着一种怀疑的姿态，乡村中形成一种根深蒂固的习惯和纯朴美好的乡间民情是他们所不愿抛弃的，正如赶鹦所说："是小村把咱占下了哩！咱不做小村的负心嫚儿。"赶鹦是比较开放和大胆的姑娘，但仍然不能如同肥那样彻底抛弃她的乡村。而工程师作为工业文明熏陶下的城市知识分子的代表人物，也体现出相似的犹豫不决的性格。工程师喜欢乡村的姑娘，特别如赶鹦般的有一种原始的古朴之美，健康开朗又有着一种原始的野性，这些都是城市姑娘所缺少的。但是，作为知识分子的工程师仍然不能够走出他固有和习惯了的天地，因为在乡村中他将会失去现在的优势，他不可能抛弃他所有的一切而和赶鹦走到一起。其实赶鹦对于工程师而言，是他潜意识中最渴望的一种生活的象征，是在工业文明压抑下的当代知识分子所渴望的一种原始的、任性的、自由而无拘束的生活象征，是被政治和文化阉割后的男性知识分子渴望回到本性和恢复男子的自我精神人格的一种象征和集体性要求。然而，张炜在小说中并没有给这样的男性知识分子更多的机会，当村民找到工程师家的时候，工程师却把自己留在了外面的树林子里，独自咀嚼着以往和赶鹦在一起的甜美回忆，却不敢回去面对众乡邻，这样毫无勇气的逃避，这种毫无责任感的、懦弱的知识分子哪里还有资格得到拯救。张炜在这里把知识分子灵魂中较为隐秘的东西揭示了出来，展示了他们不甘现状却又无法自救的尴尬境地。

如果说肥和工程师的儿子私奔是乡村文明和工业文明的结合的话，这种结合在当时缺少宽容和理解的大地上，在一边是愚昧和少知，一边是自满而自以为是的大地上，这样的结合只能是畸形的结合，是在诅咒和谩骂中的结合，它只能是在中国这片土地上滋生出来的"怪胎"。张炜渴望一种明智和理性、一种理解和宽容，使二者能够很好地融合，但这只是一个希望而已。《九月寓言》中，矿区的存在给当地的村庄带来了毁灭性的灾难，工业文明和乡村文明仿佛是一种不可共存的对抗。

不管是乡村知识分子还是城市知识分子，多数居住在城市，接受了一定的城市文明，而"和城市物质文明相伴生的却是人的灵魂的丧失。伴随着现代文明而来的是自我中心主义和人与人之间的隔绝冷漠，于是，'家'的温馨和安宁以及家乡的古朴、纯正被作为一种价值呈现出来。'家'成为现在想回去而回不去的方向"①。他们都有各自所缺失的东西，都希望在对方身上得到弥补，正如张炜所说，"它们全在一起：乡村、土地和感情。还有被好好折腾过的另一片土地——城市。我的心痛的城市，正像我的心痛的乡村。我不厌恶城市，正像我从来不曾厌恶乡村一样。可是人类的聚居之地给搞成了这样，让我们从此再无脸面。离开城市，也会有一种背井离乡的感觉。我爱城市，所以我才要告

---

① 黄会林主编：《当代中国大众文化研究》，北京师范大学出版社，1998 年版，第 256 页。

别它。正像我爱乡村，我却告别了它一样。人哪，往往都是从心里爱着一个地方的，可是那个地方对人常常是无暇顾及的"①。这样，知识分子始终追寻着优秀文化传统和现代文明更加理想的融合，总是徘徊在城市文明（现代文明）和乡村文明之间，心灵的流浪便不可避免。

二、张炜小说中流浪意识的形成和发展

张炜小说中知识分子的流浪意识具体的形成和发展又经历了以下几个阶段。

（一）政治话语权利的失落和边缘化的尴尬

知识分子一个显著的特点就是犹豫和动摇。这不能说是缺点，其对事情的思考更为深刻，难免动摇，但这成了知识分子被政治边缘化的一个原因。另外王晓明在分析春秋战国时候知识分子时指出，中国知识分子在其产生之时起，就有先天的不足，即由于经济的无地位造成政治上的依附，这种状况一直影响到中国当代知识分子的独立意识。②

由于中国知识分子自古及今在经济上大多处于依附的地位，因此，他们常常是投奔政治或依附于政治权势才能获得一定的生存条件和得到一定的价值体现。知识分子这种先天的缺陷必然给他们带来一些后患，这就是中国知识分子从一开始出现就缺少经济的独立，必然导致政治上的话语权不足。虽然在传统文化的长河中有无数知识分子显示了他们的骨气和可贵的精神，但只是作为个体在自己的灵魂领域内挣扎，能以一己之力承担起文化使命的情况十分少见。《柏慧》中的副所长老胡师就是这样一位悲剧人物。这是一位有良知的知识分子，但正因为这样，他失去原始的男性阳刚之气，变得十分善良而柔弱，成为

① 唐朝晖：《关于〈你在高原·西郊〉与张炜对话》，中国作家网，http：//www. chinawriter. com. cn/2007/2007 – 03 – 19/62857. html.
② 王晓明：《刺丛里的求索》，上海远东出版社，1995 年版，第 19 页。

政治强权的刀下鱼肉。老胡师想在学术方面找到自己的理想、生命的寄托和生命的支柱，但是当他失去政治话语权力的时候，他的这种理想逐渐化成了灰烬；当生命被贱视的时候，他再也找不到他的灵魂的归属了，也只能让灵魂去流浪。

而《家族》中宁珂的一生遭遇更能说明知识分子是怎样一步步从政治的主流位置逐渐被边缘化的。宁珂背叛家族而投身革命，而且对革命工作作出了很大的贡献，在革命的过程中，宁珂一直在寻找着自身的价值和人生的意义。这时，由于宁珂的思想进步和表现积极，加上他和省政府干部宁周义有着特殊的关系，宁珂在革命的洪流中拥有一定的政治话语权，在革命的过程中担任了一定的领导职务。但在革命成功后，宁珂丧失宁周义这样的政治台柱作为依靠，政治上无所依附的知识分子的政治话语权也就逐渐地丧失和被边缘化，最后连生存的权利也被剥夺。张炜在这里揭示出中国知识分子在历史之流中的普遍命运，一个有良知、有操守的知识分子很容易成为政治的附庸，他们摆脱不了被边缘化的命运，他们无法成为社会政治话语权力的中心。

这样，张炜笔下的知识分子就面对一个悖论，要么获得政治话语权而失去知识分子的良知和操守，放弃知识分子的身份，如《柏慧》中的"瓷眼"；要么被政治边缘化，失掉自己的话语权，但拥有知识分子的良知和精神。张炜以一个知识分子的身份表达了他自己的看法，仍然坚守知识分子应具的理想和人文精神，带着满腔的悲愤控诉了操持政治权力而为非作歹之徒。

但是，张炜要保持这样的精神和品质，在现代物质社会中面临着艰难，在过度追求物质的时代氛围中，这种人文精神和理想很容易受到玷污和影响，于是张炜笔下的知识分子选择了出走和逃亡，也就是流浪（含肉体的和精神的）意识，或称为流浪精神。

（二）救赎他人的受挫，启蒙话语的失落

当在政治话语方面被边缘化、失去政治话语权的时候，张炜进行了另一种形式的寻找，他希望在对他人的启蒙和救赎中寻找回知识分子已经失落的身份

并获得社会认同，挽回知识分子在大众心目中的地位。这是一种退而求其次的策略，不再把自我价值的实现寄托于政治行为，而希望在精神领域占有一席之地。面对现代文明中的大众对自我的丧失越来越严重的情形，面对着物欲的膨胀所造成的精神的逐渐贫困，以及人文精神理想的失落，张炜在他的小说世界中要知识分子再次担负起对普通民众进行启蒙的重任，希望知识分子仍然成为社会前进的精神引领者。

在短篇小说《声音》中，现代文明作为一种背景出现，知识分子的启蒙意义在小罗锅身上有所体现。正是小罗锅对自己命运的改变，使二兰子得到了一定的启发，小罗锅使二兰子隐约地知道割草之外的世界。小罗锅站在知识分子的立场，在杨树林子里对二兰子进行了一次启蒙教育，二兰子在小罗锅的启蒙话语中感到了自身地位的可怜和对未来期望的伤感，于是哭了起来。

> 二兰子抹着眼角的泪花问："我除了割牛草，干别的能行吗？"
> "行！人若有志气，铁杵磨成针……"小罗锅非常肯定地回答……

在这里，小罗锅的启蒙话语显得那么坚定，即使身体上有着严重的缺陷，只因为自己属于有知识的人中的一员，也就取得了对被启蒙者的心理优势。知识分子历来扮演着社会启蒙者角色，他们要在精神的启蒙方面树立起他们的社会信誉和找到他们应有的社会地位，以弥补他们被边缘化后的自身不足。但是，小罗锅的这种启蒙者自信姿态到了《你在高原》和《柏慧》中就显得有些底气不足了。由于"我"营造的葡萄园常常遭到外界社会的干扰或者破坏，这作为知识分子竭力要保护和维持的理想家园遭到了侵蚀，葡萄园中宁静和平衡被打破了，启蒙者的地位被动摇，因为象征着人们追寻的精神家园的葡萄园已经不能给被启蒙者一种合乎情理的解释，这样启蒙者的启蒙地位也随之被怀疑和动摇。正因为如此，《你在高原》中的"我"才会离开葡萄园踏上重新寻找的路途。在现实生活中，在现代文明无处不在的时代背景下，知识分子的启蒙意识和救赎意识是难以实现的。这是由于启蒙者是主流意识的代言人，而主流意识又和政治话语权力紧密相联，失去了政治话语权，必然会丧失启蒙话语权。

如果说知识分子的政治话语权力被边缘化还可以把原因归之于其天生的缺陷，从而还可以自我原谅和自我解脱的话，那么知识分子始终引以为豪的对大众进行启蒙话语权力的丧失，则是不可谅解而痛心疾首的耻辱。但既已蒙羞，也只得面对现实，于是张炜小说中的知识分子转向了第三个阶段的自我救赎。

（三） 自我救赎中艰难的守候和寻觅

既然知识分子拯救不了现实的政治弊端，也不能实现民众的精神启蒙和对民众进行救赎的作用，外界参与的愿望已经破灭，张炜在这里并没有绝望，为了知识分子的尊严，他把目标转向了知识分子的自我救赎，以此来保持知识分子的道德操守。

在《古船》里，隋抱朴承受着各种苦难，默默地忍受着，同时不断学习马克思主义著作，不断进行着他那繁杂的计算，他在不断进行自我审视和内心修炼。这种苦行僧式的生活使他具有了一种坚忍和刚强的毅力，他要用他所学习来的知识和自身的体验去达到自我救赎。我们应该注意到的是，知识分子的自我救赎，其原罪并不仅仅是来源于他们自身，还来自父辈们即历史，因此，赎罪带有一种悲剧色彩和宿命色彩。隋抱朴在进行自我赎罪的时候也在为父辈们赎罪。

这种自我救赎是知识分子退而求其次策略的最后防线，如果这道防线坚守住了，知识分子就有了前行推进的可能，从而达到修身、齐家、治国、平天下的人生理想。一句话，自我救赎的目的是进行更好的、全面的救赎和启蒙，是为了逐渐使知识分子重新获得政治话语权力。隋抱朴在拯救自己的同时，也是为了拯救整个洼里镇；宁珂在进行自我的拯救时也献身于革命事业，同时实现了启蒙社会的作用。《你在高原》中的"我"也是在不断出走和逃离的过程中寻找到自己，在流浪的过程中实现自我救赎，同时以自身的行动来进行一种更本真意义上的启蒙。但是，让人沮丧的是，"我"所经营的葡萄园遭到了破坏，知识分子在现实生活中的自我救赎遇到了重重困难。灵魂栖居之地仍然难以寻觅，精神的流浪不可避免，回归也必然变得艰难起来。

张炜让小说中的知识分子从追求政治话语权力开始，然后转向对自己心灵的完善和自我的救赎，这也是张炜在探索当代知识分子的精神出路时所经历的心路历程：政治救赎、社会启蒙、自我救赎的过程。

在这个浮躁的社会中，在这个缺少思考的时代里，张炜独守他的精神领域，高扬人文精神的理想旗帜，执着并默默寻觅着其精神家园，他在《融入野地》中说他要寻找野地："我无法停止寻求……"张炜要让自己的心灵永远处在流浪之中，保持心灵的鲜活和求索的勇气。在《你在高原》中，"我"要在葡萄园中找到作为知识分子的自我价值和曾经失落的人文精神，但在这片葡萄园中纯洁朴实的鼓额姑娘遭到了外来的玷污，而鼓额在"我"的眼中是真诚、质朴和纯真的，她不算美丽，却单纯可爱，她贫穷却如同葡萄园中的葡萄晶莹剔透、纯洁无瑕，她是葡萄园的象征。当鼓额遭到玷污后，"我"所经营的理想的葡萄园也逐渐变得模糊，仿佛在渐渐消逝，化为荒原。这使"我"的内心充满疑虑，对自己的追寻有了一些怀疑和动摇，痛苦重新噬咬着"我"，于是"我"又不得不踏上流浪之路，希望在流浪中用肉体的痛苦去压倒精神上的痛苦，去体验流浪者在流浪过程中的那份悲怆、那份自由和那种达观的胸怀。"我"不是为了流浪本身，而是要在苦难之中体验人的尊严，其实，"我"是要在流浪中去寻找一种继续前行的勇气，去磨练自己的毅力以便更好地和世界抗争。"我"所要寻找的不仅仅是一片土地，一片属于自己的葡萄园，而是要寻找属于自己的那一片净土，寻找与整个世界抗争的立足点。

在张炜的小说中，知识分子在传统与现代、乡村文明和城市文明、理想和现实之间徘徊、犹豫和困惑，以及在这种困惑中知识分子对自我价值的不断追寻而形成流浪意识。这样张炜在小说中对一些有着社会责任感的知识分子的流浪意识进行了剖析，传达出一种焦虑和忧患，同时也释放着坚定的信心和一往无前的勇气。

（本文原载于《名作欣赏》2005 年第 12 期，收入本书时有增改）

厂房上空的笛声：张乐朋小说综论

张乐朋作为山西当代文坛中的新锐作家，其小说始终有一种黄土高原特有的凝重沧桑之感。在他的艺术空间中，高原横亘，沟壑纵横，黄沙漫过来又覆过去，说不尽的人间故事。张乐朋的故事是在现代社会城乡相交地带的空中梆笛，那笛声悲愤而高亢，刺破森严凝固的时空，发人深思。张乐朋的小说，我们可以借用他诗中的两个意象来概括其特点：一个是"厂房"，另一个是"笛声"。"厂房"隶属于工厂，而工厂既是张乐朋小说常用的故事背景，也是张乐朋曾经生活与工作过的地方。"厂房"的归属模棱两可，既属于城市，也属于乡村，因此，"厂房"这个意象恰好对应着张乐朋小说的叙事空间——城乡交叉地带，同时也意指张乐朋小说创作正处于乡土小说向城市小说转变的过渡性阶段。"笛声"来自他的诗集《穷人心中的笛子》，不过这笛声不是出自南方柔美温婉的竹笛，而是出自北方高亢悲凉的梆笛。这支鸣响在厂房上空的笛子，流露出对现实的悲愤与沉痛，回荡着对世事的感伤与忧患，它既是诗人的忧愤抒怀，也是对现实的激越批判，同时还是作者重建文化生态的真诚呼唤。

一、城乡交叉地带的演奏空间

改革开放以后，我国大量农村人口流向城市，在一定程度上加快了我国城市化进程。城市逐渐向乡村蔓延，出现了范围较广的"城乡交叉地带"。"城乡交叉地带"这个概念是路遥在 20 世纪 80 年代初提出来的。① 路遥敏锐地感觉到了城市化进程中出现的城乡之间新旧思想和生活方式的冲突与交融，并用文学形式加以表现，形成早期的"城乡交叉地带"文学。进入 20 世纪 90 年代以来，有关"城乡交叉地带"的文学叙事已经成为潮流，而其中的主人公主要是通过高考、参军或打工的方式进入城市。② 张乐朋小说的叙事空间便主要集中在这个"城乡交叉地带"，这里是演奏他忧愤激昂笛声的艺术空间。

张乐朋小说中，以乡村为背景写农村和农民的有长篇小说《桥堰》、短篇小说《汽油真香》《边区造》和中篇小说《走满风中的步子》等，其他几乎以小城镇（主要为矿区工厂）为叙事背景，以知识分子、工人和打工仔为叙述对象。《一束莲》《涮锅》《买房记》主要写厂矿中作为知识分子的教师，《快钱儿》《乱结层》写煤矿工人，《卢布的皮夹》《偷电》《童鞋》写工厂工人，《绣文的草样年华》《婚姻动了》写城镇打工仔。很明显，张乐朋小说以乡村为背景的小说仅有 4 篇，而以小城镇中工厂或矿区为背景的小说却有 10 篇，因而与"城乡交叉地带"相关者占绝对优势。

张乐朋笔下的人物多数在城乡之间穿行往返，人物本身就具有城乡双重特性。这些人物既没有上流社会奢侈豪华、醉生梦死的生活习性，也没有高级白领优雅舒适、高人一等的心理优势，他们只是"城乡交叉地带"谋求世俗生活的普通人。其中《一束莲》《涮锅》《买房记》中的教师，《卢布的皮夹》《偷电》《童鞋》中的工人，他们多数是农民子弟通过升学或参军进入城镇或工厂的，其文化性格中有着农民与知识分子的双重特性。而《快钱儿》《乱结层》中的煤矿工人和《绣文的草样年华》《婚姻动了》中的进城打工仔，他们的生存空间和谋生方式发生了变化，而其农民的文化身份没变，不过他们不同程度

---

① 路遥：《关于〈人生〉和阎纲的通信》，见《路遥文集》（第二卷），陕西人民出版社，1993 年版，第 401 页。
② 乔以钢、李彦文：《近三十年"城乡交叉地带叙事"中的"新才子佳人模式"——以〈人生〉、〈高老庄〉、〈风雅颂〉为中心的考察》，《南开学报》（哲学社会科学版）2011 年第 4 期。

地受到了城市文化的影响，成为工作和居住在城镇中的"半城市化人口"①，因而他们身上也具有城乡文化的双重特性。

张乐朋之所以选择"城乡交叉地带"作为叙事审美空间，除了现代化与城市化等社会文化背景，更直接的原因在于其生活经历。张乐朋 1965 年出生于山西阳泉，当过工人、教师、编辑，如今仍以教书为业。张乐朋主要在内陆小城镇生活与工作，因而无论诗歌还是小说创作，"城乡交叉地带"始终是其主要的艺术审美空间。

张乐朋小说集中叙写"城乡交叉地带"，在继承传统乡土题材的同时又有了超越与突破，这一方面拓展了作家自身的创作视野，另一方面增强了作品内涵的丰富性和深广度。

二、城乡交相观照的双重旋律

张乐朋的小说在以现代城市文明视角审视乡村的同时，也站在传统乡村社会的角度反观城市，于是其小说具有双重视角。其双重审视的焦点集中在"城乡交叉地带"。"城乡交叉地带"受传统和现代的双重影响，文化的冲突、碰撞与交融便经常发生，极大影响着人们的生存方式和价值观念。因而，张乐朋在审视"城乡交叉地带"的社会万象时，视角始终在"城市"与"乡村"之间来回交换，形成流动的双重视角，这极大地提升了其小说的艺术真实性。

张乐朋的小说创作所形成的城市与乡村的双重视角，除了社会历史原因，还与其小城镇的生活经历有关。张乐朋在内陆小城镇的生活经历，使其积累了丰富的乡村生活经验和城镇生活经验。在他的小说创作中，他采取融入一种经验而疏离并审视另一种经验的方式，形成"亲在"与"不在"的创作心理机制，正如他在诗歌《在厂房顶》中所写："山脚下房顶上／我是唯一花费时间阅读这本大书的人／是这本典籍的最后一位借阅者／……我是思念这一切的局

---

① 李炜等：《2011 年中国民生及城市化调查报告》，见汝信等：《社会蓝皮书：2012 年中国社会形势分析与预测》，社会科学文献出版社，2012 年版。

外人／我唯一的担心是心底的邪恶会伤及无辜。"张乐朋既"思念"并亲近于所生活的社会空间，也游离于其外成为"局外人"。因其对自身生活空间"亲在"和"思念"，其作品具有浓郁的生活气息，因其"不在"的"局外人"审视，其作品又具有客观深邃的理性判断。张乐朋既不对城市进行绝望式的批判，也不对乡村进行乌托邦似的赞美。他的灵魂游走在"城乡交叉地带"，享受着作为一个诗人倾诉的自由。

以城市为视点对乡土社会的审视和叙写，张乐朋在一定程度上继承了赵树理等前辈作家乡土文学的艺术经验，但张乐朋和其他山西新锐作家一样，和前辈作家们的写作思路有了差异。以赵树理为代表的山药蛋派，受到中国共产党革命观念和政治观念的影响，在"农村包围城市"的革命成功后，作为革命根据地和力量源泉的农村和农民在社会观念及心理方面占了优势，成为肯定与赞美的对象，城市则成为批判的中心，因而城市不可能作为赵树理等人的抒写对象。在赵树理时代，乡村的变革正如火如荼，革命的成功给乡村带来了生机、活力与无限美好的憧憬。对此阶段的乡村社会，赵树理等山药蛋派作家理所当然地以肯定与赞美为主，他们的乡土小说中自然会洋溢着乐观与自信。[1] 对于乡土社会存在的问题，他们多站在政治意识形态立场对农民落后的思想意识进行批评，如《小二黑结婚》中对三仙姑、二诸葛封建迷信思想和传统包办婚恋观的批评。山药蛋派作家也有对乡村文化人格的审视与反思，比如赵树理《锻炼锻炼》中对农民自私性格的批评，马烽《仇村》对乡村家族仇恨的审视等，但山药蛋派作品中浓厚的政治意识、乡村社会的乌托邦设想以及民族国家的浪漫想象阻碍和弱化了他们的文化批判力度，也在一定程度上削弱了他们小说作品的批评深度。

在近半个世纪以后"城市包围农村"的城市化进程中，大量的农民涌入城镇成为"新农民"。[2] 乡土社会主体的迁徙带来了张乐朋等一批当代作家写作视

---

① 傅书华：《论山西作家群流变中的精神演化》，《中国现代文学研究丛刊》1994 年第 1 期。

② 姜玉琴：《在城市疆域中拓展的乡土小说——对丁帆先生乡土小说研究之研究》，《福建论坛》（人文社会科学版）2010 年第 6 期。

角的变化，即从乡土社会转向城镇或者"城乡结合地带"。张乐朋写作的对象不再以传统乡村社会中的农民为主，而是集中描写离开乡土进入城镇的"新农民"形象。但无论是对传统农民还是对"新农民"形象的塑造，张乐朋都是批判多于肯定。另外，张乐朋小说对农民或"新农民"的审视不再像赵树理等前辈作家那样以政治意识形态为主要参照，而是以现代城市文明作为参照标准来审视乡土社会的落后与蒙昧。在小说《快钱儿》中，农民矿工镐头和永年除了对金钱的迷狂和性的迷乱再无他求，农民思想的麻木与眼界的狭隘跃然纸上。《汽油真香》中张乐朋对主人公六叔快速的一本正经的忘本事件写得活灵活现且滑稽可笑。《乱结层》中的农民矿工春社是一个吝啬自私、毫无尊严的乡村小赖皮形象。《边区造》中的农民锄奸队员杨祥与满井在锄奸过程中的极度血腥与残忍，揭示了乡土社会存在的粗暴与野蛮。《童鞋》和《偷电》中的老张和老马都是爱贪小便宜的工人。《走满风中的步子》中真实而形象地刻画出六叔六婶的刻薄势利。《卢布的皮夹》写工人卢布依附权势和欺软怕硬的陋习。《一束莲》《涮锅》刻画出城镇工厂中有着浓厚乡土色彩的小知识分子的迂腐与自私。长篇小说《桥堰》对农民矿工的麻木和蒙昧、乡村家族仇恨及农民狭隘的心理都作了具体而深入的叙写。

面对城市化进程中所产生的诸多现实问题，张乐朋选择乡村文化作为基点和叙事视角，进行单刀直入的揭示和批判。作为诗人的张乐朋，面对现实问题，他的小说唱响了现代城市化进程中古典乡土田园的挽歌。浪漫的抒情已不合时宜，揭示与批判成为张乐朋的时代使命。而重建诗意的浪漫抒写需要从揭示和批判开始，这或许正是拯救和重建精神的一条路途。

张乐朋以乡土为视角展开对城市的审视与批判，是通过对城乡交叉地带的教师、工人或民工等空间主体的叙写来实现的。《一束莲》中，一群中小学老师参加电教比赛，为了获奖，大家都挖空心思使出浑身解数托人情拉关系，甚至贿赂评委。《涮锅》中，一群中学老师在教师节聚餐，但其穷酸而小气的形象让饭店小老板都心生厌恶。以上两篇小说都是对现代化进程中教育现状的反思。在《汽油真香》中则对城镇化进程中滋生的贪腐现象和对生态环境恣意破坏等行为进行了一针见血的批判。小说中六叔从憨厚淳朴的农民演变成精于"搞政治"的土皇帝，吃喝嫖赌无所不为，为了政治资本大肆破坏乡村生态，为了攫取金钱在拆迁中对乡民威逼利诱。六叔是乡村暴发户和贪腐小官僚的典型，小说通过六叔的"创业史"和"发家史"形象地揭示了当今社会钱权交易的腐败演化史。《买房记》中小城矿机厂的老倪是一位老师，不远千里到杭州为自己的儿子买房。老倪几经波折，最终买房计划仍落空，这其中充满了平民的期望、辛酸和伤痛。这种复杂的情感正是城镇化带给普通人的最为真实的感受，小说潜在式的反思诉求大于直露式的批判。《婚姻动了》中主人公增科从农村来到小城做了上门女婿，和妻子瑞霞结婚多年不能生育，检查结果是增科身体有病，因此瑞霞提出和他离婚，但后来农村姑娘珍珍和他生活在一起后，其生育能力得到恢复。增科的经历象征城市对乡村的压抑和扭曲，也象征着现代城市的过度膨胀极大地影响了乡村社会的生态，导致了乡村的自我再生能力的丧失。《绣文的草样年华》中的陈建国从农村到城市工作，却在一次事故中成了植物人，《走满风中的步子》中的农民巨成在车祸中失去了一条小腿，他们都象征着现代工业文明对乡村文明的破坏、侵蚀与伤害。长篇小说《桥堰》在叙写半个多世纪桥堰乡土社会文化变迁史的同时，也对孝文城里的黑恶势力进行了描写，它让人产生以史观今的联想。

对城镇化进程中诸多弊端和丑恶现象的揭示与批判，正是张乐朋小说中深刻的现实主义精神的表现。其批判视野的拓展和批判视角的多元化，一定程度上突破了山西地域的时空限制，其创作逐渐汇入整个当代文学创作的洪流中。

三、国民文化反思的情感基调

张乐朋的"梆笛"在奏响"城"与"乡"的双重旋律的同时，还始终回荡着对国民文化性格反思的情感基调。即张乐朋利用城乡双重视角审视"城乡交叉地带"社会万象的同时，还采用了超越城乡的更高层次的国民文化视角。在城乡双重视角的相互观照审视中，城乡的优缺点得到了相应的呈现，但由于城乡视角各自的局限，不足以对整个国家现代化进程中最为根本的精神特性进行客观的认识，因而对那些阻碍国家恒久发展的国民性格的探寻、揭示、反思与批判，还必须从更高层次的文化视角切入。张乐朋作品在采用国民文化视角审视其叙事对象的过程中，所表现出来的忧患意识与批判精神，无疑是对现代文学国民性批判传统的继承与发扬。而张乐朋小说对国民文化性格中存在的缺陷或劣根的批判主要表现在以下方面。

一是对现实生活中拉关系走后门、不讲原则、不依法办事的陋习进行了揭示和批评。在《快钱儿》中，农民工永年为了进入条件较好的国营煤矿，托镐头给人送了五千元钱才达到目的。《一束莲》中，为了评职称而参加电教课比赛的教师们，各自使出看家本领与评委们套近乎拉关系，使整个比赛陷入一种病态的怪圈之中。《汽油真香》中六叔办驾校、开工厂、搞房地产无不是拿着金钱打通关系而获得成功的。《绣文的草样年华》中工人建国为了保住岗位，和妻子绣文一起到王科长家送礼。《乱结层》中不少矿工为了获得相对轻松（同时有死亡威胁）的掘进活儿，争着找工头送礼找门路。《童鞋》中工种最差、工资最低、吝啬成性的老张为了帮儿子找工作，也不得不花钱攀亲戚找关系。长篇小说《桥堰》中写桥堰解放后，在伍度市任手工业管理局副局长的徐天禄通过自己的权力把弟弟天祯调到了市委史志办。这种源于宗法制文化传统的情大于理、人治大于法治的文化陋习，在张乐朋的小说中成为被审视和批判的对象。这在构建法治社会的当前，张乐朋对这种围绕人情关系而产生的歪风邪气的批判与反思无疑有着较强的现实意义和警示价值。

二是对国民文化中麻木愚昧、窝里斗、苟且偷生和奴性心理作了深入的揭示与批判。以上批判在长篇小说《桥堰》中得到较为集中的展现。《桥堰》把对民族文化性格的审视与日本侵略中国的大背景相结合，让侵略者凶残而嚣张的战火探照出我们民族文化的病灶。《桥堰》中徐卯泰和侄儿徐天元之间因家庭风波而引发的无休无止的仇恨与斗争几乎贯穿全书，小说把窝里斗和狭隘愚昧的民族性格淋漓尽致地展示出来，表达了一种深层的文化忧患意识。当黑川带领日本兵进驻桥堰时，桥堰人夹道围观看热闹；当日本人杀孙秃手时，桥堰人仍然争相看热闹。这种早被鲁迅深恶痛绝的看客心态，再次成为张乐朋的批判对象。桥堰人是非不分，善恶不辨，始终把阴险狡猾、杀人如麻的日本宪兵队长黑川等当成好人，把抗日英雄徐天元当成坏人。桥堰人也奴性十足，冯六甲的老婆被日本兵强奸，他们却对日本人赠送的膏药旗感到无比自豪，极具讽刺性的是桥堰人苟且偷生的奴性却被有的人错误地当成"以德报怨"的美德。在全球化和国际环境日益复杂的今天，这种反省民族文化的批判立场和国际性视野无疑具有很好的现实意义和文化反思价值。

张乐朋其他作品对国民文化性格的反思与批评也多有涉及。《涮锅》特意设置了聚餐和男老师们去洗浴中心看脱衣舞表演两大情景，细微入神地刻画了教师们苟安于世俗生存的灰色人生。《边区造》中锄奸队员满井参加革命的原因是自己"觉得活得没劲儿，又气得不行，干脆破罐子破摔，革命了"，满井革命的目的和阿Q为女人、劫财、报仇的革命目的几乎相似。《卢布的皮夹》真实生动刻画出卢布那种自私赖皮、仗势跋扈同时又受人欺凌的可恨可怜的小人物形象。《乱结层》中的矿工春社属于不知好歹的底层人，他自私、目光短浅、冷漠麻木，在工友不幸死亡后反而幸灾乐祸。《偷电》里的老马是厂里的偷电高手，偷电几乎成为老马的第二职业，小说把他爱贪小便宜的心理刻画得入木三分。满井、卢布、春社和老马等人物让我们看到，几乎一个世纪过去了，但确如鲁迅先生所说，阿Q的阴魂仍然不散。

张乐朋通过对"城乡交叉地带"普通小人物国民劣根性的叙写，表达了他对国民文化个性深层的忧患情感，在某种意义上说这些小说具有一定的启蒙色彩，这种忧患与启蒙意识正是作者在城乡交叉的时空中鸣奏梆笛的情感基调。

四、重构文化生态的七色音符

张乐朋小说不仅演奏出城乡交错的双重旋律、回荡着国民文化自省与反思的忧伤基调，同时飘扬着重建和谐城乡文化生态的多彩音符。这些音符共同组成鸣响在厂房上空、充满忧伤却又满怀期望的乐章。张乐朋小说对乡村和城市无论是批判还是肯定，无不充满着重构健康国民性格与和谐城乡文化的憧憬。

在国家现代化的进程中，如何解决城乡之间的冲突是一个较为急迫而艰难的问题。对此问题，丁帆先生主张用"现代性"取代"对立性"①，即用"现代性"理念重估城乡文化的意义，重视城乡在冲突中的交融，而交融正是重构城乡和谐文化生态的关键，因为城市与乡村之间是你中有我、我中有你的互补关系。张乐朋正是用"现代性"的眼光审视城乡文化的，其小说在观照城乡文化时并没有走当下乡土小说与城市小说所采用的"抑城扬乡"或"抑乡扬城"二元对立的思路，而是立足于民族文化和人道主义的制高点，客观地观照城乡文化的优劣得失及重构和谐的城乡文化生态的可能性。

张乐朋对城乡文化生态重构的诉求更多是通过揭示和批判来传达的。这种揭示与批判，一方面是从现象层面切入，包括前文所论及的利用双重视角对"城乡交叉地带"进行观照与审视，另一方面是从民族文化层面切入，对国民的弱点、陋习以至劣根性作了较为深入的批判和反思。张乐朋把小说人物的现实生存处境与国民文化性格批判结合起来，把乡村社会的落后、日渐凋敝的现象与对工业文明及后工业文明的批判结合起来，把国家的现代性诉求和对现代人灵魂的深度污染与退化的反思结合起来。这样，张乐朋的小说抒写不再是对社会现象的简单再现，而是一种来自内心的、充满了道义的悲愤呐喊，是饱含崇高道德和殷切关怀的深沉抒情，其小说再次体现了他作为一位充满悲悯情怀的诗人的忧愤呐喊。在这个缺少忏悔的时代，在"城乡交叉地带"，张乐朋独自思考繁芜的世事，以一个乡村知识分子的良知为人类自身的恶行恶德反思与忏悔，这忏悔恰恰是一粒粒种子，给我们重建城乡文化生态以慈爱的力量和希望的光芒。

除了揭示与批判，张乐朋对城乡文化生态的重构还给予我们正面的信心和激励。首先，张乐朋对"城乡交叉地带"的乡村性进行批判的同时，也有对乡村美好人性的抒写。在《快钱儿》中，永年与镐头两位矿工在患难中互助互励的友情，以及永年亡命为家的责任感，无不让人感到辛酸和感慨。《走满风中的

---

① 丁帆：《中国乡土小说史》，北京大学出版社，2007 年版，第 19，369 – 370 页。

步子》中农妇凤英在丈夫巨成遭遇车祸后，艰辛地支撑着家庭，展示了农村妇女勤劳、坚韧而善良的品行。《一束莲》中，厂区教师石庆仍然保持了一个知识分子应有的正义和良知。长篇小说《桥堰》更能体现出传统乡村的美好一面，比如吕先生教书育人，仁义而自尊，德高且望重；孙秃手送水为生，位卑却具有民族气节；史巧鱼与"半盘炕"靠出卖肉体，照顾被日本人打得半死的徐天元，情深而义重；陶德义拿出自家祖传的珠宝拯救徐天元的母亲和妹妹，仗义而仁慈……因此在《桥堰》中，乡村美好质朴与蒙昧落后相互比照，形成传统乡土社会特有的景观。

其次，张乐朋笔下的城市有着缺陷甚至恶的一面，但同时也有其美好的一面。比如城市有着开放包容、智能高效、民主独立等精神个性，有着便捷的交通、咖啡的清香、公园的闲适等物质文明。小说《婚姻动了》中的主人公增科是进城的农民，在城市里不断努力，以真爱与善良打动珍珍，获得了珍珍的爱情，从而在城市中找到了自己的幸福。而《绣文的草样年华》中主人公绣文，在乡村找不到自己的生活目标与理想，嫁到城里后，经历了感情出轨、情人离弃、丈夫瘫痪、凑钱开店等诸多事件后，逐渐成熟起来，最后在城市里开了美发连锁店，有了事业和希望。增科与绣文的故事展现了城市开放、包容与美好的一面。在其他关于知识分子、工人和农民的小说中，张乐朋同样以近似局外人的身份客观冷静地叙写他所看到和理解的城市与乡村，把它们共同的美好品性展示出来，向我们展示了重建和谐城乡文化生态的可能性。张乐朋构建现代城乡和谐文化生态的理想，力图让我们明白城市不应该是生长在大地上的现代毒瘤，而应该是盛开在乡村大地上的美丽花团。

张乐朋用他美妙的笛声，吹奏出仁慈而善良的音符。其中有着乡村的真纯与自然，有着城市的包容与开放，他用人性中善良而悲悯的情感，以及悲愤而沉重的现世忧患，演奏出一曲曲满怀希冀的梆笛乐音。

五、艺术和鸣中的创新与不足

张乐朋小说的现实主义创作方法、语言和题材所具有的地域性色彩，都是对山西前辈作家文学传统的继承，但他在创作视野、创作理念和艺术技巧方面对前辈作家又有一定的超越与突破。张乐朋小说是多种艺术形式的和鸣，这也正是在继承与创新基础上形成的艺术效果。

张乐朋创作视野已经从传统乡土空间转向了现代城乡交叉的文化地理空间，小说内容与主题具有较强的时代性，形成超越山西界域的艺术视野。张乐朋的创作理念具有现代意识，这种现代意识表现在强烈的文化批判与自我审视，表现在对城乡辩证统一的认识，表现在对现代人生存状态和内在心灵的深度关怀，也表现在叙事中的平等视角。张乐朋小说的叙事视角不同于当前多数城市打工文学或乡土文学，他没有用居高临下的俯瞰来抒写底层生活，其小说消除了政治或道德的优越感。他在"城乡交叉地带"以小人物的身份和心理为起点，以丰富的城乡底层经验为基础，采用与小说中人物平等的叙事姿态和视角，因而其小说具有浓郁的生活气息和真实亲切的艺术感染力。张乐朋创作理念中所具有的现代意识为其小说叙写的广度和深度带来了可能性。

张乐朋的小说在继承山西前辈作家艺术传统的同时，重视艺术的创新，其小说的创新主要体现在叙事结构的多样性、情节的戏剧性处理，以及以俗为主、俗中含雅的语言风格等方面。

张乐朋的小说多采用第三人称的方式进行叙事，但结构方式各有特色。《汽油真香》中采用了他者陈述的方法结构小说，从叙事视角来看，是第三人称与第一人称的交错使用，这样的结构方式增强了小说的艺术真实性。《涮锅》则采用一线串珠式的结构方法，用涮锅这件事让所有人物亮相发言，人物的心理与性格特征通过作者的传神勾勒跃然纸上，一场普通的教师聚会让作者写得风生水起，让读者也看得百味杂存，在看似平淡朴实的叙事中包含着很强的艺术机心。《一束莲》中用几个相互关联的阶段性故事连缀成一个完整的故事，而且每个阶段性小故事皆有标题，每个小故事又分为若干小节，这样的结构形式使片段性的故事统一为整体，避免了故事凌乱与松散。而《桥堰》主要依靠两条线索把众多的人物、丰富的内容、复杂的情节结构起来，主线是桥堰的社会文化历史变迁，辅线是徐卯泰与徐天元之间的家庭纠纷和恩恩怨怨。两条线索有时平行进行，而更多时候是相互交织的，辅线相对于主线而言是时隐时现、时离时合的。整个小说以徐天元与徐卯泰之间的纠纷恩怨开始，最后还以二者的纠纷恩怨结束，如此首尾贯通、相互照应、线索交错变化的结构形式，集中体现了张乐朋不凡的小说结构能力。

张乐朋小说还擅长设置戏剧性的情节。在短篇小说《偷电》中结尾出人意料，属于"契科夫式"的结尾方式。老马因与老高包养的女人偷情，被发现后跳楼摔伤住院，老高不但没有报复老马，还送来吃喝，并说了些"肺腑之言"。这种出人意料的结局，颇具深意：老高的大度并非他心胸宽广，而是来自其对女性工具化的思想意识和钱权至上的暴发户式心态。《边区造》的戏剧性更强，其中设置了"边区造"（一把手枪）走火把持枪者乔布喜打死、杀汉奸却错杀茂才老汉、王德贵"死"而复活等戏剧性情节，这为小说带来了较强的艺术张力。《一束莲》写参加电教比赛的教师各怀鬼胎走后门拉关系，玩权力耍手腕，锡矿厂花赞助费欲把厂长妻子许爱莲推上领奖台，当许爱莲获奖希望落空后，锡矿厂马上取消了会务接待和相应的赞助经费，并赶走与会人员。作者以细腻的笔触和精巧的构思，巧设戏剧性情节，对权力寻租的丑相进行了入木三分的讽刺。在《走满风中的步子》中有一场人狗大战，一般而言是人被吓退，但小说进行了戏剧性处理，巨成用自己的假肢作武器，让狼狗失去了一颗牙而狼狈逃窜，这种戏剧性的情节隐含着非常丰富的现实性象征内涵。

张乐朋小说语言朴实凝练，有着较为浓郁的乡土特色，在这方面和山西其他本土作家几乎一致。但张乐朋也是一位诗人，其小说语言也受其诗歌语言的影响，他常常把一些诗语雅言穿插在通俗的叙事语言之中，使其小说语言在自然流畅、朴实凝练中增添了细腻雅致和极具表现力的文人化色彩。因而，张乐朋小说以俗为主、俗中有雅的语言风格和赵树理等山药蛋派作家有了较为明显的不同，属于颇具个性化的语言。

张乐朋选择乡村和"城乡交叉地带"进行叙写，取决于他的人生经历和生活经验。然而，也正是其人生经历，决定了他城市经验的有限性，导致其对城市的想象较为逼仄，对城市的理解不够深刻。另外，张乐朋和不少新锐作家一样，他们日常生活经验碎片化和无根性特点使他们难以对城市经验模式作整体性把握。[1] 因此，他们较难触及城市真正的精神内核。另外，就张乐朋自身而言，其小说中较多的底层生活苦难与精神痛苦的彰显冲淡了其对现代城市精神的审美观照和价值判断。更为重要的是，张乐朋与当前其他叙写城市文学的作家一样，"缺乏对现代城市国家和现代城市化自身的观照与理解"，即缺乏一种现代城市精神[2]，因而很难形成真正意义的现代性审美理念，其小说在对"城乡交叉地带"的审视中，还缺少理性的深度和视野的广度。总体而言，类似张乐朋这样的山西新锐作家的小说很难算得上真正意义的城市文学，但可以作为从乡土文学向城市文学的一种过渡或转型。

张乐朋还年轻，我们相信他的文学创作将会有更大的突破与收获，正如他诗中所言"你的手臂能抬多高/高原就有多高"（《高原——高原——》）。我们期望他的笛声更加悠扬高亢，能穿透广漠的乡村和城市的天空。

（本文原载于段崇轩主编《穿越：乡村与城市》，收入本书时有增改）

---

[1] 郭艳：《城市文学写作与中国当下经验表达》，《当代作家评论》2014 年第 6 期。
[2] 郭艳：《城市文学写作与中国当下经验表达》，《当代作家评论》2014 年第 6 期。

第四辑

经典的重读

在白话与文言之间：
鲁迅小说语言诗化逻辑探析

　　鲁迅的短篇小说创作开启了中国现代小说诗化叙事的先河①，也开启了中国现代小说语言诗化的先河。但鲁迅小说创作实践与语言观之间存在"言行不一"的矛盾，苏联汉学家谢曼诺夫在《鲁迅的创新》中指出："鲁迅有许多言论以及他的创作实践是同他对本国小说彻底否定的态度相反的。"② 另一位美国汉学家威廉·莱尔也指出鲁迅的语言风格"既受外国文学的强烈影响，又从中国古典文学得益不少。这古典文学使他的语言极为简练。这一点似乎难以解释，因为这古典词汇正是提倡白话的文学革命想要丢弃的东西"③。这种"难以解释"的现象正是鲁迅语言观与小说创作实践间的"言行不一"。本文将循着鲁迅创作观和语言观的演变轨迹，探析其"言行不一"表象下深层次的语言诗化逻辑。

一、独尊现代白话与拒绝文言传统

　　五四文学革命时期，鲁迅抱着"启蒙主义"和"为人生"的目的，反对"为艺术而艺术"的"闲书"④。在对魏晋文人的研究中，他认为从曹植到陶渊明，无论是"田园诗人"还是"山水诗人"，完全超脱政治、人事的诗文是没

①　杨联芬：《晚清至五四：中国文学现代性的发生》，北京大学出版社，2003 年版，第 151 页。
②　乐黛云：《国外鲁迅研究论集 1960—1981》，北京大学出版社，1981 年版，第 226 页。
③　乐黛云：《国外鲁迅研究论集 1960—1981》，北京大学出版社，1981 年版，第 351 页。
④　许觉民、张大明主编：《中国现代文论（上）》，安徽教育出版社，2010 年版，第 244 页。

有的，"诗文也是人事，既有诗，就可以知道世事未能忘情"①。他在《〈呐喊〉自序》中说："我等的首要是改造国民的精神，我认为此为文艺的第一要务。"因为"文艺是国民精神所发的火光，同时也是引导国民精神的前途的灯火"。②而文艺要发出"火光"，引导国民革新思想，则必须革除陈腐思想及承载这种思想的文言形式，用白话文取而代之。

鲁迅主张："我们要说现代的，自己的话；用活着的白话，将自己的思想，感情直白地说出来。"③在五四启蒙文化语境中，鲁迅始终认为语言变革是改造国民思想的关键，因而提倡使用口语白话写作，强烈主张废除具有封建等级价值判断的"高雅"而僵化的文言文，建立一种以口语为基础的"活着的白话"。

在五四文学革命时期，鲁迅和胡适等发起者一样，在语言的工具层面上对文言文展开讨论，他们悬置甚至否定了文言文的美学价值和诗性品质。1919年5月，鲁迅在《现在的屠杀者》中指出，文言文即将死去，那些顽固的文言文护卫者是"现在的屠杀者"。④文言文承载着"陈腐"的思想，所以被视为"僵死"的语言，要求废弃。而与文言传统相关的旧文学，同样遭到了强烈的批判，鲁迅甚至不承认新文学与旧文学之间的继承关系，他说："新文学是在外国文学潮流的推动下发生的，从中国古代文学方面，几乎一点遗产也没摄取。"⑤鲁迅这种语言观以启蒙的话语姿态遮蔽了古代文言文的典雅、精致与诗意之美。

鲁迅在批判文言传统的同时，始终把现代白话文作为其语言观和小说创作实践的重要资源。1934年鲁迅在写《门外文谈》时曾作了总结："旧文学衰颓时，因为摄取民间文学或外国文学而起一个新的转变，这例子是常见于文学史

---

① 鲁迅：《鲁迅全集》（第3卷），人民文学出版社，1981年版，第516页。
② 许觉民、张大明主编：《中国现代文论（上）》，安徽教育出版社，2010年版，第220页。
③ 鲁迅著，林贤治编注：《无声的中国》，花城出版社，2022年版，第46页。
④ 鲁迅：《鲁迅作品 随感录》，中国民族文化出版社，2022年版，第41页。
⑤ 鲁迅大辞典编纂组编：《鲁迅佚文集》，四川人民出版社，1979年版，第373页。

上的。"① 但仅靠白话文和民间文学还难以形成鲁迅小说语言的诗化风格，另一重要影响因素是外国文学。

二、求新声于异邦与追求文术新宗

在白话文运动深入发展之际，鲁迅等倡导者们逐渐认识到要创作优秀的现代白话文，仅靠白话口语显然不够，还须借助外力。鲁迅主张"别求新声于异邦"（《摩罗诗力说》），1909 年鲁迅与周作人合译的《域外小说集》出版，他在《序言》中指出其目的："特收录至审慎，移译亦期弗失文情。异域文术新宗，自此始入华土。"② 不但要传入新思想，还要引入新的艺术形式、格调和方法，以此打破古代小说艺术形式的雷同化与模式化。鲁迅语言的欧化和对外国文学中艺术手法的借鉴增强了其小说语言的现代色彩与诗化品质。

鲁迅语言的欧化，更多体现在句法方面。他指出："欧化文法侵入中国白话中的大原因，并非因为好奇，乃是为了必要……固有的白话不够用，便只得采些外国的句法。"③ 对西方语言句法的吸收与使用，在一定程度上增强了鲁迅小说的诗化韵味。如《伤逝》写道："如果我能够，我要写下我的悔恨和悲哀，为子君，为自己。"类似欧化句式与中国传统句法间存在的差异性带来了语言的陌生化效果，在情感方面更适合浓郁绵长的感情抒发，在乐感方面增添了语言的节奏感，产生了一唱三叹的效果，从而更好地营造出诗意的抒情氛围。

鲁迅还大量借鉴外国文学中的浪漫主义表现手法。1903 年鲁迅创作《斯巴达之魂》，其中的浪漫主义和传奇色彩显示出鲁迅的诗人气质。鲁迅在 1907 年的论文《摩罗诗力说》中对浪漫主义的推崇达到了顶峰。他推崇拜伦、雪莱、普希金、莱蒙托夫、密克凯维支、斯洛伐克斯基、裴多菲等浪漫主义诗人的作品中所具有的鼓舞人心的战斗力量："动吭一呼，闻者兴起，争天拒俗，而精神

---

① 鲁迅：《国学杂谈》，北京理工大学出版社，2020 年版，第 116 页。
② 陈漱渝、肖振鸣主编：《编年体鲁迅著作全集（插图本）1898—1922》，福建教育出版社，2006 年版，第 101 页。
③ 鲁迅：《朝花夕拾》，北京联合出版公司，2021 年版，第 171 页。

复深感后世人心，绵延至于无已。"① 这正是鲁迅推崇的"新声"，它既是激情四射的诗力迸发，也是奋起反抗的诗意呐喊。这种追求人的超越性，强调人的个体独立性，以及对陈腐秩序的破坏性，构成鲁迅文化哲学的基本内涵，也是构成鲁迅浪漫主义文学思想的根本依据。②

鲁迅对外国文学中的象征主义手法的借鉴和运用同样带来了小说语言的诗化。《狂人日记》受安特莱夫的《红笑》中象征手法的影响，表现出"格式的特别"。1924 年，鲁迅还翻译了日本厨川白村的论文集《苦闷的象征》，在书中，厨川明确地指出他所谓的"象征主义""绝非单是前世纪末法兰西诗坛的一派所曾经标榜的主义"，而是指象征主义式的"表现法"③，厨川的"广义的象征主义"④ 被鲁迅吸收并应用于小说创作中，使其写实性小说中散发出迷人的象征主义诗情。

鲁迅在阅读与译介外国作品的时候，曾非常重视弗洛伊德的心理学理论，对外国作品中的心理描写方法进行大胆的借鉴与吸收，从而成为其小说语言诗化的一种手段。

鲁迅借鉴外国文学资源，完成从传统小说到现代小说的转变，成功地创作出相当成熟的中国现代汉语小说，同时也为现代汉语小说开创了一条诗化道路。

三、"言行不一"的话语策略

在白话文运动初期，就鲁迅语言观而言，他是强烈地反对文言文的，但其创作实践却不自觉地使用了文言文。从《呐喊》、《彷徨》到《故事新编》，其中深刻的思想并非"感情直白地说出来"，而是充满了象征意味，显得委婉含蓄，具有明显的诗化特征。这形成鲁迅语言观与创作实践间的"言行不一"，这种"言行不一"的表象下潜隐着鲁迅深层次的文化心理。

---

① 鲁迅：《鲁迅杂文全集》，九州图书出版社，1996 年版，第 21 页。
② 汪晖：《反抗绝望——鲁迅及其文学世界》，河北教育出版社，2002 年版，第 32 页。
③ 厨川白村：《苦闷的象征》，《鲁迅译文集》（第 3 卷），人民文学出版社，1958 年版，第 29 页。
④ 厨川白村：《苦闷的象征》，《鲁迅译文集》（第 3 卷），人民文学出版社，1958 年版，第 32 页。

1926 年 11 月《一般》杂志第一卷第三期发表朱光潜的《雨天的书》一文，其中说："现在白话文作者当推胡适之、吴稚晖、周作人、鲁迅诸先生，而这几位先生的白话文都有得力于古文的处所（他们自己也许不承认）。"后来，施蛰存在《〈庄子〉与〈文选〉》中也指出："没有经过古文学的修养，鲁迅先生的新文章决不会写到现在那样好。"针对朱光潜、施蛰存等人的评价，鲁迅在《写在〈坟〉后面》一文中有所反驳，同时也承认自己曾看过许多旧书，"因此耳濡目染，影响到所做的白话上，常不免流露出它的字句，体格来。但自己却正苦于背了这些古老的鬼魂，摆脱不开，时常感到一种使人气闷的沉重"。① 这"古老的鬼魂"正是文言传统，它是鲁迅在白话文运动中力图摆脱而又在创作实践中难以摆脱的文化因子。语言的形式与内容密不可分，当鲁迅欲完成对封建文化的批判和"改造国民性"的启蒙使命时，不得不把与封建思想融为一体的文言纳入批判之列，但骨子里却又深受文言传统的深刻影响而难以摆脱，这正是新文化运动中鲁迅必然遭遇的两难处境和语言宿命，因而会表现出身不由己的困惑和沉重的"气闷"。

面对这种语言宿命，鲁迅不得不采取一种较为偏激的应对策略，他说："譬如你说，这屋子太暗，须在这里开一个窗，大家一定不允许的。但如果你主张拆掉屋顶，他们就会来调和，愿意开窗了。没有更激烈的主张，他们总连平和的改革也不肯行。那时白话文之得以通行，就因为有废掉中国字而用罗马字母的议论的缘故。"② 实际上，在鲁迅潜意识里，文言文和文言传统绝非僵死的废物，他们有着可资借鉴与吸收的优点与长处。随着白话文运动的深入发展及新文学创作实践的经验积累，白话文倡导者们对文言文和文言传统的态度开始转变。1928 年鲁迅在《革命与文艺》中已经开始强调文艺的审美价值，同时其语言观也逐渐产生变化，对文言文和文学遗产也主张"拿来"，批判地继承民族遗产。1934 年 4 月在《致魏猛克》信中，他说："新的艺术，没有一种是无根

---

① 鲁迅：《阿 Q 正传》，民主与建设出版社，2017 年版，第 290 页。
② 鲁迅：《无声的中国》，花城出版社，2022 年版，第 45 页。

无蒂，突然发生的，总承受着先前的遗产。"①

可见，鲁迅在小说的创作过程中，始终继承了民族遗产中的优秀传统，而其中的诗性传统对鲁迅小说语言的诗化具有决定性的作用。

四、诗性精神与小说诗化

普实克指出："对于优秀的现代中国短篇小说，例如鲁迅的短篇小说，如果要在中国旧文学中追溯它们的根源，那么这根源不在于古代中国散文而在于诗歌。"② 普实克的评点已经触及鲁迅小说语言诗化的根本原因——民族诗性精神。鲁迅的诗性精神主要表现在张独立自由之性、抒浪漫忧愤之情、发美伟强力之声、写通脱超拔之文等方面。

鲁迅始终追求个体的独立与自由，反对人为的桎梏，追求思想的奔放和心灵的洒脱。他说"思想行为，必以己为中枢，亦以己为终极：即立我性为绝对之自由者"③，这与他"立人"的启蒙思想相一致，而立人的途径为"掊物质而张灵性，任个人而排众数"（《文化偏至论》），他反对物质对精神的挤压，推崇性灵的舒张。面对现实中的束缚压迫、陈规陋习，主张反抗到底，在《摩罗诗力说》中，他推介"凡立意在反抗，指归在动作"④ 的拜伦、雪莱、普希金和莱蒙托夫等诗人及其作品，高度赞赏他们具有强烈反抗精神的"诗力"，强调创作中自由无拘的诗性精神。

鲁迅喜欢庄子，推崇其逍遥自在的浪漫抒情精神，他说自己的白话文除了"字句、体格"外，"就思想上，也何尝不中些庄周韩非的毒，时而很随便，时而很峻急"⑤。除庄子外，他赞美屈原"虽怀内美，重以修能，正道直行，而罹

---

① 鲁迅著；陈漱渝、王锡荣、肖振鸣编：《书信全编》（中），广东人民出版社，2019 年版，第 305 页。
② 普实克：《普实克中国现代文学论文集》、李燕乔等译，湖南文艺出版社，1987 年版，第 19 页。
③ 鲁迅：《鲁迅讲魏晋风度》，百花洲文艺出版社，2021 年版，第 101 页。
④ 鲁迅：《鲁迅杂文全集》，九州图书出版社，1995 年版，第 21 页。
⑤ 鲁迅著，林贤治编注：《无声的中国》，花城出版社，2022 年版，第 298 页。

谗贼，于是放言遐想，称古帝，怀神仙，呼龙虬，思姝女，申纾其心"①。鲁迅在《狂人日记》中体现出来的"深广忧愤"的精神，与屈原怒斥邪恶的发愤精神是一脉相承的。"就如悲喜时节的歌哭一般，那时无非借此来释愤抒情"（《华盖集续编·小引》），这种"释愤抒情"的诗骚传统，恰好是鲁迅小说诗意抒写的主要动因。

杨义认为："把一种向前的力和诗情的美结合起来，这是鲁迅小说'总而持之，条而贯之'的内在格调。"②"力和诗情的美结合起来"的"搏击人心的力量"正是鲁迅诗性精神的表现。他认为，诗人之目的，便是拨动人之情感而引起共鸣，发"美伟强力高尚"之声，达到打破僵滞陈旧的平和故态而革故立新的目的。"美伟强力高尚"的美学诉求，与鲁迅呐喊、反抗的诗性精神一致，它集中体现了鲁迅对崇高的人格、强力的反抗以及刚健不挠的韧性精神的极力推崇。

鲁迅推崇魏晋风度，欣赏汉末魏初文章的"清峻，通脱、华丽，壮大"③，他对具有"通脱"之气的嵇康、阮籍等魏晋文人极为推崇。鲁迅对"通脱"的赞赏与其在《中国小说史略》中对神话与传说等虚构性作品的高度评价相一致。他认为，神话传说体现了民族的集体无意识，是民族的集体"灵魂"，不应该遭到冲淡④。神话与传说是充满原始诗性智慧的艺术品，其中自由翱翔的想象力正是抵抗世俗魔阵的有效手段。在诗意的抒情与驰骋的想象中，人达到"通脱"的境界。鲁迅骨子里具有的对世俗人生与现实社会超越的诗意冲动，与其反叛精神、独立精神、浪漫精神和崇尚"美伟强力"的诗性精神是融为一体的。

鲁迅这种诗性精神始终贯穿于他的小说创作中，它赋予了鲁迅小说语言浓郁的诗化品格。抓住诗性精神，便懂得了鲁迅"言行不一"与"言行统一"的辩证关系，也更容易厘清鲁迅小说语言的诗化逻辑。

---

① 许寿裳：《亡友鲁迅印象记》，广西师范大学出版社，2010 年版，第 7 页。
② 杨义：《鲁迅小说综论》，陕西人民出版社，1984 年版，第 268 – 269 页。
③ 范桥、张明高、章真选编：《名人学术散文》，贵州人民出版社，1994 年版，第 14 页。
④ 李欧梵：《铁屋中的呐喊》，河北教育出版社，2000 年版，第 26 页。

五、鲁迅小说语言的诗化逻辑

纵观鲁迅在五四新文化运动期间及后来的语言观，大概经历了从倡导白话口语、借鉴欧化语言到吸收传统文言这样的演变过程，而与此过程相应的文学资源为民间文学、外国文学、古典文学，它们都给鲁迅小说语言带来了相应的诗化色彩，这是鲁迅小说语言诗化的表层逻辑。

在鲁迅小说创作中，上述三种语言和三种文学资源同时发生作用，并且在鲁迅"积习太深"的"古文气息"[①] 的深刻影响下，使得文学传统、文言传统和诗性传统成为其难以摆脱的"古老的鬼魂"。因而鲁迅的小说创作在使用白话口语、借鉴欧化语言和吸收传统文言的同时，始终受到诗性精神的深刻影响，它们共同发挥作用形成鲁迅小说语言诗化的隐性逻辑，而诗性精神作为此逻辑链条中的隐性因素，对鲁迅小说语言的诗化具有至关重要的作用。鲁迅的诗性精神的自然流露，便成为其小说语言诗化最深层也是最本质的原因。正是在诗性精神的影响下，鲁迅小说从语言、叙事方式、表现手法、艺术技巧等方面都具有了诗化的品质。

总之，鲁迅的语言观与其小说创作实践之间"言行不一"的现象只是一种表象，其核心是诗性精神，围绕着诗性精神，形成其语言观与创作实践之间相互统一的内在的深层逻辑。这条深层的逻辑之链，恰好展示了鲁迅始终如一的艺术审美追求和对诗性精神的推崇。

（本文原载于《文艺理论与批评》2014 年第 2 期，收入本书时有增改）

[①] 鲁迅在《"感旧"以后（下）》中说："因为从旧垒中来，积习太深，一时不能摆脱，因此带着古文气息的作者，也不能说是没有的。"见鲁迅先生纪念委员会：《鲁迅全集》（第五卷），花城出版社，2021 年版，第 237 页。

叙事的节制、节奏与诗意之美：
论废名小说《竹林的故事》

　　叙事必须在时间中进行。叙事作品的叙事时间，不论是在创作、阅读欣赏，还是在作品批评中，都是不可忽视的极为重要的要素。叙事作品的时间可分为本文时间和故事时间，本文时间指的是在叙述本文中所出现的时间状况，这种时间状况可以不以故事中实际事件的发生、发展、变化的先后顺序以及所需的时间长短而表现出来；故事时间指一事件或一系列事件按其发生、发展、变化的先后顺序所排列出来的时间。[①] 本文时间和故事时间往往是不一致的，这会造成本文时间和故事时间的错位，这种错位在叙事学中叫"时间倒错"[②]。"时间倒错"就是错时，它往往伴随着追述或对未来的预期，而不管是追述的事件还是对未来的预期，都会与"现在"（描述故事的时间进行到的某一时刻，因错时而中断）有一段或长或短的时间距离，这就是错时的跨度；而追述的或对未来的预期的事件本身具有的时间长度叫错时的广度。叙事作品在叙事时是有速度的，其速度是根据故事的时长以及本文的长度之间的相互关系来确定的。叙述的加速是以较短的篇幅叙述较长一段时间的故事，减速则正好相反。叙事的速度缓急形成叙事节奏，叙事节奏与叙事者的内在情思或舒缓或峻急紧密相连。废名的短篇小说《竹林的故事》诗意之美的生成，除了废名以古代隐逸诗人的心境对和谐宁静的乡村生活抱以诗意的态度，还与作品叙事的错时、节制、节奏和速度等有着密切的关系。

---

①　谭君强：《叙事理论与审美文化》，中国社会科学出版社，2002 年版，第 151 页。
②　罗钢：《叙事学导论》，云南人民出版社，1999 年版，第 132 页。

一、错时、节制与诗意

《竹林的故事》一开始就写道："出城一条河，过河西走，坝下有一簇竹林，竹林里露出一重茅屋，茅屋两边都是菜园……"这样的环境描写，本身不存在错时，因为看不出它属于本文叙事层面还是故事叙述层面，它既可以属于本文叙事层面，即叙事者当下时间所见之景，也可以属于故事叙事层面，即作为追忆部分的故事环境。实际上，这样的开头不仅展现了叙述者重回故地时所见到的真实环境，同时也为人物出场提供了活动场所，为错时提供了一种叙述的前奏，即铺垫，而且作者以一种优美、凝练和形象鲜活的语言写出了整个故事的诗意环境，这样的描写既具有日常生活情趣，也营造出田园牧歌般的诗意氛围，奠定了诗意般的抒情基调。

紧接着作者写道："十二年前，他们的主人是一个很和气的汉子，大家称他老程。"原来叙述者将要讲的是十二年前的故事，这里时间错位的跨度是十二年。主人公三姑娘有十二年的故事可写，然而作者只写了其中几年（七八岁到十二三岁）的故事片段，其他完全省略，只字不提，因而错时的广度大概只有五六年的时间。在追忆结束回到本文叙事层面时，作者很自然地进行了过渡："从此我没有见到三姑娘。到今年，我远道回来过清明，阴雾天气，打算去郊外看烧香，走到坝上，远远望见竹林，我的记忆又好像一塘春水，被微风吹起了。"到此，叙事者完成对三姑娘的追忆，从故事时间回到了叙事时间。就小说整体结构而言，本文时间如同一面精巧的镜框，里面装有三姑娘精美的画面，镜框既是导引标识，也是容纳作者浓郁诗情的器具，当里面的画面一页页展开时，朴素的乡野气息和纯真的少女情愫便迎面扑来，诗意也随之弥漫扩散。

叙事者故地重游，沧海桑田，感慨万千，可写的颇多，但他懂得叙事的节制，只写表现三姑娘纯真自然之美的相关事件，如写她天真无邪的童年，写她与父母的天伦之乐，写她懂事和勤劳，写她善解人意和少女的梦幻，写她的憧憬和失去亲人的伤感，写三姑娘那种放弃儿童的欢乐而慰藉母亲的爱心，也写三姑娘过于乖巧和妈妈产生的争吵，还写三姑娘的大方热情、可亲可爱和坦然纯真，三姑娘其他的日常生活事件被略去，这正是作者叙事的节制。这种节制便于集中叙述三姑娘的天真善良与自然纯美，最终使三姑娘的纯真之美融入茂密的竹林之中，融入潺潺的溪水之中，融入热闹非凡的龙灯赛中，融入新鲜香甜的菜叶中。同时，叙事的节制为读者留下了足够的想象空间，增添了小说含蓄凝练之美，形成如诗如画的叙事效果。如小说结尾写道："三姑娘的鞋踏着沙土。我急于要走过竹林看看，然而也暂时面对流水，让三姑娘低头过去。"故事于此便戛然而止，多年之后"我"和三姑娘重逢后的情况作者只字未提，这种留白令人遐想。但更重要的是，这样的节制避免了叙事者和读者情感的分散，使其更加专注于少女时期的诗意般的三姑娘，也就是更加专注地体验与领悟作者营造的田园牧歌般的诗意境界之美。

《竹林的故事》对叙事时间的处理，形成现在和过去的交融，造成时间上的大幅度跳跃，而这正是诗意生成的方式。也正因为如此，小说的叙事才能够在想象的艺术空间中自由地展开，作者也才能自如地抒写自己的理想，摆脱历史固有的陈规和世俗固化的束缚，去描绘心灵中绚丽的诗意天空。

二、时间转接与诗意贯通

《竹林的故事》在处理本文时间和故事时间的错位时，并没有造成时空逻辑的断裂，而是给人文气贯通、浑然一体之感。小说第一段的"十二年前"和第二段的"那时"，在时间上紧密衔接，也使第一叙事层面进入第二叙事层面，从而展开对十二年前三姑娘的故事的叙述。即使错时的跨度长达十二年之久，但由于作者精心的构思，使本文时间层面和故事时间层面的叙述浑然一体，没有丝毫的割裂之感。小说在三姑娘的故事叙述完了之后，用了承上启下的过渡段："从此我没有见到三姑娘，到今年，我远道回来过清明……"于是又在竹林旁遇见了三姑娘。这段文字结束了追忆，从故事时间回到本文时间，既可以和前面的"十二年"遥相呼应，也清楚地说明了追忆三姑娘的缘由，这样使小说在结构上浑然一体。

小说采用故事中套故事、大时间套小时间、现在与过去相交融的叙事技巧，使叙述者既能站在一定的时间和事件之外审视三姑娘的淳朴自然之美：尽管时间流逝，但这没能冲淡三姑娘的纯真与自然，反而使三姑娘的美更加浓郁香醇，给人美好的回味；又能使叙事者融入事件之中，成为故事的见证者和参与者，使故事更加真实可信，使叙述者与故事中的事件、环境及人物相互融合，小说成了浑然的一体。同时，叙述的不露痕迹也显示了技巧的圆熟和自然，这种自然随意又和三姑娘的率直天性水乳交融，浑然天成，三姑娘的性格和叙述者的理想人格也因而熔于一炉。故事中的三姑娘那些美好的品性，是叙述者在诗意的描写中显示出来的，叙事者对乡土田园的诗意想象，决定了小说的叙述基调和内在的诗性品质，于是，三姑娘的故事便在一种看似漫不经心却又行云流水般的描绘中展开，而情节又是那样的随意和细致，正是在这些琐事之中显现出真情真性，从而使整篇小说具有贯通一气的诗意之美。

三、节奏、速度与诗意生成

小说作为时间和空间的艺术，必然存在叙事的节奏。朱光潜说："节奏是一切艺术的灵魂，在造型艺术则有浓淡、疏密、阴阳、向背相配称。在诗乐、舞蹈时间艺术则为高低、长短、疾徐相呼应。"[1] 小说的叙事节奏既与叙事时间的长短、叙事空间的转换疾徐相关，同时也和叙述者的心理张弛、作品中人物心理和行为状况相关。小说叙事节奏有外部和内部两种表现形式，外在节奏指小说语言的"声调的轻重、缓急，文句的长短、整散，字音的响沉、强弱，语流的疾徐、曲直，以及它们的错杂相间，交相更替，使作品的声势呈现有规律的变化，而构成的语言的声音节奏"[2]。内在节奏，指"作品各个构成部分的起承转合、疏密缓急，或者情节的张弛变化，事态的发展波澜，场景画面的转换、

---

① 朱光潜：《朱光潜谈美》，金城出版社，2006 年版，第 151 页。
② 明海：《文体鉴赏艺术论》，山东文艺出版社，1992 年版，第 177 页。

跳越，人物的活动等各种内容要素的交替变换，而构成的内在运动的节奏"。①
内在节奏主要体现在情感意识的变化方面。《竹林的故事》其叙事节奏是舒缓
的而非强烈的，是有节制的优美的节奏，而非泛滥的粗犷的节奏，它是在优美
中隐藏着宁静，在散淡中埋藏着真诚，其中既有淡然超脱的心态，也有对乡土
田园的淡淡的隐忧，有着自然生命观照下的美与悲。《竹林的故事》中"故事
叙述并不纠结于人物的外在动作、情节，而指向人物内心的心灵思绪，不求离
奇曲折，只求心领意会"②。恰恰是人物描写的内指性特征和废名内在心灵的从
容淡然，形成小说叙事语言节奏的舒缓性与诗意性特征。《竹林的故事》这种
内在的舒缓的叙事节奏主要依靠省略和概要的方式来形成。

（一）概要式叙事与诗意效果的形成

概要是指文本中把一段特定的故事时间压缩为表现其主要特征的较短的句
子，故事的实际时间长于叙事时间。③ 小说对事件的省略很多，这种省略在时
间上有的表现较长，有的较短，这使叙述的节奏显得起伏有致，加上形象而优
美的文字，小说就有了诗情画意。应该注意的是，小说中事件的省略，一方面
是为了省略那些无助于表达的东西，凸显那些有助于表达表现主题的事件，另
一方面这和废名所坚持的温和与诗意的创作态度有关，和他对传统乡土社会的
眷念与忧患有关，他更愿意略去哪些有碍小说整体诗意效果的情节。同时，概
要式的省略还为读者留出一定的想象空间，从而激发联想与想象，把读者引入
诗意的沉思之中。小说的第一段写道："十二年前，他们的主人是一个很和气的
汉子，大家称他老程。"然后从老程自然写到了其女儿三姑娘，对于老程家的其
他情况省略则不写，只是写道："从名字看来，三姑娘应该还有妹妹或兄弟，然
而我们除掉她的爸爸和妈妈，实在没有看见别的谁。"对于老程的死，叙述者也

---

① 明海：《文体鉴赏艺术论》，山东文艺出版社，1992 年版，第 177 页。

② 方国武：《诗意叙事与审美人生——废名〈竹林的故事〉文化诗学解读》，《小说评论》2009 年第
3 期。

③ 罗钢：《叙事学导论》，云南人民出版社，1999 年版，第 148 页。

没有作过多描写，只用了"然而绿团团的坡上，从此也不见老程的踪迹了……"几句描写，就暗示出来。小说这两处省略匠心独具，既交代了人物的家庭背景和故事发生的背景，也为叙述三姑娘的故事作了铺垫，同时在这种概要式的加速叙述中遵循了小说叙述的诗意基调，因为所省略的这两处都隐含了悲剧，如果展开描写这些悲剧，一是显得多余，二是会冲淡小说的诗意氛围，而进行概要式的叙述，既对故事的必要线索作出了交代，也避免了对小说诗意的破坏。

（二）时间段的省略对诗意节奏的增强

《竹林的故事》对时间段的省略很多，但并未使三姑娘的成长过程显得断裂，而是在这种因省略而造成的加速叙述中，使一个生机勃勃的少女形象栩栩如生，也使小说的描写更具有诗意。小说写三姑娘拒绝去看龙灯，然后和妈妈发生了小小的争吵，文中写道："三姑娘同妈妈的争吵，其原因都出在自己的过于乖巧，比如每天清早起来，把房里的家具抹得干净……"这里就是采用概要的方式来写三姑娘的勤劳和懂事。接着写道："现在站在坝上，眶子里的眼泪快要迸出来了，妈妈才不做声。这时节难为的是妈妈了，皱着眉头目不转睛地望，而三姑娘就是不抬头！"小说省去了不抬头的原因，即三姑娘是因为心中难过，为妈妈辛劳和生活的艰辛，而又不想让妈妈知道自己的难过。接着写道："待到点燃了案上的灯，才知道已经走进了茅屋，这期间的时刻竟是在梦中过去了。"这里省略的一段时间，既是对故事时间的省略，也是对人物心理时间（心理活动）的省略，三姑娘的不抬头和她的沉默，使叙述者也不能多说，只得省略，从而留下思想的空间，造成诗一样的空白美。

三姑娘的父亲老程死后，"母子都是那样勤敏，家事的兴旺，正如这块小天地，春天来了，林里的竹子，园里的菜，都一天一天地绿得可爱。老程的死却正相反，一天一天淡漠起来，只有鹞鹰在屋头上打圈子……到后来，青草铺平了一切，连曾经有过爸爸这件事实也几乎没有了"。此处采用了景物描写的方式来展示时间的流逝，把三姑娘置于这样无可奈何的环境中，她有过想念父亲的念头，但现实的生活及三姑娘的天真纯净的心灵抚平了失父的伤痛，她是充满青春活力的少女，正如地里的草、林子里的竹、园子里的菜，什么也阻挡不了生命的成长。这里的省略就具有了诗意的跳跃性。诗意的跳跃性表现在两方面，一是意象的跳跃：春天、竹林、菜园等，一是时间的跳跃：老程的死（过去时）、鹞鹰的盘旋、母亲的呼喊（现在时），后来是青草铺满坟头（将来时），于是这样的叙述便有了浓厚的诗的意蕴。

（三）描写与闪回对叙事速度的调控

废名在《竹林的故事》中，一方面采用省略和概要的方式来加快叙事进程，另一方面又用描写或闪回的方式来放慢叙事速度。小说中描写三姑娘帮父亲捉鱼，帮母亲买盐，父饮女食的天伦之乐，也描写了她父亲团团的坟堆，父亲死后复归平静的生活。其中着重描写的是三姑娘拒绝龙灯的诱惑而在家里帮妈妈做家务，以及三姑娘的卖菜。这里的描写多数并非静止的，而是在动态的描写中放慢了叙述的速度，这有助于艺术想象空间诗意地打开，有助于三姑娘的个性的充分展示。叙事中插入这样的展开式描绘，和小说叙事进程中的节制或省略相互交替，从而形成叙事的节奏感，这也是小说诗意生成的重要手段之一。在这样的描绘之中，其内部本身也形成一种更低层次的叙事节奏。比如下面一段描绘：

> 河里没有水，平沙一片，显得这坝从远远看来是蜿蜒着的一条蛇，站在上面的人，更小到同一颗黑子了。由这里望过去，半圆形的城门，也低斜得快要同地面合成了一起；木桥俨然是画中见过的，而往来蠕动都在沙滩；在坝上分明数得清楚，及至到了沙滩，一转眼就失了心目中的标记，只觉得一簇簇的仿佛是远山上的树林罢了。至于聒聒的喧声，却比站在近旁更能入耳，虽然听不着说的是什么，听者的心早

被他牵引了去了。竹林里也同平常一样，雀子在奏他们的晚歌，然而对于听惯了的人只能够增加静寂。

这段文字从开始到"而往来蠕动都在沙滩"，都是从视觉方面进行远距离的镜头扫描，从"在坝上分明数得清楚"开始到"只觉得一簇簇的仿佛是远山上的树林罢了"，转为以近距离的感觉描写，然后又转向远距离的听觉描写，最后一句又转向对眼见近距离的竹林景象的描写。这种远近视点的交换便形成诗性的叙事节奏。另外，这段描写既可以理解成全知的叙述者（外聚焦者）的声音，也可以理解是以三姑娘为视点（内聚焦者）所见到的情景。此时，内聚焦和外聚焦合而为一，于是叙述者融入了田园风光之中，三姑娘也融入了田园风光之中，叙事者可以借助景物、场面的描绘来延缓叙事的速度，从而为叙事者诗情的充分抒写提供时空条件。而且，通过这种描绘，叙事者、主人公三姑娘和所描写的自然环境等，都融为一体，消融了彼此界限，自然景物被性灵化，世间人物被雅化和诗意化。

除了动态性描写之外，小说中还有静态性描写，如对竹林环境的描写，对老程的坟墓的描写："然而绿团团的坡上，从此也不见老程的踪迹了——这只要看竹林的那边河坝倾斜成一块平坦的上面，高耸着一个不毛的同教书先生（自然不是我们的先生）用的戒方一般模样的土堆，堆前竖着三四根只有秒梢还没有斩去的枝丫吊着被雨粘住的纸幡残片的竹竿，就可以知道是什么意义。"这种静态的描写呈现出作者超然的心态，为小说增强了禅意和诗意。在描写三姑娘的美时，作者这样写道："三姑娘在这时已是十二三岁的姑娘，因为是暑天，穿的是竹布单衣，颜色淡得同月色一般，——这自然是旧的了，然而倘若是新的，怕没有这样合适，不过这也不能够说定，因为我们从没有看见三姑娘穿过新衣；总之三姑娘是好看罢了。"如此简洁朴素的笔触便活脱脱地勾勒出一位亭亭玉立、青山绿水般超凡脱俗的乡村少女之美。

作者除采用描写的方式放慢叙事速度外，还采用了闪回的笔法来形成舒缓悠远的诗意效果。比如写三姑娘母女过节，作者便采用了闪回的方法："三姑娘不上街看灯，然而当年背在爸爸的背上是看过了多次的，所以听了敲在城里响在城外的锣鼓，都能够在记忆中画出是怎样的情境来。'再是在衙门口领赏……'忖着声音所来的地方自言自语地这样猜。妈妈正在做嫂子的时候，也是一样的欢喜赶热闹，那情境也许比三姑娘更记得清白……"，这里两次闪回插入了三姑娘和妈妈对往昔节日的回忆，回忆中有老程的存在，因而是圆满而甜美的。然而现在，人去物空，哀痛虽减，但亲人难忘。作者在闪回式的描写中，既展示了三姑娘母女失去亲人的哀伤，也写出了她们面对现实的超然与解脱，这样的描写具有"乐而不淫，哀而不伤"的诗性审美效果。

于是，作者用一支节制而有才情的笔，起伏回环，写竹林，写茅舍，写菜园，写少女，写清澈的溪水，写婉转的歌声和清脆的笑声，而三姑娘的纯洁优雅、朴素大方、生机勃勃都融入这些优美的田园风景之中了，于是在葱茏的竹林里面隐藏了三姑娘的个性，回荡着三姑娘的歌声，包含着三姑娘的幸福和哀愁。三姑娘就如竹一样的直，如竹一样的有节，竹林里蕴藏着诗，三姑娘正是一首优美淡雅的田园诗。

总之，废名以田园牧歌般的叙述风格、诗意的笔触，在一种清幽淡远的意境中展现了他的审美理想。三姑娘是他的理想的诗意化身，而三姑娘青春的诗意之美又完全回荡在翠绿的竹林中了，这样作者的理想成了诗，三姑娘成了诗，竹林成了诗，竹林里的故事也是诗，竹林里的一切便闪烁着诗的光芒。

（本文原载于《河南工业大学学报（社会科学版）》2014 年第 2 期，

收入本书时有修改）

郭沫若早期小说直露式诗性叙事探析

在整个郭沫若研究中，学界对其小说的研究相对较少。这一方面是因为其小说作品量不大，总共发表的小说仅四十多篇，且绝大部分为短篇；另一方面是因为人们对其小说具有先入为主的成见，这样的成见导致人们对其小说重视程度不够，甚至认为"郭沫若的笔太直，不曲，所以他是没有做小说家的资格的"①。这种说法实在是过于武断和失之偏颇。对于郭沫若小说的批评，应该回到历史现场，结合他的自身经历、文学观念、时代精神等方面进行综合考察，以形成较为客观公正的评价。本文将以郭沫若早期（大革命以前）小说为对象，解析郭沫若早期小说中存在的诗性诉求与直露式抒写之间的逻辑关联，以及叙事方式的"曲"与"直"、思想意蕴的"露"与"隐"等关系问题。

一

郭沫若作为情感激越的浪漫主义诗人，他的诗性精神是豪放张扬的，这种诗性精神不仅体现在他的诗歌之中，也贯穿于其小说与戏剧之中。在《文学的本质》一文中，他指出："诗是文学的本质，小说和戏剧是诗的分化。"② 他在《序我的诗》中指出："自从《女神》以后，我已经不再是'诗人'了。""我

---

① 傅正乾：《表现自我：郭沫若早期散文化抒情小说的艺术功能》，《陕西师大学报（哲学社会科学版）》1988 年第 2 期。
② 许觉民、张大明主编：《中国现代文论（上）》，安徽教育出版社，2010 年版，第 335 页。

所写的好些剧本或小说或论述，倒有些确实是诗。"① 由此可知，郭沫若的文学本质论与他的创作是一致的，始终张扬着诗性精神，因而其早期小说创作直接受到诗的影响，具有诗性特征。

就我国古代或近代的诗歌理论而言，有一个较为普遍的共识，即具有诗性的文本一般比较含蓄有韵致，追求"言外之意""味外之旨"，要求语言有悠远的余味。以此诗歌观念来考察郭沫若小说的"直露"与诗性追求，便出现了创作观念与创作实践之间的矛盾。但如果我们回到历史现场深入考察，便会发现二者之间存在内在的逻辑关联。对于这种逻辑关联，本文拟从文化语境、作者个性、文学资源及作者诗歌观念等方面进行考察。

首先，郭沫若早期小说受当时文化语境的影响。晚清到五四时期的白话文运动目的是要把明白易懂的白话文推上历史舞台，以传播新思想。胡适对古代白话文学考察后主张"今日作文作诗，宜采用俗语俗字"②，并指出"文字的功用在于达意，而达意的范围以能达到最大多数人为最成功"③，胡适主张文学的大众化，要求语言明白易懂。五四时期多数革命派知识分子都主张用白话文直白地"达意"。在陈独秀、胡适、鲁迅等人的推动下，白话文运动完成了从古代文言文到现代白话文的转型，形成大众化直白化的文学语言。语言转型适应了五四思想革命和启蒙运动的需要，于是五四知识分子急切地表达自己的思想观点，急切地抒写自己的个体情绪，整个时代形成一种急于言说的情绪亢奋状态，形成了"直白地说出来"的文学创作潮流。当国内新文化运动如火如荼之际，在日本留学的郭沫若也深受其影响，其诗学理论染上了浓郁的时代色彩，他主张文学的本质在于情感的直接宣泄。所以，其早期小说创作直白式的抒写，与他所处时代的文化语境不无关系。

其次，郭沫若小说的直露式抒写，还与他的个性气质有关。郭沫若作为浪

---

① 王训昭、卢正言、邵华等编：《郭沫若研究资料（上）》，知识产权出版社，2010 年版，第 294 页。
② 胡适：《胡适文存》，华文出版社，2013 年版，第 14 页。
③ 蔡元培等：《中国新文学大系导论集》，上海书店出版社，1996 年版，第 20 页。

漫主义诗人，浪漫主义是郭沫若文化个性中最本质的东西。① 他的浪漫气质形成他情绪化的感性思维及颇为主观和冲动的个性。在他早期的诗歌和小说特别是自叙传小说中，这种浪漫气质表现得淋漓尽致。郭沫若在 1922 年自述中说自己是一个偏主观的人，其想象力异常丰富，不喜欢为艺术形式所束缚。所以他在给宗白华的信中说："我也是最厌恶形式的人，素来也不十分讲究它。我所著的一些东西，只不过尽我一时的冲动，随便地乱跳乱舞的罢了。……只是我自己对于诗的直感，总觉得以'自然流露'的为上乘。"② 因此郭沫若极力突破形式的拘束，主张情绪的"自然流露"，其诗歌如此，其小说戏剧亦如此。再加上深受浪漫主义思潮的影响，他常以火山爆发的方式直抒情感，其作品中不可遏抑的、激越博大的情感抒发压倒了形式的字斟句酌，形成了势不可当的直露式抒情。

最后，郭沫若小说直露式的抒情，还受到了外国文学的影响。第一，郭沫若早期受到德国表现主义的影响。他崇尚天才、灵感和直觉，他和创造社同人都主张"本着我们内心的要求从事于文艺的活动"③。与推崇表现主义相伴随的是对弗洛伊德的精神分析学说和西方意识流方法的借鉴与吸收，郭沫若说自己在小说创作中注重用梦境来分析人物的精神。④ 第二，郭沫若早期小说直露式抒写受到了日本私小说和厨川白村的象征主义观念的影响，因而其小说多以揭示人物内在心灵世界为主要题材。第三，他受到欧洲浪漫主义文学的影响，特别是惠特曼、歌德、拜伦、雪莱、海涅等诗人的影响，这促进了其浪漫主义艺术个性的形成。郭沫若广泛吸收多种艺术形式，最终形成其直露式表白的艺术手段。

---

① 蔡震：《理想激情与英雄梦想——关于郭沫若浪漫精神的思考》，郭沫若与二十世纪中国文化（会议），2006 年 6 月 30 日。
② 许觉民、张大明主编：《中国现代文论（上）》，安徽教育出版社，2010 年版，第 365 页。
③ 北京大学等主编：《文学运动史料选（第 1 册）》，上海教育出版社，1979 年版，第 209 页。
④ 许觉民、张大明主编：《中国现代文论（上）》，安徽教育出版社，2010 年版，第 348 页。

二

除了以上诸因素对郭沫若早期小说直露特点有影响，对这种直露特点影响更大的是郭沫若的诗歌理论，它对郭沫若的小说创作产生了直接、持久和深刻的影响。

郭沫若的诗歌理论最核心的观点是"诗之精神在其内在的韵律"。郭沫若所说的"诗之精神"主要是指诗歌的韵律节奏，他认为诗的韵律不在外在形式，而在于内在情感变化，即"情绪底自然消涨"所形成的流畅连贯的节奏。郭沫若1926年在《论节奏》中指出，情绪的舒缓紧张便产生节奏，他指出诗歌不借助外在形式的音乐式的韵语，依靠内在的情感或情调，也能形成自己的节奏，从而具有音乐性。① 郭沫若反复强调，主观情绪以及由此营造出来的情调是诗歌的主体，外在的韵律只不过是穿在美人身上的衣饰而已。他后来还说："总之诗无论新旧，只要是真正的美人穿件甚么衣裳都好，不穿衣裳的裸体更好！"② 由此可见他还是更喜欢痛快淋漓的情感抒发。

郭沫若指出，"情绪的律吕，情绪的色彩便是诗"③，情绪本身具有绘画与音乐的艺术效果。在《牧羊哀话》《漂流三部曲》等小说中，情感的宣泄形成小说的叙事节奏，叙事过程时而激越，时而舒缓，人物情感与人物命运始终一致，并决定了小说的叙事节奏。他主张诗歌是用心倾听，而不是用耳听的，因此语言的韵律对郭沫若而言远远不如自我的情感韵律。他不追求委婉含蓄的诗意表达，更赞赏直露式的自我抒发。郭沫若的诗歌理论，对其诗歌创作和早期小说创作皆产生了直接的影响。

郭沫若1920年的《生命底文学》一文中也表达了对情绪直接流露的热衷，他说："创造生命文学的人当破除一切的虚伪、顾忌、希图、因袭，当绝对地纯

---

① 许觉民、张大明主编：《中国现代文论（上）》，安徽教育出版社，2010年版，第371页。
② 许觉民、张大明主编：《中国现代文论（上）》，安徽教育出版社，2010年版，第330页。
③ 许觉民、张大明主编：《中国现代文论（上）》，安徽教育出版社，2010年版，第336页。

真、鲠直、淡白、自主。"① 郭沫若指出，创造生命的文学需要毫不伪善，特别强调鲠直。鲠直作为四川方言，是指不拐弯抹角，不扭扭捏捏，而是痛痛快快地表达出来。因为生命的文学是独立自主的，是真善美的文学，而文学恰恰是要表现自我的生命真实，因而个体生命内在的"情绪"才成为郭沫若小说的主要表现对象。正因如此，其早期小说中饱满的情绪多是直接的真情流露，而非含蓄的间接抒写。

他在小说《落叶》中，借助对主人公菊子姑娘四十一封信的评价道出了自己文学个性与情感倾向："菊子姑娘的纯情的，热烈的，一点也不加修饰的文章，我觉得每篇都是绝好的诗。她是纯任着自己一颗赤裸裸的心在纸上跳跃着的。"郭沫若在此表明自己直露式抒情创作主张，而且他认为只要是赤裸裸的内心的表白，便是诗。这和"诗之精神在其内在的韵律"的主张一致。写诗如此，写小说也如此。因此，郭沫若许多直露式抒情小说，至少在他自己看来都是诗意盎然的，也就是说，郭沫若是把小说当成诗歌来创作的。他采取的是一种诗性叙事，如《牧羊哀话》《残春》《未央》《月蚀》《圣者》《落叶》《阳春别》《喀尔美萝姑娘》《漂流三部曲》《行路难》《亭子间中》《湖心亭》《柱下史入关》等都属于具有浓郁抒情色彩的诗化小说。

可以说，郭沫若在文化语境、作者个性和文学资源等因素的影响下，加上"直抒情绪"的诗学观念，受此诗学观念的主导和影响，其小说自然呈现出直露式的抒写特点。因而，郭沫若早期小说的诗性追求与直露式抒写在内在逻辑上是统一的。郭沫若的这种诗学观念，拓展了现代小说的叙事方法，形成了郭沫若独特的直露式诗性叙事方法。

我们解决了郭沫若小说直露式抒写的原因，也解决了郭沫若对小说的诗性追求与直露式抒写之间的内在逻辑联系。接下来分析郭沫若早期小说的叙事方式的"曲"与"直"的问题。

---

① 许觉民、张大明主编：《中国现代文论（上）》，安徽教育出版社，2010年版，第326页。

三

虽然郭沫若认为情绪的自然流露便是诗，但他并不否认外在形式的美学价值。他说："诗是纯粹的内在律底表示，他表示的方具用外在律也可，便不用外在律，也正是裸体的美人。"① 其言外之意是：内容本身就美，如有美的形式，那便是锦上添花。有了"外在律"的修饰，作品就如同裸体美人穿上了衣服，含蓄而有韵致了。所以他的小说创作也采取了相应的"外在律"来形成"曲笔"，以增添小说"直露"之外的含蓄与余味。郭沫若早期小说采用了象征、寓言、隐喻、梦幻及意识流等艺术手段来形成曲笔，以适应其作为浪漫主义作家在艺术上的反传统要求，以丰富小说的现代美学内涵。

郭沫若早期小说中有不少象征性抒写。《落叶》中题目"落叶"既象征着菊子和洪师武的爱情与生命如落叶般飘零，也象征着旧的时代将如落叶般逝去，新的时代将重新萌芽成长。《曼陀罗华》写一位爱慕金钱的极度世俗的母亲对自己亲生儿的厌弃，结果害死了自己的儿子。小说结尾写道："我回头望着那惨红的烟囱上正冒着一股曼陀罗华色的青烟。"这是弥漫着毒雾的社会现实的象征性抒写。《LOEBENICHT 的塔》中写哲人康德的凡俗日常生活，曾遮挡住康德窗户的白杨树树巅被砍后，康德重见黄昏中的塔，这塔不仅是康德哲学的象征，而且是主客体交融毫无障碍的美学境界的象征性表达，这也是郭沫若反对理性而重视感性生命的现代性思想的表现。值得注意的是，郭沫若早期小说中的象征更偏重于整体性象征，我们习惯了欣赏和理解局部象征，对整体象征很容易忽略，这也许是导致读者认为郭沫若小说缺少曲笔而直露的原因之一。

郭沫若早期小说中有寓言式叙事。《三诗人之死》写三只家养的兔子（拜伦、雪莱、济慈）的先后死亡，作者采用了寓言式的叙事方式，寄寓着对善良的弱小者的同情、对强盗式的入侵行为的深恶痛绝、对不抵抗主义的沉痛叹息和反思。这篇小说中的象征意蕴与《阳春别》中对国人麻木不抵抗的批判是一

---

① 许觉民、张大明主编：《中国现代文论（上）》，安徽教育出版社，2010 年版，第 329 页。

致的，因而形成互文关系。《漆园吏游梁》写庄子为贫困所迫，织草鞋谋生不成，以麻屑充饥，面对眼前的贫困窘境，庄子从哲理玄思回归现实日常生活，开始思念妻子，并反复吟唱："我饥渴着人的鲜味，我饥渴着人的鲜味呀！"他一方面欲摆脱饥饿，另一方面又思念朋友，于是寻找管河堤的旧友，遭到拒绝，寻找知己惠施，惠施却怕他夺相位而抓捕了他。郭沫若把自己对现实人生和社会的思考寄寓在寓言式的叙事之中，让人回味无穷。《柱下史入关》写老子出关后进入沙漠无法生存又回到函谷关，在函谷关讲了一通痛骂自己《道德经》的言论。整个小说寄寓着对感性生活、自然欲望与抽象玄思、纯粹理性之间的矛盾冲突与反思，也对抽象空洞的玄谈说教进行了嘲讽，作品具有浓郁的现代性色彩。

由于受到弗洛伊德的精神分析学说的影响，郭沫若喜欢在其早期小说叙事中植入梦境来分析人物的内在心理。特别是几篇与爱情有关的小说，如《残春》《叶罗提之墓》《喀尔美萝姑娘》中都有通过做梦以满足现实生活中无法实现的爱情欲求。还有《牧羊哀话》用"我"所做的梦把小说推向情绪（情欲）的高潮，梦被凸显和强调，成为小说结构的主体部分。《未央》描写主人公爱牟在睡意蒙眬中产生幻觉，各种情绪和念头依次跃入梦境，它们强化了弱国子民在异国他乡受人欺凌、任人宰割的愤懑之情和爱国主义情怀。郭沫若小说于叙事中植入梦境，形成委婉的"曲笔"，这也相应地增添了小说的诗性之美和现代意蕴。

另外，郭沫若小说中还采取植入诗歌的方式加强形式的韵律之美，比如《牧羊哀话》《残春》《未央》《月蚀》《圣者》《漂流三部曲》《行路难》《人力以上》等作品中都插入了诗歌。且诗歌插入的方式是多样化的，有作为开首的题记，有的在小说中部，有的在尾部；有的是作者自己创作的，有的是摘录引用的。诗歌的插入在增强抒情性和诗意的同时，也为小说带来一定的含蓄性。有的小说还采用了复沓、反复等修辞方式来形成外在结构的节奏美。

郭沫若早期小说中多采取第一人称的叙事手法（多数第三人称的小说也是以第一人称视角进行叙事的）和自叙传的小说体式，这都是他在小说叙事方式上的探索与创新，是为适应"内在律"而选择的"外在律"形式。因而，其"内"与"外"、"直"与"曲"是对立统一的关系。

四

与郭沫若早期小说中的"直""曲"问题相关的是"露""隐"问题。要想解决这个问题，就必须越过由各种直露"情绪"构成的小说表层结构，挖掘其中隐藏的深层内涵，即从郭沫若的小说文本出发，结合当时的文化语境和郭沫若自身的人生经历进行客观评价。

郭沫若早期小说如《牧羊哀话》《落叶》《残春》《月蚀》《喀尔美萝姑娘》《漂流三部曲》等，把主人公的穷困潦倒、苦闷无助、痛苦孤寂、对黑暗现实的诅咒、忧时忧国以及反帝意识等都通过直露式的宣泄呈现出来，这属于表层内涵。郭沫若认为，无论诗歌小说还是别的文学体裁，都应该吐露直接的真情，以此提升读者的人格。[①] 因而其早期作品的表层意蕴与多数读者的阅读感受是一致的，至于深层意蕴，属于非直露式的"曲笔"，即使是专业人士也未必能完全把握住。比如郭沫若曾向郁达夫谈及《残春》的用意，郁达夫却认为郭沫若自己不说出来，恐怕没有人能懂得。[②] 所以，普通读者把握不住郭沫若小说的深层意蕴而认为其小说直露，也是可以理解的。

郭沫若早期小说不仅直露式地抒写了苦闷、孤寂、痛苦、抑郁、愤懑不平等情绪，而且表达了形成这些情绪的根源，即作者的现代性诉求与传统观念之间的矛盾冲突。现代性具有天然的反叛性，反叛就意味着某种对立与冲突。鲍德里亚在《遗忘福柯》一文中指出，现代性"将自己与传统相对立，也就是说，与其他一切先前的或传统的文化相对立"。[③] 这种对立与冲突在郭沫若早期小说中集中体现在个体独立与家庭伦理之间、个性解放与传统道德之间、社会

---

① 许觉民、张大明主编：《中国现代文论（上）》，安徽教育出版社，2010 年版，第 330 页。
② 许觉民、张大明主编：《中国现代文论（上）》，安徽教育出版社，2010 年版，第 330 页。
③ 道格拉斯·凯尔纳、斯蒂文·贝斯特：《后现代理论：批判性的质疑》，张志斌译，中央编译出版社，1999 年版，第 145 页。

理想与固有现实之间以及民族独立与帝国主义侵略之间。

五四时期知识分子为了寻找自身和民族国家的出路，有的远走他乡，有的叛逆家庭，于是离乡与归乡的心理矛盾始终伴随着他们。郭沫若对自己的包办婚姻非常不满，但其对家庭尽孝的传统道德观和追求自由独立的现代思想之间始终存在矛盾。《落叶》中菊子为了爱情而抛弃了父母兄弟和整个家庭，但当父亲离她而去时，她感到了悲哀和孤寂。《漂流三部曲》中爱牟因反叛旧式婚姻而与父母脱离关系，却又存在对父母的愧疚和孝心，离家的不归正是孝心的体现。这种传统家庭伦理与个性解放之间的冲突，正是作者五四思想的某种表现，因而具有浓郁的时代精神特色和现代性倾向。

在郭沫若早期小说中，不少抒情主人公对个性解放和人身自由的追求是通过反叛旧式婚姻和自由恋爱来完成的。《残春》中"我"已经有妻儿家室，却喜欢了S姑娘，由于作者所具有的传统的伦理观阻止了他与护士关系的发展，现实中无法实现此愿望，"我"便通过梦来实现。"我"梦见自己为半裸的S姑娘诊脉时，朋友白羊君却跑来告诉"我"，家中的妻子把两个孩子杀死了。小说中梦的描写凸显了潜意识中自然欲望的强烈冲动（属于自然人性解放的欲求）与传统伦理之间的严重冲突。小说梦境的设置实际上隐藏着郭沫若自身始终存在的自然人性解放与传统伦理道德之间的激烈冲突，这种冲突正是郭沫若在对现代性的追求中必然遭遇的心灵搏斗。在《叶罗提之墓》中讲述了小叔子叶罗提与嫂嫂的爱情悲剧，叶罗提喜欢嫂嫂但碍于伦理又不敢大胆地爱，由于嫂嫂死于生产，叶罗提便殉情自杀了。作为一个乱伦故事，郭沫若却满含同情地叙写，表现出他对自然人性解放的极度推崇，而人性解放正是人的现代性最重要的标志之一。郭沫若小说还有许多类似的灵魂搏斗的故事，但灵魂搏斗的结果并不重要，搏斗本身所体现出来的历史价值与意义，才是小说关注的重点，即通过对这些灵魂冲突的直露式的抒写，显示现代思想取代传统观念的艰辛历程。

在郭沫若早期的小说中还表现出一种重建现代民族国家的现代意识。其第一篇小说《牧羊哀话》创作于1919年二三月间，当年召开的"巴黎和会"中帝国主义无视中国主权，试图瓜分中国领土，郭沫若把反帝排日的情感移到朝鲜人民身上加以表现。《月蚀》表现了对帝国主义侵略者的愤恨，以及对连狗都不如的亡国奴生存状态的愤慨。《圣者》用孩子天真的诗意想象与受束缚的现实进行对比，表达对列强欺压与歧视弱国子民的愤懑，并抒写欲救患难同胞于水深火热之中的爱国忧民情怀。《三诗人之死》和《未央》都写到孩子们受到歧视，后者还以象征的手法批判不抵抗主义的悲剧。《湖心亭》则悲愤地控诉了"颓废了的中国，堕落了的中国人"，以及"汹涌着的无限的罪恶，无限的病毒，无限的奇丑，无限的耻辱"的中国现实。《落叶》借菊子之口对日本军国主义的狂妄、野蛮与残忍进行了批判和声讨。在《喀尔美萝姑娘》中，同样是有妻儿的"我"狂热地爱上了一位卖糖饼的日本姑娘，但"我"并不是完全出于传统道德伦理的考虑没能接近这位姑娘，更重要的原因是作为中国人的"我"缺乏自信，所以同样也采用了做梦的形式来达到欲望的满足。旅居他乡的弱国子民所遭遇的歧视和轻慢，带来贫穷、压抑和痛苦，郭沫若早期的小说多写异国生活的艰辛与屈辱，这无疑是具有反思与反抗性的。它们都无疑是在追求民族独立与富强，以及反侵略的思想，是郭沫若现代民族国家意识的体现。

郭沫若的现代性诉求使他心灵遭遇到的矛盾与冲突是丰富而复杂的，它们以不同的形式在他早期小说中分散地存在，这些分散存在的心灵表现也是由郭沫若直露式地抒写出来的，多数读者能直接领悟到作者内心的痛苦与冲突，但读者获得对郭沫若零散情思的领悟和感受，相对于整个郭沫若在五四前后的思想丰富复杂性来看是局部的，仅仅领悟到这些局部的情感思想，还很难把握郭沫若早期小说的整体精神。郭沫若在《少年时代·序》中曾说自己的早期小说试图"通过自己看出一个时代"①。那些分散在单篇小说中直露的情绪只是破碎了的"时代之镜"的碎片，如果只看到破碎的镜片本身，便难以捕捉到镜片之下隐藏的时代精神。笔者认为郭沫若早期小说，宜采取"整体把握，互文参

---

① 陈晓春，王海涛主编：《郭沫若研究文献汇要·卷四·思想文化卷》，上海书店出版社，2012 年版，第 280 页。

照"的阅读方式，因为他早期小说之间多数都具有互文性，这个问题不在此展开。

总之，郭沫若早期思想中的现代性诉求与传统之间的矛盾冲突，是一个时代精神的反映，这种深层意蕴是隐藏在其整个小说文本中的，隐藏在各篇小说的浅层次结构之下的，这形成其小说思想内涵上的"显"与"隐"的辩证关系。

不过，郭沫若早期小说的直露式诗性叙事，使少数篇章也存在过于直白、议论过多而有损诗性的缺陷。

正是由于郭沫若早期小说对诗性叙事的执着，以及对直露式抒写的竭力坚持，他才从体式层面为中国现代小说注入新的艺术内涵。郭沫若把灌注了诗性精神的"时代情绪"融通到小说艺术形式之中，给现代小说艺术形式带来了新变，使其具有鲜明的现代性色彩，从而实现了对传统小说形式的反叛与变革。郭沫若与鲁迅、周作人、废名等人一道，在小说领域特别是小说诗化方面进行了理论创新与实践探索，为现代诗化小说的形成与发展作出了贡献。因而，郭沫若早期小说同他的诗歌戏剧等文体一样，具有不可忽视的思想与艺术价值。

（本文原载于《郭沫若学刊》2016 年第 4 期，收入本书时有修改）

赵树理小说中的乡愁情感解读

  赵树理，1906 年出生于山西省沁水县一个农民家庭，1925 年入山西省长治第四师范学校学习，后来当过小学教师、区长、编辑和主编，是典型的农民知识分子。由于长期生活于农村，他说自己和故乡"有母子一样的感情"，一段时间不回家乡便想得发慌 ①，因此其小说题材基本不离农民与农村。赵树理以其家乡为生命活动的原点，用自己的人生绘就了"离乡—返乡"的乡愁情感逻辑。乡愁既是乡土文学生成的核心要素，也是乡土文学中内涵丰富的叙事传统，具有持久的研究价值和现实意义。但目前对赵树理的研究多从农民、乡土和民间视角切入，对赵树理作为知识分子的乡愁意识常被忽略，以至于长期受到遮蔽。本文以赵树理小说中的乡愁意识为切入点，探讨其不同时期作品中的乡愁存在形态，以及乡愁与社会文化环境间的互动关系，以便在一定程度上还原赵树理作为知识分子的生存本相和生命本相。

一、传统乡愁的抑制与遮蔽

  有学者指出，传统意义上的乡愁内涵有三个层次，首先是对故乡中人的思念；其次是对故乡中自然风景和民俗风情的怀念；最后是对作为安身立命之根的历史文化的深情眷恋。② 传统乡愁作为一种怀旧情绪，有着具体思念的人事、景物和文化风俗。但随着现代化与全球化进程的加快，乡愁的内涵也发生了变

---

① 赵树理：《赵树理全集（第 6 卷）》，大众文艺出版社，2006 年版，第 407 页。
② 种海峰：《全球化境遇中的文化乡愁》，《河南师范大学学报（哲学社会科学版）》2008 年第 2 期。

化。美国学者罗兰·罗伯森指出："全球性变迁的变动不居，本身便招致对世俗形式的'世界秩序'的怀旧，以及对作为家园的世界的某种前望式（projective）乡愁。"① 也即是说，现代社会既存在传统怀旧式乡愁，也存在"前瞻式"现代乡愁。现代乡愁更多受到现代理性主义和进化论等乐观主义情绪的影响，是现代人在对传统家园或传统文化的反思与批判中，对未来家园作前瞻式展望时，因不满落后的社会现实或现代性自身存在的问题而产生的忧患或焦虑情感。② 因此，现代乡愁很少对传统家园作怀旧式回望，而是与启蒙或革命意识相关联，还同对现代性的反思与批判相关联。在此需要明确的是，现代乡愁与主体是否离开故乡或者离开故乡的物理距离远近关系不大，它更多是一种源自主体认识到的现实故乡与理想故乡之间存在的心理或文化落差。20 世纪 30 年代赵树理曾离开家乡到太原等地流浪，后来因革命或工作的需要，也曾多次离开家乡到北京工作，离乡期间自然会产生与思念家乡亲人或自然风物相关的传统乡愁。同时，赵树理深受现代启蒙思想的影响，其内心深处更多地存在前瞻式的现代乡愁。但令人遗憾的是，赵树理的乡愁意识在其作品中的表现形态几乎没有受到研究者的关注。

赵树理受过五四新文化运动的影响，钟爱五四新文学，他曾回忆说："我在学生时代也曾学过'五四'时期的语体文（书报语，不能做口头语用）和新诗（语言上属翻译语），而且有一度深感兴趣。"③ 因此，他早期的作品文人味较浓。赵树理 20 世纪二三十年代早期的小说作品中，仍然有着对乡村社会的热爱与赞美，存在对乡村世界的诗意想象。短篇小说《白马的故事》（1929）文人诗性色彩浓郁，情节淡化，结构散文化，节奏明快，语言雅致富有诗意，对环境描写与氛围的渲染绝不拘束，彰显了青年赵树理自由狂放的浪漫想象，也流露出贴近自然的感伤柔情。短篇小说《到任的第一天》（1934）具有一定的自传色彩，小说主人公理想的乡村图景是："看着书，想着农村生活的优美，当时

---

① 罗兰·罗伯森：《全球化社会理论和全球文化》，梁光严译，上海人民出版社，2000 年版，第 232 页。
② 廖高会：《时间维度下乡愁意蕴的嬗变与叠加》，《理论月刊》2019 年第 12 期。
③ 赵树理：《回忆历史，认识自己》，见《赵树理全集（第 5 卷）》，北岳文艺出版社，2000 年版，第385 页。

是羡慕的，能够生活在农村多么美好，鉴赏自然的图画，欣赏自然的诗意，与坚实而纯朴的农夫谈话，同时也把自己打入农民的生活队里。"类似对家园的怀旧式的诗性想象正是赵树理传统乡愁意识产生的心理基础。《盘龙峪》（1935）则呈现了一幅富有地域风情的乡村田园画卷。赵树理20世纪30年代的创作尽管不多，但由于革命与启蒙意识还未成为其主导思想，从而为传统乡愁与诗性情感的抒写留下了较大的空间。

其实，赵树理很看重小说的诗意之美，他在《生活·主题·人物·语言》中说过："我们可以向说书的人学习语言。唱词富有诗意，没有诗意的唱词是不好唱的。写小说也要有一定的诗意。"① 有学者指出，20世纪40年代赵树理创作关注的是一个集体性农村大"家"，并不去建构自己情感与精神的故乡。② 由于个体情感被集体情感所取代，传统乡愁意识产生的个体心理逐渐被宏大的时代情感和集体意识所替代，赵树理20世纪四五十年代小说创作留给传统乡愁抒写的空间十分逼仄。

一般而言，作家常常在叙事的进程中利用闲笔，通过对乡村景物、故土亲情、乡风民俗的描写来抒写自己的乡愁（以下"乡愁"如无特殊说明都是指传统乡愁），而传统乡愁的抒写往往会赋予作品相应的诗性色彩。但赵树理的小说很少使用闲笔对景物或乡风民俗进行描写。周扬认为，赵树理写景写物是与人物或事件相称的，他不会写人物并不关心的事物景物。③ 赵树理小说始终围绕着人物活动和矛盾冲突展开，尽量避免文人闲笔式抒情，其乡土小说更多是从农民现实处境和切身利益出发，借助小说完成对农民的启蒙并促进传统乡土社会的现代性转向。这种与现代启蒙与革命相关的忧患意识，更多属于现代乡愁范畴。赵树理的创作具有明确的启蒙功利性目的，他说："我们写小说和说书唱戏一样（说评书就是讲小说），都是劝人的。"④ 这在一定程度上削弱了其小说

---

① 赵树理：《赵树理文集（4）》，中国工人出版社，2000年版，第1710页。
② 卢建红：《"乡愁"的美学——论中国现代文学的"故乡书写"》，《华南师范大学学报》2012年第1期。
③ 周扬：《论赵树理的创作》，转自《赵树理文集（1）：序》，中国工人出版社，2000年版，第10-11页。
④ 赵树理：《赵树理小说散文集》，北岳文艺出版社，2015年版，第265页。

审美特质，也疏离了文人的诗性传统。他在《〈三里湾〉写作前后》（1955）一文中说自己在抗日战争中有做宣传员的经历，为了配合政治宣传，往往追求作品的速效，① 这对其后来小说创作强调政治性倾向有较大影响。他主张文学的传道、教化与启蒙功能，他有意识地克制了传统文人式的诗性冲动，因而也抑制并遮蔽了自身所具有的传统乡愁意识。

为了让自己的小说更容易为农民接受，赵树理放弃了知识分子的审美趣味，包括诗性传统和对雅趣的追求。他举例说自己创作《三里湾》时，尽量不对民俗风情或乡村景物进行专门的描写，而是尽量把民俗风物融于叙事之中。比如写玉梅去夜校，本可以从夜色、三里湾全景、旗杆院的气派、玉梅的风度等写起，呈现出诗意之美，但赵树理认为写作必须考虑到农民的阅读习惯，因为他们没有耐心等待故事，只有那些有闲人士才有时间去听或看故事以外的缓慢悠闲的描写。特别是为了加快叙事节奏，他有意识地把一些必要的描写融入故事叙事之中，淡化风景描写。丁帆指出赵树理乡土小说以带有阶级或政治意识的地形地貌的描写替代了风景画描写，导致了其乡土小说"风景画"的基本消失。②《李有才板话》中赵树理把自己的诗性描写或乡愁意识隐藏在人物的行动之中，把对景物的描写、乡情亲情的抒发融合到叙事之中。而这些人物行为又处于情节线上，属于构成情节线的不可或缺的环节，处于情节线上的显在行动元素必然遮蔽行动背后的隐性情感元素。赵树理在《〈三里湾〉写作前后》（1955）中论及景物与人物描写时指出：凡是读者熟悉的要略写，生疏则需要细写，这是自己一直坚持的原则。赵树理始终把故事情节放在叙事的首位，一切皆围绕着情节展开，并为推动情节的发展服务。这种叙事方式，使得作品中仅有的少数承载文人诗意和传统乡愁的乡土景物和民风民俗的描写，最终被淹没于延绵不绝的叙事之流中。对景物、情感和乡风民俗的有意识回避或转化在很大程度上压抑与遮蔽了赵树理自身的传统乡愁意识。

对文人诗意和传统乡愁意识的抑制，还与赵树理对通俗文风的追求有关。

① 赵树理：《赵树理文集（4）》，中国工人出版社，2000 年版，第 1474 页。
② 丁帆：《中国乡土小说史》，北京大学出版社，2007 年版，第 108－109 页。

赵树理反对不合时宜的"文雅",他在《"雅"的末运》中表示,传统文人的雅事的极致便是能臻于"胸怀开朗,忘却自己"的"化境",这种境界需要"静""定""慧"的心境,需要静心慢养,但在国难当头、食不果腹、朝不保夕的现实中,这种"静中养出来的'镇定',也往往经不起大炮的轰击",因而不得不牺牲那优美的文化遗产——"雅",而关心更多的俗务。当然关心俗务也需要诗,也需要画,也要有"境",但这已经不是镇定的"化境",不是冷而是热,是"热到血液沸腾到不可遏止"。① 赵树理作为文人的那份雅致情怀完全被峻急的时代使命所取代,民族救亡和大众解放成为他关注的首要问题,他没有闲情逸致沉吟玩味传统文人追捧的雅事。因而赵树理的"问题小说"很少流露出传统文人的感伤,其内在的诗意或传统乡愁,最终遭受到了现实的挤压。这种压抑其实在其早期小说中已露端倪。在《到任的第一天》(1934)中,尽管主人公对乡土由衷地喜爱,也有着浪漫的诗意想象,但一旦面对农村现实,诗意便顿然消失。当他"已经站在自然的怀里"时,却"烦烦地,老激不起一点兴趣",眼前的农村景色仍然是优美宜人的,但自己对现实生活的忧虑消解了自己对乡村原有的那份诗意想象,现代启蒙意识促使他转向未来家园的建构与设想,而现代乡愁情感便在对理想家园的追寻中逐渐滋生。可以说,对现实的不满与批判性审视,以及启蒙革命的理性诉求,正是压抑赵树理传统乡愁意识的主要原因。

二、感伤情绪的回避

赵树理小说中除了对文人诗意情趣有意回避,也对感伤抒情进行了抑制,这是启蒙与变革的现实需要,特别是广大中国农村进行民族革命和民主革命的需要。农民的生存与乡村的发展是赵树理最为关心的问题,他与农民、农村有着血肉联系,是农民的代言人。变革乡村社会、解放农民,既是赵树理革命工作的重心,也是其艺术创作的原动力。解决眼前的实际问题远远超越了个体的

---

① 赵树理:《赵树理文集(4)》,中国工人出版社,2000年版,第1492 – 1494页。

闲情抒写，因此他不赞成在小说中过多地抒写感伤情绪。他在《给青年作家》（1934）一文中指出，过多的感伤式的泄愤便是造成青年作品质量低下的主要原因。① 赵树理笔下人物如李有才（《李有才板话》），王聚财（《邪不压正》），铁锁（《李家庄的变迁》），小二黑（《小二黑结婚》），小晚、艾艾（《登记》）等，都在积极寻找生活的出路，他们较为单纯朴素的情感世界中极少文人式的感伤式情绪。赵树理的农民题材和叙事姿态决定了其小说客观写实的创作风格。

后来徐迟在《放逐抒情》（1939）一文中表达了与赵树理类似的观点。徐迟说，尽管山水富有抒情意味，但在战争时期沉迷山水自然毫无道理，敌人的飞机大炮不仅炸死了人，还炸死了抒情，而炸不死的诗担负着"描写我们的炸不死的精神"之责任。② 对感伤情感的排斥，正是革命战争时期多数作家或诗人共有的时代情感。赵树理和徐迟等人一样，反对感伤的自我抒写，而推崇与时代相应和的革命情感的表达。比如在《小二黑结婚》中，赵树理展示了小二黑等新一代农民的活泼与开朗，写出了农村新生活的胜利与欢愉，尽管其中有一些阻挠和不快，但总体风格是积极健康、清新朴实的。昂扬进取的革命情感与五四乡土小说忧郁感伤的情感基调形成鲜明的反差。赵树理有意识地压抑了自己早年浪漫主义情怀和感伤情感，感伤是形成传统乡愁的情感基础，而忧郁感伤的乡愁情感与抛家舍业的革命豪情是完全不同的两种情感形式，对革命情感的彰显必然形成对传统乡愁意识的抑制。实际上，赵树理拒绝感伤情感便拒绝了传统乡愁的流露，因而他的乡土小说以浓郁的"山药蛋"物化感知取代了传统乡愁的情绪感伤。

赵树理多采用中国评书体的叙事方式，以第三人称叙事视角讲述他人的故事，这种叙事方式限制了小说对人物内心世界的表现。即使是对革命情感，赵树理也绝不作过分的渲染。赵树理在《做生活的主人——在广西壮族自治区文艺创作座谈会上的发言》（1962）中谈及自己小说中为何缺少心理描写时曾说："我过去所写的小说如《小二黑结婚》、《李有才板话》、《李家庄的变迁》等里

---

① 赵树理:《赵树理文集（4）》，中国工人出版社，2000年版，第1486页。
② 徐迟:《徐迟文集（第6卷）：文论》，作家出版社，2014年版，第57页。

面，不仅没有心理描写，连单独的一般描写也没有。"① 因此，从这个角度来看，其小说更倾向于客观讲述，很少有抒情的机会。于是赵树理内心深处个体情绪便被时代情绪及农民的集体情感所取代，潜藏在个体心理的传统乡愁意识也因此被压抑与遮蔽。

赵树理很少抒写个人情感，而是侧重于对农民普遍情感的抒写。他在《北京人写什么?》（1949）一文中指出，只要站在多数人民群众的立场上，为多数人利益写作，那什么题材都可以写。② 赵树理始终把自己定位为农民的代言者，拒绝与农民审美差异较大的知识分子的审美情趣，并且把个人情感融入农民集体情感之中。无论是《小二黑结婚》《登记》等与婚姻相关的题材，还是《福贵》《李有才板话》《孟祥英翻身》《三里湾》等叙写农民翻身的题材，都没有脱离农民和农村生活，而且始终以农民的情感和心理为基础，以农民的视角叙写农村所遭遇的巨大的历史变迁。他在《在诗歌朗诵座谈会上的发言》（1950）中指出，中国诗歌里"若有一些外国风味"，这对于五四以后那些小资产阶级诗人而言将会感觉很舒服，但老百姓听来就很别扭，主要的原因在于情感的不同，"知识分子的情感和群众的情感恐怕是两个体系"。③ 赵树理农民立场十分明确，他主张文学作品应该以口语的方式写大众的情感，而不是写少数知识分子的情感和趣味。赵树理笔下的众多农民形象并无多少个体特征，他更重视对农民普遍性格和情感特点的叙写，这造成其小说主体性的缺失。日本学者竹内好指出，赵树理的小说中的人物塑造重点不在表现个人如何与社会对抗，而在于让个体向集体靠拢而最终消融于集体之中，这时的个体既非整体的局部更非与整体的对立，而是以个体即整体的形式出现的。④ 竹内的这段评析更多适用于赵树理 20 世纪四五十年代的小说创作。

新中国成立以前，赵树理创作自觉地践行解放区的文艺政策，走大众化群

① 赵树理：《赵树理文集（4）》，中国工人出版社，2000 年版，第 1989 – 1990 页。
② 赵树理：《赵树理文集（4）》，中国工人出版社，2000 年版，第 1610 页。
③ 赵树理：《赵树理文集（4）》，中国工人出版社，2000 年版，第 1629 – 1630 页。
④ 竹内好：《新颖的赵树理文学》，见黄修己主编：《赵树理研究资料》，北岳文艺出版社，1985 年版，第 482 页。

众化的路线，这使其20世纪四五十年代小说的主体性受到了相应的压抑，这段时期其小说政治化问题化倾向更加明显。他在《和青年读者谈创作——在全国青年文学创作者会议上的发言》一文中谈到群众文艺的供应问题，他认为文艺粮食也存在供应的问题，有人专门做文艺粮食的采购和推销工作①。作为计划经济时代的文艺创作很明显缺失主体性，主体性的缺失，留给作者自己和人物的传统乡愁抒写空间就非常有限，传统乡愁遭受遮蔽与压抑也不可避免。

三、现代乡愁的发生

赵树理20世纪四五十年代小说具有鲜明的启蒙色彩，启蒙是具有现代性色彩的思想活动。赵树理作为乡村知识分子，具有很强的"恋地情结"。美国学者段义孚指出，"恋地情结"指的是人对物理环境的情感维系与依恋，是对这个既是"家"，又是记忆的原点以及生活方式的地方持久的情感指向。② 但赵树理的"恋地情结"在五四启蒙思潮和家庭的影响下，转化成服务和奉献故乡的担当精神，很少表现出流连乡土的怀旧情绪，这与赵树理的启蒙思想以及报效乡土的乡绅意识密切相关。因而维护乡土空间和谐有序便成为赵树理小说的美学追求和情感动力，也是其现代乡愁产生的情感基础。

在《孟祥英翻身》中，媳妇和婆婆之间的冲突成为小说叙写的重点，这种冲突本质上是现代意识与传统伦理的冲突，最终是媳妇取得了胜利。作为作家而言，这篇小说也完成一次现代文明对传统意识的启蒙。在《传家宝》中上辈留下的"三件宝"（纺车、针线筐、祖传箱子）不仅没有引发晚辈对先辈的思念及对传家宝的珍惜之情，反而成为保守落后的被批评对象，这也是现代意识与传统意识的一次交锋。另外，赵树理的小说中很少去写离乡者的乡愁，如《李家庄的变迁》中的铁锁离家出走到太原谋生，其妻子二妞也被日本人逼走

---

① 赵树理：《赵树理文集（4）》，中国工人出版社，2000年版，第1731页。
② Yi－fu Tuan：Topophilia：*A Study of Environmental Perception*，*Attitudes*，*and Values*，Columbia University Press，1974，pp. 93－113.

他乡，赵树理对他们离家之后的思乡之情避而不谈，而是集中笔墨写他们求生的挣扎、革命意识的形成及寻求解放的抗争。只有疾风暴雨式的革命才是快速推进乡村现代化的有效途径，未来的乡村图景正是赵树理想象中的故乡，于是赵树理的乡愁便从传统怀旧式的乡愁演变成为启蒙式的现代乡愁。

20 世纪以来，现代化浪潮逐渐席卷全球，以农业文明为特点的中国社会在工业化、战争和各种社会运动的冲击下，传统乡土社会结构和乡土伦理观念皆发生了新变，传统乡愁转化为现代乡愁，并凸显为现代社会普遍的文化心理，与启蒙、革命等共同成为中国现代文学抒写的核心内容。当记忆中的故乡在赵树理现代启蒙意识中遭到解构时，而未来理想中的故乡却得以在想象中建构起来。这种乡土想象在其小说中得到了呈现，赵树理前瞻式的现代乡愁促使他更多去关注现代乡土社会的建构，其小说中的人物都被这个美好的目标所牵引，并围绕这个目标而展开行动。因而，与其说赵树理 20 世纪四五十年代小说的传统乡愁被压抑与遮蔽，不如说发生了现代性的转换，只是这种转换后的现代乡愁意识被人们忽略了而已。

四、双重焦虑下的隐秘乡愁

与现代性紧密相连的启蒙或革命，很容易带来工具理性主义弊端，其自身很容易成为一种新的神话而凌虚蹈空、脱离实际。因此，赵树理在社会主义现代化进程中，在如实地反映农村诸多落后问题的同时，对农村现代化进程及各种社会运动也始终保持着警惕、反思与批判意识。对现代性所带来的工具理性主义进行反思与批判，以及由此产生的忧患与焦虑，是由理想乡土与现实乡土间的较大落差带来的，因此同样属于现代乡愁范畴。这种现代乡愁是对启蒙现代性带来的弊端进行纠偏与修复，同样是面向未来的。[①] 赵树理在 20 世纪 50 年代末到 60 年代的小说中隐约地表现出这种具有反思与批判性的现代乡愁意识。可以说，面对乡村的现代化，赵树理内心深处出现了既肯定又犹疑的矛盾心理，

---

① 廖高会：《时间维度下乡愁意蕴的嬗变与叠加》，《理论月刊》2019 第 12 期。

其现代乡愁也在其现代性的双重焦虑之中隐秘地存在。

在农村革命过程中，容易出现投机分子，他们混进革命队伍里，重新成为压迫农民的权贵。赵树理在小说中对这种现象进行了批判，比如陈小小（《李有才板话》）、金旺（《小二黑结婚》）、小昌（《邪不压正》）等都是乡村社会游手好闲的投机者。赵树理还呼吁上级领导重视农村干部素质不高、思想不纯等问题，他为此曾于《新大众报》上连发了十几篇文章。①

赵树理是一位原则性很强的作家，这个原则便是农民群众的利益至上。在《回忆自己，认识历史》（1966）中他检讨自己 20 世纪 60 年代以来的写作时说："检查我自己这几年的世界观，就是小天小地钻在农村找一些问题唧唧喳喳以为是什么塌天大事。"② 赵树理对农民的问题的重视远远超过了对重大社会事件的关注。20 世纪五六十年代极左思潮泛滥的时期，赵树理并不盲目跟风，而是理性地分析现实问题，他创作了《实干家潘永福》等系列小说以反对浮夸风，而且给红旗杂志主编写了"万言书"反映农业合作化过程中的问题。这种"顶风而行"的行为源于其对乡土社会的深切忧患。赵树理在《在大连"农村题材短篇小说创作座谈会"上的发言》中对五六十年代农村农民吃不饱饭，劳动积极性不高等各种问题深感忧虑，特别是统购统销制度下农民的负担过重、干多干少一个样、丰收歉收一个样等农村问题进行了如实的陈述。这篇发言流露出他作为农民知识分子特有的困惑。他认为"农村自己不产生共产主义思想"，强加上去不合适，自己不愿在小说中写违背农民真实情况的假话③，赵树理始终为农民争取话语权，为农民之忧而忧。其小说中所呈现出来的对乡村社会的双重焦虑在 60 年代创作中表现更为突出。

茅盾认为，20 世纪 60 年代赵树理的小说风格发生了明显变化，由四五十年代的明朗隽永转向含蓄沉郁。④ 它们没有了 20 世纪 30 年代创作时叙写的自由

① 董大中编：《赵树理全集（第 3 卷）》，大众文艺出版社，2006 年版，第 233－256 页。
② 赵树理：《回忆历史，认识自己》，见《赵树理全集（第 5 卷）》，北岳文艺出版社，2000 年版，第474 页。
③ 赵树理：《赵树理文集（4）》，中国工人出版社，2000 年版，第 1961 页。
④ 戴光中：《赵树理传》，十月文艺出版社，1987 年版，第 363 页。

与随意，也没有了四五十年代创作时的那份自如与自信，更多是困惑、犹豫，甚至具有一种灵魂撕裂般的痛苦，存在歌颂与暴露的矛盾。① 此时期，赵树理内在的现代乡愁显得更加浓烈，但迫于现实压力，又不能直接抒写，因而存在叙事的游移性，存在欲言又止的犹豫和含而不露的谨慎。有学者指出，赵树理60年代小说是极其讲究叙事策略的，他常常处于"言"与"不言"之间。② 而这个时期浓郁的乡愁也隐藏在他的文本背后，无言地倾诉着赵树理灵魂流浪的孤独与寂寞。农民知识分子所具有的责任和良知驱使他"言"说农村与农民的真实，比如《实干家潘永福》中赵树理列举了较多的细小的事例，目的便是对农民及农村问题进行展示，以此劝解农民改进自身得以进步，同时也试图以此向上进言，试图"站在民间的立场上，通过小说创作向上传递对生活现状的看法"。③ 他希望上级能够重视农村的现实问题，尽管到60年代后这种期望较为渺茫。

赵树理的良苦用心实际上遭遇了来自现实的双重挤压。他20世纪60年代的小说对农民的道德批评有所增强。同样写伦理道德，20世纪四五十年代的乡土伦理道德批评有着由低向高、由落后向进步的发展趋势，整体上洋溢着向上的乐观情绪，更多呈现肯定性色彩；而60年代对农民的道德批评基本是持否定的态度，呈现出一种消极的略带感伤的情绪色彩。感伤是赵树理前期创作所反对的情感形式，但其后期的创作中也身不由己地流露出来。比如《卖烟叶》中贾鸿年是"返乡"的知识分子，他具有经商头脑，常违背计划经济时代的禁令，偷偷进城卖烟叶，他的这种投机行为最终遭到了政府的干涉和压制，贾鸿年的乡村发展计划也因此破灭。贾鸿无法真正地回到故乡，知识分子的返乡路似乎已经截断了，离乡者对于传统乡村社会而言，是一个具有现代文明色彩的他者形象，他们与乡民之间的隔阂由此而生。这也是20世纪60年代的赵树理在国家政治与乡村现实两套话语体系中左右难适的尴尬与艰难处境的真实写照。

---

① 林培源：《论赵树理晚期小说的风格（1957—1964）》，《中国现代文学研究丛刊》2019年第4期。
② 张晓峰主编：《纪念赵树理诞辰100周年暨创作研讨会文集》，山西人民出版社，2008年版，第168页。
③ 赵树理：《回忆历史，认识自己》，见《赵树理全集（第5卷）》，北岳文艺出版社，2000年版，第445页。

一种漂泊无根之感逐渐攫住了他，他深感自己成为无家可归的精神流浪者，这个时期的赵树理对孤独无依的文化乡愁体验愈益深刻。

20世纪60年代的农村不再是四五十年代的农村那么质朴，乡土社会逐渐被现代城市文明所浸染，传统乡村秩序几乎塌陷，赵树理前期作品中所抒写的故乡逐渐远离他的想象，变得越来越陌生或难以理解。加上自身的现实处境越来越艰难，无所依凭的孤独感日益严重，其现代乡愁情绪也逐渐浓郁。赵树理不甘成为旁观者，他容不得乡村秩序变为混乱无序，因而他60年代创作的六篇小说仍然寄托着他对乡土伦理的反思与重建的赤子之情。在小说《杨老太爷》中，杨老汉的儿子杨铁蛋外出读书后成了政府干部，他再次回到家乡后便与乡土现实世界发生了较多的冲突，一方面杨老汉想利用父亲的权力支配儿子，另一方面杨铁蛋是革命干部，必须听党和政府的话，国家权力和人民的利益又是他不能违背的。杨铁蛋在这两者之间备感尴尬，但最终是乡村伦理秩序为现代城镇文明话语体系所消解，"杨大用的'你先是我的儿子'的乡村伦理，输给了杨铁蛋的'我是国家干部'的革命逻辑"①，实际上是乡土文明屈尊服从了现代文明。现实乡土世界与赵树理记忆中的乡土世界和想象中的乡土世界都产生了差距，他的灵魂在"农民的儿子"和"国家干部"双重身份的夹击中走向分裂。但他坚持寻找着通往自己理想故乡的路途，最终成为寻找精神家园的流浪诗人，他最后的抒情在"文革"的暴虐中永远停止，赵树理的人生最终以意味深长的悲剧而落幕。

五、结　语

赵树理始终以农民立场为出发点，而以知识分子的良知为人生的漫漫路途导航，始终怀揣着属于自己所处时代的乡愁，试图寻找到灵魂的归依之所。赵树理不同创作阶段以乡愁为参照的情感逻辑恰恰也映射出其所处时代的文学政

---

① 杨天舒：《"返乡"与"进城"——赵树理60年代小说的城乡书写》，《西南民族大学学报（人文社会科学版）》2017年第9期。

治地图，同时也为当前乡土文学的乡愁抒写提供了精神导向和可供参考的叙事技巧。赵树理长期受传统农耕文明的滋养和熏染，他始终以保守的姿态坚守乡村知识分子应有的良知，尽管也有目所不能之短和抱残守缺之失，他却力所能及地守护着一方乡民朴素的愿望，忠实地记录下原初的乡风民俗，他既以启蒙的姿态热情地推进乡村现代化进程，同时也对现代文明保持足够的警惕，他在双重文化人格的夹击中独自品尝着远离原乡的寂寞与孤独。阿多诺说："只有那种能在诗中领受到人类孤独的声音的人，才能算是懂诗的人。"[①] 赵树理是一位从乡村出走却始终以乡村为中心的流浪诗人，游走在现代与传统、城市与乡村、话语的中心与边缘之间，笔墨所到赤情流溢，源自生命原点的乡愁冲动绘就了他丰富多彩的生命轨迹。

（本文原载于《太原师范学院学报（社会科学版）》2021年第2期，收入本书时有修改）

---

① 阿多诺：《谈谈抒情诗与社会的关系》，蒋芒译，刘小枫、伯杰校，https：//www. douban. com/group/topic/23760757/？_i = 1134842JL2YI1s.

跨越的艰难：重析《创业史》的"经典性"

柳青的《创业史》作为十七年文学中的经典之作，曾经受到极高的评价，也遭遇过无情的非议与指责。时隔五十多年后的今天，时间已为我们垒筑起了一道并不透明的阅读栅栏。隔着这沾满历史尘埃的栅栏重读这部作品，风云一时的农业合作化运动已经遥遥地藏于中国政治历史的红色页面之中，农民英雄梁生宝也已渐渐淡出人们的记忆，但即使这样，我们仍能从阅读中感受到历史的沧桑和柳青的悲壮。

柳青花了六年时间创作和修改的《创业史》，可以说是其呕心沥血之作，在同时代作品中，无论其艺术水准还是思想内容，都堪称当时之经典。但就在作品出版二十年后的 20 世纪 80 年代，在当时一片"躲避崇高"和"告别革命"的喧哗声中，在"我不相信"的叛逆宣言中，解构成为当时不可逆转的文化潮流。柳青孜孜以求、寄托他宏大艺术理想的《创业史》，便在这解构的声浪中再次遭遇质疑，对于柳青来说，这在某种程度上无疑具有悲壮的意味。而作品问世五十多年后的今天，消费主义和物质主义大行其道，宏大叙事和政治信仰已被私欲的物质利刃切割得四分五裂，这"一地鸡毛"的时空中似乎承载不起任何意义，农民英雄梁生宝被风化成历史文化中的符号，无论他多么壮怀激烈和叱咤风云，无论他多么大公无私和完美无缺，在当代的文化语境中，已沦落为遭受冷落的前代农民英雄，这也的确让人颇感沧桑。

一般而言，文学经典具有内涵的多重性、艺术的创造性、时空的跨越性和阅读的超时性等特征。就《创业史》在其半个多世纪中所遭遇的众多质疑和批判来看，它的"经典性"在跨越时空之际遭遇了困难，也即当新的时代到来之际，作品的"经典性"遭到了质疑甚至面临被消解的危险。但我们不能简单地把作品的这种遭遇完全归因于时代递变导致的评价标准变化，或归因于审美水准与精神境界的下降等外在原因，而应该更多地在作者以及文本中去寻找曾经的文学经典难以跨越时空的深层根源。

本文仅就《创业史》中强烈的政治意识形态诉求所带来的文本内在逻辑矛盾进行分析，以此探讨文本中潜存着的影响其经典化的某些因素。小说中的主人公梁生宝，其形象除了具有较为明显的概念化与单面化缺陷外，其性格成长过程中的逻辑链条的断裂还带来了形象的失真和生硬。梁生宝作为蛤蟆滩农业互助组的领导人，他具有高度的政治觉悟和思想境界，但是整个小说并没有呈现其思想觉悟提高的因果逻辑。比如新中国成立后，梁生宝从终南山回来便成为革命同志中的一员，这样的描写不能不让人感到突兀。柳青在顺应时代政治潮流时，实际上生硬地掐断并忽视了普通农民成长为革命者的漫长甚至是艰难的过程，这种先入为主的创作观，其结果是梁生宝的革命性直接被柳青强行塞入文本之中，因而其突兀和生硬之感便无可避免。

柳青在创作中也体会到了政治诉求对人物形象真实性的损害，于是他花了大量的笔墨来描写女性，试图构建一个丰富复杂的女性世界以弱化或者消除作品中存在的生硬与突兀之感。在《创业史》的艺术空间中，柳青构建了女性和男性两个世界，它们分别代表了世俗民间生活与国家政治生活两大层面。很显然，二者之间具有互补的关系，前者的民间性可以消融后者的严肃与生硬，后者的政治性可以规范前者的自由与无序，且代表民间世俗生活的女性世界还将为男性政治生活提供一个广阔的活动空间或社会基础。作者把这些女性人物分成正面、中间和落后三类，以此来展开叙写，力图使作品更加接近艺术真实。

正面女性人物淑良和改霞是梁生宝的婚恋对象。小说中有关梁生宝婚恋的叙述，展现了这位农民英雄儿女情长的一面，这无疑在一定程度上增添了梁生宝性格的丰富性与生动性。因为梁生宝在与婚恋对象的交往中所表现出来的紧张、拘束、含蓄及鲁钝等都符合农民的婚恋特点，显得十分真实自然。而妹妹素兰同梁生宝在小说中形成同构关系，二者互为镜像，素兰身上体现的农民性格特征也丰富了梁生宝这个人物形象。这些叙事方式无疑是极具艺术审美特性的修辞技巧，增强了人物形象的艺术真实性。

反面女性人物如翠娥、素芳和姚三妹等，除了与正面人物形成对比的功能外，更突出的是其结构性功能。翠娥与合作化运动的破坏分子姚世杰相关联（情人关系），还与中间分子白占魁关联（夫妻关系）；而姚三妹是富农姚世杰的妹妹，姚三妹曾勾引过高增福；素芳联系更多的人物：曾经的诱奸者、丈夫栓栓、王二直杠、欢喜和姚士杰一家等。作者通过这些"坏女人"把社会生活中的各个层面各类人物都联系起来，进而把笔触伸向更加宽广的社会生活，并更加深入地描写错综复杂的社会矛盾，为梁生宝等男性人物的政治生活提供更加开阔和丰富的社会文化背景。

中间女性人物如梁生宝妈、改霞妈、欢喜妈等，她们更少具有主流意识形态性，也从来不是"创业"的主力，然而作者仍然认真细致去描写她们，描写她们的柴米油盐、婆婆妈妈和家长里短等。也正是她们的存在，才使得作品展示的农村生活更具有传统的稳定性，更具有远离"时代"的日常生活性，更具有世俗民间性。她们和正、反面女性人物共同形成梁生宝等男性人物的生存土壤。

柳青通过女性人物的描写拓展了小说的社会生活空间，同时也大大地向历史深处掘进，这实际上已经为小说的经典化奠定了较为坚实的基础。但柳青主题先行的创作方式带来了无法克服的叙事弊端，即"拆东墙补西墙"的叙事悖论再次削弱了小说的"经典性"生成。这种叙事悖论在女性人物的描写中充分地暴露出来，也即在着力描写这些女性人物的同时使这些女性人物产生了新的"失真"。比如作为正面人物的改霞和淑良，她们强烈的政治革命意识不仅消解了她们部分女性特征，同时也消解了她们与梁生宝之间产生的属于个体的自然情感，而且在改霞的成长历程中也缺少逻辑因果联系，如改霞从报考工人、放弃考试，再到成为工人，这样的心理成长过程是在比较短暂和意外的情况下完成的，缺少生活逻辑的内在关联，这无疑失去了人物发展的艺术逻辑性和真实性。

又如作为被损害者的素芳，本应该得到梁生宝的同情和帮助。但每次素芳向梁生宝表示爱意之时，梁生宝均采取了拒绝、批评和教训的态度，他完全站在政治道德层面对素芳可怜的爱意进行了粗暴的扼杀。素芳后来对自己的行为有所悔恨并有了清醒的认识，放弃了对梁生宝的"不切实际"的追求，但梁生宝仍然是一见她就感到讨厌。无论素芳怎样求助，他始终没能帮助她走出狭隘的自我和可怜的人生境地。柳青的目的本是要凸显梁生宝的政治觉悟性和道德水平，恰恰是梁生宝以政治道德眼光对素芳居高临下地审视，让读者感受到人物由于缺乏生活情愫和原味而带来的生涩与坚硬，这也是柳青在结构小说时所遭遇的叙事悖论之一。这样的悖论成为作者主题先行难以避免的叙事缺陷，这无疑在一定程度上削减了小说的"经典性"。

除此之外，柳青在《创业史》中还存在人物价值评判标准双重交错的现象。无论是男性还是女性人物，都存在正面、反面和中间三种类型，但是柳青对待男性人物采用的多为现代的阶级或者政治标准，而对女性人物则多采用传统道德标准，特别是对反面女性人物如素芳、翠娥两位贫雇农，阶级的情谊不见了，传统的道德伦理观念恰如柳青施加于她们身上的魔咒，成为她们无法摆脱的生存梦魇。柳青对人物所持的道德评判标准也具有双重性。比如写素兰的开朗、上进、积极进步等采用了现代政治伦理观，素兰在这样的评判标准下显示出较为明显的农村新式女性特点。但柳青在叙写其追求爱情婚姻之时，恰恰又采用了传统伦理道德观进行审视，所以素兰缺少改霞式的反叛，显示出温顺柔弱的性格。柳青采取双重交错的价值评判标准，正是其思想中新伦理与旧道德、传统与现代等不同价值观相互矛盾冲突的表现。柳青这种较为游移而随意的人物评判标准造成了人物性格成长中的内在矛盾，并在一定程度上扰乱了读者对小说人物的价值判断，这或许是柳青无暇顾及的疏漏。

我们可以进一步深入分析柳青人物评判标准双重交错的原因。从作品创作的时代背景来看，20世纪50年代正是政治运动风起云涌的时期，柳青无疑受到了当时政治思潮和运动的影响。这种影响无疑是广泛而深刻的，政治意识形态第一始终成为他所坚持的创作立场，然而作为知识分子的柳青，其潜意识中仍然渴望知识分子人格独立，于是应对外在世界的政治诉求和满足内在人格独立的个体需要之间存在难以调和的矛盾。这种矛盾的外在表现便是创作中的犹疑、焦虑和浮躁。柳青在改霞身上寄托了他部分知识分子情愫，但同时我们也可以从改霞性格的不稳定性和易变性窥视到柳青内心的焦虑和浮躁。柳青的这种创作心理也正是其人物评判标准游移不定的直接原因。作者内心的犹疑很难为作品提供稳定的视角和确切的价值维度，这便分散了小说文本中思想和艺术的向心力和凝聚力，从而造成作品艺术魅力的消散。

实际上，创作中由于政治主题先行所带来的弊端，不限于人物形象的失真或概念化，不限于叙事时捉襟见肘般难以弥补的缺陷，也不限于人物评判标准的游移。因此，无论柳青在作品中融入多少民间自由元素、诗意田园风情及女性温柔浪漫，也无论对农村合作化运动矛盾的展现多么错综复杂及具有多么深厚的历史感——虽然这些都是《创业史》形成经典的必要元素，它们都无法消除强烈的政治理念投下的暗影，也无法消除对小说内在自然逻辑生成的主观随意拆卸所带来的叙事生硬和性格突兀等缺陷。这不仅是《创业史》的局限，也是十七年文学中不少红色革命小说难以摆脱的宿命。

（本文原载于《长城》2010 年第 5 期，收入本书时有修改）

革命叙事裂痕的产生及其弥合：重读《红旗谱》

《红旗谱》一直被视为红色经典之作，不少研究者对其革命主题、时代背景、艺术价值、人物形象、艺术风格、叙事方法、文化及美学价值等进行了较为充分的研究和肯定，小说的不足之处，也有研究者作出了较为客观的评价。如今重读这部作品，笔者发现其革命叙事中存在的"话语裂痕"不容忽视，这也应该是在创作过程中始终困扰作者的一个问题。

在当时以红色革命作为主流叙事对象的文化语境中，梁斌的《红旗谱》毫无疑问地把"革命"作为叙事的首要任务。作者试图在小说中构建中国农民革命的人物谱系，再现农民革命者的成长历程。出于这样的政治诉求，《红旗谱》也就自始至终围绕着革命者的成长和革命活动来展开，并且有意识地在小说中对地主的罪恶、农民与地主之间的仇恨给予渲染，并把农民的革命意识予以凸显与美化。

然而，梁斌的生活经验、艺术经验又告诫他对革命历史的颂扬和彰显必须适度，应尽量避免政治意识形态主导下的宏大叙事成为对革命历史的生硬图解或复制。为此，他充分调动了自己的日常生活经验和艺术经验，试图协调好政治意识形态和艺术美学原则间的关系。因而他强调作品的艺术真实与审美，他说《红旗谱》"这卷书不是历史的再现，为了不失真、善、美的艺术原则，我不得不加以虚构。还是'作画在似与不似之间，太似为媚俗，不似为欺世'"。[1]梁斌从其他同类作品的艺术经验中清楚地知道，革命的宏大叙事与艺术美学原则中存在一定的裂痕，处理不好会降低作品的艺术水准。然而，这种裂痕如同

---

[1] 梁斌：《一个小说家的自述》，中国青年出版社，1991年版，第532页。

魔咒，无论梁斌如何惨淡经营，在《红旗谱》中始终没能摆脱其困扰。

就结构而言，《红旗谱》共三卷，第一卷主要展现锁井镇的阶级状况和生活场景，第二卷和第三卷分别叙述反割头税和保定二师学潮等革命运动。第一卷实际是为后两卷革命运动提供背景和动因等。就此而言，《红旗谱》的叙事结构既符合了革命历史的发展逻辑，也与当时的宏大叙事逻辑相呼应。但也正是在构建这样的叙事框架的过程中，革命的叙事逻辑出现了裂痕。在对地主阶级代表人物冯老兰的处理中，作者试图把他写得更加凶残狡诈，为农民革命提供更有力的阶级动因。但作者遵循的现实主义创作原则，在为人物形象增添艺术真实性的同时又给人留下艺术加工不力的印象，从而使锁井镇的阶级矛盾残酷不足，温和有余。于是大地主冯老兰给人以如下的印象：贪婪狡诈但少凶残，对农民偶尔也施以小恩小惠；剥削、富有却不铺张，一件棉袄穿了十五年；好色张狂却不沉溺，思谋春兰不成便自动放弃。作品中类似的描写使革命动因表现乏力，因此在结构上，前面部分的阶级状况和生活场景的叙写并非后面革命运动生发的充分条件，结果在革命叙事的因果逻辑链条上出现了相应的裂痕。

梁斌也非常注重小说的细节描写，他努力从细节入手寻找连接艺术真实与生活真实的纽带。在《红旗谱》中，梁斌从民俗文化、地方色彩、乡土气息等方面入手，增强小说的艺术美感和生活情趣，力图避免革命宏大叙事所带来的假大空等弊病，以达到叙事的整体平衡。[①] 但作品对乡土民俗和农村生活的过多呈现，游离了作品的政治预设目标——阶级斗争和农民革命。这使《红旗谱》前半部分几乎成了锁井镇农民的日常生活史和家族史的叙写。当梁斌意识到这点后，便在后半部分集中叙述反割头税和保定二师学潮两大群众性革命运动，竭力把小说拉回预设的革命轨道。即使这样，小说中日常生活的诗意描写仍然强于阶级斗争的激烈程度。其原因在于作品对革命敌对阶级（地主与农民）之间的复杂关系表现不力，革命缺乏内在的动力，冯老兰、冯贵堂等地主与朱老忠、严志和等农民之间缺少革命的内在逻辑联系，小说结构的松散导致了革命因果链条上叙事裂痕的产生。在农民革命的原动力不足时，梁斌不得不

---

① 梁斌：《一个小说家的自述》，中国青年出版社，1991 年版，第 539 页。

跨越革命的因果逻辑而人为地夸大农民革命的积极性，正如他自己所说，"由于掌握的材料不足，生活基础和斗争的经验不足"，① 人物和情节都是"经过集中、概括、突出和提高了的"②，这既使小说的情节逻辑变得生硬，也最终形成了叙事预设目标和实际叙事效果之间的裂痕。

对于以上问题，梁斌有着清醒的认识。为了加强农民与地主两个敌对阶级之间革命的逻辑联系，协调宏大叙事的政治诉求和艺术创作的美学诉求之间的关系，以弥合革命叙事的裂痕，梁斌有意识地在农民革命者的成长历程和革命运动中植入爱情。事实上梁斌对爱情的描写不仅涉及并且推进了小说对亲情、友情、乡情和革命同志之情的叙写，而且也丰富了小说内容。梁斌曾说："书是这样长。都是写的阶级斗争，主题思想是站得住的，但是要让读者从头到尾读下去，就得加强生活的部分。于是安排了运涛和春兰、江涛和严萍的爱情故事；扩充了生活内容。"③ 爱情的植入除增强作品的生活情趣和丰富作品内容这个显性动机外，还存在隐性动机，即通过爱情描写进一步展现自己的革命观和政治诉求，从而达到预设创作目标。显性动机非常明显，下面主要从作者对爱情的结构模式设置来分析这种隐性的创作动机在弥合革命叙事裂痕中的作用。

一是爱情模式由"青梅竹马型"、"才子佳人型"到"革命启蒙型"的转变。《红旗谱》中主要描写了运涛和春兰、江涛和严萍的爱情。运涛和春兰是朝夕相处青梅竹马的成长伴侣，他们最初的恋爱可纳入"青梅竹马型"的恋爱模式。开始二人的情感显得自然单纯，具有浓郁的田园气息，后来革命因素逐渐渗透进自然恋情之中。运涛作为革命的先行者，便承担起了对春兰的启蒙使命，春兰用农村姑娘的看家本领——刺绣来表达其对革命的向往和对运涛的爱，革命成为二人恋爱的催化剂。单纯的"青梅竹马型"的爱情模式便完成向复杂

---

① 梁斌：《漫谈〈红旗谱〉的创作》，见高彬：《长篇小说创作经验谈》，湖南人民出版社，1981 年版，第 55 页。
② 梁斌：《漫谈〈红旗谱〉的创作》，见高彬：《长篇小说创作经验谈》，湖南人民出版社，1981 年版，第 97 页。
③ 梁斌：《漫谈〈红旗谱〉的创作》，见高彬：《长篇小说创作经验谈》，湖南人民出版社，1981 年版，第 96 页。

的"革命启蒙型"模式的转变。

另一对恋人江涛和严萍分别是保定二师和第二女子师范的学生。江涛是一位学习优异、思想觉悟较高的"才子",严萍则是位出身较好、多情聪慧的"佳人"。二人最初的恋爱模式可归入"才子佳人型",但随着恋情的发展,江涛具有了恋人和革命启蒙者的双重身份。在江涛的影响下,严萍最后向他吐露了心迹:"严萍迟疑着,走了五十步远,才说:'我嘛,想革命。'江涛问:'为什么?'严萍说:'因为你革命。'"这样,江涛和严萍的爱情与革命便得到了统一,原先的"才子佳人型"便转换成"革命启蒙型"。梁斌让两对恋人的恋爱模式最终都转化成"革命启蒙型",这恰好符合了其革命宏大叙事的需要,并有效地促进了叙事中革命和恋爱的相对统一。所以,爱情的描写不仅给小说带来了青春激情,还为小说增添了红色革命的内涵。这恰好体现了作者植入爱情的显性动机和隐性动机的统一。

二是梁斌在农民革命者的爱情中安置了属于敌对阵营的"第三者",以此增强小说的革命性内涵。运涛和春兰恋爱中的第三者是冯老兰,江涛、严萍恋爱中的第三者是冯登龙。冯老兰的权钱结合对运涛和春兰的爱情来说无疑是一大威胁,然而这种威胁在运涛及春兰面前被消解于无形,冯老兰追逐春兰以失败告终,革命意志的坚不可摧和革命恋人的忠贞不二由此得以凸显。冯登龙是保定德育中学的学生,其父是锁井镇没落地主冯老锡,他是严萍家亲戚,两人自小一起长大,冯登龙追求严萍具有先在的优势。然而,在和江涛多次的接触中,严萍选择了江涛而放弃了冯登龙。实际上冯登龙、江涛不仅仅因为爱情,还为维护各自的政治观念而争斗。冯登龙在情感之战中的失败也表明了作者的政治倾向。

由此可见,在《红旗谱》的两场恋爱过程中,作者都融入了自己的政治情感和革命观念,使爱情描写与革命历史的展现较为成功地融合,使小说既具有了民间生活情愫,又能顺畅地汇入当时的主流话语洪流之中。所以,梁斌在革命宏大叙事之中植入爱情,在相当程度上达到了弥合革命叙事裂痕的效果。

但是,让梁斌始料未及的是,小说中的爱情描写在弥合革命叙事裂痕的同时，却又出现了新的叙事裂痕：从自然人性之爱过渡到革命同志之爱都显得比较突兀，而且他们的爱情并没有上升成红色爱情，这使作者隐含动机的实现打了折扣。且植入其中的冯老兰和冯登龙，虽然是以革命者的敌对身份出现的，但他们对革命者爱情的破坏力度和为爱情争斗的复杂程度在作品中缺少表现，使得其如同客串演员，刚刚登台亮相就草草退场。由此可见，小说引入爱情弥合革命叙事裂痕的意图也未充分实现。这种实际效果与创作动机之间的背离，不仅是《红旗谱》，而且是不少红色经典作品在革命叙事过程中遇到的叙事悖论，这已经成为梁斌无法弥补的遗憾。

（本文原载于《长城》2010 年第 3 期，收入本书时有修改）